내게 진실한 사랑

김지훈 작가

진심의꽃한송이

프롤로그

　지난 신간 『다정한 신뢰』를 출간하기 전까지, 저에게는 참 많은 일들이 있었습니다. 출판사와의 관계를 정리해야 했고, 저만의 회사를 설립해야 했고, 그러면서 동시에 제 마음에 있었던 원망과, 물질에 대한 욕망, 그러한 것들을 다스리지 못해 아파해야만 했고, 그렇게 끝내 몸과 마음을 스스로 상하게 하는 시간을 보내왔었던 것입니다.

　그런 마음의 상태에서 저는 오랜 기간 불면증에 시달렸고, 오만함에 취했고, 또 원망과 분노를 정당화했고, 내 마음 안의 공허를 다스리지 못해 그것을 물질로 채우고자 했고, 그렇게 길을 잃고 헤맨 채 아파야만 했습니다. 제가 다시 제 마음을 바라보고 그 근원으로 돌아오기까지, 그래서 저는 제법 긴 시간의 방황을 거쳤던 것 같습니다.

　그렇게 다시 마음으로 돌아오며, 저는 수많은 명상과 기도를 했고, 요가를 했고, 또 누군가를 향한 원망을 내려놓았고, 나 자신이 잘못했고 실수했던 지난 시간들에 대해 진실하게 인정하고 반성했고, 하여 다시는 그러지 않을 수 있도록 마음을 세우며 나아왔습니다. 그러면서도 다시 이전의 부정적인 습관에 빠지길 반복하기도 하였고, 하지만 이제는 보다 빠른 시간 안에 온전한 마음으로 돌아올 수 있었고, 그렇게 최선을 다해 성숙하기 위한 시간을 보내며 나아왔습니다.

그러는 과정 중에 육체적인 건강이 자연스럽게 회복되기 시작했고, 더 이상 누군가를 미워할 수 없을 만큼 제 마음 안에서 미움 자체가 서서히 사라지기 시작했고, 또 물질로써 채우고자 했던 제 마음의 빈 공간들이 성숙의 의미들로 채워지며 외부를 마주하는 저의 태도와 시선 또한 크게 달라지게 되었습니다. 살이 빠졌고, 함께하는 사람들과의 관계 또한 자연스럽게 회복되고 치유되었습니다.

그래서 그 시간 동안 제가 얻은 경험과 성숙을 여러분에게 공유하고자 『다정한 신뢰』라는 책을 완성하게 되었고, 그 이후로 이 책을 또한 집필하게 되었습니다. 이렇게 하면 우리가 아플 수밖에 없고, 그래서 진실한 방향을 향해 더욱 나아가자고, 이 책들을 통해 그렇게 여러분에게 권유하고 싶습니다. 제가 다시 행복해졌듯, 여러분 또한 마음 안의 빛과 행복을 되찾아 무엇보다 하루를 기쁨과 사랑으로, 건강하게 보낼 수 있었으면 합니다.

제가 끔찍이도 불안하고 불행한 시간을 보내던 것이 불과 몇 년 전의 일입니다. 그러니까 일 년, 이 년만 전심으로 노력해도, 정말이지 이 세상 가장 밑바닥의 불행에서도 구원되어 최소 스스로 충분히 행복하다고 느낄 수 있을 정도는 될 수 있는 것입니다.

그래서 그것을 돕기 위해 이 책을 쓰게 되었고, 이 책의 마지막 문장들을 모두 질문의 형식으로 마무리 짓게 되었습니다. 질문을 받고 나면, 잠시 눈을 감고 호흡을 하면서 내 마음을 성찰하고 돌아보는 시간을 가져보시길 바랍니다. 그렇게 이 책을 덮은 뒤에는 저에게는 몇 년이 걸렸던 노력이 여러분에게는 단 며칠 만에도 완성할 수 있는 노력이 되어있기를 바랍니다.

내게 진실한 사랑, 이라는 이 책의 제목에 있는 사랑은, 타인의 나를 향한 사랑을 뜻하기도 하지만, 그보다 나 자신의, 나를 향한 사랑을 뜻하는 의미로 저는 더욱 생각하며 제목을 짓게 되었습니다. 그러니 이 책을 덮은 뒤에는 무엇보다 나 자신을 더욱 진실하게 사랑하고 있는 당신이 되어있기를 바랍니다. 그렇게 나를 사랑함으로써, 자연스럽게 타인으로부터도 더욱 사랑받는 당신이 되어있기를 바랍니다.

내가 나를 사랑한다는 건, 내가 나를 행복하게 해주기 위해 노력한다는 말이 될 것입니다. 그러니까 제가 아파했던 앞서 말한 지난 시간들 안에서, 저는 진실로 저를 사랑한 적이 없었던 것입니다. 그래서 공허하고 아파해야만 했던 것입니다.

그러니 사랑한다면서 원망과 증오를 채우고, 사랑한다면서 탐욕과 욕망, 그 공허함을 채우고, 그러한 것은 결코 나를 향한 진실한 사랑일 수가 없는 것입니다. 왜냐면 그건 나를 행복하게 해주기 위해 노력하는 것이 아니라, 나를 더 아프게 만들기 위해 스스로 노력하는 일이 되는 것일 뿐이기 때문입니다.

그래서 내가 나를 사랑하는 건, 이제는 더 이상 내 마음 안에 전과 같은 부정성을 담지 않겠다고 다짐하는 일입니다. 그렇게 오직 사랑만을 채우기 위해 노력하겠다고 다짐하는 일입니다. 하여 나 자신의 진실한 행복과, 평화와, 건강을 위해 최선을 다해 노력하며 나를 돌보는 일입니다. 우리가 상대방을 사랑한다면서 상대방을 미워하고, 상대방을 이용하고, 상대방을 아프게 한다면, 그게 결코 사랑이 될 수가 없는 것과 마찬가지인 것입니다.

그래서 나를 진실한 마음으로 사랑하는 사람만이, 사랑에 대한 진실한 정의를 회복하게 될 것이고, 하여 타인을 또한 진실하게 사랑할 수가 있게 되는 것입니다. 이제는 사랑을 나만의 미성숙과 이기심으로 왜곡하고, 그럴 수가 없는 것은, 나는 나 자신을 진실하게 사랑하는 사람이 되었기 때문입니다.

그러니까 우리가 누군가를 사랑한다고 말할 때, 그 사랑의 정의는 내가 나를 진실하게 사랑하는 그 마음과 같은 것으로 변해가는 것이고, 그래서 우리는 우리가 우리 자신을 진실하게 사랑하는 만큼만 타인을 또한 진실하게 사랑할 수가 있는 것입니다. 내가 나를 사랑하는 그 사랑 자체의 정의만큼, 우리는 상대방을 향한 나 자신의 사랑 또한 정의 내릴 수 있는 것이기 때문입니다.

그러니까 그 사랑을, 이 책이 도와줄 수 있기를 바랍니다. 앞으로도 저의 책이 그러한 사랑을 완성하는 데 있어 보탬이 될 수 있게 저는 최선을 다할 생각입니다. 제 존재 자체가 먼저 그러한 사랑이 됨으로써, 그 마음을 가득 담을 수 있도록 노력할 것이며, 하여 독자분들로 하여금 책을 읽는 내내 그 다정한 마음을 느낄 수 있도록 저는 제가 기울일 수 있는 모든 노력을 다할 것입니다.

마지막으로 무엇보다 당신은, 내내 사랑이어라.

1.

감사와 행복.

　신께 어떻게 해야 제가 행복할 수 있겠냐고 물었습니다. 그리고 신께서 대답하셨습니다. 지금 너에게 주어진 모든 것들에 대해 그저 감사하라고, 모든 순간에 오직 감사하라고.

　더 많이 감사할수록, 비로소 우리는 그만큼 더, 그 무엇에도 의존하지 않고 지금 있는 그대로 그저 행복할 수 있습니다. 그러니 지금이 불행하다면, 내가 그만큼 많은 것에 불만족하고 있고, 또 주어진 순간들에 대해 감사하지 않고 있다는 뜻이 아닐까요?

　그러니 주어진 하루 앞에서 보다 감사하며 존재하도록 해보세요. 우리가 감사하고자 마음먹을 때, 우리가 놓치고 있었던 무수히 많은 감사거리가 그저 그 모습을 드러낼 것입니다. 비가 오는 날에는 빗소리를 들을 수 있음에, 식물에게 빗물을 맞게 할 수 있음에 감사할 수 있으며, 햇볕이 쨍쨍한 날에는 빨래를 잘 말릴 수 있음에, 식물에게 광합성을 듬뿍시켜줄 수 있음에 감사할 수 있을 것입니다.

　모든 날에는 그날마다의 감사거리가 있을 것이고, 하여 우리가 보다 감사할 줄 아는 사람일 때 우리는 우리에게 주어진 삶을 더욱 풍요롭게 즐기게 될 것입니다. 결국 감사하는 방법을 몰라, 그 내면의 인색함과 왜소함 때문에 우리는 불평하고 있는 것일 뿐인 것이죠.

　그렇게 불평으로 지워가기에 내게 주어진 이 다시 돌아오지 않을 오늘은, 정말로 소중하고 단 하루뿐인 유일한 오늘이 아니겠습니까. 그렇다면 감사와 불평, 행복과 불행, 다정함과 인색함, 위대함과 왜소함, 그 사이에서 내릴 당신의 결정과 선택은 무엇입니까.

2.

심판의 자격.

　사실 우리에게는 이 세상의 그 어떤 것도 심판할 자격이 없습니다. 왜냐면 지금 이 순간 우리 자신의 시선은 너무나도 나약하고 미성숙한 것이기 때문입니다. 그래서 그 점을 스스로 깨닫고 나는 그 무엇도 감히 함부로 판단하지 않겠다는 겸손한 마음을 지닐 때, 그때야 비로소 우리는 예쁜 성숙을 향해 나아가게 됩니다.

　그러니 내가 할 수 있는 가장 최대한으로 겸손하게 존재하세요. 그리고 또한 내게 주어진 이 모든 삶의 경험을 통해 최선을 다해 성숙하며 나아가보세요. 그 모든 노력 끝에 우리가 끝내 어떤 성숙을 이루게 되었을 때, 우리는 그 성숙의 선물로써 단 하나의 심판할 자격을 얻게 될 것입니다.

　그리고 그건 바로 이 세상이, 그리고 내 앞에 있는 당신이, 또한 나 자신이 너무나도 예쁘고, 아름답고, 사랑스럽다는 심판입니다. 오직 그 사랑스러움에 대한 심판, 그러니까 그것만이 우리가 가질 수 있는 유일한 심판의 자격입니다.

그렇다면 지금 당신이 일삼고 있는 판단은, 이 세상과 타인들의 아름다움에 대한 것입니까, 아니면 그렇지 않은 면들에 대한 것입니까. 이 질문을 통해 당신에게 자격 없는 것에 대해서까지 당신이 판단하고자 하는 그 오만함을, 이제는 기꺼이 포기하십시오. 오직 겸손하고, 그 겸손의 노력 끝에 단 하나의 유일한 심판의 자격을 선물로 취하십시오. 그리고 그 심판의 이름은 바로, 이 세상 모든 것들에 대한 진실한 사랑입니다.

그렇다면 당신이 일삼는 심판의 이름은 성숙으로부터의 사랑입니까, 아니면 미움과 증오로 얼룩진 미성숙으로부터의 분노입니까.

3.

사랑하는 관계.

　진실로 함께할 가치가 있는 유일한 사랑은, 오직 서로가 서로의 행복만을 염려하는 관계입니다. 그러니 서로의 행복을 염려하고, 진실로 상대방을 기쁘게 하고자 하는 그 마음 하나로 당신에게 주어진 관계를 마주하십시오. 옳고 그름을 따지거나, 나의 방식대로 상대방을 통제하고자 한다거나, 집착하고 강요하고, 혹은 나 자신의 결핍을 채우기 위해 상대방과 함께하는 대신에 말입니다.

　그러한 것들이 상대방의 행복을 위해 기여하는 것이 진정 하나라도 있겠습니까. 그렇다면 그것은 나의 행복에도 기여하는 바가 단 하나도 없는 것입니다. 당신이 상대방을 오직 진실하게 사랑할 때, 그때는 상대방의 행복이 또한 나의 행복이 되었을 테니까요.

　그러니 오직 진실하게 사랑하는 것, 그것은 진정 상대방의 기쁨과 행복을 끝없이 염려하는 마음인 것이고, 우리가 그런 마음으로 서로를 마주할 때라야만 그 관계는 진실로 함께할 만한 가치가 있는 유일한 관계가 되어가는 것입니다. 영원히 '함께'만 하는 관계가 아니라, 영원히 서로를 '사랑'하는 관계 말이죠.

그렇다면 지금 상대방을 향해 기울이고 있는 당신의 마음은, 사랑입니까, 아니면 당신 자신의 이기심입니까. 당신이 지금 상대방을 바라보고 있는 눈빛은, 진실로 상대방의 모든 것을 아껴주고 사랑해주는 다정한 눈빛입니까, 아니면 당신의 사적인 이득을 위해 상대방을 이용하고자 하고, 혹은 그것이 제대로 이루어지지 않아 서운해하는 눈빛입니까.

4.

좋은 사람.

　우리는 좋은 사람을 간절히 만나고 싶다고 늘 말하고 소원하지만, 정작 우리 자신이 사람을 만나고자 할 때의 기준을 살펴보면 그건 진실로 전혀 좋은 사람의 기준이 아닐 때가 많습니다. 그러니 오직 다정함, 그것에만 당신의 기준을 두십시오. 적어도 가장 첫 번째 기준이 다정함에 있게 하세요. 그때의 당신은 실패할 수가 없을 것입니다.

　결국 당신이 좋은 사람을 만나고 싶다고 하면서, 그럼에도 그렇지 않은 사람을 만나게 되는 것은 당신이 여전히 세상의 것들에 미련이 많기 때문이고, 또한 그 미련을 당신의 행복을 위해 기꺼이 포기하고자 하지 않기 때문일지도 모릅니다. 그러니까 당신은 진실로 상대방의 내면, 그 다정함만을 기준으로 삼고 있습니까.

　그것이 아니라면 당신은, 좋은 사람을 만나고 싶다고 말은 하고 있지만 실제로는 좋은 사람이 아닌 사람을 '다른 외부적인 이유'들로 인해 좋은 사람일 거야, 하고 여전히 스스로 합리화하고 있는 것일지도 모릅니다. 그래서 그 결과 좋은 사람을 만나지 못하게 된 것은, 당신이 스스로 상처받길 선택한 탓이고, 당신의 행복을 외부적인 것에 두는 환상에 당신이 사로잡힌 탓이고, 그래서 그때의 당신은 진실로 남을 탓할 수가 없는 것입니다.

결국 내면이 아름다운 사람은 그 자신의 외부에도 그 아름다움을 내비치기 마련입니다. 그러니 오직 외부에 탐닉한 채, 가짜 아름다움만을 추구하는 사람을 만나기보다, 당신 또한 그러한 사람이기보다, 오직 진짜의 아름다움으로 빛나는 사람과 함께하십시오. 그러기 위해 당신 자신부터가 그런 사람이 되세요. 그리고 그 이외의 모든 잔가지는 과감하게 자르세요.

그렇다면 당신은, 진실로 좋은 사람을 만나고자 하고 있는 게 맞나요? 아니면 어떤 사람이 당신 자신의 사적인 이득에 부합하기에 그 사람을 좋은 사람이라 착각하고 합리화하고 있을 뿐인가요?

5.

지금 이 순간의 행복.

　무엇인가가 이루어져야만 비로소 내가 행복한 사람이 될 거라는 오류와 환상에서 벗어나 그저 지금 행복한 사람이십시오. 결국 외부는 그 자체로는 내게 아무런 매력이 없는 것입니다. 그러니까 외부는, 내가 그것에 욕망을 품을 때, 그때만 내게 개인적인 매력을 가질 수 있는 것일 뿐이며, 해서 그러한 기대심, 욕망, 매력의 투사가 우리에게 실망감과 좌절감을 자주 가져다주게 되는 것입니다.

　그러니 그저 행복한 사람으로서 나아가십시오. 내가 이미 행복한 사람으로서 존재할 때, 그때의 나는 더 이상 외부에 의해 휘둘리지 않을 것입니다. 그리고 우리는 이제 오직 그 단단한 행복과 함께 나아가고 또한 성취하게 될 것입니다.

　무엇인가가 이루어져도, 이루어지지 않아도 나는 변함없이 행복한 사람인 것, 그것이 바로 성숙한 사람의 마음이며, 또한 그건 내 행복의 근원을 바깥 세계에 둔 채 그것에 의존하지 않겠다는 단단한 자존감으로부터의 선언이기 때문입니다.

그러니 외부에 나 자신의 과도한 욕망을 투사한 채 그것의 아래에 놓여져 그것에 기대고 의존하는 사람이기보다 나인 그대로 행복할 줄 아는 사람이십시오. 이제는 욕망이 아니라, 내 행복의 실현으로써 당신은 무엇인가를 성취해나가게 될 것이고, 하여 당신은, 당신의 실현을 위해 나아가는 그 모든 과정 안에서 그 자체로 충족되어지는 사람일 것입니다.

그러니 무엇 때문에 행복하고, 무엇 때문에 불행하기에 당신은, 지금 있는 그대로의 당신 자체로 행복할 자격이 충분한 사람이라는 것을 잊지 마세요. 결과를 위해 무엇인가를 하기보다, 과정 자체가 당신에게 의미가 있고 소중해서 당신이 그것을 할 때, 그 과정이야말로 진실로 위대하고도 아름다운 매 순간이 되어줄 테니까요.

그렇다면 지금 이 순간의 행복과 만족감, 그 자존감으로 나아가시겠습니까, 아니면 결핍과 욕망, 좌절과 불안감, 그 미성숙으로 나아가시겠습니까. 그러니까 오직 지금 이 순간의 행복을 충분히 누리며 만끽하는 내면의 위대함으로써 나아가시겠습니까, 아니면 먼 미래의 행복만을 찾으며 늘 지금 이 순간에는 불안하고 결핍되어 있는 내면의 왜소함으로써 나아가시겠습니까. 당신의 선택은 무엇입니까.

6.

진실한 사랑.

진실한 사랑은 순간적으로 일어나는 감정적인 발작이 아니라, 꾸준하게 오래도록 상대방을 향해 기울이는, 있는 그대로의 다정함입니다. 상대방의 마음을 사기 위한 욕망에 사로잡혀 더 멋지고 예쁜 나를 꾸미는 거짓이 아니라, 오직 있는 그대로의 나로서 있는 그대로의 상대방을 바라봐주는 진실함입니다.

그래서 진실한 사랑은, 있는 그대로의 나를 보여줌에 있어 전혀 거리낌 없을 만큼의 다정한 자신감, 그 온전함을 완성한 사람들만이 할 수 있는 특권인 것입니다. 감정은 언제나 변덕이 심하고, 가면은 오래 지나지 않아 벗겨지기 마련이지만, 내가 다정하고도 온전한 사람이라서 다정한 것에는 결코 변화가 일어나는 법이 없기 때문입니다.

그러니 거짓의 강렬한 자극보다 진실의 잔잔함, 그 단순함을 더욱 선호하십시오. 감정적으로 서로에게 오가는 자극과 그것에서부터 내가 얻을 수 있는 묘한 즐거움에 취하는 것이 아니라, 그저 단순한 일상 안에서 서로의 행복을 염려하고 또 다정함으로 함께하는 것, 진실로 그 단순한 하루하루 안에야말로 진실한 사랑이 함께하고 있을 것이기 때문입니다.

해서, 그 단순한 하루의 다정한 일상을 지루하게 여기기보다 진정 기쁘고 소중하게 여길 줄 아는 것, 그게 바로 성숙한 사람의 마음이자, 곧 진실한 사랑의 자격인 것입니다. 그러니 감정적으로 울퉁불퉁한 미성숙이 아니라 차분하고도 변함없는 다정함, 그 마음을 연습하고 또 그 마음으로 상대방을 마주하십시오. 당신이 당신에게 주어진 다정함과 온전함을 어느 정도 완성한 뒤라면, 사실 당신이 만날 상대방 또한 그런 사람일 수밖에 없을 것입니다.

왜냐면 감정적인 자극을 즐기는 사람은 당신과의 시간을 따분하다고 여길 것이고, 당신 또한 감정적인 사람의 마음을 결코 진심으로 느끼고 간직할 수가 없을 것이기 때문입니다. 끝없이 당신에게 하나의 주제를 가지고 감정적으로 물고 늘어지는 사람과 당신이 함께할 때, 그리고 상대방이 그러한 것에서 미묘한 감정적인 이득을 취하고 있는 사람일 때, 진실로 그때의 당신은 오직 소진된 채 무의미함만을, 혹은 불편함만을 느끼게 될 뿐일 것이기 때문입니다.

그러니 먼저 온전한 당신이 되어 오직 온전한 사람과 함께하십시오. 거짓이 오래가지 않아 떨어져 나가는 순간에도, 당신 둘은 여전히 변함없이 서로의 곁에서 다정함으로 묶여진 채 진실하게 서로를 마주하고 사랑하고 있을 것입니다.

결국 감정적으로 자주 서운함을 느끼게 되는 것은, 내가 진실이 아니라 나 자신의 기득권과 입장을 보호하고 있기 때문에 일어나는 일입니다. 무엇이 모두에게 진실로 더 나은 방향인지가 아니라, 그저 나의 감정적인 입장, 사적인 이득, 의견을 지키고자 내가 오직 노력하고 있을 뿐이기 때문에, 그러니까 그 감정적인 입장이라는 것을 나 자신의 존재감과 동일시하고 보호하는 낮은 자존감으로부터의 오류를 내가 반복하고 있을 뿐이기 때문에, 그래서 감정적으로 자주 상처받는 일이라는 게 가능해지는 것입니다.

하지만 내가 정말 나인 그대로에 대한 존중감이 있다면, 우리는 수긍하고 사과하는 것 앞에서 부끄러워하지 않을 것입니다. 인정하고 더욱 성숙하겠다고 마음먹는 것 앞에서 거리낌이 없을 것입니다. 또한 내가 결코 수긍할 수 없는 왜곡된 의견으로 나를 공격하는 사람이 있다면, 이제는 그 공격과 방어의 유혹에 빠져 스트레스를 받기보다, 하여 속상해하거나 분노하기보다, 우리는 그저 초연하게 그 사람을 지나칠 수 있을 만큼 충분히 여유로울 것입니다.

나의 의견은 '나' 자신이 아니기 때문입니다. 하여 상대방의 감정과 상대방의 의견이 나의 것과 다르다고 해서 나라는 존재의 정체성이 달라지거나 깎이는 것은 결코 아니기 때문입니다. 하여 속상해할 이유도 없는 것이기 때문입니다. 그 자신의 삐딱한 감정으로 그저 나를 공격하는 사람이 있다면, 그건 그 사람의 문제이지 내 문제는 아니기 때문입니다.

해서 더욱 있는 그대로 완전한 것, 그것이 바로 온전함이며, 그 온전함을 바탕으로 하는 관계야말로 영원히 서로를 진실하게 바라봐주고 아껴주는 다정함과 함께하게 되는 것입니다.

그러니 오직 진실하게, 진실함을 바탕으로 사랑하십시오. 그러니까 나 자신의 감정적인 이득, 감정적인 우월감, 관계 안에서의 더욱 높은 권력, 그러한 것들을 방어하기 위해서가 아니라 오직 진실하게 서로의 행복을 염려하고 배려하고자 하는 사랑을 하십시오.

질투하고, 텃세를 부리고, 옳고 그름을 따지고, 감정적으로 공격하고 방어하고, 담아두었다 사소하게 복수하고 또 복수하고, 상대방을 나의 구미에 맞게 조종하고자 하고, 그런 것들은 진실로 거짓을 바탕으로 한 이기심에 불과한 것입니다. 그러니 이기심이라는 어둠 대신에 진실한 사랑이라는 빛과 더욱 정렬되도록 해보세요. 무엇보다 당신이 더욱 행복한 사람이 될 것입니다.

　이제는 더 이상 상처받지 않아도 되는 자유가, 그 자존감이, 그 진정한 보호가 당신과 함께하게 될 것인데, 그렇다면 그것 하나만으로도 당신에게는 당신에게 주어진 온전함과 다정함을 주어진 매 삶의 순간을 통해 더욱 완성하며 나아가겠다고 마음먹을만한 충분한 이유가 되지 않겠습니까.

　그렇게, 금방이면 달아올랐다 금방이면 식고, 어제는 사랑했다가 오늘은 미워하고, 그런 식의 감정적인 발작과 변덕이 아니라 꾸준하고도 잔잔한 다정함, 그 진실한 사랑을 향해 나아가보세요. 어제보다 오늘, 조금만 더 그런 사람이 되도록 정성을 기울여보세요. 사랑한다면서 미워한다면, 그것이 어떻게 해서 사랑일 수가 있겠습니까.

　그렇다면 당신이 지금 상대방을 마주하는 눈빛 안에는 사랑이 담겨 있습니까, 아니면 미움과 증오가 담겨 있습니까. 당신의 사랑은 왔다 갔다 하는 것입니까, 아니면 진실로 고정된 하나의 일관된 태도입니까. 그러니까 당신은 사랑을 하고 있나요, 아니면 사랑이 아닌 것을 사랑이라 믿고 있을 뿐인 오류에 감정적으로 탐닉하고 있을 뿐인가요.

7.

있는 그대로의 사랑.

상대방의 있는 그대로를 사랑하고 또 있는 그대로 사랑받으라는 말은, 있는 그대로 사랑해도 될 만한 사람을 사랑하고, 나 또한 있는 그대로 사랑받을 만한 사람이 되라는 뜻이 포함된 말입니다. 내가 여전히 많이 미성숙해서 수많은 부정성과 함께하고 있다면, 그때는 누가 나의 있는 그대로를 사랑해줄 수가 있을까요.

그러니까 만약 내가 폭력적인 사람이라서 작은 일 앞에서도 크게 화를 내며 폭언과 폭행을 일삼을 만큼 미성숙한 사람이라면, 그때의 나는 있는 그대로 사랑받기 위해 먼저 지금의 상태에서 벗어나 최소 온전하다 싶을 만큼의 성숙을 이루어내야만 할 것입니다.

해서 여전히 미성숙하고 이기적인 나라서 타인을 아프게 하는 사람인 채 있는 그대로 사랑받길 바라는 건, 진실로 상대방의 마음을 배려하지 못할 만큼의 이기심에 불과한 것이며, 어린아이처럼 그저 자신을 사랑해달라고 떼쓰는 식의 감정적인 협박을 통해 상대방의 사랑을 갈취하고자 노력하고 있을 뿐인 오류이자 무지가 될 뿐일 것입니다.

그러니 예쁜 사랑을 하기 위해서, 나에게 주어진 성숙의 의무 앞에서 또한 온전한 책임을 다하십시오. 그것이 바로 나 자신과 상대방에게 내가 기울일 수 있는 가장 큰 다정함입니다.

또한 반대로 있는 그대로를 사랑할 만하지 못한 사람과, 당신 또한 함께하지 마십시오. 그는 당신의 마음을 오래도록 아프게 할 것이고, 그럼에도 쉽게 변하지는 않을 것입니다. 그래서 그건 정말이지 무가치하고 무의미한 노력이 될 것입니다. 왜냐면 당신이 아무리 그 사람을 사랑해도, 그 사람은 당신과 함께하는 그 시간 동안 단 한 번도 당신을 진실하게 사랑한 적이 없을 것이기 때문입니다.

우리는 성숙할수록 타인을 행복하게 해주는 사랑을 하게 되고, 미성숙할수록 '나'만을 생각하는 이기적인 사랑을 하게 됩니다. 그래서 미성숙한 사람은 관계 안에서 당신을 사랑하는 게 아니라, 자기 자신의 감정적인 이득을 취하고자 당신과 함께하고 있는 것일 뿐입니다. 그러니 그들을 거절하고 멀리하는 데 있어 죄책감을 가지지 마세요. 당신이 그 사람의 마음을 사랑이라 오해하지만 않는다면, 그 사람은 '당신'을 사랑한 적이 진실로 없을 테니까요.

그러니 있는 그대로 사랑해도 될 만한 사람을 사랑하고, 있는 그대로 사랑받을 만한 사람이 되십시오. 당신이 아무리 온전하고 사랑받을 만한 사람이라도, 상대방이 미성숙하고도 온전하지 않은 사람이라면 상대방은 결단코 당신을 사랑하지 않을 것입니다.

왜냐면 그들은 그들 자신의 결핍을 끝없이 당신에게 투사한 채 당신에게서 티끌만 한 단점이라도 찾아내고자 애쓸 뿐일 것이며, 하여 그것을 통해 당신을 끝없이 변화시키고자 할 것이고, 그것을 또한 강요와 통제라는 '힘과 압박'을 통해서, 혹은 미묘한 조종과 세뇌라는 '거짓된 설득'을 통해서 이루어내고자 할 것이기 때문입니다. 그러니까 그들은 '당신'을 사랑하는 게 아니라, 오직 자기 자신만을 중요하게 여기는 이기심을 채우기 위해 당신을 이용하고자 하고만 있을 뿐일 것입니다.

그래서 당신은 함께하며 사랑받기보다 상처를 받게 될 것이고, 하여 서서히 당신의 온전함 또한 훼손되기 시작할 것입니다. 그렇게, 끝끝내 참고 인내하던 당신 또한 이제는 '힘'을 선택하며 상대방과 맞서게 될 것이고, 그런 식으로 서서히 당신의 마음 안에는 원망과 분노라는 부정성이 그 크기를 더욱 부풀려가게 되는 것이죠. 그리고 그 관계가 끝이 난 이후에도, 그러한 상처는 오래도록 당신의 마음에 남아 장기적으로 당신을 아프게 하고, 해하고, 불행하게 할 것입니다.

그래서 당신은 새로운 관계 앞에서도 온전하지 않은 태도로 상대방을 마주하고 있는 당신을 발견하게 될지도 모릅니다. 왜냐면 온전하지 않은 사람과 함께하는 동안 당신 또한 온전하지 않음으로 추락하였기 때문입니다. 끝없이 거짓된 설득과 거짓된 논리로 사람을 괴롭히는 사람과 함께하며 당신 또한 어쩔 수 없이 그러한 방어를 하게 되었고, 그러니까 그런 식의 관계를 장기적으로 맺어온 사람은 그러한 성향이 그 관계가 끝이 난 이후에도 남게 되기 때문입니다. 그래서 새로운 관계 앞에서도 고스란히 이전 관계에서 가지게 된 옳고 그름의 투쟁을 끝없이 이어가는 성향을 지닌 자신을 발견하게 되는 것이죠.

그리고 그것을 다시 되돌리고 회복하는 데에는 엄청난 노력과 시간이 들게 될 것입니다. 그것이 온전하지 않은 사람과 그럼에도 함께하길 선택하였을 때 내가 치러야 할 대가이자 몫인 것입니다. 타인에 대한 불신과 의심이 과하게 생겨 우울증과 불안함에 시달리며 관계 안에서 마음 주는 것 자체를 어려워하는 사람이 되어버린 경우도 많습니다.

그러니 나 자신을 지켜내세요. 사랑받을 만한 사람이 되고, 사랑해도 될 만한 사람과 오직 함께하세요. 이것이 있는 그대로 사랑하고, 또 있는 그대로 사랑받으라는 말의 진정한 의미입니다. 그러니 다시 말하겠습니다. 상대방의 있는 그대로를 사랑하고, 또 오직 있는 그대로 사랑받으십시오.

당신이 진정 다정하고 존경받을 만한 가치를 지니고 있는 사람이라면, 매사에 진실하고도 성실한 사람이라면, 또한 무엇보다 상대방을 진심으로 사랑할 수 있을 만큼의 온전한 사람이라면, 당신이 당신 자신을 사랑해달라 떼쓰지 않아도 당신이 사랑받게 될 거라는 건 너무나도 자명한 것이 아니겠습니까.

그러니 있는 그대로 사랑받아도 될 만큼 성숙하고도 온전한 사람이 먼저 되십시오. 그때의 당신은 진실로 변화는 있지만, 변함은 없는 예쁘고도 다정한 관계를 맺게 될 것입니다. 왜냐면 성숙한 사람은 서로가 강요하지 않아도 서로를 위해 자신의 모자란 모습들을 스스로 변화시켜 나갈 것이기 때문입니다.

당신의 어떠한 모습이 상대방을 서운하게 했다면, 당신은 그날 밤 그것이 속상해서 내일은 꼭 더 다정하게 당신을 마주해야지, 하고 밤새 각오하며 잠들게 되는 것이죠. 그러고는 내일은 진짜 그런 노력을 하고, 그렇게 상대방을 웃게 해주는 것입니다. 그게 바로 성숙한 사람들이 관계를 마주하는 당연한 노력이자 자연스러운 일상입니다.

하지만 그와 반대로, 미성숙한 사람들은 자신은 결코 변하지 않은 채 상대방만을 변화시키고자 애쓰고, 강요하고, 통제할 뿐일 것입니다. 그래서 그때는 변화는 없지만 변함은 있는, 오직 시간과 함께 시들어갈 뿐인 관계를 맺게 될 수밖에 없는 것입니다. 서로는 결코 성숙하지 않은 채 제자리에 있을 뿐인데, 서로를 향한 마음은 끝없이 훼손되고 시들어진 채 변해가는 것이죠. 오직 그 모든 것이 상대방의 잘못이라며 밤새 서로를 탓만 하면서 말이죠.

그렇다면 당신은 있는 그대로 사랑받아도 될 만큼 온전한 사람입니까. 또한 당신은 있는 그대로를 사랑해도 될 만한 온전한 사람과 함께 하고 있는 게 맞습니까.

8.

다정한 습관.

삶이 순탄하고 또 무난하게 흘러가고 있는 순간에 사람들에게 다정하기란 쉽습니다. 하지만 내 삶이 힘들고, 또 많은 시련과 함께하고 있을 때 사람들에게 다정하기란 결코 쉬운 일이 아닐 것입니다.

그래서 진정한 사랑이란, 그 모든 시련 앞에서도 꿋꿋이 다정할 줄 아는 강인한 마음가짐입니다. 누구나 할 수 있는 다정함이 아니라, 누구도 해내지 못할 만큼의 다정함으로 우리가 이 세상을 마주할 때, 그때야 비로소 우리의 사랑은 우리 자신이 삶을 마주하는 하나의 우세한 태도이자 습관 자체가 되어 굳어질 것이기 때문입니다.

그러니 다정한 습관이 있으십시오. 외부에 의해, 외부로 인해, 외부 때문에 흔들이고 휩쓸릴 만큼 나약하지 마십시오. 그 모든 외부 너머의 단단한 자존감, 그 내면의 중심으로 살아가십시오. 그때는 진실로 당신의 행복에 더 이상의 흔들림은 없을 것입니다. 왜냐면 당신은 이제, 그 무엇에도 불구하고 당신 자신의 내면에서부터 행복하고, 또 사랑할 줄 아는 사람이 되었기 때문입니다.

그러니 그 행복과 사랑을 완성하기 위해 하루를 살아가십시오. 그리고 나 자신의 행복과 사랑을 시험하기 위해 찾아온 삶의 시련들 앞에서, 이제는 오직 정답을 제출하십시오. 바로 다정함이라는 정답을 말입니다.

다정할래, 아니면 여전히 다정하지 않을래, 그것을 묻기 위해 수없이 많은 삶의 경험들이 당신에게 찾아오고 있는 것일 뿐입니다. 그래서 그러한 일련의 상황들은 당신의 다정함을 더욱 단단하게 만들어주기 위한 삶의 선물인 것입니다.

그리고 마침내 당신이 다정함을 선택할 때, 당신은 그 선택의 보상으로 행복을 얻게 될 것이고, 그 무엇에도 흔들리지 않고 행복할 줄 아는 자존감을 얻게 될 것이고, 무엇보다 이제는 삶이 당신의 다정함을 시험할 이유가 없기에 당신은 외부로부터의 무한한 안정과 평화를 또한 얻게 될 것입니다.

그러니 오직 성숙하며 나아가보세요. 그 성숙이, 우리가 태어나 존재하고, 이 삶을 살아가는 모든 이유입니다. 해서 당신이 그러한 존재의 이유와 목적을 망각하지 않을 때, 당신에게 있어 시련은 당신의 다정함을 더욱 실현하고 성숙시킬 하나의 선물이자 기회로 여겨질 뿐일 것입니다. 그리고 그것이 바로, 외부의 그 어떤 상황 앞에서도 꿋꿋이 기뻐하고 감사할 줄 아는 진정한 자존감입니다.

그렇다면 당신에게 주어진 지금 이 순간의 선물은 무엇입니까. 그리고 당신이 제출할 답은 무엇입니까.

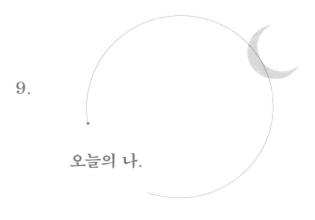

9.

오늘의 나.

　　오직 오늘의 내가 어떠했느냐가 우리의 미래를 결정 짓습니다. 그러니 내일을 기약하지 마십시오. 지금 이 순간 마음을 먹고 실천하십시오. 사소한 오늘의 의지들이 쌓여 미래의 나라는 존재를 짓고 창조하는 것입니다.

　　그러니 지금 조금 더 용서하고, 조금 더 이해하고, 조금 더 사랑하십시오. 그러면 내일은 더 쉽게 그럴 수 있을 것입니다. 그렇다면 그 무수히 많은 오늘이 쌓인 언젠가의 나는 얼마나 행복한 존재가 되어있을까요?

　　그러니 그 소중한 나를 만들어나가는 일 앞에서 결단코 나태하지 마십시오. 지금 설거지를 하고, 지금 빨래를 하고, 지금 산책을 하고, 지금 내가 실현하고자 하는 꿈에 흠뻑 젖으십시오. 이 지금의 실천이, 내일의 성공을 당신에게 가져다줄 것입니다. 당신의 존재를 더욱 아름답게 지어나갈 것입니다.

그러니 명심하십시오. 내일을 기약하면, 내일에도 내일을 기약하고 있는 내가 된다는 것을. 오늘 해내면, 곧 다가올 내일의 오늘에도 해내는 내가 되어있을 거라는 것을. 해서 당신이 오늘의 많은 것들을 수많은 합리화와 정당화를 통해 내일로 미룰수록, 당신은 그러한 삶의 태도 자체가 습관으로 굳어진 사람이 될 것이고, 하여 나중에 그것을 이겨내기란 더욱 힘든 일이 되고야 말 것이라는 것을요.

그러니 지금 이 순간 해내십시오. 마음에 떠오른 그것을 지금 즉시 실천하십시오. 그리고 더욱 선한 방향, 아름다운 의도를 당신의 마음 안에 품으십시오. 그러니까 누군가가 너무 미워서 한 대라도 때리고 말겠어, 하는 것을 실천하기보다, 그럼에도 불구하고 용서하는 것을 실천하고자 노력하는 사람이 되십시오. 그렇게 오직 성숙과 함께 나아갈 것이며, 오직 예쁜 향기로 당신의 존재를 가득 채워나가십시오.

그렇다면 당신은 무수히 많은 오늘이 쌓여 지어진 언젠가의 당신이 어떤 사람이 되어있길 소원하고 있습니까.

10.

온전함.

완전한 온전함이란, 나의 생각과 행동, 그 모든 것들이 숨겨짐 없이 모두에게 드러났을 때, 그때에도 떳떳할 수 있을 만큼의 반듯한 마음가짐입니다. 그렇다면 지금 내가 나 자신의 마음 안에 품고는 있지만, 다른 사람들에게는 보여줄 수 없는 감정이나 생각의 회로는 무엇인가요? 그것을 극복하고 초월하는 데서부터 시작해보세요.

365일 나의 일상이 모두에게 공유되고 있다고 했을 때, 그것은 온전하지 않은 사람에게는 벌을 받는 것처럼 여겨질 만큼의 죄책감이 드는 일이 되겠지만, 완전히 온전한 사람에게는 진실로 달라지는 것 하나가 없는 아무것도 아닌 일이 될 것입니다.

예를 들어서 가정 폭력을 일삼는 사람은, 그것을 타인들에게 보여주는 것을 두려워할 것입니다. 하지만 가정 안에서 최선의 다정함을 실현하고 있는 사람은 자신의 가정생활이 다른 이들에게 공유되고 밝혀진다고 해도 전혀 상관이 없을 것입니다.

그리고 이 삶이란 사실 그 완전한 온전함을 완성하기 위해 거쳐 가야만 하는 하나의 통로이자 과정에 불과한 것입니다. 모두가 여전히 부족하고, 모두가 여전히 완전하지는 않지만, 그래서 우리가 태어나 배우며 성숙해나가고 있는 것이죠. 진실로 그것만이 우리가 이곳에 태어나 존재하고 살아가고 있는 유일한 이유인 것입니다.

그러니 더 이상 아무런 의미와 가치도 지니고 있지 않은 다른 일들을 추구하느라 시간을 낭비하지 마세요. 그러니까 더 이상 가치가 없는 것들을 스스로 가치 있다고 여기는 오류를 반복하지 마세요. 그렇게, 환상과 우상을 숭배하는 일을 이제는 멈추고, 오직 진실을 섬기고 진실의 빛과 함께하는 사람이 되세요.

우리는 과거의 나보다 조금만 더 온전한 사람이 되어도, 자기 자신이 진실로 좋은 사람이라고 스스로 신뢰할 수 있을 만큼의 자신감을 내면에 소유하게 될 것이고, 하여 그 자존감으로 인해 보다 행복한 삶을 살아가게 될 것입니다. 더하여 나와 함께하고 있는 사람들을 또한 더욱 피어나게 하고 고취시켜주는 사람이 될 것입니다.

그러니 오직 그 행복을 위해 다른 것을 목적으로 하기보다 온전함의 완성만을 목적으로 둔 채 하루를 살아가보세요. 당신이 더 이상 숨길 것이 없을 때, 당신은 이제 진정 자존감이 있을 것입니다. 그러니 진실로 떳떳한 것, 그게 바로 온전함입니다. 하여 내 마음 안의 죄책감이 진실의 빛으로 완전히 대체되는 것, 그게 바로 구원입니다.

그렇다면 지금의 당신에게 있어 당신을 온전하지 않게 만드는, 그러니까 당신에게 죄책감을 가져다주는, 하여 꼭꼭 숨긴 채 당신만이 알아야만 하는 감정, 습관, 생각, 행동은 무엇입니까. 바로 그곳에서부터 시작하십시오.

11.

과거와 현재.

　사실 우리를 끝없이 아프게 만들고 있는 것들은 대부분 과거의 것들입니다. 그러니까 과거를 끝없이 곱씹으려고 하고, 편집하려고 하고, 그러한 과거의 원망과 후회에 우리가 스스로 끝없이 집착하고 에너지를 부여할 때, 그러한 우리 자신의 마음가짐이 우리를 불행의 지옥 안에 가두어두는 것입니다.

　그러니 이제는 현재를 살아가십시오. 오직 지금 이 순간에 머무르십시오. 과거의 것이 나에게 떠오르는 그 즉시 우리는 그것을 내려놓을 줄 알아야 합니다. 그것을 해내야만 합니다. 왜냐면 우리가 과거의 생각을 포착하는 그 순간 그 즉시 그것을 내려놓지 못할 때, 우리는 무의식중에 그것에 빨려 들어가 계속해서 나의 감정을 보태고 부풀리게 될 것이고, 그렇게 그것의 에너지를 더욱 키우게 될 것이기 때문입니다.

　그러니 과거에 보태어 에너지를 부여하기보다, 그저 다른 일을 하십시오. 커튼을 친다든지, 독서를 한다든지, 커피를 끓인다든지, 청소를 한다든지, 설거지를 하거나 빨래를 한다든지 하면서요. 그렇게 과거의 생각과 여전히 함께하고는 있지만, 당신이 더 이상 그것에 골몰하지 않을 때, 이제 과거는 당신의 곁에서 당신에게 이래라저래라 하지 못할 것입니다.

그리고 계속해서 당신이 그저 현재에 머무르며 그것을 바라볼 때, 그것은 서서히, 그리고 완전히 소멸해나갈 것입니다. 과거는 어둠이고, 현재는 빛이기 때문입니다. 어둠은 빛을 이기지 못하고, 하여 빛이 다가가는 순간 곧장 소멸할 수밖에 없는 노릇이기 때문입니다.

그러니 명심하십시오. 한 번 에너지를 부여받은 생각은 더 큰 에너지를 가진 채 점점 더 강하게 연결되고, 하여 우리가 어떻게 하기에는 너무나도 커져버리는 경향이 있다는 것을요. 해서 그것에 집중하고 골몰한 채 생각에 생각의 꼬리를 물며 그 에너지를 부풀리기보다, 그것이 떠오르는 그 즉시 초연하게 내려놓아야 한다는 것을요.

만약 우리가 이미 떠오른 생각과 분리되지 못한 채 오직 하나로서 존재할 때, 그때의 우리는 이미 우리 자신의 생각의 주인이 아니라 그 생각의 노예가 된 채일 것입니다. 왜냐면 그때의 우리는 진실로 그것 앞에서 나의 자유의지를 실현할 수가 없을 것이기 때문입니다.

하지만 이와는 반대로 나 자신으로부터 에너지를 더 이상 공급받지 못하는 생각들은 서서히 힘을 잃은 채 작아지고, 하여 끝내는 소멸하게 되는 경향이 있습니다. 그리고 그때가 되면 진실로 우리는 우리에게 주어진 하루를 더욱 자유롭고도 가볍게 살아가게 될 것입니다. 그리고 그 자유가 바로 행복입니다.

그러니 나 자신을 위해 더 이상 과거의 옳고 그름을 따지거나 지난 상처를 곱씹지 마십시오. 그렇게 해서 달라지는 건 정말로 아무것도 없지만, 오직 나 자신이 불행할 수는 있습니다. 그렇다면 그것이 가지는 가치라는 게 도대체 무엇이겠습니까. 그렇다면 당신은 무엇 때문에 그 것을 내려놓지 못해 이토록이나 곱씹으며 스스로 불행하길 선택하고 있는 것입니까.

그러니 더 이상 의미 없는 것을 스스로 의미 있다 여긴 채 스스로 불행하길 선택하지 마십시오. 당신이 진실로 행복하고 싶다면, 이제는 오직 지금 이 순간을 살아가십시오. 언제나 행복은 현재에 있는 것이며, 하여 당신이 현재를 살아갈 때, 당신은 이제 당신 자신의 삶의 진정한 주인이 될 것입니다. 그렇다면 그것이야말로 진정 자존감 있는 삶이자, 진정한 행복의 추구가 아니겠습니까.

그렇다면 지금 당신을 찾아온 그 과거의 생각 앞에서 당신이 내릴 결정과 선택은 무엇입니까.

12.

성숙과 진실한 사랑.

　성숙이란, 있는 그대로의 내가 사랑 그 자체라는 것을 받아들이는 마음에서부터 시작되는 하나의 예쁜 습관입니다. 그러니까 진정한 나 자신이 아닌 모습들, 이를테면 분노나 원망, 이기심, 욕망과 같은 것들, 그러한 것들을 이제는 내려놓고, 비로소 본연의 사랑 그 자체로 되돌아가고자 하는 마음가짐, 그것이 바로 성숙을 낳는 습관인 것입니다.

　그리고 우리는 언제나 나를 있는 그대로의 내가 아니게 만드는 어떠한 감정들, 그러니까 사랑이 아닌 감정들로부터 유혹을 받고 있는 채인 것이죠. 하지만 그럼에도 우리는, 그 모든 유혹을 기꺼이 딛고 일어서야만 합니다. 내가 나 자신의 본질을 모를 때, 하여 나 자신의 본질에서부터 멀어질수록 우리는 더욱 큰 공허와 함께하게 되기 때문입니다. 그러니까 우리의 마음 안에 진실한 사랑이 부재할수록 우리는 삶의 많은 부분에서 공허함을 느끼고 결핍감을 가지게 되는 것입니다.

그리고 그건 나 자신의 유일한 근원인 사랑과 나라는 존재가 더욱 멀리 떨어진 채 존재하고 있다는 그 분리가 일체감이 아닌 공허함을 우리에게 가져다주기 때문인 것이고, 하여 공허는 우리의 마음이 우리 자신에게 이제는 나 자신의 본질을 되찾아달라고 울부짖는 외침인 것입니다.

그러니 사랑하세요. 사랑이 되세요. 사랑인 나를 받아들이세요. 당신이 오직 사랑이 되었을 때, 그때의 당신은 이미 모든 공허와 결핍을 넘어선 채일 것입니다. 왜냐면 이제는 당신 자신의 유일한 근원과 당신이 진실로 하나가 되었기에 당신은 오직 일체감, 완전함, 온전함, 평온함과만 함께하고 있을 뿐일 것이기 때문입니다.

그러니 오직 사랑이 되세요. 당신에게 가장 자연스럽고 잘 맞는 감정이 바로 사랑이라는 것을 잊지 마세요. 왜냐면 당신의 있는 그대로가 사랑이며, 태초부터 영원히 당신은 사랑이 아니었던 적이 없는 사랑 그 자체로 창조되었기 때문입니다.

그렇게 당신이 당신의 원래 모습을 되찾아나갈 때, 그러니까 당신 자신의 본연이 사랑이라는 것을 당신이 진정 받아들이는 성숙을 완성하며 나아갈 때, 그때는 당신이 마주하는 세상과 관계들 또한 당신으로 인해 더욱 온전하고 완전할 것입니다.

당신은 이제 당신과 함께하고 있는 사람에게 당신 자신의 이기심을 강요하고 당신 자신의 미성숙을 투사하기보다, 그저 그 사람의 있는 그대로를 바라봐줄 것이기 때문입니다. 그리고 그 눈빛 앞에서 상대방은 치유를 얻게 되는 것이죠. 왜냐면 모든 사람이 자신의 꾸며진 겉모습이 아닌 그 모든 것 안에 있는 진정한 자신을 바라봐주는 눈빛에 진실로 간절하기 때문입니다.

나의 그 어떤 겉모습, 외부적인 습관, 억양과 말투, 그 모든 것들 뒤에 있는 진짜 나를 바라봐주던 그 사랑의 눈빛을, 그래서 우리는 잊을 수가 없는 것입니다. 그건 영원히 그립고 간절해지는 눈빛이며, 세상의 모든 아픔에 대해 잊게 해주는 따뜻함과 평온함을 전해주는 눈빛이기 때문입니다. 그래서 그 눈빛으로 서로가 서로를 마주하는 것이야말로, 진실한 사랑의 완성이자 성숙의 결실이 될 것입니다.

그러니 당신 자신의 본질인 사랑을 되찾기 위해 오늘을 성숙하며 나아가세요. 그렇게 사랑이 되고, 사랑으로서 상대방을 마주해보세요. 사랑인 당신이, 상대방의 모든 것 뒤에 있는 사랑이라는 본질을 바라봐주는 것, 오직 그것만이 진실한 사랑입니다.

그렇다면 당신은 지금, 사랑인 그대로가 맞습니까. 아니면 당신은 지금, 당신이 당신의 있는 그대로인 사랑 그 자체로 존재하는 것을 끝없이 가로막고 방해하는 그 부정적인 감정들을 당신 자신과 동일시하는 오류를 끝없이 반복한 채 오직 공허하게 존재하고 있을 뿐입니까. 그러니까 당신은, 당신의 성숙을 향한 그 저항들을 기꺼이 딛고 일어선 채 더욱 사랑이 되어가고 있습니까, 아니면 사랑으로부터 더욱 멀어진 채 공허함을 느끼고, 그렇게 아파하고 있을 뿐입니까. 그러니까 지금 이 순간 이제는 사랑인 나를 되찾아달라는 당신 마음의 그 간절한 외침인 공허 앞에서, 당신이 내릴 선택은 무엇입니까.

13.

다정함.

　다정함이란, 하나의 습관이자 의도이며, 우리가 삶을 마주하고 살아가는 하나의 우세한 태도입니다. 그래서 우리가 다정할 때, 우리는 모든 것에 걸쳐 우리 자신의 다정함을 실현하는 사람이 됩니다.

　우리는 흔히 어떠한 행동에 대해 선과 악을 투사한 채 그러한 행동 자체로 옳고 그름을 규정하곤 하지만, 사실 어떠한 행동을 하고 하지 않아서 우리가 다정하고 다정하지 않은 게 아니라, 어떤 행동을 하든 우리는 다정할 수도 있고 다정하지 않을 수도 있는 것입니다. 그래서 우리가 이러한 관점으로 이 세상을 이해할 때, 우리는 더 이상 이분법적인 사고 방식에 사로잡히지 않게 됩니다.

　그러니까 흡연을 해서 어떤 사람이 나쁘고 나쁘지 않은 게 아니라, 흡연을 하는 것 안에 담긴 한 사람의 태도가 중요한 것입니다. 다정하지 않은 사람이 흡연을 할 때는 자신의 두려움과 분노를 그 행위 안에 담은 채 다른 사람을 불편하게 하는 행동 방식을 취하겠지만, 다정한 사람이 흡연을 할 때는 타인을 충분히 배려하며, 또한 점잖을 수 있는 것이죠. 그러니까 다정한 사람은 결단코 타인을 불쾌하게 하거나, 타인에게 이 기적이지 않을 것입니다.

그러니 어떠한 사람을 볼 때는 그 사람의 행위 자체가 아니라 그 행위 안에 깃든 다정함을 바라보세요. 그러한 시선, 판단의 기준에는 실패라는 게 존재하지 않을 것입니다. 당신이 어떤 일을 하고 있든, 지금 이 순간 어떠한 행동을 취하고 있든, 만약 당신이 다정한 사람이라면 그 모든 것 안에서 당신은 당신의 다정함과 오직 함께하고 있을 것이기 때문입니다.

당신이 다정할 때, 당신은 길을 걸으며 당신이 마주하게 되는 식물과 사람, 동물, 그 모든 생명체의 아름다움을 바라보게 될 것이고, 하여 오직 선의와 함께 그들의 행복과 평화를 기도하며 걷게 될 것인데, 그렇다면 당신의 걸음에서 다정하지 않은 그 어떤 것이 발견될 수가 있겠습니까.

그래서 누군가의 걸음걸이가 이상하다고 해서 그 사람이 다정하고 다정하지 않고가 되는 것은 아닌 것입니다. 아무리 제대로 걷더라도, 누군가를 원망한 채 씩씩거리며 누구 하나 걸려봐라, 하는 눈빛으로 걸을 수도 있는 것이며, 여기저기 침을 뱉으며 사람들에게 위화감을 조성하며 걸을 수도 있는 것이니까요.

왜냐면 다정하지 않은 사람에게는 그러한 식의 '힘, 자존심, 우월감'이 그들 자신의 유일한 증명이 되기 때문입니다. 힘으로 억누르고, 힘으로 제압하고, 사람들에게 겁을 주고, 그런 식으로 자신의 내면에 결핍되어 있는 자존감과 정체성을 확보하고 증명하고자 하는 것이죠.

누군가는 자신의 눈앞에서 뒤집어진 채 죽어가고 있는 장수풍뎅이를 다시 뒤집어 줄 것이고, 누군가는 괴롭히거나 밟아 죽일 것입니다. 그래서 길을 걷는 똑같은 행위 안에서도 다정함이 함께하고 있는 것과 함께하지 않고 있는 것은 정말로 하늘과 땅 차이가 될 것이며, 그러니까 그것이 바로 우리가 다정해야만 하는 이유인 것입니다.

왜냐면 우리가 다정할 때, 우리는 모든 생명을 향해 선의를 품은 채 그들의 행복을 더욱 지지하고 고취시켜주게 될 것이기 때문입니다. 생명을 위협하고, 생명을 힘으로 억누르고, 그렇게 통제하고자 할 때와는 반대로 말입니다. 그러니까 오직 나 자신의 사적인 이득과 기쁨을 위해 타인을 이용하고, 해치고, 조종하고, 그런 식으로 함부로 가볍게 타인을 생각할 때와는 반대로 말입니다.

그렇다면 당신은 지금 이 순간 다정함과 함께하고 있습니까. 아니면 다정하지 않음과 함께하고 있습니까.

14.

다정한 공동체.

회사는 가족보다 오랜 시간을 함께하는 장소입니다. 그래서 회사를 다니는 구성원들은 서로에게 하나의 다정한 공동체가 되어주어야 합니다. 회사라는 공간이 대표는 직원에게 월급을 주고 그들을 이용하고, 직원은 적당히 돈만 받을 뿐인 사회가 될 때, 그것은 진실로 영혼이 죽었으며, 또한 무의미하고 무가치한 일이 될 뿐이기 때문입니다.

그래서 서로는 서로의 행복을 염려하는 다정함의 의무 앞에서 언제나 최선을 다해야 하며, 하여 회사는 서로가 회사를 생각만 해도 든든하고 안정감이 드는, 그래서 출근이 설레고 즐거울 수 있는 하나의 공동체이자 다정함으로 묶인 사회가 되어야만 하는 것입니다.

직원은 식물을 키우는 마음으로 자신이 맡은 일을 사랑하고, 또 어떤 영양분이 부족한지를 살피며 정성을 다한다면 충분히 행복하게 일하면서도 회사의 성장에 보탬이 될 수 있을 것입니다.

그리고 각 구성원들이 그러한 마음을 가질 수 있도록 다정한 환경을 조성하고 이끌어주는 것이 바로 대표자의 역할입니다. 강요하지 않되 이끌어주고, 하여 자연스럽게 그렇게 될 수 있도록 환경을 조성하고 만들어주는 것 말입니다.

또한 사람은 나태할 때 병들고, 부지런히 사랑할 때 살아있습니다. 그래서 대표자는 직원이 직원 자신의 창의력과 잠재력을 실현하게 하고, 하여 일을 통한 성장의 기쁨과 행복을 누릴 수 있게 안내할 의무가 있습니다. 그래서 대표는 그 적절한 균형 앞에서 언제나 지혜로워야 합니다. 우리에게는 우리의 이타심으로 타인을 이기적으로 만들 권리는 없기 때문입니다.

해서 우리의 이타심 앞에서 끝없이 나태해지고 이기적이 되는 사람들과는 함께하지 않는 것을 선택하는 것, 그것이 가장 온전한 균형이자 지혜가 될 것입니다. 그러니 다정함에 다정함으로 보답하는 다정한 사람들과 함께 묶이도록 하세요.

함께할 직원을 채용할 때, 그래서 가장 최우선이 되어야 하는 것은 그 사람이 삶을 마주하고 살아가는 태도이자 시선이어야만 할 것입니다. 아무리 뛰어난 사람도 오직 이기적이라면 끝내 다정한 집단 전체를 아프게 만들고야 말 것이기 때문입니다. 그리고 아직은 부족하지만 마음이 진실하고 온전한 사람이라면 반드시 회사에 큰 보탬이 되어줄 것입니다.

어쨌든 모두가 행복해야 합니다. 행복은 접어둔 채 서로의 사적인 이득만을 위해 참고 버티는 공간이 회사가 될 때, 그것만큼 영혼의 시간을 낭비하는 일은 없을 것이기 때문입니다.

그러니 행복하게 일할 수 있고, 행복하게 참여할 수 있는 일을 함께 고민하고 찾아주십시오. 일 안에서 기쁨과 행복을 찾게 되었을 때, 직원은 능동적으로 일하게 될 것이며, 하여 알아서 연구하며 자신의 재능을 개발해나가게 될 것입니다.

또한 한 명의 사람과 사람으로서 서로를 존중하고, 그 존중감으로 서로를 마주하십시오. 그렇게 하기 위해 각자는 무엇보다 매 삶의 주어진 순간들 앞에서 최선을 다해 성숙한 사람으로서 존재하십시오. 그 성숙을 함께 실현하고 나아갈 수 있는 공간이 또한 회사가 될 때, 서로는 서로를 존중할 수밖에 없을 것입니다.

그러니 오직 다정한 구성원과 함께하십시오. 우리 회사는 다정하지 않은 사람은 필요로 하지 않습니다, 이것을 원칙으로 삼으십시오. 질투하고, 거짓말하고, 텃세를 부리고, 경쟁하고, 단 한 사람의 직원이라도 그러한 다정하지 않음을 마음에 품은 채일 때, 그 직원은 회사의 다정한 기반 전체를 흔들리게 할 것이 분명하기 때문입니다. 그러니 충분히 다정해도 되고, 또 다정할 수 있는 사람을 채용하십시오.

또한 각자의 구성원은 자신의 재능을 최대한으로 실현할 수 있도록 하세요. 우리가 그저 친구와 함께 수다를 떨 때는 그 어떤 재능도 요구되지 않을 것이며, 또 부족함조차 기꺼이 포용할 수 있겠지만, 회사는 일로서 세상에 봉사하는 공간이기에 각자가 자신의 업무 앞에서 할 수 있는 가장 최고를 추구해야만 할 것입니다.

회사에서 개발한 상품이 어떤 실수로 인해 구매자에게 실망감을 준다면, 그것은 구매자의 마음을 불행하게 만들 것이지만, 회사에서 개발한 상품이 가장 최고를 추구함으로써 모든 면에서 우수할 때, 그것은 구매자에게 행복을 전해줄 것이며, 하여 그것은 그 자체로 봉사의 행위로 완성될 것이기 때문입니다.

제가 아무리 선하고 착한 미용사라 하더라도, 제가 사람들의 머리를 엉망으로 자른다면 저의 고객들은 저에게 머리를 자른 순간부터 그 머리가 복구되는 순간까지 불행해야만 할 것입니다. 그래서 사적, 공적 영역은 구분되어야만 하는 것이며, 우리는 최고가 됨으로써 세상의 행복에 기여할 의무이자 책임이 있는 것입니다.

그러니 회사의 전 구성원 모두는 자신의 역할 안에서 가장 최고를 추구할 것이며, 또 그러한 본성을 가진 사람들과 함께할 수 있도록 하세요. 그때, 실패란 없을 것입니다. 그리고 그것은 그 자체로 세상을 향한 봉사가 될 것입니다.

지금 당장 한 사람이 가지고 있는 재능보다도 그 최고를 추구하는 본성과 삶을 향한 다정함, 그래서 그것이 가장 첫 번째 기준이 되어야만 할 것입니다.

저는 직원을 채용할 때 학력이나 이력, 이런 것들에 대해서는 전혀 고려하지 않습니다. 왜냐면 저희 회사에서 저희가 실현하고자 하는 높은 목표를 진실로 존중하고 사랑하기 때문에 저희를 찾아온 사람은, 그 어떤 학력과 이력 없이도 그 누구보다 위대한 일을 해낼 테지만, 그 반대가 될 때는 스트레스 더미를 안겨주는 구성원이 될 것이 뻔하기 때문입니다.

그리고 당신이 대표라면, 사실 저와 같은 기준으로 사람을 채용하는 것이 가장 어렵다는 것을 알게 될 것입니다. 조건만 맞으면 뛰어난 재능을 가진 사람들은 언제든지 우리 회사를 찾아올 것입니다. 하지만 다정하고도 매사에 최선을 다하는 사람을 찾기란 때로 어려우며, 또한 그러한 경우에는 장기적으로 오래 소통하며 그 사람을 알아갈 필요성이 요구되기 때문입니다.

모든 사람이 지금 이 순간 회사에 채용되기 위해 저는 다정한 사람입니다, 하고 말할 수 있고, 그러니까 그것은 너무나도 쉬운 일이지만, 사실 진실로 다정하기란 매우 어려우며, 그래서 그런 사람과 함께하게 되는 일에는 큰 행운과 오랜 시간의 관찰이 필요하기 때문입니다. 오랜 시간에 걸쳐 자연스럽게 사람을 알아가며 내게 맞는 사람과 함께하는 보통의 인간관계와는 달리, 회사는 그런 모든 과정 없이 한 사람을 되도록 빨리 알아가며 선택해야만 하기 때문입니다.

하지만 저는 끌어당김의 법칙을 믿습니다. 당신이 만약 진실하고 다정하다면, 분명 당신에게는 그러한 사람이 찾아올 것입니다. 한 사람 한 사람은 모두가 다르지만, 그 한 사람 한 사람이 선택해서 모인 각각의 공동체는 그 색과 개성이 분명하게 드러나기 마련입니다. 들어가자마자 모든 사람이 친절하게 반겨주는 곳이 있고, 들어가자마자 모든 사람이 싸늘하게 냉대하는 곳도 있죠.

왜냐면 사람은 결국 그들 자신의 본성이 끌리는 곳, 그것이 수용될 수 있는 곳, 그러니까 자신의 성향이 가장 자연스럽게 받아들여지는 곳으로 모이고 향하게 되어있기 때문입니다. 그러니 당신은 분명 잘 해낼 것이고, 또 좋은 동료들과 함께하게 될 것입니다.

또한 당신이 회사의 대표자로서 다정함을 원칙으로 삼은 채 나아갈 때는, 그러니까 그렇게 하고자 마음먹을 때는, 당신에게는 당신 자신의 모든 낡은 관점과 습관들을 내려놓을 것이 요구될지도 모릅니다. 하여 당신은 굉장히 고군분투하게 되는 날들을 맞이하게 될지도 모릅니다. 하지만 그럼에도 다정하지 않은 것들 앞에서 당신의 다정함을 타협하지 마십시오.

당신이 대표라면, 당신에게 회사는 당신의 사적인 이득과 욕망을 채우기 위해서가 아니라, 반대로 그 모든 것을 넘어선 채 당신 자신의 가장 위대한 성숙을 실현하는 곳으로써 존재해야만 할 것입니다. 그래야만 그것이 의미가 있는 것입니다.

왜냐면 당신은 이곳, 지구에 그 성숙을 배우고 완성하기 위해 왔기 때문입니다. 당신이 아무리 부자가 되더라도, 그럼에도 여전히 성숙하지 못한 채라면, 그래서 당신의 영혼은 실패한 것입니다. 하지만 당신이 오직 최선을 다해 성숙하며 나아간다면, 당신은 오직 위대할 것이며, 그러니까 그때의 당신은 외부의 그 무엇에도 불구하고 성공한 사람이 될 것입니다.

때로 사람들은 다정함의 완성을 거의 눈앞에 두고, 그것이 너무 오래 걸리며 성과가 없다며 금방이면 포기하곤 합니다. 하지만 거의 다 왔습니다. 그러니 조금만 더 인내하십시오. 당신이 여전히 행복하지 않고, 또한 고민이 많다면 사실 당신은 다정하지 않은 것입니다. 진정한 다정함은 고민 없이 다정할 것이며, 또한 자신이 선택한 그 다정함 자체로 자신이 행복하다고 여길 것이기 때문입니다. 그러니 조금만 더 인내하며 그 다정함의 완성을 향해 나아가세요.

어쨌든 대표가 매출에 급급할 때, 직원들은 스트레스를 받을 수밖에 없게 됩니다. 그러니 대표는 직원의 행복을 염려하고, 또한 직원은 회사의 매출을 회사를 사랑하는 마음으로 자발적으로 먼저 염려하면 좋습니다. 무엇보다 그 누구보다 존경받을만하고, 또 누구보다 책임감 있는 한 명의 사람이 당신이라면, 당신은 당신의 역할을 충분히 잘 해낼 것입니다.

그러니 자존감이 있으십시오. 특히 대표자는 자존감이 있어야 합니다. 우리가 자존감이 낮을 때, 우리는 상대방의 온전하지 않음을 부추길 만한 행동을 상대방을 위한답시고 하고는, 그렇게 상대방의 눈에 들기 위해 아첨하는 사람이 되고야 말기 때문입니다.

하여 당신은 아첨과 생색을 무한히 반복하며 존중받기는커녕 상대방을 지치게만 할 것입니다. 그래서 당신이 적절한 균형과 중심을 스스로 지켜낼 줄 알 때, 그때야 비로소 당신은 직원의 온전함을 또한 지켜내는, 진심으로 존경받는 대표가 될 수 있는 것입니다.

예를 들어서 직원에게 잘 보이겠다고 법인카드로 담배를 사는 것을 허용하는 복지는 제 생각엔 온전하지 않은 것 같습니다. 하지만 당신이 자존감이 낮을 때는 그러한 온전하지 않음을 통해 사람들의 환심을 사고자 노력하는 사람이 된 채일 것입니다. 하여 그때의 당신은 자주 서운해하고, 자주 생색을 내고, 그런 사람일 것입니다.

그러니까 그런 것으로는 결코 진정한 존중과 사랑을 얻을 수가 없는 것인데, 그때의 당신은 그래놓고는 상대방이 당신에게 존중과 사랑을 주지 않는다며 도리어 화를 내거나 서운해하며 생색을 내는 식의 환상의 늪 안에서 허우적거리고 있는 채일 것입니다.

그러니 서로가 다정하고, 온전하며, 또한 자존감이 있어야 하고, 더하여 성숙을 향해 나아가는 사람들이어야만 할 것입니다. 그렇게 다정한 그룹이 되어 다정한 사람들이 함께 더욱 성숙하고도 다정한 하나의 사회를 만들어나가는 공간이 회사라면, 그때의 회사는 진실로 다정함으로 묶인 하나의 공동체가 되어 그곳에 속한 구성원들 모두를 행복으로 이끌게 될 것이며, 하여 모두가 오직 사랑으로써 위대한 성취의 실현을 향해 나아가게 될 것입니다.

그러니 대표자가 가장 먼저 그런 사람이어야만 하는 것입니다. 그렇게 공동체를 이끌어주는 가장 성숙하고도 책임감 있는 사람이어야만 하는 것입니다. 제 생각에 이 정도만 해낸다면, 회사는 서로에게 그 무엇보다 행복을 전해주는 상징이자 공동체가 되어줄 것입니다. 생각만 해도 든든하고 행복해지는 그러한 예쁜 상징을 지닌 공동체 말입니다.

그렇다면 이 글을 읽고 있는 대표자 중에, 내일, 사랑스러운 자신의 직원들을 볼 생각에 벌써부터 설레는 분이 있나요? 이 글을 읽고 있는 직원 중에, 내일, 회사를 갈 생각에 벌써부터 설레는 분이 있나요?

만약 그렇지 않다면, 지금부터는 그런 회사를 만들어가기 위해 함께 노력하세요. 대표자가 그럴 마음이 없다면, 직원은 자신의 행복과 영혼의 성숙을 위해 회사를 옮겨야 할 것이고, 당신이 대표인데 그런 마음으로 함께할 수 없는 직원들과 함께하고 있다면, 그 또한 마음의 준비가 필요할 것입니다. 진정 의미 있고, 가치 있는 삶을 살아가기 위해서 말입니다. 물론, 이것은 오직 영혼의 성숙과 행복을 위해서 살아가는 자들을 위한 조언이 될 것입니다.

그러니 당신이 진실한 행복에 관심이 있는 사람이라면(사실, 대부분의 사람들이 행복에는 관심이 없습니다. 너는 이 세상을 살아가는 목표가 뭐야? 라고 물을 때, 행복한 사람이 되는 것, 다정한 사람이 되는 것, 성숙을 완성하는 것, 그러한 것이 목표라고 말하는 사람은 정말로 거의 없기 때문입니다), 그런 공동체를 만들어나가기 위해 노력하고, 하여 끝내는 완성하여 온 세상과 인류의 행복에 이바지하도록 해보세요. 당신의 회사를 보고, 다른 여러 회사들이 또한 다정해도 되는구나, 우리도 다정함으로 나아가자, 하는 생각을 품을 수 있게 선한 영향력을 전해줌으로써 말입니다.

이것이 제가 오래도록 고민하고 만들어낸 저희 회사의 운영 규정입니다. 이것만이 회사를 의미 있고 가치 있게 만드는 유일한 길이라는 생각이 들었기 때문입니다. 그게 아니라면 회사라는 곳은 서로가 서로를 이용하고자 할 뿐인, 진실로 영혼과 사랑이 부재해서 의미 없이 시간을 낭비할 뿐인 공간으로 전락하게 될 뿐일 것입니다.

왜냐면 우리는 진실로 오직 성숙하기 위해 이곳에 태어났기 때문입니다. 하여 성숙하지 않은 채 이곳에 머무르는 건 태어난 이유와 목적과 시간 자체를 진실로 낭비하는 일이 되는 것이기 때문입니다.

그러니 존재의 이유와 목적을 실현하고 완성할 수 있는 곳이 회사여야만 하고, 대표자는 그런 회사를 만들어나가고 운영할 오직 유일한 책임이 있는 것입니다. 대부분의 시간을 회사에서 보내는 현대 사회에서는 더더욱 그래야만 합니다.

어쨌든 이것이 제가 회사를 바라보는 유일한 관점이며, 제가 노력하고 실현해나가고 있는 저희 회사의 방향성입니다. 물론 저희 회사는 아직 아주 작은 회사라 이것이 비교적 쉽지만, 큰 회사를 운영하시는 분들에게 있어서 이것은 정말로 큰 도전이자 과제가 될 것이라고 생각합니다. 하여 더욱 장기적인 플랜이 필요할 것이고, 그에 맞는 변화의 시도가 필요할 것이라고 생각합니다.

하지만 그럼에도 저의 신념과 제가 만들어나가고 있는 이 길을 함께하실 분들은 저의 방식을 통하십시오. 무엇보다 당신의 회사는 아름다울 것이고, 저는 당신을 응원할 것입니다. 그리고 당신은 이것을 만들어낸 저보다, 더 잘 해낼 것입니다. 반드시 더 잘 해낼 수 있을 것입니다.

그렇다면 당신의 회사는 당신 자신에게 주어진 성숙의 의무를 함께 완성하며 나아갈 수 있는 곳입니까, 아니면 오직 사적인 이득만을 위해 참고 버틸 뿐인 영혼 없는 공간일 뿐입니까.

15.

성공의 법칙.

우리는 흔히 성공에 비밀스러운 법칙 같은 것이 있을 거라고 생각하곤 합니다. 그래서 너무나도 많은 성공서들이 출간되고 있으며, 우리는 그 책을 통해 그 법칙을 알 수 있을까 싶어 기대하며 책을 읽곤 하죠. 하지만 정작 나는 여전히 성공하지 못한 채입니다. 그래서 결국에는 부자들이 그들만의 비밀을 공유해 줄 리가 없잖아! 하고 생각한 채 낙담하기에 이르게 되는 것이죠.

하지만 성공에는 아주 단순하고 상식적인 법칙만이 존재할 따름이고, 사실 당신 또한 그 법칙에 대해 이미 너무나도 잘 알고 있는 채일 것입니다. 바로 행복을 공유할 것, 다정할 것, 진실할 것, 부지런할 것, 이런 것이죠.

당신이 어떤 일을 통해 행복을 느낀다면, 그 행복을 다른 사람들 또한 느낄 수 있게 만들어보세요. 당신의 것을 접하는 많은 사람들이 당신의 것을 통해 행복해진다면, 당신의 성공은 보장될 것입니다. 또한 당신은 다른 무엇이 아니라 오직 그 일이 즐겁고 당신에게 큰 보람과 가치를 주기에 하는 것일 뿐이기에 지치지 않을 수 있을 것입니다.

그리고 다정하십시오. 당신이 다정할 때, 당신의 것을 접하는 사람들은 당신에게 인간적인 서운함을 느끼지 않게 될 것입니다. 그들을 배려하고, 또 그들이 무엇을 원하는지 말하지 않아도 섬세하게 알아차리고 반응하고, 미소를 짓고, 진심으로 친절하고, 그러한 식의 다정함은 상대방에게 자신이 인간적으로 존중받고 있다는 기분을 전해주기 때문입니다. 당신은 다정한 식당과 다정하지 않은 식당, 그 둘 중 어떤 식당에서 밥을 먹길 선호하나요?

또한 진실하십시오. 당신이 진실함으로 나아갈 때, 사람들은 당신 앞에서 더 이상 방어적으로 존재할 필요가 없게 됩니다. 왜냐면 당신은 당신 자신의 이득을 취하기 위해 거짓말을 하거나 사람들을 이용하고자 하지 않기 때문입니다. 하여 그 신뢰가 사람들로 하여금 당신을 찾아오게 만들고, 당신에게 중요한 것을 맡기게 만들 것입니다.

우리는 때로 사적인 이득을 취하고자 우리를 이용하는 사람들 앞에서 이용당한 적이 많고, 해서 그러한 것에 극도로 큰 경계심을 품은 채이기 때문입니다. 그래서 자신의 이득을 위해 많은 말을 하며 우리를 이용하고자 하는 그런 느낌을 주는 사람을 우리가 마주하게 되었을 때, 우리는 곧장 마음의 문을 닫게 되는 것입니다. 끝없이 우리에게서 무엇인가를 갈취하고자 하는 사람들, 그런 사람들이 이 세상에는 진실로 많기 때문입니다.

그러니 당신은 오직 진실하십시오. 당신이 진실하고자 할 때, 사람들은 당신을 찾아올 것이고, 앞으로도 당신만을 찾을 것입니다. 그리고 진실로 당신에게는 경쟁자가 많이 없을 것입니다. 이 단순한 법칙을 진정 이해하고 적용한 채 나아가는 사람이 이 세상에는 그리 많지 않기 때문입니다.

당신은 당신에게 필요하지 않은 것이라면 이것은 필요하지 않을 것 같아요, 라고 말해주는 사람에게 당신의 일을 맡기고자 합니까, 아니면 필요하지 않은 것까지도 입에 발린 말들을 해가며 당신이 가입하도록 권유하는 사람들에게 당신의 일을 맡기고자 합니까.

마지막으로 부지런하십시오. 앞선 모든 것들이 부지런하지 않으면 해낼 수조차 없는 일들입니다. 그래서 나태한 사람들은 경제적으로 궁핍한 환경 안에서 살아갈 수밖에 없게 됩니다. 사실 지금의 사회에서는 부지런하기만 해도 누구나 충분히 풍족하게 살아갈 수 있습니다. 그러니 부지런하십시오.

사실 부지런함은, 당신에게 주어진 삶에 대해 스스로 감사할 줄 아는 마음과 다르지 않은 것입니다. 당신이 당신에게 주어진 삶을, 그 매 순간들을 진실로 선물로 여기고 있다면, 그때는 나태하게 존재하는 것이 사실상 불가능한 일이 되기 때문입니다.

그러니 매 순간을 선물로 여기세요. 당신이 이곳에 태어나 존재하고 있다는 것 자체가 선물입니다. 그리고 당신이 진실로 당신의 삶과 당신의 일을 선물로 여긴 채 감사하고 있다면, 당신은 부지런히 당신의 것들을 사랑할 수밖에 없을 것입니다. 정말 그렇지 않나요?

해서 제 생각에 당신이 앞선 모든 마음을 통해 나아갈 때, 당신은 충분히 성공할 수 있을 것입니다. 이 세상 최고의 부자가 되지는 못하더라도, 적어도 행복하며 아름다운 하루하루를 살아가고 있을 것이고, 또한 그 안에서 충분히 풍족할 것입니다.

그렇다면 그것보다 더 위대한 성공이 어디에 있겠습니까. 여전히 결핍된 채 더, 더, 더를 외치고 있는 상태가, 진정한 성공이라 할 수 있는 것이겠습니까. 사실 그건 내면에서 성공을 소유하지 못한 자들이 스스로의 결핍을 채우기 위해 외부에 그 결핍의 구멍을 투사한 채 발악하고 있는 하나의 자존감 없는 상태일 뿐일 텐데 말입니다.

그러니 아름다운 성공, 행복이 언제나 함께하는 성공을 추구하십시오. 당신은 그때야 비로소 성공을 당신의 마음 안에 진정 소유하게 될 것입니다. 그래서 그것이, 이 세상에서 성공이라 불릴 수 있는 단 하나의 유일한 성공이 있을 자리입니다.

그렇다면 당신이 추구하고 있는 성공은 결핍과 함께하는 것입니까, 아니면 진정한 행복과 함께하는 것입니까. 당신의 온전함과 자존감, 다정함을 저버리면서까지 욕망해야만 하는 것입니까, 아니면 그 중심을 지켜낸 채 나아갈 수 있는 진실한 가치가 함께하는 성공입니까. 그러니까 그것은 나 자신의 욕구만을 충족시킬 뿐인 이기적 성공입니까, 아니면 사람들을 또한 행복하게 만들어주는 이타적 성공입니까.

그리고 그 성공이라는 것은, 당신이 당신에게 주어진 삶에 대한 감사의 표현으로써 최선과 진심을 다해 나아가는 과정 안에서 그저 주어지는 것입니까, 아니면 감사하지 않기에 나태할 뿐이며, 하여 일확천금을 노릴 뿐인 하나의 자존감 없는 욕망의 상태, 그 탐욕의 환상에 불과한 것입니까.

16.

존중과 함께하는 사랑.

하나의 사랑을 오래도록 지켜내는 데 있어 가장 중요한 것은 서로를 향한 존중입니다. 서로가 서로의 가치를 존중할 때, 서로는 결코 서로를 향해 함부로가 되지 않을 것이기 때문입니다. 그러니 먼저 존중받는 가치와 삶의 과정을 지닌 사람이 되십시오.

서로를 감정적으로 사랑하며 그 감정에 탐닉하고 있을 뿐인 일차원적인 관계는 언제나 한계에 부딪히기 마련이며, 또한 그 안에는 결핍과 공허가 존재하기 마련입니다. 하지만 서로라는 한 사람의 인간을 진실로 존중하는 것에는 오직 빛과 성숙이 함께할 수 있을 뿐입니다.

그리고 그런 서로는 언제나 서로에게 더 존중받을 만한 가치를 지닌 반듯한 사람이 되기 위해 노력하며 나아갑니다. 그래서 둘은 이 삶의 여정을 함께하며 더욱 성숙하게 되고, 또 그 성숙을 서로를 향해 끝없이 공유하며 예쁜 가치를 나누게 되고, 하여 그 관계 안에서의 승리를 더욱 확정 지으며 나아갈 수 있을 뿐입니다.

사실 그저 감정적으로 서로에게 빠져있을 뿐인 사랑에는 불안과 질투, 강요와 조종, 소유와 집착, 이러한 것들이 필연적으로 포함될 수밖에 없으며, 또한 그러한 부정성이 끝없이 연속되고 반복될 수밖에 없습니다.

왜냐면 그들 각자는 그들 자신이 충분히 존중받을 수 있는 가치를 지닌 사람이라는 확신을 스스로 가지고 있지 못하기에 그런 식으로 존중과 사랑을 끝없이 강요하게 되기 때문입니다. 그래서 그 사랑 안에는 성숙이 없습니다. 성숙이 함께하지 않기에 무가치하며 무의미합니다. 그래서 공허하고 채워질 수 없으며, 그 빈 공간을 도리어 더욱 큰 부정성으로 채워놓고자 헛되이 시도할 뿐입니다.

그리고 그렇게 서로에게 '힘'을 쓸 뿐인 관계는 결국 힘 그 자체의 거짓된 속성으로 인해 붕괴와 파멸을 맞이하게 될 수밖에 없습니다. 끝없이 힘을 주고받는 것은, 힘을 쓰는 사람도 힘을 받는 사람도 지치게 할 것이며, 하여 결국 그들은 에너지가 소진될 것이며, 그렇게 그 관계를 버티지 못해 튕겨져나갈 것이기 때문입니다.

사회적 인식, 나의 사적인 이득, 우리는 그러한 거짓된 가치들의 압박에 못 이겨 누군가와 함께하길 때로 선택하지만, 애초에 거짓된 것에는 결코 진실한 행복이 함께할 수가 없는 것입니다.

그런 식으로, 결혼을 아직 경험해 보지 않았기에 결혼하지 않은 삶이 두려워 결혼을 선택하는 사람들을 저는 많이 봐왔습니다. 하지만 이미 한 번 결혼을 해 본 사람은 결혼에 대한 모든 관점과 두려움을 서서히 초월하기 시작합니다. 그래서 그때는 이럴 줄 알았으면 결혼을 안 하는 건데, 하며 원망과 자기 연민의 늪에 빠져 살아가기도 합니다.

그러니 당신은, 결혼을 한 뒤에 결혼을 안 해도 됐는데, 하고 후회하는 사람이지 마십시오. 그러기 위해서 더욱 온전하십시오. 당신이 진실하고도 온전할 때 당신은 존중받을 것이고, 또한 당신은 오직 당신이 존중할 수 있을 만큼의 예쁜 가치를 지닌 사람과만 함께하게 될 것입니다.

왜냐면 그렇지 않은 사람과의 만남은 당신에게 무의미와 무의미로 인한 공허만을 안겨줄 뿐임을 그때의 당신은 무엇보다 분명하게 알고 있을 것이고, 해서 당신은 당신이 존중할 수 없을 만한 사람과는 결단코 함께함을 선택하지 않을 것이기 때문입니다. 오직 가치 있고, 진정한 의미가 있을 때라야 당신은 함께할 것이며, 하여 사랑할 것입니다.

어떤 수준에서는 누군가를 의심하고, 하여 끝없이 집착하고, 불안해하고, 그러한 것을 낭만화할 만큼 그러한 상태를 은밀하게 즐기지만, 또 어떤 수준에서는 그건 정말로 무익하며 진이 빠질 뿐인 무의미에 불과하기에 그저 기피하고 싶은 감정싸움이 될 뿐일 것입니다. 그래서 이 수준에서는 그저 서로를 신뢰하고, 편안하게 해주고, 서로의 일상과 자유를 존중해주고, 그런 관계 안에서 더욱 존중받고 사랑받고 있음을 느낄 것입니다.

하지만 또한 앞서 말한 수준에서는 이러한 자극 없는 평화가 지루하고 재미가 없다며 기피할 것입니다. 그 수준에서는 나를 사랑한다면, 나에게 충분히 집착하고 나를 더 옭아매줘, 나도 너를 사랑하기에 너에게 집착하고 불안해하는 거야, 라고 끝없이 외치며 감정적인 자극에 더욱 깊이 탐닉하길 원할 테니까요. 그래서 다른 둘은, 다른 둘의 수준을 버티지 못할 것이기에 애초에 함께함을 선택하는 일이 일어나지도 않을 것입니다.

사랑에는 때로 많은 것이 필요하지만, 가장 필요한 것은 감수성의 공유와 대화를 통한 해소와 치유입니다. 공감받고, 공감하고, 그렇게 서로의 마음을 대화를 통해서 나누고, 하여 서로가 지닌 내면의 가치와 고민 등이 상대방에게 또한 인정받고 공감받을 수 있는 것이 될 때라야 우리는 비로소 치유받기 때문입니다.

하지만 외적인 가치들을 위해 당신이 그것을 포기하게 될 때, 당신은 대화를 할수록 답답함과 분노만이 쌓이는 관계를 맺게 될지도 모릅니다. 그렇게 시간이 흘러 외부적인 무엇인가가 전혀 중요하지 않았음을 알아볼 만큼 당신이 받은 상처가 더 깊고 커질 때쯤이 되어서야 당신은 결혼하지 않는 게 더 좋았을 것 같다는 후회를 비로소 하게 되는 것이죠.

그래서 당신이 미리 그 마음을 준비하지 않으면, 그러한 시련과 고통을 통해서 그 마음을 배워야만 하게 될 것입니다. 때로 우리는 그런 식으로밖에 성숙하지 않기에, 그런 식으로라도 삶은 우리가 성숙할 수 있도록 이끌어주고자 하기 때문입니다. 그렇다면 이왕이면 내가 미리 충분히 배우고 성숙해서, 함께하기로 선택한 사람과 함께 행복한 사랑을 영원토록 이어가는 것이 더 낫지 않겠습니까.

그러니 서로가 함께하며 행복하게 지내는 것에 아무런 보탬도 되지 않는 외부를 내부보다 우선시 여기는 오류와 모순을 저지르지 마십시오. 마음이 닿아 마음으로 맺어질 때, 그때야 비로소 우리는 진정한 행복과 함께하게 될 것입니다.

회사에서는 나의 어떤 약점이 공격 대상이 될 것이지만, 그래서 그것을 숨겨야만 하지만, 집에서는 그것이 그래도 괜찮아, 나는 그럼에도 너를 사랑하는 걸, 이라고 말해줄 수 있을 만큼의 하나의 인간적인 한계, 그러니까 인간이기에 지닐 수 있는 하나의 작은 부족함과 같은 것이 되는 것이죠. 그래서 우리는 그러한 다정한 사람과 함께하게 될 때 치유와 정서적인 안정을 얻게 되는 것입니다.

어려운 사람에게 전화를 하는 것이 두려워 망설여질 때, 그런 당신을 회사 사람들은 나약하고 무능력하다고 공격할지도 모릅니다. 하지만 당신이 사랑하는 한 사람은, 그럼에도 당신에게 그럴 수도 있지, 하지만 당신은 또한 누구보다 잘 해낼 거야, 그러니까 도전하는 마음으로, 배운다는 마음으로 한 번 해보자, 정말 잘 해낼 거니까, 라고 말해주는 것이죠.

그래서 당신은 수축되고 주눅 들기보다 더욱 용기를 얻게 되고, 또 활기를 얻게 되며, 하여 끝내 그 도전을 통한 성숙을 완성하며 더욱 자존감 높은 사람이 되어가게 되는 것입니다. 그리고 그것이 진정 함께할 가치가 있는 오직 유일한 관계인 것입니다.

사실 나의 외부적인 결핍과 내적인 공허를 다른 사람으로부터 채우기 위해 함께함을 선택할 수도 있다는 건 저로서는 이해가 되지 않는 관점입니다. 외적인 결핍이 있다면 저는 주어진 삶을 통해 저 스스로 그것을 채우며 성취할 것이기 때문입니다. 왜냐면 내적인 공허는 결코 외부의 어떤 것이나 다른 사람들로부터 채울 수 없다는 걸 저는 너무나도 분명하게 알고 있기 때문입니다.

내 내적인 결핍을 타인을 통해 채우고자 할 때, 우리는 반드시 그 관계에 의존하는 사람이 되고야 말 것입니다. 내 행복의 근원은 내 안에 있는 것인데, 그래서 그때는 내 행복의 근원을 상대방에게 둔 채 상대방이 나에게 이렇게 해주길, 이런 사람이 되어주길 끝없이 바라게 되는 것이죠. 하여 우리는 사사건건 분노하고 사사건건 서운해하고, 사사건건 집착하고 강요하는 사람이 됩니다.

하지만 내 안에서 내 행복의 근원을 찾는 사람은 진정 안에서부터 채워지기에 타인으로부터 행복을 얻길 기대하는 바가 적습니다. 그래서 그때의 우리는 마음을 받으려 하기보다 그저 주고자 하며, 하여 마음을 자연스럽게 받는 사람이 됩니다. 상대방에게 실망하기보다 자주 이해하며 격려해주는 사람이 되고, 그렇게 상대방의 행복을 더욱 걱정하고 염려하는 사람이 되는 것이죠. 그래서 행복하지 않으려야 행복하지 않을 수가 없는 관계를 완성하게 되는 것입니다.

우리의 마음이 공허해서 우리가 누군가를 만나게 될 때, 그때의 우리는 오직 더욱 거대한 공허만을 맞닥뜨리게 될 뿐입니다. 그래서 그 어찌할 수 없는 공허함에 의해 우리는 방황한 채 상대방에게 더욱 집착하고 탐닉하게 됩니다. 그래서 내면이 산만할 때 우리는 우리 자신의 마음을 바라보고 그것을 스스로 다룰 줄 알아야만 하는 것입니다. 그래야만 성숙할 수 있고, 또한 나의 공허를 다른 사람과의 만남과 그 만남 안의 감정에 탐닉함으로써 달래고자 하는 미성숙하고도 이기적인 시도를 그만둘 수가 있을 것이기 때문입니다.

감정에 탐닉하는 것, 그러니까 질투하고, 질투를 유발하고, 울고, 웃고, 너는 내 모든 것이야, 라고 외쳤다가 변덕이 생겨 다음 날에는 원망하고, 그런 식의 감정적인 재미를 추구하며 그것에 취한 채 매료되는 것, 그러한 낭만적인 영화 속 주인공이 되는 것을 우리는 흔히 사랑이라 생각하지만 그것은 진실로 사랑이 아닙니다. 그건 서로가 서로의 마음을 소진키고 갉아먹을 뿐인 미성숙한 감정의 끝없는 주고받음에 불과한 것입니다. 공허하기에 외적인 재미를 끝없이 찾아다니는, 단 한 순간도 침묵하지 못해 방황하고 있는 둘이서 그렇게 함께 영혼의 방황을 하고 있는 상태에 불과한 것이죠.

하지만 진정 성숙한 이들은 그것이 의미 있는 것처럼 여겨지던 미성숙의 시절을 진실로 통과하고 초월하였기에 오직 온전함으로 서로의 하루를 존중하고, 또한 상대방의 진실한 행복을 염려하는 다정함으로 서로의 하루에 있는 진정한 기쁨을 염려하고, 그렇게 자신들이 하고 있는 사랑을 지켜보는 모든 이들에게 선하고도 아름다운 모범이 되는 영향력을 행사할 수 있을 만큼의 진실한 사랑을 추구할 뿐입니다. 아마도 그런 사랑이 아니라면 애초에 함부로 사랑을 말하지도 않을 것입니다.

그러니 서로를 오직 진실하게 사랑하십시오. 그것만이 우리가 나아가고 추구하는 성숙의 완성이라는 목적에 기여할 것이며, 또한 그 목적과 함께하는 사랑일 것입니다. 어쨌든 온전한 사람이라면 상대방에게 존중심을 가지지 않은 표현을 함부로 하지는 않을 것입니다. 서로가 서로를 이해하기보다, 그래서 한쪽이 일방적으로 이해를 강요 당하는 관계는 그때에 이르러서는 맺으려야 맺을 수가 없는 것입니다.

그러니 만약 우리가 다정함이 통하지 않는 사람과 함께하고 있다면, 우리는 진실로 우리가 이 관계 안에서 행복할 수 있을지를 두고 고민해봐야 할 것입니다. 만약 함께하고 있는 누군가가 나이가 많다며 나를 존중하기보다 함부로 대한다면, 이것을 명심하십시오. 나이가 많다는 건, 나이가 많기 때문에 함부로 말할 자격을 얻게 되는 것이 아니라 그만큼 더 많은 삶을 마주한 경험으로 더 이해해주고 품어줄 유일한 책임이 있음을 뜻하는 것이라는 걸요.

우리가 좋은 사람일 때, 우리는 진실로 연장자의 편견으로 사람을 괴롭히기보다 연장자의 성숙으로 한 사람을 더욱 이해하고 고쳐시켜주는 사람일 것입니다. 그러니 내가 어떤 상황, 어떤 외적인 틀 안에 놓여져 있든지 간에 그 외부를 누군가를 존중하지 않고자 하는 내 미성숙을 합리화하는 조건으로 이용하지 마십시오. 내가 어떻게 생겨 먹었는지, 존중에 있어 그것은 중요하지 않으니까요.

그러니까 제 말은, 돈이 누구보다 많다고, 나이가 누구보다 많다고, 직급이 누구보다 높다고 누군가에게 감히 함부로 대할 수는 없는 것이라는 말입니다. 하여 그 겸손한 마음으로 우리가 누군가를 진정 존중할 때, 그렇게 서로가 서로를 진실로 존중할 때, 오직 그 사랑만이 진정 시들지 않는 굳건함으로 나아갈 수 있을 것입니다.

왜냐면 사랑은 누군가의 외부를 바라보고, 그 외부에 의해 그 크기를 조절하는 판단을 기반으로 하는 것이 아니라, 오직 모든 이의 내면,

그 존재의 본질을 편견 없이 바라봐주는 다정함을 기반으로 하는 것이기 때문입니다.

그러니 가장 먼저, 내가 존중받을만하고 타인을 또한 진정 존중할 수 있는 반듯한 내면을 지닌 사람이 되십시오. 다른 무엇보다 그게 가장 먼저입니다. 그리고 그때가 되어서야만, 당신은 당신과 함께할 사람을 선택하는 데 있어서도 진실로 당신의 행복을 저버리지 않을 수 있을 것입니다. 내부의 가치와 외부의 가치, 그중 당신은 적어도 내부의 가치를 보다 중요한 기준으로 여기고 있는 채일 것이기 때문입니다.

그러니 오직 온전함과 진실한 행복만을 추구하십시오. 당신이 온전할 때, 당신은 감정적인 자극보다는 함께함의 평온함을 더욱 추구할 것이고, 하여 보다 단순하게 존재할 것입니다. 그리고 우리가 보다 성숙하며 나아갈 때, 그 단순함은 지루함에서부터 진정한 사랑과 행복, 평화로 그 의미를 옮겨가고 발전시켜나가게 될 것입니다.

그렇다면 당신은 지금 진실로 상대방과 함께 서로를 존중하는 관계를 맺고 있습니까. 아니면 그 존중감이 부재해 끝없이 서로를 공격하고 방어할 뿐인 사랑 아닌 관계를 맺고 있습니까. 또한 당신과 상대방은 서로의 '존재'를 아끼고 사랑하고 있습니까, 아니면 서로가 서로에게서 주고받는 감정적인 자극에 취해 서로의 공허함과 결핍을 서로로부터 해소하고자 할 뿐인 더 큰 공허를 낳는 관계를 맺고 있을 뿐입니까. 둘은 서로와 함께할 때 서로의 내면을 중요하게 생각하고 충분히 그것을 나누고 공유하며 배려하고 있습니까, 아니면 외부적으로 겉돌고 있을 뿐인, 마음과 마음이 없는 영혼 없는 관계를 맺고 있습니까.

지금 당신이 맺고 있는 관계를 점검하고 그 관계를 마주하고 바라보고 있는 당신의 관점이 진정 행복의 관점이 맞는지를 살펴보십시오. 그러니까 당신이 하고 있는 그 사랑 안에서 지금 당신은, 진정 행복하십니까.

17.

함께함을 선택한 것에 대한 의무.

　제가 당신과 오늘 한 번만 보고 말 사이였다면, 저는 당신이 어떻게 생겨 먹었든 당신을 있는 그대로 존중하고 사랑할 수 있을 것입니다. 하지만 당신과 제가 평생을 함께해야 하는 사이라면, 저는 당신에게 온전한 사람일 것, 그리고 다정한 사람일 것, 그것을 바라고 요구할 것입니다. 왜냐면 그것이 함께함을 선택한 각자에게 주어지는 최소한의 책임이자 의무이기 때문입니다.

　그래서 특별한 관계에 서로가 속하게 되는 것에는 때로 서로를 향해 많은 노력과 정성을 기울일 것이 요구됩니다. 당신은 오늘 밤 뉴스에서 나오는 어떤 강도를 미워하지 않을 수 있을 테지만, 만약 그 강도가 당신과 평생을 함께해야 할 사람이라면 당신은 그 사람을 감히 쉽게 용서할 수도 없을 것입니다. 아니, 애초에 함께함을 선택하지도 않았을 것입니다.

그래서 그것이, 하나의 관계 안에서 함께하기로 선택한 둘 모두가 온전하고도 다정한 사람이어야만 하는, 그러니까 서로를 향해 그런 사람일 수 있도록 부단히 노력해야만 하는 이유인 것입니다. 그리고 그 노력, 그러니까 성장을 향해 나아가는 태도, 그것만이 오직 둘의 관계를 영원히 가치 있고 의미 있게 만들어주는 유일한 태도라 할 수 있을 것입니다.

그렇지 못할 때 그 관계는 오직 서로를 미워하고, 사소하게 서로를 향해 감정적으로 복수하고, 그러한 부정성으로의 탐닉만을 반복하다 끝나게 될 것이 뻔하기 때문입니다. 그럴 거라면, 차라리 미워하지 않고 사랑하되, 특별한 관계에는 놓이지 않는 것이 더 낫지 않겠습니까. 그러니까 서로가 서로의 가슴에 닿아 어떠한 의미로 맺어지기보다, 영원히 모르는 채 지내는 각자의 존재로 살아가는 것이 더 낫지 않겠습니까.

상대방과 당신이 끝내 하나의 관계로 맺어지는 특별함으로 엮이지만 않는다면, 진실로 서로는 서로를 미워하지 않을 수 있을 것입니다. 그럼에도 용서하고 사랑할 수 있을 것입니다. 하지만 평생을 함께 살아가야 하는 특별함으로 둘이서 맺어지게 되었다면, 그때는 이야기가 달라질 것입니다.

당신은 오늘 하루 식당에서 당신에게 불친절했던 종업원을 그럼에도 쉽게 용서할 수 있겠지만, 매일 당신과 함께해야 하는 사람이 당신에게 늘 함부로 말하고, 쉽게 폭력적이고, 자주 분노하고, 사소한 일 하나를 가지고 하루 종일 물고 늘어지고, 진실하지 못해 늘 거짓말을 하고, 그 모든 일 앞에서 합리화와 정당화를 일삼는 사람이라면 당신의 용서는 영원히 끝이 나지 않을 것이기 때문입니다. 그건 정말로 오늘 겨우 용서해도, 다음날 또다시 용서할 거리를 무한히 제공받게 되는 식인 것이죠.

그래서 온전한 사람이 되어 온전한 사람을 만나는 것이 중요한 것입니다. 내가 진실로 온전한 사람일 때, 나에게는 온전하지 않은 사람과 함께하는 시간이 무의미하게 느껴질 것이기에 나는 그들과 장기적으로는 결단코 함께하게 되지 않을 것이기 때문입니다.

내가 감정적인 탐닉에 큰 흥미가 없어 질투하고, 화내고, 울고불고 싸우고, 텃세를 부리고, 그러한 것을 불편하게 생각하기에 받아주지 않는 사람이라면, 그런 것에서 자극과 재미를 찾는 상대방은 그런 나를 재미없다고 생각하기에 함께하지 않을 것이고, 그리고 그건 그 반대인 나에게 또한 마찬가지일 것이기 때문입니다.

그러니 오직 다정하고 온전한 사람이 되어 그런 사람과 함께하십시오. 함께하기로 선택했다면, 둘은 진실로 서로에게 그 의무와 책임을 다해야만 할 것입니다. 그리고 그건 온전한 사람들에게는 자연스러운 일입니다. 하여 저는 당신이 당신에게 주어진 온전함을 먼저 완성함으로써, 그 온전함으로부터 보호받길 바랍니다.

당신이 온전할 때 당신은 온전하지 않음을 가치 있다고 여긴 채 그것에 끌리지 않을 것이고, 그러니까 나 자신의 진실한 평화와 행복을 스스로 지켜낼 줄 아는 그 중심 있는 끌림의 기준, 그것이 바로 온전함으로부터의 보호인 것입니다.

그렇다면 당신이 함께하기로 선택한 관계는 지금 어떤 모습을 띠고 있습니까. 또한 당신과 상대방은, 서로를 향해 충분히 다정하고도 온전하기 위해 최선을 다하고 있습니까.

18.

공허와 사랑.

우리의 마음 안에 사랑이 부재할 때, 우리는 공허합니다. 그러니 사랑을 품으세요. 사랑을 의도하세요. 우리 자신의 본질과 근원은 이미 사랑인데, 우리가 그것을 알아보지 못한 채 자꾸만 외부의 것들을 좇아 그 세계에 탐닉하게 될 때 우리는 그 사랑에게서 점차 멀어지게 됩니다. 하여 그때는 나 자신의 근원을 상실하였다는 그 텅 빈 감정인 공허가 나를 찾아올 수밖에 없게 되는 것입니다.

그래서 공허는, 이제는 다시 마음의 중심을 찾아달라는, 그렇게 사랑이라는 본질로 돌아가달라는 나를 향한 내 마음의 간절한 외침이자 신호입니다. 그러니까 만약 지금 공허하다면, 당신의 마음이 당신을 향해 이제 나를 좀 그만 아프게 해달라고 말하고 있는 것입니다. 그러니 그 마음의 진솔한 울림을 이제는 외면하지 마십시오.

그러니까 오직 사랑이 있으십시오. 사랑은 다른 어딘가에서 구하고 찾는 것이 아닙니다. 왜냐면 당신이 잠시 잊었을 뿐, 당신이라는 존재 자체가 사랑이기 때문입니다. 그래서 당신이 사랑하고자 할 때, 마음 안에서부터 진실로 그 사랑을 의도할 때, 당신은 그 즉시 당신 자신을 포함한 모든 세계를 사랑하게 됩니다. 그저 마음만 먹으면 그렇게 됩니다. 사랑이 사랑이 아닌 것이 되는 것보다, 진실로 사랑이 사랑으로서 살아가는 것이 더 쉬운 일이기 때문입니다.

그러니 지금 이 순간 사랑을 의도하세요. 당신의 옆에 있는 사람을 그저 사랑하겠다 마음먹을 때, 당신은 그 사람을 사랑하게 될 것이며, 하여 사랑하는 능력은 언제나 당신의 마음 안에 없었던 적이 없었다는 것을 깨닫게 될 것입니다.

그러니 오직 지금 이 순간, 사랑이 되세요. 사랑하고, 사랑을 품으세요. 그렇게 어두워진 당신 자신의 마음 안에 빛을 비춰주세요. 다른 무엇인가를 통해 사랑받기 위해 애쓰며, 또 다른 누군가에게 사랑받기 위해 매달리며, 그런 식으로 다른 무엇인가에 의존하여 빛나기 위해 그토록이나 치열하게 살아오는 동안, 당신 자신의 마음은 얼마나 아파왔을까요. 얼마나 공허에 사무친 채 시들어져왔을까요. 생명의 빛을 잃은 채 죽어가고 있었을까요.

그러니 이제는 사랑을 의도하세요. 먼저 당신 자신을 향해 사랑한다는 말을 하는 것을 시작으로 말입니다. 당신이 먼저 당신 자신을 사랑하고, 또 사랑함으로써 당신의 본질인 사랑 그 자체를 되찾을 때라야 비로소 당신은, 그 온전하고도 자존감 있는 중심으로 인해 진실한 사랑을 또한 받을 수 있게 되는 것입니다.

당신의 마음 안에 사랑이 부재해 당신이 결핍투성이일 때, 어느 누가 당신과의 만남 안에서 진실로 평화와 행복을 찾을 수 있겠습니까. 해서 결핍된 자들만이 당신을 찾아올 것이고, 그때는 서로가 서로를 이용하고, 그저 순간의 외로움 때문에 서로를 찾고, 하여 완성되기보다 미성숙으로부터 비롯된 서로의 부정적인 감정들을 편하게 주고받을 뿐인 관계를 맺게 될 수 있을 뿐일 것입니다.

그러니 진실하게 사랑하세요. 먼저 당신 자신의 사랑을 되찾으세요. 오직 그 사랑으로써, 사랑을 또한 받는 자가 되세요. 부디, 당신의 마음 안에 사랑이 임하기를. 빛이 있기를. 하여 당신이 모든 공허를 넘어 이제는 진실로 행복하기를 바랍니다.

그렇게, 이제는 당신 자신을 아프게 하는 그 모든 결핍과 미움, 증오, 공허, 외로움, 슬픔에서부터 벗어나 먼저 당신부터가 완전하기를. 그렇게 예쁜 빛이 나는 사람이 되기를. 하여 당신이 맺을 관계 또한 그 진실한 사랑으로부터 빛나기를. 서로를 아프게 하기보다 서로를 어루만져주고 치유해주는 그런 다정한 눈빛으로 서로를 영원히 마주하는, 그런 사랑을 하기를.

그렇다면 당신은 지금, 당신 자신을 스스로 아프게 하고 있습니까, 아니면 충분히 사랑하고 있습니까. 하여 당신은 당신이 맺고 있는 관계 안에서 감정적인 결핍과 불만족, 이기심으로 그 관계 안의 상대방을 아프게 하는 사람입니까, 아니면 상대방이 당신으로 인해 더욱 순수한 미소를 지을 수 있도록 오직 진실하게 사랑함으로써 상대방을 행복하게 만들어주는 사람입니까. 그러니까 당신은 지금, 당신 자신의 본질로부터 얼마나 멀리 떨어져 있으며, 또 얼마나 가까이 있습니까.

19.

영원히 사라지지 않는 유일한 것.

대가 없이 사랑하세요. 그게 진정 우리의 삶을 아름답게 물들일 것입니다. 제게 있어 사랑은 오렌지 자스민과 같은 것입니다. 비가 많이 오는 날이면 바깥에 있는 자스민이 걱정이 되어 새벽부터 깨어나 피곤한 몸을 이끌고 옥상으로 올라가서는 자스민을 실내로 들이곤 하죠. 장마철의 새벽이면 그게 저의 일상이 됩니다. 빗물을 흠뻑 머금은 자스민을 옮기다 허리가 아파 며칠을 고생했던 적도 있었죠. 그렇다고 제가 자스민을 원망하거나, 자스민을 향한 저의 사랑을 자스민에게 알아주기라도 바랐겠습니까. 그저 잘 자라주면 그게 저의 기쁨이자 만족인 것입니다.

그런 식으로, 모든 일을 뒤로 한 채 사랑하지만, 그 어떤 대가도 바라지 않는 사랑, 우리가 그러한 사랑을 할 때 우리는 그 자체로 더욱 행복한 사람이 되고, 해서 그 행복이 그러한 사랑 그 자체의 보상이 되는 것입니다. 그저 상대방이 나의 사랑으로 인해 행복하고 기뻤다면 그것으로 된 것입니다. 그러니 그러한 식의 진실한 사랑을 하십시오.

만약 당신이 특별한 한 사람과 오랜 관계를 맺어야 할지를 고민하고 있다면, 그 사람이 당신에게 또한 그런 진실한 사랑을 줄 수 있는 다정한 사람인지를 두고 고민하십시오. 서로가 서로에게 그런 사랑을 기울일 때, 서로는 오직 행복할 것입니다. 하지만 그 반대가 될 때는 오직 불행할 수 있을 뿐일 것입니다.

그러니 관여하고, 통제하고, 집착하고, 바라고 기대하고, 서운해하고 원망하고, 그러한 식의 사랑 아닌 것들을 사랑이라 오해한 채 이제는 더 이상 시간을 낭비하지 마세요.

그저 사랑하며 아름답게 존재하기에도 짧은 인생입니다. 모든 것은 지나가기 마련이고, 하여 내가 바라던 기대와 그 기대가 충족되지 않아 서운해하고 원망하던 그러한 시간들 또한 결국 세월 앞에서 잊혀지고 사라지기 마련입니다. 하지만 당신이 진실하게 사랑했던 그 마음만큼은 영원히 간직된 채 우주에 기록될 것입니다. 영원한 당신의 영혼은, 당신이 이루어낸 그 성숙과 함께 영원히 새로운 세월과 삶을 맞이하게 될 것이기 때문입니다.

그러니 지나가고 사라지는 모든 것 안에서 유일하게 영원한 그 성숙만이 가치가 있고 의미가 있는 것입니다. 그것을 잊지 마세요. 하여 당신은, 오직 더욱 성숙하고도 진실한 사랑을 향해 나아가세요. 당신이 성숙할수록, 당신의 사랑 또한 더욱 아름답게 변해갈 것입니다. 결국 우리는 우리가 성숙한 만큼만 상대방을 진실하게 사랑할 수 있기 때문입니다.

그러니 이 세상에서 가장 진실한 사랑이 무엇인지, 이 삶을 통해 당신이 이루어낼 수 있는 가장 최대한의 성숙을 이루어냄으로써 꼭 알아가세요. 그 사랑의 완성만이, 이 삶에서 우리에게 의미와 가치를 가진 유일한 것입니다.

　그렇다면 당신의 존재와 삶은, 지금 충분히 아름답습니까. 영원한 가치들과 함께 나아가고 있습니까. 그러니까 당신은 지금, 충분히 진실하게 사랑하고 있습니까.

20.

단 하나의 유일한 관점.

우리가 세상을 바라보는 관점을 우리는 때로 타인에게 강요하고자 합니다. 그렇게 나 자신의 관점만이 옳은 것이고, 그 외에 다른 모든 관점들은 그른 것이다, 하는 옳고 그름의 진흙탕으로 우리는 우리 자신이 믿고 따르는 관점을 스스로 오염시키곤 합니다.

하지만 우리가 우리 자신들이 믿는 관점의 진정한 주인일 때, 우리는 더 이상 우리의 관점을 타인들에게 강요하지 않을 것입니다. 진정 나인 것, 내가 소유한 것, 그것은 누군가에게 증명하거나 납득시킬 필요가 없는 내 것이기 때문입니다. 이 세상을 둘러싼 공기 그 자체처럼 당연한 것이기 때문에 우리는 우리가 그 관점과 함께 살아가고 있다는 것조차 사실은 잊은 채일 것입니다.

하지만 관점을 소유하지 못해 그 관점을 통해 나의 우쭐함을 채우고자 할 뿐인 사람들은, 자신의 관점을 강요함으로써 자신의 존재를 더욱 멋진 사람으로 만들어나갈 수 있다는 환상과 오해를 오직 숭배한 채 존재하는 경향이 있습니다. 그러니까 그 사람들은 자신의 관점을 관계 안에서 어떠한 기득권을 취하기 위해 이용하고자 하는 것입니다. 그게 아니라면, 더 이상 내 것을 타인에게 강요하지 마십시오.

만약 당신이 당신의 관점으로 인해 진정 행복한 사람이 된다면, 사람들이 알아서 당신의 관점을 배우고자 청할 것입니다. 강요는 힘이며, 힘은 언제나 저항하는 힘을 낳습니다. 그렇기에 우리에게 필요한 지혜는 힘이 아니라, 그 어떤 반발하는 힘도 없이 자연스럽게 그렇게 될 수 있도록 선한 모범을 보여주는 것, 오직 그것입니다.

그러니 모든 사람이 자신이 처한 삶의 위치와 환경 안에서 자신이 할 수 있는 최선을 다하고 있다는 것을 잊지 마십시오. 만약 다른 최선이 있음을 알았다면, 그들은 이미 다르게 선택하고 다르게 존재했을 것입니다. 하지만 그것이 각자가 처한 수준 안에서 진실로 가장 높은 최선이기에 그렇게 존재하고 있는 것일 뿐입니다.

그래서 타인의 한계와 부족한 점이 당신의 눈에 보였기에 당신이 당신의 관점을 말한 것일지라도, 타인은 저항할 수밖에 없습니다. 왜냐면 그들은 더 높은 관점을 아직은 전혀 바라보지도, 이해하지도 못하기 때문입니다. 진실로 그것이 최선이며, 그렇게 해야만 자신이 행복할 수 있을 거라 믿기에 그런 식으로 존재하고 있는 것일 뿐이기 때문입니다.

그러니 당신이 그들을 위해 할 수 있는 가장 최선의 일은, 그저 지켜봐 주는 것입니다. 그들이 그들 각자의 선택과 경험으로 인해 그들의 삶에서 배우고, 그렇게 성숙할 수 있기를 그저 지켜봐 주고 응원해주는 것입니다. 정말로 그것이 다입니다. 왜냐면 당신의 말은 진정 그들을 변화시킬 힘이 없기 때문입니다.

그러니 그저 마음으로 응원해주고 지켜봐 주세요. 동시에 당신 또한 당신이 존재할 수 있는 가장 최선의 다정함이자, 사랑이자, 행복으로서 존재하세요. 그 행복이 진정한 행복이라면, 분명 그들이 당신의 행복에 영감을 받고 고취될 날이 올 것입니다. 그리고 그 자연스러운 마음의 변화만이, 사람의 수준을 변화시키고 끌어올릴 수 있는 유일한 방법입니다.

힘과 강요로는 절대로 해낼 수 없는 것들이, 사랑과 다정함으로 인내하고 기다려주는 것으로는 쉽게 해낼 수 있는 일이 됩니다. 비록 시간은 오래 걸릴지라도 그것만이 진실한 변화를 이끌어낼 수 있는 오직 유일한 방식이기 때문입니다.

그러니 이제는 당신의 관점을 누군가에게 강요하는 미성숙에서 벗어나 더욱 성숙한 태도를 지니십시오. 무엇보다 당신의 마음이 보다 큰 자유와 여유를 얻어 행복할 것입니다. 더 이상 누군가에게 옳고 그름을 내세우며 스트레스를 받지 않아도 되는 자유란, 그 자체로 얼마나 큰 행복이겠습니까. 그러니 그 자유를 확정 지으십시오.

그렇게 당신은, 당신 자신의 관점의 진정한 주인이 되어 관점으로 인해 불행하기보다 그것으로 인해 더 행복한 사람이 되십시오. 그리고 그때의 당신이 지닌 단 하나의 유일한 관점이란, 오직 이해와 사랑일 것입니다. 해서 당신은 그저 타인의 제한된 시선을 향해 연민을 품을 수 있을 것이고, 그들이 그것을 선택할 수밖에 없음에 대해 안타깝게 여길 수 있을 것입니다.

그래서 당신은 당신 자신의 관점이 보다 성숙한 것임에 또한 감사할 수 있을 것입니다. 하여 당신에게는 이제 다른 것에 대한 미움보다는 그것을 향한 이해와 사랑이 더욱 우세해진 채일 것이고, 하여 당신은 그로 인해 오직 행복할 것입니다.

그러니 나의 것만이 옳다며 타인을 압박하고 강요하거나, 타인의 것을 틀린 것으로 만들고자 하는 그 마음으로부터 영원한 자유를 얻으세요. 무엇보다 당신 자신의 평화와 행복을 위해서 그렇게 하는 것입니다.

그렇다면 당신은 지금, 당신 자신의 관점 아래에 놓인 채 그것에 의해 얼마나 휘둘리고 있으며, 또 얼마나 스트레스를 받고 있나요. 그러니까 당신의 관점은, 당신과 타인의 스트레스를 위해 존재하고 있습니까, 아니면 둘 모두의 평화와 진실한 행복을 위해 존재하고 있습니까.

21.

영원한 후회로 남을 유일한 것.

결국 우리가 삶의 마지막 순간에 이르러 후회하게 되는 것은, 더 많은 돈을 벌지 못했다는 것도, 누군가에게 복수를 더 심하게 하지 못했다는 것도 아닐 것입니다. 왜냐면 우리가 진정 죽기 전에 이르러서는 그러한 것들이 우리에게 있어 더 이상은 아무런 가치도, 의미도 없는 것들이 되어버릴 것이기 때문입니다.

하지만 우리는 남겨진 사람들, 그러니까 우리가 죽고 나서도 여전히 이 세상을 살아가는 사람들의 마음에 대해서는 그때에 이르러 더욱이 생각할 수밖에 없을 것입니다. 그들은 우리가 죽은 뒤에도 우리가 그들에게 전해준 마음을 자신들의 마음 한구석에 가진 채 남은 평생을 살아가게 될 것이기 때문입니다.

그래서 그때의 우리는 더 다정하지 못했던 것에 대해서, 더 용서하지 못했던 것에 대해서, 더 아름답지 못했던 것에 대해서 후회하게 될 것입니다. 어차피 아무것도 짊어지지 못한 채 떠나는 것이 이 세상이라면, 우리는 세상을 더 내려놓지 못해 집착하느라 충분히 사랑하지 못했던 시간들이 아쉽게 느껴질 수밖에 없을 것이기 때문입니다.

그러니 당신이 죽기 직전에도 지금 당신이 움켜쥐고 있는 이것들이 진정 소중한 것일지를 언제나 생각할 줄 아는 습관을 지녀보세요. 지금 당신이 그토록이나 움켜쥐고 있는 당신의 원망, 당신의 분노, 당신의 욕망과 집착, 그러한 것들이 그 마지막 순간에 이르러서도 여전히 당신에게 있어 소중한 것들이겠습니까.

그것을 생각하는 순간, 그 즉시 당신은 그러한 것들을 내려놓는 것에 있어 훨씬 더 가벼워질 것입니다.

그렇다면 지금 당신이 소중히 여긴 채 움켜잡고 있지만, 언젠가의 당신에게는 후회로 바뀌어 당신의 가슴을 아프게 만들 당신의 행동과 마음은 무엇입니까. 그러니까 지금 당신은 누구를 향해 복수심과 원망을 품고 있으며, 또 어떤 것에 탐닉하느라 당신 자신의 몸과 마음을 더욱 공허하고 아프게 만들고 있습니까.

명심하십시오. 우리는 언제나 결국, 우리가 조금 더 다정하고 진실하지 못했던 것들에 대해, 우리가 집착하고 탐닉하느라 더욱 행복하게 지내지 못했던 날들에 대해 반드시 후회하고 아파하게 될 것이라는 것을요. 그것이 다정하지 않음에 대해, 진실하지 못했음에 대해, 나 자신에게 주어진 행복하게 살아갈 의무 앞에서 내가 소홀했던 것에 대해, 우리가 갚고 치러야 할 오직 유일한 책임이라는 것을요.

그러니 지금 이 순간 당신이 할 수 있는 한 최대로 다정하십시오. 오직 모든 것에 대해 그저 감사함으로써 행복하게 존재하십시오. 하여 아름답게 살아가고, 아름답게 떠나는 사람이십시오. 그렇게, 영원히 당신을 그리워하고 당신의 죽음에 대해 아파할 남겨진 사람들이 하게 될 당신을 향한 기억이라는 것이, 부디 당신처럼 더욱 예쁘게 살아가야겠다고 마음먹게 하는 존경받는 의미가 되기를 바랍니다. 당신처럼은 살아서는 안 되겠다가 아니라, 꼭 당신처럼 살아가겠노라고 굳게 다짐하게 되는 소중함이기를.

그렇다면 당신의 지금은, 훗날 당신이 아파하고 후회하게 될 만큼 못난 것입니까, 아니면 오직 미소를 지은 채 행복하게 떠나갈 수 있을 만큼의 아름다움입니까.

22.

보다 성숙한 시선.

타인의 부족함을 우리가 비난하기보다 그것을 통해 우리가 배울 때, 타인은 우리를 더욱 완전하게 해주는 선물이 됩니다. 그러니 나를 화나게 하는 사람을 향해 분노를 쏟는 대신에 용서를 선택하십시오. 누군가의 부족한 점을 나무라고, 비판하고, 하여 그것을 내 마음의 인색함을 더욱 부풀리는 계기로 삼는 대신에 이제는 내 마음 안의 다정함을 더욱 완전하게 가다듬는 기회로 여기십시오.

그들을 그럼에도 용서하고, 또 그들에게 그럼에도 다정한 뒤에도 여전히 그들과 당신이 함께할지 말지, 그것은 나중의 선택입니다. 그것은 용서한 뒤에 선택해도 늦지 않을 것입니다. 왜냐면 화가 나고 미워하는 상태에 있는 것보다 당신이 상대방을 완전히 용서한 채일 때, 오히려 그때, 당신이 해야 할 선택이 보다 분명하고 선명하게 보일 것이기 때문입니다.

그러니 언제나 사람은 보다 감정적일 때 더욱 지혜롭지 못한 선택을 하는 경향이 있다는 점에 대해 충분히 이해하십시오. 해서, 먼저 용서하십시오. 그럼에도 다정하십시오.

당신에게 용서를 가르쳐주고자 당신의 마음에 시련을 안겨주는 사람은 사실 당신이 고맙게 여겨야 할 당신의 교사입니다. 그러니 그들을 통해 배우고, 그들을 통해 당신에게 주어진 수업을 완성하십시오. 그렇게 더욱 완전해지십시오.

당신의 시선이 진정 바깥의 모든 세계를 당신의 성숙을 위한 수업으로 여기고 있는 채일 때, 비로소 당신은 안전할 것입니다. 그렇게 지켜질 것입니다. 그때는 그 어떤 외부도 결코 당신을 흔들지 못할 것이기 때문입니다. 연꽃잎이 물에 젖지 않는 것처럼, 그러니까 그때의 당신은 진실로 외부로부터 영원한 안전을 얻게 된 채일 것입니다.

그렇다면 지금 당신에게 주어진 수업은 무엇이며, 또한 당신에게 성숙을 가르쳐 주고 있는 당신의 교사는 누구입니까.

23.

완벽한 아름다움.

　우리는 모두 성숙하고 있고, 또 정확히 그 내면의 성숙을 완성하기 위해 태어나 살아가고 있습니다. 그래서 모든 사람이 태어나서부터 완전할 수도, 완벽할 수도 없는 것입니다. 만약 우리가 이미 완벽했다면, 우리에게는 태어날 이유도, 존재할 목적도 없었을 것이기 때문입니다. 해서 그것이, 이 세상이 완벽하지 않기에 완벽히 아름다운 이유인 것입니다.

　하지만 우리는 때로 나 자신을 제외한 바깥의 모든 것에 대해 완벽성을 주장하며 그들이 완벽하지 않은 것에 대해 비난하고 깎아내리는 태도 자체에 골몰하고 탐닉한 채로 세상을 마주하곤 합니다. 완전한 도덕적 잣대로 사람들을 오직 평가하고 판단하는 것이죠.

　그래서 그건, 성숙이라는 우리 자신의 본질과 존재의 목적 자체를 부정하는 하나의 오류이자 망상에 불과한 것입니다. 해서 그러한 판단으로부터 나 자신의 도덕적 우월감을 채우고자 하는 태도야말로 우리가 성숙하며 나아가는 데 있어 가장 첫 번째로 내려놓아야 하는 태도가 될 것입니다.

내 눈의 들보, 남의 눈의 티라는 말이 있습니다. 그러니 먼저 나 자신조차도 완벽하지 않은 하나의 인간이며, 해서 내가 이곳에 존재하고 있다는 것에 대해 충분히 이해하고 받아들이십시오. 그렇게 판단으로부터 자유와 구원을 얻을 것이며, 하여 그 투명하고도 맑은 시선과 마음으로부터 오직 지금 이 순간 행복한 사람으로서 존재하도록 해보십시오.

그러니까 우리는 누군가의 실수를, 나의 분노를 쏟아낼 계기로 삼기보다 그 실수로부터 나 자신의 삶을 되돌아볼 기회를 얻을 줄 알아야만 하는 것입니다. 그것이 진정 우리를 행복하게 해주고 성숙으로 더욱 이끌어주는 지혜인 것입니다.

우리 모두는 실수로부터 배웁니다. 그래서 실수는 우리의 성숙에 기여하는 바가 대단히 많습니다. 단, 우리가 그 실수 앞에서 변명한 채 저항하거나, 끝없는 합리화를 하는 대신에 진실로 뉘우치고 반성할 줄만 안다면 말입니다. 그래서 당신은, 지금 누군가를 비난하고 그들을 깎아내릴 자격이 있을 만큼 완벽한 존재입니까. 당신의 눈에 있는 들보는 여전한데, 여전히 타인의 티를 두고 비난에 탐닉하고 있는 것은 아닙니까.

만약 당신이 그러한 삶의 태도 앞에 묶여져 있다면, 당신은 결단코 성숙할 수 없을 것입니다. 해서 당신은, 성숙하며 나아가야 한다는 당신 자신의 유일한 존재의 이유와 목적을 저버린 채 살아가고 있는 대가로 오직 공허와 불행만을 얻게 될 수 있을 뿐일 것입니다.

그러니 태어나 지금 이 순간까지, 당신 스스로도 단 한 차례의 실수나 결점 없이 완벽하지 않았다면, 그들도 그들 자신의 삶으로부터 배우고 있다는 점을 받아들여 주세요. 당신이 어릴 적보다 지금 더 성숙한 관점으로 살아가고 있듯, 그들 또한 그렇게 배우며 나아가고 있는 것입니다. 그들도 지금은 이렇지만, 이것을 통해 배워 언젠가는 더 나은 사람이 되어있을 것입니다.

해서 우리가 그러한 식의 우리 인류가 이곳에 존재하고 있는 이유와 목적 자체를 인정하고 받아들일 줄 알아야만, 우리 자신이 보다 더 너그럽고 행복하게 존재할 수 있게 되는 것입니다. 그래서 그건, 무엇보다 나 자신을 위한 일인 것입니다.

그러니 남의 티를 발견한 채 그것을 비난하는 것에 탐닉하는 당신 자신의 시선으로부터 이제는 구원을 얻으세요. 그래야 당신의 성숙 또한 존중받을 수가 있게 되는 것입니다.

만약 당신에게 끝없는 원망 거리를 안겨다 주는 사람이 있다면, 그 관계 안에서 끝없이 원망하고 그 사람을 미워하기보다, 차라리 그들과 함께하지 않는 것을 선택하세요. 그러니까 그들을 비껴가되, 그들을 비난하지는 마세요. 당신은 그저 당신의 자리에서 최선을 다해 성숙하며 나아가면 되는 것입니다. 그것이 진정 아름다운 것입니다.

그렇게 당신의 존재가 비로소 아름다움으로 물들기 시작할 때, 당신은 이제 그 존재의 향기로부터 사람들에게 또한 행복을 전해주는 사람이 됩니다. 그래서 그때는 당신 마음의 평화가 온 인류를 향해 빗발치기 시작할 것이고, 하여 온 세상의 평화를 또한 드높일 것입니다. 왜냐면 진실로 우리 모두는 하나이기 때문입니다.

그러니 타인이 자신만의 위치에서 자신에게 주어진 자신만의 과제와 수업을 완성하며 성숙해나가는 그 과정 자체를 또한 인정해주세요. 그래야 당신 또한 당신의 위치에서 성숙해나가고 있는 그 모든 과정들을 신으로부터 인정받게 될 것입니다. 그것이 판단하는 자가 판단을 받는 이유이며, 용서하는 자가 용서를 받는 이유입니다.

당신부터가 판단에 묶여진 채 이 세상을 그러한 잣대로만 바라보고 살아가고 있는데, 어떻게 당신이 그 판단으로부터 자유롭길 기대할 수 있겠습니까. 그러니 지금 이 순간 그 태도로부터 영원한 자유를 확정 지으세요. 그렇게 당신의 구원을 완성하고, 천국을 소유하십시오.

사실 비난받아 마땅한 사람이라면 당신이 비난하지 않아도 이미 모든 사람들이 그를 비난하고 있을 것이며, 해서 당신을 통하지 않아도, 그 사람이 진실로 그 수준 안에서 끝없이 이 세상을 살아간다면 결국 그 사람의 실체는 드러나게 되어있는 것입니다.

그러니 당신이 최소한 성숙과 행복을 지향하는 사람이라면, 판단은 오직 성숙과 행복에 관심이 없는 대다수의 사람들에게 맡겨두세요. 그렇게 당신은, 오직 당신에게 주어진 성숙과 행복을 완성하는 데만 전념하며 나아가세요. 하여 오직 평화로움으로써 이 세상의 평화에 이바지하시길 바랍니다.

사람은 변하지 않는다는 말은 진실로 우리가 이 세상에 태어나 살아가는 그 존재의 이유 자체를 부정하는 말이기에 그 자체로 거짓이 될 것입니다. 모두가 조금씩, 아주 조금씩이라도 나아가고 있으며, 그러니까 자신의 수준과 위치에서부터 자신에게 딱 맞는 성숙의 과제들을 나름의 최선을 다해 완성하며 나아가고 있는 것입니다.

하지만 진실로 행복과 성숙에 모든 초점을 둔 채 전념하고 몰두하는 사람은 보다 빠르게 수준을 초월하며 나아가게 될 것입니다. 우리가 변하고자 할 때, 이전에 우리가 지니고 있었던 모든 생각의 고리와 삶을 마주하던 습관들, 그 모든 것들이 일순간 떠올라 우리의 성숙 자체를 깊은 시험에 들게 하겠지만, 그럼에도 그때의 우리는 나 자신의 성숙을 완성하기 위한 굳은 의지로, 보다 아름다운 삶을 향한 활기찬 희망으로, 그 모든 유혹과 시련을 이겨내고 이전 수준을 통과할 것이기 때문입니다.

그러니 모두가 변할 수 있고, 당신 또한 변할 수 있다는 것을 잊지 마세요. 하여 매 순간을 오직 성숙하기 위한 맘으로 보내보세요. 모든 삶의 순간들, 아픔, 시련들은 사실 당신의 지금에 꼭 필요한, 정확히 그 성숙을 위해 찾아온 것이라는 것을 또한 잊지 마세요. 그런 마음으로 당신이 나아갈 때, 어느새 당신은 자신이 언제 불행했냐는 듯 행복해진 채일 것입니다.

그렇다면 당신은 우리 인류가 이곳에 태어나 존재하는 이유에 대해 충분히 존중하고 이해하고 있습니까. 아니면 이해하지 못해 오직 판단함으로써 판단 받는 자가 된 채 살아가고 있습니까.

24.

판단 대 이해.

　타인의 한계와 모순에 분노하고 또 그들에게 나의 옳음을 강요하고 자 하는 것은 충분히 이해할 만하지만, 그렇다고 해서 그것이 우리 자 신의 행복에 기여하는 바는 결코 없을 것입니다. 그래서 우리는 상대방 이 아무리 잘못되고 왜곡된 관점을 가지고 있다고 하더라도, 그리고 실 제로 나의 옳음이 높은 선의 관점에서 타당한 것이라 할지라도, 그들에 게는 그들의 최선이, 나에게는 나의 최선이 있음을 받아들일 줄 알아야 만 하는 것입니다.

　왜냐면 그들의 삶의 경험 안에서 그들이 선택하고 있는 관점이 그 들에게는 최선이며, 또 그들은 그것이 그들 자신을 행복하게 해줄 거라 믿고 있기에 그것을 선택하고 있는 것일 뿐이기 때문입니다. 그래서 우 리가 누군가를 바꾸고자 하는 시도는 언제나 논쟁이 되어 옳고 그름의 싸움을 낳으며, 하여 그 안에 분노라는 진실하지 않은 감정을 낳게 할 수밖에 없는 것입니다.

그러니 그들을 비난하고, 그들에게 나의 옳음을 강요하는 대신에 그들의 제한된 사고방식에 대해 안타까움을 품으세요. 그리고 당신은 당신 자신이 믿고 추구하는 관점 안에서 최선을 다해 행복을 실현하고, 또 타인들에게 선한 영향력을 주는 사람이 되고자 매 순간 최선의 노력을 다하십시오.

그러니까 당신은, 언젠가 그들이 그들 자신의 관점 안에서는 자신이 결코 행복할 수 없음을 알게 되었을 때, 하여 그들이 당신의 행복에서 영감을 받고자 스스로 마음을 열게 되었을 때, 그 순간의 그 자연스러운 변화만이 당신이 행사할 수 있는 부작용이 없는 오직 유일한 영향력임을 잊지 마세요.

당신이 당신의 과거 안에 있는 일들 안에서 당신의 한계와 제한되었던 관점들을 발견하고 때로 후회하듯, 그들 또한 지금은 그것 안에서 배우고 있는 것일 뿐입니다. 그렇게 그 모든 순간들로부터 경험하고 배워서 비로소 그들이 어떠한 성숙을 완성하여 다음 수준으로 옮겨가게 되었을 때, 그러니까 그때야말로 그들이 그들 자신의 과거가 진정 제한되었으며 미성숙한 것이었다는 것을 스스로 이해하게 되는 유일한 순간인 것입니다.

그런 식으로 우리는, 조금씩 각자의 위치에서 모두가 성숙하고 있으며, 그렇게 자신이 태어나 살아가고 있는 목적을 정확히 완수하며 나아가고 있는 것입니다. 당신이 타인에게 그토록이나 강요하고 있는 당신의 지금 또한 결국 당신이 어떠한 성숙을 지니고 난 뒤에는. 그래서 후회하게 될 관점이 될지도 모르는 것입니다. 하여 그것을 진정 받아들이고 인정할 줄 아는 겸손한 마음가짐에서부터 우리는 연민 어린 태도로 타인의 성숙을 기다려주고 지켜봐 줄줄 아는 너그러운 마음을 지니게 될 수 있는 것입니다.

그러니 강요하지 마세요. 타인을 변화시키고자 애쓰지 마세요. 그러면서 스트레스를 받을 거라면 차라리 그저 당신과 감정이 잘 통하고 감수성이 잘 맞는 사람과 함께하세요. 뭣하러 변하지도 않을 사람을 두고 변화시키고자 싸우고, 그렇게 스스로 스트레스를 받는답니까. 그저 더 나은 삶, 아름다운 방향을 향해 나아가길 선택하고, 그렇게 당신은 당신 자신의 행복과 성숙에만 집중하면 되는 것입니다.

시간은 더딜지라도, 오직 그 아름다운 성숙의 태도만이 힘과 힘의 대립 없이 사람들을 이끌어주고 성숙하게 만들어주는 오직 유일한 관점이기 때문입니다. 진실로 그 이외에 다른 방식은, 그 어떠한 변화도 이끌어내지 못한 채 오직 서로에게 스트레스와 불행만을 가져올 뿐인 헛되고도 공허한 관점에 불과한 것이기 때문입니다.

그렇다면 당신은 얼마나 오래도록 누군가를 향해 변해달라고 떼를 쓰고 압박하고 강요해왔습니까. 그 결과 얼마나 많은 대립과 반대되는 힘을 낳아왔습니까. 그것으로 상대방으로 하여금 당신의 눈치를 살피며 그저 조심하고 있을 뿐인 가짜 변화가 아니라 진실하고도 영구적인 변화를 일으킨 적이 있습니까. 그렇지 않다면, 그건 얼마나 헛된 시도며 환상의 추구겠습니까.

그러니 더 이상 당신의 아까운 삶과 시간을 그러한 것에 소진하며 낭비하지 마세요. 그저 당신의 삶을 살아가고, 당신과 가치가 비슷해서 공유되고, 또 성장의 방향이 비슷해서 더욱 연결되는 사람과 함께하길 선택하세요. 그때는 어떠한 힘의 대립도 없이 그저 서로를 지지하고 위로해줄 수 있을 것입니다. 그렇게 삶으로부터 받은 아픔과 상처들을 해소하고 치유받을 수 있을 것입니다.

그렇다면 구태여 스스로 불행을 선택할 필요가 어디에 있겠습니까.

결국 우리의 관점 또한 시간이 지나 우리가 보다 성숙한 뒤에는 내려놓고 포기해야 할 낡은 관점이자 미성숙이 될 것이며, 그렇게 모두가 조금씩 나아가고 성숙하고 있는 것일 뿐일 텐데 말입니다.

하여 우리의, 보다 성숙한 관점은 타인의, 보다 미성숙한 관점을 무시하고 해하기 위해 존재하는 오만의 잣대가 아니라, 나는 저렇게 사고하지 않을 수 있음에, 보다 성숙한 관점을 지닌 채 보다 진실한 행복을 추구할 수 있음에 감사할 수 있게 해주는 겸손의 지표인 것입니다. 그러니까 그건, 제가 저렇게 사고하지 않을 수 있음에 진심으로 감사드립니다, 하고 말하게 해주는 것이죠.

하여 우리가 더 이상 타인의 관점을 깎아내리고 비난할 만한 어떠한 감정적인 필요성을 느끼고 있지 않을 때, 우리는 더욱 자유롭고, 너그럽고, 행복하게 우리에게 주어진 삶을 누리고 살아가게 될 것입니다.

그러니 누군가에게 옳음을 강요하고, 또 누군가의 관점을 폄하하고 깎아내리고자 하고, 또 타인의 것을 틀린 것으로 만들고자 하는 태도 앞에서 진정 구원을 얻으십시오. 적어도 당신이 더욱 행복하고 싶다면, 당신은 그것을 끝내는 포기하고 내려놓아야 할 것입니다.

당신의 관점 또한 당신이 비난하고 있는 누군가의 것처럼 똑같이 비난받을 수 있을 만한 어떠한 미성숙을 분명 포함하고 있을 것이며, 하여 당신이 당신 자신 또한 완벽할 수 없음을 진정 받아들일 때 이제 당신은 그 겸손함으로부터 당신 자신의 제한된 사고에 대해서도 연민 어린 시선을 적용하고 바라볼 수 있게 될 것입니다.

그리고 그, 나 자신과 나를 둘러싼 모든 관점에 대한 연민, 그것이 우리가 추구할 수 있는 가장 높은 수준의 다정한 시선이 될 것입니다. 그리고 그 다정한 시선은 우리로 하여금 타인의 실수를 용서하게 하고, 또 우리 자신의 실수를 우리가 스스로 용서할 수 있게 함으로써 죄책감으로부터의 영원한 자유를 우리에게 선물해 줄 것입니다.

힘 대 다정함, 판단 대 이해, 편견 대 연민, 분노 대 용서, 그렇다면 당신의 선택은 무엇입니까. 무엇이 보다 성숙한 관점이겠습니까. 그러니까 불행 대 행복, 이 둘 중에 지금 당신이 선택하고 있는 것은 무엇입니까. 지금 이 순간을 지옥과 천국으로 구분 짓는 것은 당신의 외부가 아니라 오직 당신이 외부를 바라보는 당신 자신의 시선에 있다는 것이 분명할 텐데, 그렇다면 당신의 지금은 천국입니까, 지옥입니까.

25.

진실로 사랑받게 하는 유일한 방식.

우리가 우리 자신에 대해 충분히 성숙하고도 다정한 사람이라고 스스로 자각할 수 있을 만큼의 자존감이 없을 때, 우리는 외부의 상징에 기대에 타인들과의 관계를 붙들고자 애쓰는 사람이 됩니다. 그리고 이러한 시도는 사람들로 하여금 진실 어린 존중을 얻게 하기보다 오직 거짓된 아첨만을 받게 할 뿐인 헛된 환상의 추구입니다.

왜냐면 그때의 타인들은 나를 인간적으로 존중하고 사랑해서 나와 함께하는 것이 아니라, 나와 함께하는 것이 불편하고 자존심이 상하지만 그럼에도 나를 통해 자신의 사적인 이득을 추구하고 채우고자 애써 참고 있는 것에 불과할 것이기 때문입니다.

그래서 이때는 한쪽은 과시하고, 한쪽은 아첨하는 관계를 맺게 됩니다. 그리고 그곳에는 진실하게 서로를 존중하고 사랑하는 '진실한 마음'이 부재하기 때문에 둘 모두가 공허함만을 얻을 수 있을 뿐인 관계를 형성하게 됩니다. 그렇다면 외부의 상징 없이는 사랑을 받지도, 타인의 존중을 얻지도 못하는 상태란 얼마나 왜소하고도 가여운 상태이겠습니까.

그러니 오직 내면의 성숙을 추구하십시오. 하루하루 보다 진실하고, 또 다정한 사람이 되기 위해 노력하십시오. 당신과 함께하는 시간이 불편하고 싫지만, 그럼에도 억지로 참아야 할 이유가 있는 사람으로서 타인 앞에서 존재하기보다, 이제는 그 어떠한 목적과 이유 없이도 기꺼이 함께하고 싶은 간절함이 있는 당신으로서 존재해 보는 것입니다.

그때는 당신이 존중을 받고자 타인에게 과시하고, 또 존중을 강요함에도 결코 존중받지 못했던 이전과는 달리 진실로 그저 존중받게 될 것입니다.

그래서 당신은 이제 외롭지 않습니다. 타인의 아첨을 구하고, 타인에게 나와 함께하길 강요하고 압박하며 감정적으로 떼를 쓸 때와는 달리, 당신은 그 모든 강요 없이도 진정 모든 사랑을 받고 있는 채일 것이기 때문입니다.

사람들은 성숙한 내면을 지니지 못한 백만장자를 부러워하고 질투하기는 하지만 그 사람을 진실로 존중하지는 않습니다. 그래서 그런 사람들은 언제나 외롭습니다. 하지만 성숙한 내면을 지닌 사람이라면 우리는 그의 외부적인 소유를 넘어 그저 존중하고 사랑합니다. 그의 내면에서부터 어떠한 아름다운 영감을 받길 기대하고, 또 그와 정신적으로 공유될 수 있기를 소원합니다.

그래서 우리는 진실로 성숙한, 자기 자신의 내면에서부터 행복할 줄아는 사람에게 간절하며, 하여 그런 사람들의 곁에서 함께 머무를 수 있기를 고대하게 되는 것입니다. 그래서 그때의 당신은 어떠한 억지도 없이 사람들로부터 사랑받고 있는 채일 것이고, 하여 모든 결핍과 외로움을 진실로 초월한 채 오직 채워진 채일 것입니다.

그러니 타인들로부터 존중과 사랑을 받기 위해 당신이 할 일이란, 그저 당신이 할 수 있는 최선을 다해 하루하루를 성숙하기 위해 노력하고, 그 결과 보다 완성된 다정함, 자존감과 함께 존재하는 것이 다입니다. 오직 그것이 필요할 뿐입니다. 그것이 그 어떠한 이유와 목적 없이도 사람들이 당신과 함께하고자 하며, 또 당신을 그저 당신이라는 존재 자체만으로 있는 그대로 존중하고 사랑하게 하는데 필요한 유일한 노력인 것입니다.

그렇다면 당신은 사람들로 하여금 당신과 그저 함께하고자 하게 하는 사람입니까. 아니면 어떠한 목적 없이는 결코 함께하지 않길 원하게 하는 사람입니까. 그러니까 사람들은 당신을 진정 존중하고 사랑합니까. 아니면, 당신을 꺼리고 불편하게 여기지만 억지로 참으며 아첨하고 있을 뿐입니까.

만약 당신이 후자라면, 이제는 외부의 상징에 기대어 관계를 유지하고자 하는 이루어질 수 없는 환상에서 벗어나 오직 내면의 성숙을 추구하십시오. 당신이 그저 타인을 편안하고 행복하게 해주는 다정한 사람일 때, 그때는 당신이 원하지 않아도 사람들이 당신을 찾아와 당신을 귀찮게 할 것입니다. 그래서 그 성숙이, 인간관계를 진실하게 유지하고 지켜낼 수 있게 하는 유일한 법칙이자 열쇠인 것입니다.

그렇다면 당신은 지금, 진실로 올바른 열쇠를 가지고 인간관계라는 문을 열고자 노력하고 있는 게 맞습니까. 아니면 애초에 잘못된 열쇠를 들고 문을 열고자 억지로 시도하고 있을 뿐입니까.

결국 나라는 사람의 본질은 나의 내면인 것이며, 해서 우리 자신의 내면이 사랑받을 때야말로 우리는 있는 그대로의 내가 사랑받고 있다는 그 존중감으로 인해 진실한 자존감과 함께 오직 행복할 것입니다. 외부의 그 어떤 것에도 불구하고 나는 사랑받을 수 있고, 사랑받을 가치가 있는 사람이구나, 하는 그 안도감에 이제는 불행이 불가능하게 될 것입니다.

하지만 여전히 그 내면이 사랑받지 못할만한 것일 때, 우리는 끝없이 우리 자신의 겉모습을 통해 사랑을 받고자 애쓰겠지만, 그럼에도 그것은 결코 충족될 수 없는 환상의 시도일 뿐이며, 또 우연히 그것이 충족되었다 하더라도 그때는 '나'라는 사람의 본질이 사랑받고 있는 것이 아니기에 우리는 오직 외로울 수밖에 없을 것입니다.

그렇다면 당신은 당신이 된 바로부터, 그러니까 당신 자신의 존재로부터 있는 그대로 사랑받는 사람입니까, 아니면 그러지 못해 끝없이 외부에 의존하는 오류를 무한하게 저지르고 있을 뿐입니까. 그러니까 가짜 존중과 사랑, 그리고 진실한 존중과 사랑, 둘 중 당신의 선택은 무엇입니까.

26.

우유부단함과 다정함.

우리는 흔히 보다 온화하며 많은 것들을 용서했으며, 하여 마음 안에 미움보다 이해와 사랑이 많은 다정한 사람이 되는 것과 우유부단한 사람이 되는 것을 혼동하곤 합니다. 그래서 다정한 사람이 되면 사람들이 나를 얕잡아 보지는 않을까 하는 걱정이 앞서 다정한 사람이 되고자 노력해보기도 전에 그건 안 돼, 하고 고개를 절레절레 젓곤 하지요.

하지만 다정한 사람이 된다는 건, 진실로 높고 단단한 자존감이 있을 때라야 비로소 가능해지는 일입니다. 하여 자존감이 없을 때는 관계를 두려워하고, 누군가가 나를 함부로 할까, 얕보지는 않을까, 그것이 걱정되어 분노를 방어기제로 삼곤 하는 우리이지만, 우리에게 진실로 자존감이 있을 때 우리는 그 모든 두려움을 진정 초월하였기에 그저 다정할 뿐입니다.

그렇게 많은 것을 이해하고 사랑하지만, 진정한 자존감으로부터 아닌 것을 거절할 줄 아는 단단함과 온전함이 있으며, 또한 두려워하지 않기에 그 거절에 이제는 더 이상 원망과 분노를 담아내지 않는 것입니다. 하여 우리는 비난하기보다 그저 진실과 사실을 말할 줄 아는 합리성과 객관성을 지닌 사람이 됩니다. 해서 아닌 것을 아니라고 말하지 못하는 우유부단함은 이곳에서는 존재할 수가 없습니다.

왜냐면 우리가 나 자신을 사랑하는 만큼, 나 자신에게 다정한 만큼, 정확히 그만큼만 우리는 타인을 또한 사랑할 수 있는 것이고, 그러니까 내가 다정한 사람이라는 건 그만큼 내가 나 자신을 진실로 사랑하고 있다는 뜻이 될 텐데, 그렇다면 스스로를 사랑하는 사람이 어떻게 해서 자기 자신을 스스로 저버리는 선택을 스스로 할 수가 있겠습니까.

누군가가 함께 도둑질을 하자고 하면, 그래서 다정한 사람은 그것을 거절할 줄 압니다. 또한 두려움이 없기에 분노하지 않은 채 그저 함께하지 않겠다고 단호하게 말할 줄 압니다. 그러니까 나 자신에 대한 다정함으로, 이제는 온전하지 않음을 그저 피하고 거절할 줄 아는 사람이 되는 것이죠. 그리고 그게 바로 진정한 다정함입니다.

해서 우리가 더욱 세상을 용서하고 사랑할 때, 우리는 그만큼 거절을 더욱 편안하게 할 줄 아는 사람이 됩니다. 그때는 남들이 나를 미워하면 어떡하지와 같은 식의 낮은 자존감에서 비롯된 복잡한 사고를 더 이상 거치지 않게 되기 때문입니다. 왜냐면 진실로 용서하고 사랑하는 것과, 함께하는 것은 전혀 다른 일이기 때문입니다.

저는 저에게 함께 도둑질을 하자고 권유한 친구들을 미워하지 않고 사랑할 테지만, 그들과 함께하지는 않을 것입니다. 그래서 이 지점에서는 미워하지 않는 것과 거절할 줄 아는 것은 완전히 별개의 일이 됩니다. 사실 애초에 거절을 잘하는 사람은 그래서 미워할 일도 잘 없습니다. 우유부단해서 온전함을 저버린 채 뒤늦게 미워하기보다, 이때는 처음부터 온전하지 않음을 거절할 줄 알기 때문입니다.

그러니 나 자신과 타인에 대한 다정함으로써 거절하는 법을 배우세요. 당신이 아닌 것을 아니다, 라고 말하지 못할 때, 그건 다정함이 아니라 그저 상대방의 온전하지 않음에 당신 자신의 온전함을 스스로 헌신함으로써 훼손시키는 낮은 자존감의 시도일 뿐이며, 해서 그건 다정함이 아니라 상대방의 이기심에 아첨하고, 그 아첨을 통해 누군가의 환심을 사고자 하는 미성숙에서부터 비롯된 오류에 불과한 것입니다. 그러니까 상대방의 이기심과 온전하지 않음에 끌려다니지 않는 것, 그것이바로 진정한 다정함이자 자존감인 것입니다.

그러니 타인의 온전하지 않음에, 이기심에 당신 자신의 마음을 헌신하는 우유부단함에서부터 벗어나 이제는 오직 진실에 당신의 마음을 헌신하도록 하세요. 그러니까 누군가가 당신에게 온전하지 않은 제안을 했을 때, 그것에 당신의 마음을 헌신하는 것이 아니라 이제는 그것을 거절함으로써 높고도 숭고한 진실에 당신의 마음을 헌신하는 것입니다. 당신 자신에 대한 사랑으로, 당신 자신에 대한 존중으로, 또 진실그 자체에 대한 존중과 사랑으로 말입니다.

그러니 다정함에 대해서는 걱정하지 마십시오. 당신이 비로소 다정한 사람이 되었을 때, 당신은 더욱 온전하고 자유롭게 세상을 살아가고 있는 채일 것입니다. 그리고 그때가 되면, 세상의 고민과 걱정거리에 대해서는 당신의 자존감과 다정함이 알아서 그것에 대해 판단하고, 하여 당신을 지켜주고 있을 것입니다. 그런 선택을 하도록 당신을 이끌어줄 것입니다.

그러니까 당신은, 그저 다정하기 위한 노력을 매 순간 열심히 하십시오. 다른 것에 대해서는 걱정하지 않아도 됩니다. 그러한 걱정조차도, 사실은 당신이 다정하고자 하는 것에 대한 당신 자신의 저항이며, 계속해서 지금의 미성숙한 위치를 고수하기 위한 합리화이자 정당화에 불과한 것입니다. 그러니 그럼에도 불구하고 다정하십시오. 그러니까 더욱 용서하고 사랑하되, 언제나 함께하는 것 앞에서는 신중할 줄 아십시오.

하여 비로소 당신이 진정 다정한 사람이 되고 나면, 당신은 이제 결코 우유부단한 사람이 아닐 것입니다. 그러니까 타인의 온전하지 않은 제안 앞에서, 그럼에도 그것을 거절하지 못해 타인의 미성숙을 더욱 지지하는 식으로 그가 그곳에서 더 오랜 시간을 낭비하게 내버려 둘 만큼 당신은 용기가 없지 않은 채일 것입니다.

두려움을 진정 극복한 진실한 다정함 앞에서는 상대방의 눈치를 보는 우유부단함도, 상대방의 이기심에 아첨을 해서라도 환심을 사고, 그렇게 헛되이 사랑받고자 하는 낮은 자존감의 시도도 더 이상은 존재하지 않을 것이기 때문입니다. 다정함의 근원은 두려움이 아니라 사랑에 있기 때문입니다.

우리에게는 우리가 진실하고 온전한 만큼, 타인이 또한 진실하고 온전한지를 파악할 책임이 있는 것입니다. 언제나 그곳에 함정이 있지는 않을까, 하고 신중하게 생각할 줄 아는 것, 그러니까 그것이 바로 자존감 높은 사람들의 신중함이자, 지혜이자, 겸손함입니다. 나의 다정함과 사랑에 순진함을 포함하지 않는 것 말입니다.

우리에게는 나의 온전함과 진실함, 그리고 다정함을 스스로 위험에 빠지게 할 권리가 없기 때문입니다. 그리고 그것이 바로 나 자신에 대한 진실한 다정입니다.

우리가 누군가를 진실로 아끼고 사랑할 때, 우리는 그 사람이 잘못된 길에 빠지지 않도록 지켜주고자 최선을 다할 것입니다. 그와 마찬가지로 내가 나를 진실로 아끼고 사랑한다면, 우리는 우리 자신에게도 당연히 그렇게 할 것입니다. 정말 그렇지 않나요?

그렇다면 당신은 우유부단한 사람입니까, 아니면 진실로 다정한 사람입니까. 무엇보다 당신은, 당신 자신에게 진실로 다정한 사람이 맞습니까.

27.

그럼에도 불구하고.

사랑은 바깥에 있는 것이 아니라 우리의 마음 안에 이미 내재되어 있는 것이기에 우리는 우리가 마음먹는 순간 그 즉시 사랑할 수 있습니다. 그래서 그저 나 자신을 지금 이 순간 사랑스럽게 바라보겠다고 우리가 의도하면, 그리고 그것에서부터 오는 모든 자기 연민과 원망과, 그러니까 그 모든 저항을 내려놓은 채 기꺼이 그렇게 하겠다고 우리가 마음먹으면 우리는 곧장 우리 자신을 또한 분명하게 사랑할 수 있게 되는 것입니다.

그것을 불가능하게 하는 가장 큰 장벽이 바로 원망과 자기 연민인데, 그래서 사랑을 위해서는 그것을 그 어떤 이유에도 불구하고 내려놓고 그 생각에 더 이상 탐닉하지 않을 것이 요구됩니다. 결국 우리는, 그렇게 하지 못하는 게 아니라, 엄밀하게 말해 그렇게 하지 않으려고 한다, 가 맞습니다. 하지만 또한 그렇게 하기까지 마음먹는 덴 정말로 많은 노력과 시간이 필요할지도 모릅니다. 하지만 또한, 그래서 그 사랑이, 진실로 위대한 사랑이 되는 것입니다.

지금 당신 자신을 사랑하겠다고, 혹은 당신의 주변에 있는 누군가를 사랑하겠다고 마음먹을 때, 그때 당신 자신의 마음속에서 일어나는 저항은 무엇입니까. 당신 스스로를 불쌍하고 왜소하게 만들고 여기게 되는 그 자기 연민은 누구에게서부터, 또 어떤 상황에서부터 올라오고 있습니까.

그럼에도 불구하고, 그 모든 것을 내려놓은 채 기꺼이 사랑하십시오. 가장 높은 관점에서는 완전히 사랑하거나, 사랑하지 않거나, 이 두 가지 관점만이 존재할 뿐입니다. 그렇다면 당신은 지금 사랑하고 있습니까, 아니면 사랑하지 않고 있습니까.

어쩌면 정말로 사랑이 가득한 환경에서 태어나 자라났기에 사랑이 더욱 당연한 사람에게는 나 자신을 포함한 타인들에게 진실로 친절하고 다정하게 굴기란 상대적으로는 보다 쉬운 노력일지도 모릅니다. 하지만 그래서, 그렇지 않은 경우에 사랑하는 것이 더욱 아름답고 위대한 일이 되는 것입니다. 그러니 환경을 탓하며 자신의 왜소함에 기대어 자기 연민에 탐닉한 채 사랑에게서 더욱 멀어지기보다, 그 모든 것을 뛰어넘은 채 기꺼이 사랑하는 사람이 되십시오.

그러기 위해서, 매 순간을 더욱 위대하고 아름다운 당신 자신의 사랑을 실현해나가겠다고 마음먹고 노력하는 의도를 품는 것 또한 도움이 될 것입니다. 그 모든 과정 안에서 당신은, 그래서 힘든 환경 안에서 자라나게 된 다른 많은 사람들에게 또한 거대한 희망을 주게 될 것입니다. 그들에게 빛과 선물이 되는 아름다운 감정을 가져다주게 될 것입니다.

왜냐면 제가 누군가에게 사랑해라, 라고 말할 때, 그 말을 저로부터

들은 사람들은 너는 그렇게 말할 수도 있겠지, 하지만 네가 내 상황이라면 그게 가능하겠어? 와 같은 저항과 그런 식의 정당화, 합리화를 하고자 할 수도 있기 때문입니다.

하지만 그와 같거나 비슷하게 어렵고 힘든 상황 안에서 그걸 해낸 사람이 그 말을 할 때는, 그건 정말로 나도 할 수 있겠구나, 하는 희망을 준 채 그 즉시 자기 연민과 탓하고자 하는 원망을 내려놓게 하는 힘을 전해줄 수가 있는 것입니다.

그러니 당신은 타인의 자기 연민을 더욱 부추기는 사람이기보다, 그것을 더욱 해소시키는 희망을 건네주는 사람이 되십시오. 당신 자신이 더욱 사랑이 되고, 그 사랑을 내면에 소유해나감으로써 그것을 해내십시오.

결국 모든 변화는 내가 외부에 주었던 힘과 주권을 다시 내게로 데려와, 이제는 모든 것을 내가 결정하기 시작할 때 이루어지는 것이고, 해서 더 이상은 외부 때문에, 외부에 의해서, 하는 식으로 생각하고 말하는 것은 나의 행복에는 전혀 도움이 되지 않을 것입니다. 그러니 그런 생각이 나를 찾아오는 그 즉시 내려놓아야만 하고, 그 내려놓음의 과정 앞에서는 진실로 그 어떤 정당화도, 변명도 허용해서는 안 되는 것입니다.

적당히 용서하고, 적당히 내려놓는 건 없습니다. 용서했거나, 용서하지 않았거나, 이 둘만이 존재하는 엄중함을 따르는 것이 가장 높은 관점에서의 성숙입니다. 그것이 쉽지는 않겠지만, 쉽지 않기에 더욱 많은 사람들에게 빛과 선물이 되어줄 나의 성숙이라는 걸 잊지 마세요. 당신이 지나고 있는 그 모든 아름다운 과정들은 진실로 하나도 빠지거나 사라지는 것 없이 차곡히 쌓여 하나의 예쁜 물결이 될 것이고, 하여 그것은 사람들의 마음 안에 흘러 들어가 생명과 빛의 파동을 일으키는 것이 될 것입니다.

그러니 그럼에도 불구하고, 사랑하십시오, 사랑이 되십시오. 무엇보다 당신 자신의 행복을 위해서 그렇게 하는 것입니다. 당신이 진정 모든 원망과 자기 연민에서부터 벗어나 모든 것을 보다 분명하게 사랑하게 되었을 때, 그때 그것으로 인해 가장 행복할 사람이 바로 당신 자신이기 때문입니다. 결코 사랑하지 못할 거라 생각했던 사람을 이제는 사랑스럽게 바라볼 줄 아는 그 성숙을 이루어내어 이전의 제한된 상태에서 비로소 벗어나게 되었을 때, 그때 가장 큰 자유를 누리게 될 사람이 또한 당신 자신이기 때문입니다.

그렇다면 당신은, 당신 자신의 행복을 위해 보다 사랑하는 사람입니까, 아니면 당신 자신의 불행을 위해 보다 미워하는 사람입니까. 그러니까 당신은 행복하기 위해 살아가고 있습니까, 아니면 불행하기 위해 살아가고 있습니까.

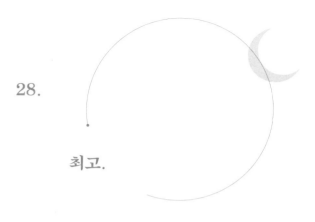

28.

최고.

최고가 되기 위해서는 최고에게 열등감을 가지거나, 그들을 끌어내리고자 질투를 하는 대신에 진실로 최고가 되기 위해 나 자신의 삶에 전심을 다해 충실하고, 하여 내가 추구할 수 있는 가장 최대한의 잠재력을 실현할 것만이 오직 요구됩니다.

그렇게 우리가 진실로 우리 자신의 탁월함을 실현하고, 우리의 내면에 내재되어 있는 잠재력을 세상에 현실화하여 만들어내고, 더하여 사람들에게 나의 최고를 공유하고, 그런 식의 그 모든 과정으로부터 진정 최고를 우리 자신의 내면에 소유하게 되었을 때 우리는 마침내 우리가 최고가 되었기에 다른 최고들에 대한 열등감을 더 이상 가질 필요가 없어 그것을 해소하고 극복할 수가 있게 되는 것입니다. 진실로 내가 최고가 되고 나면, 그때는 더 이상 다른 최고들에게 질투를 할 필요가 전혀 없게 되기 때문입니다.

그러니 최고가 되지 못해 최고를 시기 질투하고, 그들을 깎아내리고, 그런 식의 자존감 없는 왜곡된 방식으로 최고가 되지 못한 나와 그들 사이의 격차를 메우려 하기보다, 오직 최고를 추구하고, 하여 끝끝내 최고를 소유하십시오.

최고가 된다는 것은 외부에 내주었던 나의 힘을 다시 내게로 찾아와 그 힘을 진정 소유하는 일입니다. 그래서 외부를 탓하기보다, 모든 외부에 대한 책임을 나의 내면에서부터 짊어진 채 그 내면의 힘으로부터 외부를 새롭게 쌓아가는 일입니다. 하여 그 내면의 힘, 역량이 마침내 커지고 강해졌을 때 우리는 내면의 잠재력을 외부로 현실화할 만큼 강한 사람이 되고, 그래서 그때는 모든 성취는 오직 나의 내면에서부터 비롯되는 것임을 진정 알고 있는 채일 것입니다.

그러니 나의 내면에 최고가 없어서 외부를 탓하고, 외부를 깎아내리고, 그렇게 자신의 왜소함을 위로하는 식의 의미 없는 삶을 살아가기보다 진정 최고를 추구함으로써 최고를 나의 내면에 소유하고, 하여 내 안에 있는 것들을 외부로 물질화해내는 사람이 되세요.

누군가는 A를 생각한 뒤에 그것을 외부에 실현해내고자 하는 시도도 하기 전에 포기하거나, 다른 잡다한 생각들에 빠져 그것이 그 생각들의 구름 뒤에 가려지게 할 테지만, 또 누군가는 A를 생각한 뒤에 A에 전념하고, 하여 그 전념의 의지와 빛으로부터 자신의 생각에서부터 시작된 그 A를 끝내 외부로 창조해낼 것입니다. 그리고 그것이 바로 최고들이 지닌 힘이자 역량인 것입니다. 생각과 아이디어를 그것에 그치지 않고 이 세상에 구현해내는 파워Power 말입니다.

그러니까 모든 것은 나의 내면에서부터 시작되는 것입니다. 그래서 우리가 외부를 탓하는 순간, 외부를 시기 질투하고 외부의 누군가를 깎아내리고자 하는 순간, 우리는 그 내면의 힘을 그만큼 외부에 다시 빼앗기게 될 것이고, 하여 우리의 창조력과 내면의 것을 외부로 실현해내는 역량은 그만큼 힘을 잃어가게 될 것입니다. 그러니 오직 안에서부터 책임지는 진정 빛나는 사람이 되어 꼭 당신의 성취를 완성하세요.

사실 우리 모두는 잘못을 하며 살고 있고, 그래서 이 세상에 태어나 살아가고 존재하고 있습니다. 지난 시간의 실수와 잘못을 바로잡기 위해서, 그러니까 성숙하기 위해서, 그렇게 더 큰 행복을 발견하기 위해서, 라는 유일한 존재의 목적과 이유를 가진 채 말입니다.

그래서 모든 사람이 처음부터 완벽하고 완성된 인격을 지니고 있을 수는 없습니다. 모두가 실수를 하고, 그 실수를 통해 배우고, 그렇게 보다 성숙한 관점을 지니게 되고, 그런 식으로 모두가 하나같이 존재의 목적을 완성하며 나아가고 있는 것입니다. 그래서 불완전이 사실 최고의 완전함이자 아름다움인 것입니다.

그러니까 모든 최고들 또한 처음부터 최고였던 것은 결코 아닐 것입니다. 무수히 많은 과정이 있었을 것이고, 실수와 잘못 또한 있었을 테지만, 그것을 통해 끝없이 배우고 나아가는 그 최선의 과정 속에서 비로소 어떠한 지점에 닿게 된 것입니다.

그래서 사실 모든 사람을 판단하는 유일한 기준, 시점은 오직 지금이 되는 것이 좋습니다. 왜냐면 다른 누군가의 과거를 들추어 깎아내리고자 한다면, 모든 사람에게 사실상 그러한 자격이 없을 것이기 때문입니다.

지난 시간의 실수와 잘못을 딛고 성숙한 사람의 지금은 빛과 함께하고 있을 것입니다. 그래서 그는 다정하며, 겸손하며, 또한 온전하고도 너그러울 것입니다. 하여 그는 지난 시간이 있었기에 더욱 존경받고 사랑받을만한 사람입니다. 그래서 온전하고 충분히 배울 점이 많은 그를 과거의 무엇인가로 깎아내려서는 안 되는 것입니다. 왜냐면 대부분의 사람이 한평생 동안 눈에 보일 만큼의 성숙을 이루어내지 못한 채 이 삶을 마감하기 때문입니다.

그래서 지금만을 기준으로 삼아도 충분합니다. 어쨌든 과거에서 배우지 못하는 뻔뻔한 사람의 지금은 여전히 잘못과 함께하고 있을 것이고, 혹은 더 많은 잘못들과 함께하고 있을 것이기 때문입니다. 그래서 지금 온전한 사람이 내게 가장 안전한 사람입니다.

아무리 좋은 사람이었어도, 지금 온전하지 않으면 그 사람은 내게 위해를 가할 사람이기 때문입니다. 드물게, 과거를 지나 예쁜 성숙을 완성한 사람들, 그러니까 그 사람들이야말로 정말로 깊은 성숙과 겸손함을 지닌 사람들일 것이기 때문입니다. 그것이 바로 돌아온 탕자가 더욱 환영받은 이유입니다.

어쨌든 타인의 잘못에 탐닉한 채 그것을 비난하고자 하는 시도는 나의 행복과 성숙에 전혀 이로운 것이 없을 것입니다. 그러니까 심판하는 것이 좋고 나쁘고를 떠나서, 그것이 그저 무익하기 때문에 우리에게는 그 심판자적인 태도를 초월해야만 하는 필요성이 있는 것입니다.

사실 그 누구도, 타인을 심판할 자격이 없을 것이며, 심판할 자격이 있는 극소수의 사람들은 심판하고자 하는 마음을 이미 초월했기에 또한 심판하지 않을 것입니다. 그러니까 당신은 진정 태어나 지금까지 단한 번의 잘못과 실수도 없이 완성된 인격을 가진 채 살아왔나요? 이 질문을 스스로에게 자문해 본다면 우리는 보다 판단하고자 하는 마음 앞에서 자유로워질 수 있을 것입니다.

그래서 내 눈의 들보와 남의 눈의 티에 대해서 예수님께서 말씀하신 것입니다. 해서 중요한 건, 타인의 무엇인가가 아니라 나 자신의 성숙과 행복입니다. 그리고 우리가 더욱 성숙한 사람이 되어가고, 그렇게 진실한 행복을 찾아나가는 과정 안에서 우리는 그 자체로 사람들에게 선한 영향력을 행사하게 될 것입니다. 적어도 타인을 비난하고 깎아내리는 것보다는 훨씬 더 위대한 영향력을 행사하게 될 것이라고 제가 대신해서 확신해드립니다.

타인의 무엇인가에 두었던 나의 시선과 잣대, 기준을 나 자신의 내면으로 옮긴 채 나의 중심을 되찾는 것, 그래서 그것이야말로 진정한 행복의 시작이자 행복을 추구하는 자의 가장 기본적인 자세가 될 것입니다. 그러니 적어도 당신이 이 삶을 살아가는 이유가 행복에 있다면, 더이상은 남의 인생에 들이미는 높은 장벽의 판단하는 잣대는 없어야만할 것입니다.

어쨌든 이 세상에는 남이 잘된 것에서부터 배우고, 또 남이 잘된 것에서부터 용기와 영감을 얻기보다 그들을 질투하고, 하여 그들을 끌어내리고자 하는 사람들 또한 있습니다. 하지만 그러한 태도는 우리 자신의 성숙과 성공, 무엇보다 행복에 기여하는 바가 전혀 없을 것이며, 하여 그건 우리에게 주어진 삶의 목적 자체를 스스로 탕진하는 시간 낭비가 될 뿐일 것입니다.

최고는 남의 잘못에서부터도 배우고, 보통 사람은 남의 장점에서만배우고, 어리석은 사람은 그 어떤 것에서도 배우지 못합니다. 그러니 적어도 당신이 보통이라도 되려면 열등감을 가진 채 질투하기보다 그들의 성취에서부터 배우십시오. 그들에게 잘못이 있다면, 당신이 그들을판단하지 않아도 이미 많은 사람들이 그들을 판단하고 있을 것입니다.

그러니 당신이 적어도 진실한 행복을 찾고 싶은 사람이라면, 그런목적을 두고 살아가는 사람이라면, 당신만큼은 그러한 일에 판단을 보태지 마십시오. 진실한 행복을 찾는 것만을 목적으로 둔 채 살아가는 사람은 이 세상에 있어 진실로 드물기에, 그렇지 않은 많은 사람들이 이미판단과 비난을 당신을 대신하여 하고 있을 것입니다. 그러니 당신은 최고를 소유하지 못해 질투하기보다, 진정 최고를 소유함으로써 그 내면의 열등감, 왜소함을 초월한 사람이 되십시오.

최고를 소유한 사람은 세계의 그 어떤 것으로부터도 열등감을 가질 필요가 없게 됩니다. 하여 질투도, 비난하고자 하는 마음도 더 이상은 느낄 필요조차 없게 됩니다. 왜냐면 그들은 이미 최고이기 때문입니다. 진실로 최고를 소유했기 때문입니다.

하지만 여전히 자신의 내면에 최고를 소유하지 못한 사람들은 때로 최고가 되기 위해 노력하기보다 최고에게 자신의 왜곡된 감정을 투사하고 그들을 훼손함으로써 최고이지 못한 자신의 수준을 정당화하고자 하는 경향이 있습니다. 그렇다면 그것이 성공과 성취, 그리고 행복에 있어 진정 단 하나라도 도움이 되는 부분이 있겠습니까.

그렇다면 당신은 최고를 소유했거나, 그러기 위해 끝없이 노력하는 사람입니까. 아니면 최고가 되지 못해 최고를 훼손함으로써 자신의 열등감과 질투를 합리화한 채 당신 자신의 성숙과, 행복과, 평화와, 최고를 스스로 포기한 사람입니까.

당신은, 진실로 누군가를 훼손할 수 있을 만큼 무엇보다 당신 자신에게 떳떳하며, 단 하나의 문제도 없이 완전하고도 완벽한 사람입니까? 혹시 당신은, 당신 눈의 들보는 여전히 가지고 있는 채 세상의 티만을 찾아내고자 노력하고 골몰하는, 그런 왜소한 사람이 되길 스스로 선택한 채 오직 자존감 없이 살아가고 있는 것은 아닙니까.

그렇다면 열등감을 가지기보다 최고를 소유하십시오. 그때의 당신은 열등감을 진정 초월하게 될 것입니다. 최고가, 최고가 아닌 것들에 대해 열등감을 가질 이유는 진실로 없는 것이기 때문입니다.

그러니 당신은, 당신의 열등감을 통해 타인을 깎아내리기보다, 지금의 열등감을 원동력으로 삼아 당신이 현재 질투를 하고 있는 사람의 위치에 닿기 위한 노력을 기울이십시오. 그 일련의 노력 안에서, 당신은 자연스럽게 열등감을 초월해나가게 것입니다. 그리고 그때의 당신은, 일그러지고 왜곡된 당신 자신의 관점을 투사하는 행위로써의 비난이 아니라, 온전하고 균형 있는 비판을 할 수 있게 될 것입니다.

비난의 특징은 그 안에 분노를 담고 있다는 것이지만, 비판은 오직 진실만을 바라보고 말하는 것이 그 특징입니다. 어쨌든 그때의 당신은, 그저 타인의 실수에서부터 배우고, 하여 그 실수를 당신 자신의 삶을 더욱 돌아보고 점검할 계기로 삼고 있을 뿐일 것입니다. 왜냐면 당신은 이 모든 결핍과 열등감, 작고 왜소한 마음들, 그것들을 이제는 진정 넘어선 채 그저 당신 자신의 하루에 충실하고만 있을 뿐일 것이기 때문입니다.

최고가 된다는 건, 이 세상의 모든 관점을 초월한 채 나만의 세계 안에서 나의 것을 그 무엇보다 사랑해서, 그 사랑을 나아가는 모든 순간 안에 담는 일입니다. 그래서 평일과 주말이라는 세상의 관점, 출근과 퇴근이라는 세상의 관점, 그러한 관점들이 그 사랑 앞에서 모호해지고 흐려지기 시작하고, 하여 남들이 결코 쉽게 담을 수 없을 만큼의 절대적인 노력과 사랑을 그 모든 순간 안에 담아내는 일입니다. 하여 매 순간이 예술이자 사랑, 기도이자 예배가 되게 하는 일입니다. 그저 자신이 그 나아감을 통해 배우고 있다는, 잠재력을 실현하고 있다는 기쁨, 그것으로 온 가슴을 채운 채 그러한 초월적인 행복과 나란히 정렬되는 일입니다.

그렇다면 당신에게, 그러한 노력을 함부로 폄하하고 깎아내릴 자격이 있을 만큼, 당신은 최고였던 적이 있나요? 단 한 번이라도 최고를 추구했던 적이 있나요? 그렇지 않다면, 또 그러지도 않을 거라면, 당신에게는 열등감과 질투의 자격도 없는 것입니다.

그러니 그럼에도 그 감정들을 털어내지 못할 거라면, 당신 또한 최고가 되십시오. 최고를 추구하십시오. 하지만 나는 최고라는 수준, 상태가 전혀 필요하지 않은 것 같아, 라고 생각하고 있다면, 열등감을 가진 채 질투하고, 하여 타인을 깎아내리기보다 그저 그 자리에서 행복하십시오. 당신 자신의 삶에 만족하고, 타인의 위치, 그들의 삶을 존중하는 마음을 연습하십시오.

어쨌든 행복을 추구하는 이들에게는 판단은 나의 몫이 아니라는 관점을 철저히 따를 것이 요구될 것입니다. 그러니 최고가 되어 극복하거나, 최고이지 않아도 그저 나의 삶에 만족하는 행복한 사람이거나, 둘 중에 하나인 것입니다.

그렇다면 지금, 당신의 선택은 무엇입니까.

29.

진실한 존중과 사랑.

우리가 진실하며, 하여 진정한 자존감과 함께할 때, 우리는 타인의 납득이나 인정, 그리고 타인들로부터 아첨 받길 바라는 무의식적 기대와 바람으로부터 진정 자유로울 수 있습니다. 왜냐면 내가 진실한 것에는 내가 진실하고 싶고, 또 진실과 함께 살아가는 것이 더 편하다는 이유 이외에 진실로 다른 어떠한 이유도 존재하지가 않기 때문입니다.

그저 내가 진실한 사람이라서 진실한 것입니다. 정말로 그것이 다입니다. 하여 그 진실함, 진실함을 선택한 것에서부터 오는 떳떳한 자존감, 그것이 또한 타인들로부터 자연스럽게 나를 향한 존중을 이끌어내게 되는 것입니다.

반면에 그 자존감이 없는 사람들은 인정을 강요하고, 설득하고, 그런 식의 강압을 통해 타인의 존중을 얻고자 끝없이 시도합니다. 하지만 또한 그럼에도 불구하고 그들은 여전히 그것을 받지 못해 오직 공허하게만 존재할 수 있을 뿐입니다.

왜냐면 존중은 강요함으로써 얻을 수 있는 것이 아니라, 오직 내가 된 바로 인해서 자연스럽게 내게 따라오는 것이기 때문입니다. 하여 이미 그것을 강요한다는 것 자체가 존중받을 만한 내면의 수준을 지니지 못했다는 증명이기 때문입니다.

그래서 그들은 그 공허가 두려워 외부의 상징을 더욱 쫓고, 그 외부의 상징들을 더욱 과시하고, 하여 사람들의 아첨을 끝없이 구하고, 그러한 식의 끝없는 악순환 안에서 이루어지지 않을 환상만을 추구하며 살아가게 되는 것이죠.

제가 누군가에게 친절한 건, 그저 제가 친절한 사람이라서입니다. 그래서 저는 제가 친절했던 것을 일일이 기억하며 어딘가에 붙여두지 않습니다. 하지만 친절을 내면에 진정 소유하지 못한 사람들은, 친절한 이미지를 통해 사람들의 환심과 아첨을 구하고자 하고, 그러니까 그러한 식의 과정을 통해 자신의 내면 안에 부재한 자기 존중감을 채우고자 친절을 끝없이 과시하고 생색내고, 그럴 것입니다. 교묘하고 은밀하게 그것을 타인들에게 알리는 식으로 말이죠.

그러니까 제가 저희 집의 에어컨을 수리하러 와 준 기사님에게 최선을 다해 친절하고, 그 친절로써 기사님을 반겨주는 것은 그 친절이 저의 습관이며, 친절함으로써 제가 채워지는 기쁨을 느끼기에 그렇게 하는 것이 다인 것입니다. 그렇다면 그걸 제가 어느 누구에게 자랑이라도 하겠습니까.

제가 개인적으로 아프고 힘든 일이 있을 때에도 독자들의 고민 앞에서 그 어떠한 티도 내지 않고 최선을 다해 함께 고민하고 답장을 하는 것은, 그걸 알아주길 바라거나 누군가에게 자랑하기 위해서가 아니라, 진실로 제가 제 역할에 대해 진실한 책임감을 가지고 있기에 그저 당연히 그렇게 하는 것일 뿐인 것입니다. 그렇다면 그걸 제가 어느 누구에게 자랑이라도 하겠습니까.

누구라서 친절하고, 누구라서 불친절하고, 또 내가 친절했음을 과시하고, 그래서 그런 것은 다정함을, 친절함을 내면에 진짜 소유한 사람들에게는 전혀 불필요한 일인 것입니다. 그때는 그저 내 의식의 본성, 수준, 습관의 자동 반응이 친절이었을 뿐이기 때문입니다.

그래서 우리가 과시하고 생색을 내는 식으로 남들이 알아주길 바라는 것에 목말라 하는 사람일 때, 우리는 나 자신의 존재로부터 채워지는 사람이 아니라 타인의 반응으로 인해 채워지길 기대하는 왜소한 사람이 되고야 맙니다. 내 행복의 근원은 내 안에 있는 것인데, 그것을 바깥에 두고는 그것에 의존하는 식으로 살아가게 되는 것이죠.

해서 그때는 타인의 반응에 내 행복이 달려있기에 타인의 반응을 그만큼 더 통제하고자 하며, 하여 의존하고, 강요하고, 집착하는 관계를 맺게 됩니다. 끝없이 집착하고, 실망하고, 더욱 통제하고 강요하고, 생색내고, 알아주길 기대하고, 서운해하고, 화내고, 그런 식의 악순환만을 계속해서 반복하면서 말이죠.

하지만 진실로 그 모든 시도에도 불구하고 우리가 진정 안에서부터 채워지는 사람이 아니라서 자꾸만 외부를 과시하고 그것을 통해 존중을 얻고자 하는 사람일 때, 그때의 우리는 나를 진실로 존경하는 사람들이 아니라 나의 외부 때문에, 그 사적인 이득을 취하기 위해 그저 아첨하며 나의 편을 들어주는 척하고 있을 뿐인, 마찬가지로 진실하지 않은 사람들과만 오직 함께할 수 있을 뿐일 것입니다.

그래서 이러한 상태에서는 타인에게 인정과 동의를 구하고, 하지만 타인이 그럼에도 자신의 감정에 편들어주지 않을 때에는 떼를 써서라도 그것을 강요하고 갈취하는 식의 사람으로서 존재하게 됩니다(자존감은 스스로 충족시키지만, 자존감 없음은 스스로 충족하지 못해 타인의 것을 빼앗고 갈취함으로써 자신을 채우고자 끝없이 시도합니다. 그래서 자존감이 낮은 사람과 함께할 때 우리는 금방이면 우리의 에너지가 소진되고 고갈됨을 느낄 수 있습니다).

왜냐면 그렇게라도 하지 않고서는, 결코 존중을, 사랑을 받을 수가 없기 때문입니다. 존중받을 만한 가치와, 존중받을 만한 과정과, 존중받을 만한 존재의 수준을 진실로 단 하나도 지니고 있지 않은 사람이 어떻게 해서 진실한 존중을 받을 수가 있겠습니까. 그렇다면 존중을 강요함으로써, 혹은 자신의 외부를 자랑함으로써 얻을 수 있을 거라고 생각하는 이 수준은, 얼마나 왜소하고도 작은 상태이겠습니까.

그러니 오직 진실하십시오. 당신이 진실하고, 하여 진실 그 자체가 되었기에 진실함을 선택할 수밖에 없는 사람이 되었을 때, 그때는 타인의 감정적인 동의가 전혀 필요하지 않을 만큼 당신은 결핍에서부터 오롯이 자유를 얻은 채일 것입니다. 그래서 당신은 결단코 흔들림이 없을 것입니다.

그러니까 그때는, 타인의 표정을 살피거나 눈치를 볼 필요가 전혀 없을 것입니다. 타인으로부터 어떠한 반응을 얻을 수 있길 기대하고, 그것을 받지 못했다며 실망하거나 분개할 필요 또한 전혀 없을 것입니다.

당신은 타인의 인정과 동의를 얻기 위해 진실한 것이 아니라, 그저 당신 자신의 만족을 위해 진실을 선택하고 있는 것일 뿐이기 때문입니다. 사랑과 존중은 감정적인 강요를 통해 받는 것이 아니라, 그저 내가 그럴 만한 사람이 되었을 때 자연스럽게 나에게 따라오는 것이기 때문입니다.

만약 당신이 그것을 이해하지 못해 사랑과 존중을 강요하고 압박하고, 그렇게 타인의 내면에서부터 그것을 억지로 갈취하려 들 때, 당신의 곁에는 당신이 불편해서 당신과 함께하려 하지 않고자 하는 사람, 혹은 당신으로부터 어떠한 사적인 이득을 취하기 위해 당신에게 아첨하고 있을 뿐인 진실하지 않은 사람, 오직 그 두 가지 부류의 사람만이 남게 될 텐데, 그렇다면 그것으로 당신이 진정 이 외로움과 공허, 결핍된 상태에서 벗어나 진실로 만족하는 관계를 맺을 수 있겠습니까.

그러니 오직 진실하고, 진실함으로부터 자존감이 있으십시오. 그때는 그 어느 때보다 당신의 말이 간결하고도 단순할 테지만, 그 안에 깃든 힘은 진정 거대하고도 아름다울 것입니다. 그리고 그것이 세상과 사람들로부터 진실한 존중을 얻는 진정 유일한 방식입니다. 그러니 힘을 과시하고, 부를 과시하고, 그런 식으로 사람을 억누름으로써 존중과 사랑을 강요하는 당신 마음 안의 낡은 관점을 철저하게 포기하고 내려놓으십시오.

나를 존중하고 사랑해줘, 라고 말하며 끝없이 떼쓰지만, 정작 자기 자신은 여전히 전혀 존중받고 사랑받지 못할 만한 내면을 지닌 사람으로서 존재하고 있는 것은, 그렇다면 이 얼마나 모순된 삶의 방식이자 태도이겠습니까. 그래서 그 모든 억지와 애쓰는 노력을 함에도 결코 그것을 얻지 못했던 당신은, 역설적으로 그러한 태도를 철저히 포기할 때 더욱 존중과 사랑을 받는 사람이 될 것입니다.

그렇다면 당신은 타인에게 아첨 받길 원하는 사람입니까. 아니면 진실한 존중을 받길 원하는 사람입니까. 그러니까 당신은, 당신이라는 존재 자체를 사랑해서 타인이 당신과 함께하길 바라는 사람입니까. 아니면 당신을 둘러싼 외부와 당신이 만들어낸 거짓 이미지를 사랑해서 타인이 당신과 함께하길 바라는 사람입니까.

30.

사랑으로부터의 성공.

　사랑하는 일을 하세요. 사랑할 때, 우리에게는 더 이상의 한계가 존재하지 않을 것입니다. 출근을 할 생각에 우울하다면, 새로운 하루를 맞이하는 것이 싫어 과도한 수면으로 도망가고 싶다면, 당신은 당신의 일과 하루를 충분히 즐기고 있지 못한 것입니다. 수많은 돈과 명예를 가지고도 당신이 행복하지 않다면, 그러니까 여전히 그것들을 진정 누리지 못해 하루가 우울하다면, 당신은 그것을 소유한 자가 아니라 그것에 속박당한 자이며, 그래서 그때의 그러한 것들은 그럼에도 불구하고 당신의 삶에 아무런 진실한 의미도, 가치도 지니지 않은 것이 될 것입니다.

　만약 당신이 그렇다면, 당신은 다시 처음으로 돌아가 이 삶을 즐기고 사랑하는 방법부터 배워야 할 것입니다. 성공이란 무엇입니까. 그것은 진실로 부유함의 정도를 나타내는 척도가 아닙니다. 성공은, 내 내면의 잠재력을 실현함으로써 최고를 추구하고, 하여 그 모든 과정 안에 있는 진실한 집중과 사랑으로 인해 내가 진정 기쁘고 행복한 상태에 닿는 것, 바로 그것입니다.

수많은 억만장자와 유명인사가 여전히 결핍에 시달리고 불안해하고 우울해하고 있다는 것이 진정 외부적인 명성과 성공은 아무런 관련이 없다는 증명입니다. 그들이 믿는 성공의 결과로 그들은 오만함을 얻었고, 하여 겸손할 줄 몰라 자신의 위치에 취한 채 초심을 잃었고, 그렇게 사람들에게 실망감을 준 채 추락하기도 하며, 결핍과 공허로 인해 생긴 불면증과 우울증에 시달리며 그것을 다스리지 못해 방황하기도 하며, 그러니까 여전히 성공을 자신의 내면에 진정 소유하지 못해 자신의 성공을 증명하고자 더, 더, 더, 를 외치며 끝없는 탐욕에 빠지기도 합니다. 그렇다면 그것이 진정 성공이라 할 수 있는 것이겠습니까.

그래서 진정한 성공은, 행복과 함께하는 성공입니다. 나 자신의 진실한 가치를 실현하고, 내가 사랑하는 것들을 정성과 다정함을 다해 외부에 창조해내며, 무엇보다 내가 이것을 하는 것이 행복하기에 이것을 하는 것, 바로 그것입니다. 이것에 임하는 그 모든 과정 안에서 내가 진실로 행복했기에 나의 과정을 바라보는 사람도, 이 과정의 결과물을 바라보는 사람도 그 행복을 전달받아 덩달아 행복해지는 것, 바로 그것입니다.

그러니까 당신이 진정 사랑할 때, 당신은 행복할 것이며 오직 만족할 것입니다. 외부의 무엇인가가 아니라 오직 당신 자신의 기쁨을 위해 당신은 일할 것이며, 하여 그것은 일이 아니라 사실은 또 하나의 즐거움의 실현이 될 뿐일 것입니다. 그래서 당신은 지치지 않을 것이며, 또한 나아가는 모든 과정 앞에서 당신을 향해 찾아오는 한계와 시련들을 가뿐히 넘어서게 될 것입니다. 왜냐면 당신이 진정 사랑한다면, 당신은 결코 포기하지 않을 것이기 때문입니다.

그러니 사랑하세요. 또한 예쁜 의미를 가진 채 그 의미를 공유하세요. 당신의 일이 진실로 당신에게 의미가 있고, 하여 타인들에게 또한 그 의미를 공유하고 전해줌으로써 타인을 진정 기쁘게 만들 수 있는 것이라면, 당신은 오직 채워질 수 있을 뿐일 것입니다.

결국 우리에게 공허를 낳는 것은, 내가 하고 있는 일에 대한 가치와 의미를 스스로 느끼지 못한 데서부터 오는 결핍과 무의미, 바로 그것이기 때문입니다. 그래서 당신의 일이 오직 진실한 의미를 실현함으로써 이 세상과 인류의 행복에 이바지하는 것이라면, 당신은 반드시 행복과 함께 나아가게 될 것입니다.

그리고 그 순간에 이르러서도 당신은 여전히 최고 부자는 아닐지도 모릅니다. 하지만 또한 그럼에도 사람들은 당신을 존경하고, 당신으로부터 영감을 받길 갈구할 것입니다. 당신보다 외적으로 더 부자거나 더 유명한 사람들이 사람들로 하여금 질투를 받거나 부러움의 대상이 되고 있는 동안에도 말입니다. 그것이 바로 사랑이 지닌 힘입니다.

사랑하지 않지만, 오직 돈과 명예를 위해 억지로 참은 채 욕심을 내고 있을 뿐인 탐욕의 상태는 하여 행복할 수도, 타인들로부터 진실한 존경을 받을 수도 없는 것입니다. 그때의 만족감이란 사실 가치의 실현에서부터 오는 기쁨이 아니라 욕망의 일시적인 충족에서부터 오는 얄팍한 웃음이 될 뿐일 텐데, 그렇다면 그것이 어떻게 해서 진정 행복한 사람이 띠는 순수하고도 온정이 담긴 미소라고 할 수 있겠습니까.

그러니 사랑하는 일을 하세요. 혹은 지금 하고 있는 일을 사랑하세요. 그때의 당신은 결코 행복과 분리되지 못할 것입니다. 여전히 최고 부자가 되지는 못했을지라도, 당신은 만족하는 법을 배운 사람일 것이고, 또한 사람들에게 더욱 존경받는 사람이 되었을 것이기 때문입니다. 그래서 당신은 또한 충분히 부유할 것입니다. 왜냐면 사람들이 당신과 함께하길 원할 것이기 때문입니다.

당신이 오직 외부적인 상징을 위해 살아가고 있는 것이 아니라, 어떠한 의미를 충족시키고 가치를 실현하기 위해 살아가고 있는 것이라면, 그러니까 그 지고의 진실에 당신 자신의 삶을 헌신하고 있는 것이라면, 사람들 또한 당신의 그 모든 나아가는 과정 안에서 진실을 찾게 될 것이고, 하여 행복과 기쁨을 누리게 될 것이기 때문입니다. 그래서 사람들은 당신을, 당신의 것을 찾을 것입니다.

그러니 오직 돈을 위해서 무엇인가를 하기보다, 그보다 높은 가치의 실현을 위해서 그것을 하세요. 당신의 것이 진실한 의미와 가치를 지닌 것이 될 때, 진정 당신은 공허할 틈이 없을 만큼 채워질 것이고, 하여 지칠 틈이 없을 만큼 행복과 함께 나아가게 될 것입니다.

세종대왕이 한글을 만들 때, 그때 그 왕의 마음이 그랬을 것입니다. 자신의 사적인 이득을 위해서가 아니라, 그보다 높은 가치의 실현을 위해서, 그러니까 백성들의 행복과 그들 삶의 기쁨을 위해서 그것을 한 것이죠. 그 연민과 사랑의 마음이 있었기에 그는 그 어떠한 외부적인 보상 없이도 한계 없이 그것에 임할 수 있었고, 하여 남들이 보기엔 고통스러운 노력의 과정이었을지라도 정작 본인은 오직 행복과 함께하고 있을 수 있었던 것입니다. 그래서 포기하지 않을 수 있었고, 하여 끝내 그것을 완성했고, 그 자체로 그는 이미 무한하게 채워지고 위대하게 행복할 수 있었던 것입니다.

그러니 사람들의 행복을 위해 그것을 하세요. 의사가 환자들을 행복하게 해줄 때, 미용사가 고객들을 행복하게 해줄 때, 요리사가 손님들을 행복하게 해줄 때, 그리고 어떠한 상품을 공급하는 자가 그 상품을 공급받는 자를 행복하게 해줄 때, 그것은 외부적인 무엇인가를 이미 넘어선 내부적인 것이 되어있을 것입니다. 하지만 그럼에도 그들이 외부적으로 또한 성공할 수밖에 없을 것이라는 건 너무나도 당연한 사실이 아니겠습니까.

그러니 최고의 재능으로써 사람들의 행복에 이바지하는 사람이 되어보세요. 그때의 당신은 실패하는 방법을 잊게 될 것입니다. 그리고 사람들이 행복해하는 마음과 당신에게 고마워하는 마음 앞에서 당신은 불행하고 공허해지는 방법을 잊게 될 것입니다.

그렇다면 욕망의 실현과 사랑의 실현, 그중 당신이 추구하는 성공은 무엇입니까.

31.

시련의 목적.

우리는 삶을 살아가며 언제나 아픈 시련을 맞닥뜨리게 되지만, 그럼에도 또한 언제나 그 시련을 이겨낼 힘이 우리의 내면 안에 있음을 알고 꿋꿋해야 합니다. 그러니까 우리에게는 우리가 감당할 수 있는 시련만이 주어진다는 것과, 해서 나에게는 그 시련을 감당해낼 힘이 있다는 것을 우리는 잊지 말아야 합니다. 그리고 정확히 그 시련의 목적은 우리 자신의 성숙을 위함에 있기에 그럼에도 반드시 감당해내어 성숙하고, 하여 시련을 선물로 끌어안은 채 더욱 행복한 사람이 되어가야만 합니다.

왜냐면 그것이 우리가 태어나 존재하는 유일한 목적이자 이유이기 때문입니다. 바로, 성숙하여 보다 더 행복하고 다정한 사람이 되는 것 말입니다. 그러니 포기하지 마십시오.

당신이 완전한 행복에 닿기 전까지, 당신에게 시련은 언제나 찾아올 것이고, 또 아직은 그 시련을 감당할 만큼 성숙하지 않은 당신은 자주 무너질 수밖에 없을 것입니다. 왜냐면 당신이 더 성숙해야 하는 만큼, 당신의 현재 성숙한 정도보다는 늘 더 큰 시련이 당신을 찾아올 것이기 때문입니다. 그래서 당신은 무너지고 아파할 수밖에 없습니다. 하지만 또한 그래서 잘하고 있는 것입니다.

그러니 그럼에도 포기하지 마십시오. 딛고 일어서십시오. 그렇게 다시 한 번 성숙하고, 더 큰 행복을 마음에 품으십시오. 그렇게 서서히 당신의 행복이 완성되고, 당신의 삶 전체가 아름다운 성숙과 함께 더욱 무르익어가는 것입니다. 그래서 시련이 당신을 찾아온 것에는, 그 어떠한 문제도 없는 것입니다. 시련이 있기에, 완벽하게 아름다운 당신의 지금 이 순간이기 때문입니다.

그래서 당신은 인생을 살아가는 동안 크고 작은 시련들을 여러 번 마주하게 될 것입니다. 그것이 인간으로 존재하고 살아가는 모든 인류의 숙명이기 때문입니다. 그리고 당신은 또한 그 시련을 딛고 성숙하고 난 뒤에 역설적으로 모든 형태의 시련 앞에서 더욱 꿋꿋한 사람이 되어 있을 것입니다.

당신에게 찾아올 시련은 언제나 이전의 시련보다 더 크고 아픈 시련일 테지만, 당신은 이제 이 시련의 목적이 당신의 성숙에 있다는 것과, 하여 이 시련을 감당해내고 나면 당신이 더욱 행복한 사람이 될 거라는 것을 서서히 알아가게 될 것이고, 그렇게 시련의 목적을 이제는 보다 분명하게 알고 있는 채일 것이기 때문입니다.

그래서 당신은 꿋꿋이 나아갑니다. 시련이라는 선물에 이제는 감사함으로써 그것을 당신의 품에 새기고 끌어안게 됩니다. 그러니 당신을 더 크고 깊은 사람으로 만들어주기 위해 찾아온 이 시련이라는 선물 앞에서 이제는 원망하기보다 감사할 줄 아십시오. 지난 모든 시련 앞에서 당신이 무너질 듯 아팠지만 그럼에도 지금껏 잘 이겨내고 이토록 성숙해왔다는 것을 또한 잊지 마세요. 그때도 당신은 해냈고, 지금도 당신은 잘 해낼 것입니다.

그렇게 몇 번을 거듭하여 성숙하다 보면 어느새 당신은 그 누구보다 성숙한 향기가 나는 아름다운 사람이 되어있을 것입니다. 그 행복과 성숙의 자격이 있는지, 삶과 당신의 마음이 당신에게 묻고 있는 것일 뿐입니다.

해서 당신이 이러한 시련의 목적에 대해서 분명히 알고 가슴에 새기고 있는 채일 때, 당신은 보다 빠르게 시련을 이겨내고 지나갈 수 있게 될 것입니다. 그렇게 당신은 마주한 삶을 통해 더욱 빠르게 당신의 행복을 완성해나가게 될 것입니다.

왜냐면 내가 이 시련을 극복했다는 유일한 증거는 이 시련 앞에서 이제는 아파하기보다 그럼에도 행복한 나로서 존재하는 것이고, 하여 내가 비로소 그저 행복할 때, 삶은 나 자신의 성숙을 이제는 인정했기에 곧장 다음 단계로 넘어갈 것이기 때문입니다.

그래서 당신이 시련이 선물임을 알고 있으며, 또 시련을 당신이 무조건 이겨낼 수 있다는 것과, 당신이 이겨낼 수 있는 시련만이 당신에게 찾아온다는 것을 알고 있는 채일 때, 당신은 시련 앞에서 더욱 빨리 행복과 평화를 찾게 될 것이고, 하여 급속도로 성숙을 완성하며 나아가게 되는 것입니다. 그렇게 당신은 더욱 빠르게 완전한 행복에 닿아가게 되는 것입니다.

그러니 꿋꿋하십시오. 당신에게는 이 시련을 이겨낼 힘이 있다는 것을 잊지 마십시오. 모든 시련이 당신을 무너뜨리기 위해서가 아니라 당신을 더욱 세우고, 더욱 행복한 사람으로 만들기 위해 찾아온 선물이라는 것을 간직하십시오. 또한 그 시련은, 당신이 그 시련 앞에서 그럼에도 꿋꿋이 행복할 때 당신을 찾아온 이유가 이미 완성되었기에 더 이상 당신의 곁에 있을 이유가 없어 당신을 곧장 지나가게 될 것이라는 것을 알고 있는 채이십시오.

그러니까 지금 이 순간 그저 행복하게 존재해버리십시오. 그렇게 당신이 모든 성숙을 완성한 채일 때, 그러니까 오직 행복한 사람일 때, 당신은 그저 무한하게 평화롭고 행복할 수밖에 없을 것입니다. 그리고 그때야말로 우리가 태어난 이유와 존재의 목적을 우리가 완전하게 완성한 순간일 것입니다.

그렇다면 지금 당신의 행복을 위해 당신의 곁에 찾아온 선물은 무엇입니까. 당신은 그 선물 보따리를 풀어 당신의 품에 끌어안을 마음의 준비가 충분히 되어있습니까.

32.

최고로서의 성공.

　성공은 내 잠재력을 최대한으로 실현함으로써 얻을 수 있는 자동적인 결과입니다. 그러니 성공을 부러워하는 대신에 최고가 되십시오. 자신이 임하고 있는 일 안에서 최고가 된 사람들은 일자리, 돈, 성공에 대해서는 전혀 걱정하지 않습니다. 왜냐면 최고에게는 그러한 것들이 알아서 찾아오기 때문입니다. 세상에 어떤 최고가 일자리 걱정을 하겠습니까. 사실 그때는 많은 일자리들이 최고가 된 나를 얻을 수 있을지 없을지를 오히려 걱정하고 있을 뿐일 것입니다.

　그러니 거꾸로 노력하지 마세요. 최고가 되고자 하는 노력은 아예 기울이지 않으면서 먼저 성공과 돈과 같은 외부적인 것들을 추구하는 것은 결국 내 마음의 온전함을 잃게 할 것이며, 하여 숱하게 많은 탐닉과 욕망으로의 유혹, 또 온전함의 훼손을 낳게 할 것입니다.

　그 모든 것들은, 나의 존재가 이미 된 바로 인해 얻어지는 자연스러운 소유가 아니기에 아직 준비가 채 되지 않은 나는 그러한 것들을 얻기 위해서 오직 '억지'를 부릴 수밖에 없을 것이기 때문입니다.

해서 그때의 나는 수많은 편법과 스스로의 양심과 온전함을 어기는 행동들을 아무렇지도 않게 하게 될 것이고, 끝내는 그 정직하지 않은 방식과 함께해왔던 내 과정들, 그 과거가 내가 부실하게 쌓아올린 모든 외부적인 성취들을 무너뜨리게 될 날이 올 것입니다.

왜냐면 애초에 그것은 내 것이 아니었기 때문입니다. 나에게는 그러한 것들을 얻을 자격도, 그릇도 없었기 때문입니다. 하지만 그럼에도 애를 써서, 그러니까 억지로 그러한 것들을 취했고, 해서 그것은 결국 원래 있어야 할 곳으로 돌아갈 것입니다.

그 모든 것에 앞서, 무엇보다 그때의 당신은 행복할 수 없을 것이고, 또 여전히 최고이지 못한 자신에 대해 스스로 존경심을 가지지 못해 외부적인 상징으로 그 자존감 없는 자신의 상태를 가리고 덮기 위해 오직 애쓰고 있을 뿐인 왜소한 사람으로서 하루하루를 살아가게 될 것입니다.

그러니 거꾸로 노력하지 마세요. 그저 하루하루 최선을 다해 내 잠재력을 최대치로 실현하고, 그렇게 나라는 사람의 능력을 끝없이 키우며 나아가세요. 당신의 최선과 능력이 성공을 맞이할 준비가 되었을 만큼 무르익었을 때, 성공은 반드시 당신을 찾아올 것입니다.

그러니까 당신이 성공할 만한 사람이 되었을 때는, 당신이 원하지 않아도 성공이 당신을 원할 것입니다. 많은 사람들이 당신과 함께하길 바랄 것이고, 많은 사람들이 당신의 과정을 존경할 것이기 때문입니다. 그래서 당신은 또한 위대할 것입니다. 여전히 자존감이 없어 겉으로 과시하고, 그렇게 자존감 없는 자신의 내면을 방어해야만 하는 왜소함을 넘어 당신에게는 이제 진정한 자존감이 함께할 것이기 때문입니다.

그 결과 당신은 겸손할 것이고, 온전하고 다정할 것이며, 여전히 그저 최선을 다할 뿐일 것입니다. 왜냐면 이때의 성공은, 당신이 그것을 가질 충분한 자격이 있기에 당신에게 찾아온 성공이었으며, 당신의 성숙이 그것을 다룰 수 있을 만큼 충분히 무르익었기에 당신에게 찾아온 자연스러운 결과였으며, 해서 당신은 성공에 결단코 탐닉하지 않을 것이기 때문입니다. 그저 더욱 감사하는 마음으로, 더욱 큰 정성과 노력을 하루에 쏟게 될 뿐일 것입니다.

그게 최선을 다하고, 최선을 다한 결과로 자신에게 마땅한 것을 얻은 사람들의 마음입니다. 자신이 어떠한 일 안에서 최선을 다한 것이, 결코 외부적인 성공을 위해서였던 적이 없는 것이죠. 그저 좋아하는 일이었고, 사랑하는 일이었고, 해서 더 잘 해내고 싶었던 것이 다입니다. 그러니까 더 발전하고 싶었고, 더 많이 터득하고 싶었던 것이 정말로 그 전념의 모든 이유였던 것입니다.

그러니 과정 자체의 온전함을 유일한 목적으로 삼으세요. 그 안에서의 성숙과 더욱 많은 것을 배웠다는 기쁨이 당신에게 있어 그 어떠한 것보다 거대한 보상이 되어줄 것입니다. 그래서 당신은 행복하고 즐거워서 최선을 다하는 사람이 되고, 그 결과 자동적으로 최고가 되고, 해서 최고로서 누릴 수 있는 것들을 그 어떤 억지와 애씀 없이도 그저 누리게 될 것입니다. 그것이, 부작용이 없는 단 하나의 유일한 성공입니다.

성숙의 속도보다 외부의 성공이 더욱 빠르게 찾아온 사람들은, 그래서 그 부작용에 아파하거나 위태로움을 겪게 되는 것입니다. 그래서 그때는 끝끝내 그것을 감당해낼 만큼의 큰 사람이 되거나, 아니면 그것을 해내지 못해 끝내 추락하거나, 그것만이 남아있는 유일한 과제가 될 것입니다. 또한 대체로 이 경우의 많은 사람들의 결과가 후자가 되는 것은, 정말로 급속도로 성공한 만큼 급속도로 그것을 감당해내기 위한 성숙을 이루어내는 것이 결코 쉽지가 않은 일이기 때문일 것입니다.

그렇다면 당신은 지금, 성공할 만한 사람, 그런 '존재'가 되기 위해 노력하는 사람입니까, 아니면 오직 외부적인 성공만을 위해 탐닉하고 있는 사람입니까. 그러니까 당신은 당신의 성공을 맞이하고 감당해낼 수 있을 만큼의, 충분한 마음의 준비가 되어있습니까.

33.

진실한 사랑의 기준.

사랑하며 우리가 자존감이 낮을 때, 우리는 자주 자신의 중심을 잃은 채 상대방의 하루에 의존하고, 그렇게 상대방의 하루에 눈치를 보며 모든 것을 상대방 중심으로 맞추곤 합니다. 그래서 상대방이 자신의 하루를 지켜내고, 또 자신의 중심을 지켜내는 모습에 서운해하고, 하여 상대방 또한 자신의 하루를 저버린 채 나를 감정적으로 사랑해주길 바라고 집착하는 지점에 이르게 되기도 합니다.

왜냐면 이때는 내 행복의 근원을 내가 아니라 상대방에게 뒀기 때문입니다(자존감이 낮을 때 우리는 스스로 행복하지 못해 언제나 외부로부터 그 행복을 얻고자 애쓰는 사람이 됩니다). 그래서 상대방이 나에게 어떻게 하냐에 의해 내 행복이 결정되기에 상대방의 반응에, 상대방의 연락에, 상대방의 집착에 더욱 목매달게 되며, 하여 상대방의 그러한 모든 것들을 통제하며 나에게 이렇게 해야 너는 나를 사랑하는 것이다, 하는 어떠한 태도를 강요하게 되는 것입니다. 상대방의 작은 반응 하나에도 내 하루가 무너질 만큼 나는 서운해해야만 하는 사람이기 때문에 그 모든 것에 쩔쩔매며 집착할 수밖에 없는 것이죠.

사랑하기 때문에, 함께하기로 선택했기 때문에, 그래서 서로가 서로를 배려하고 또 서로에 대한 책임을 다하는 것은 분명 온전한 것이지만, 이것이 그러한 식으로 너무나 감정적으로 극단적이 될 때는 그래서 그 관계는 결국 서로의 온전함을 훼손하는 관계가 될 수밖에 없을 것입니다.

해서 그러한 관계는 함께하는 둘 모두가 온전하지 않음을 선택한 채 서로에게 감정적으로 탐닉하고, 하여 각자에게 주어진 삶의 의무와 그 안에서 성숙할 책임을 흔쾌히 포기하지 않는 이상은 계속해서 이어지기가 힘든 것입니다.

그래서 둘 모두가 자신의 삶은 포기한 채 그 관계에 탐닉한다고 한들, 그럼에도 그 또한 오래가지 않아 서로의 아픔과 고통이 한계치를 넘어섰을 때 결국 그 막을 내리게 될 수밖에 없게 되는데, 그건 그러한 식의 감정적인 탐닉과 집착 자체가 모두를 소진시키고, 모두를 지치게 하고, 하여 둘 모두의 온전함을 더욱 잃게 하는 '온전하지 않음'의 법칙을 따르는 것이기 때문입니다. 끝없이 서로를 압박하고 통제하는 마음은 결국 붕괴를 낳고, 하여 고갈되어버린 둘은 서로의 곁에 더 이상 남아있을 에너지가 없는 지경에 이르게 되는 것이죠.

그래서 저는 상대방의 하루를 충분히 존중하고, 그것을 과하게 침해하지 않고자 하는 마음은 함께하는 관계에 있어서 반드시 필요한 마음가짐이라고 생각합니다. 왜냐면 사실 사랑은 단순한 것이기 때문입니다. 그러니까 진실한 사랑은 감정적인 자극을 느끼고자 끝없이 집착하고, 떼쓰고, 탐닉하고, 애쓰는 것이 아니라, 그저 서로의 마음 안에 있는 평온함을 지켜주기 위해 노력하는 사소하고도 단순한 마음가짐이기 때문입니다.

그러니까 질투를 유발하고, 상대방을 불안하게 하고, 그런 식의 감정적인 자극을 추구하고, 그것에서부터 오는 미묘한 감정적인 즐거움에 취하고, 그러한 식의 온전하지 않음에 기반을 둔 마음이 아니라, 진실한 사랑은 오직, 상대방의 마음 안에 있는 안정감과 평온함을 지켜주기 위한 온전하고도 단순한 노력인 것입니다.

그래서 미성숙한 사람은 자신의 말이 상대방을 심란하게 하는 말인 것 같다면 그러한 상대방의 감정적인 반응을 유도하기 위해서라도 끝내 그 말을 내뱉지만, 성숙한 사람은 그 말 앞에서 오직 책임을 다해 침묵할 뿐인 것입니다. 그래서 온전함이 함께하는 사랑은 그 무엇보다 진실한 사랑이지만, 또한 세상의 관점에서는 정말로 재미가 없는 따분한 사랑이기도 한 것입니다.

왜냐면 우리가 재미를 느끼기 위해서는 끝없이 상대방을 불안하게 하고, 상처를 주고, 소유하고 집착하고자 하, 그러한 식의 감정적인 자극이 있어야만 하기 때문입니다. 그러니까 그런 식으로 내 말에 상처받고 휘청거리는 상대방을 봐야만 나와 그가 더욱 연결되어 있다고 여기고, 또 그가 나를 진정 사랑하고 있다고 느끼는 것이 바로 미성숙한 사랑의 수준인 것입니다.

하지만 진실로 온전한 사람은 그러한 감정적인 요동이 자신의 평화를 깨뜨린다는 것을 그 순간 즉각적으로 느끼기에 그런 식의 감정적인 상황 자체를 피하고자 노력할 뿐입니다. 왜냐면 그건 내게 주어진 하루의 책임을 스스로 저버리는 나 자신에게 다정하지 않은 행동이기 때문입니다. 또한 그때의 나는 그것이 나 자신의 결핍된 마음에서부터 싹트는 욕구들임을 충분히 인지하고 있기에 그저 나 자신의 성숙을 위해 그것을 극복하고 초월하고자 더욱 마음을 쏟을 뿐일 것입니다.

상대방의 마음에 행복과, 평화와, 안정감이 아니라 불안과, 질투와, 걱정만을 심어줄 뿐인 그것을 어떻게 해서 진실한 사랑이라고 할 수 있겠습니까. 그건 진실로 그저 극복하고 초월할 필요가 있을 뿐인 하나의 미성숙하고도 결핍된 수준이자, 진실한 사랑의 발끝에도 닿지 못할 만큼의 거짓되고도 왜곡된 감정적인 오류에 불과한 것일 텐데 말입니다.

자신이 키우는 강아지가 걱정이 되어서 집으로 가고 싶은 상대방의 마음 앞에서 서운하다며 강아지를 내팽개치고 나와 함께해달라고 떼를 쓴다면, 그리고 그것을 통해 나를 사랑하냐 하지 않냐를 견주는 마음의 상태를 내가 지니고 있다면, 정말로 그건 상대방의 입장을 얼마나 자주 난처하게 만드는 미성숙한 행동인 것일까요. 그리고 그러한 사랑이 과연 얼마나 오래 지속될 수가 있을까요.

서로가 만나 서로로부터 위로받은 채 더욱 기쁨으로 채워지고, 하여 지친 하루의 힘듦을 내려놓고 해소하는 시간을 보내야 하는 관계 앞에서, 되려 더욱 무거운 감정적인 짐들을 얹어주는 그것이, 진정 진실한 사랑이라고 할 수는 있는 것일까요.

그러니 이제는 더욱 진실한 사랑을 향해 나아가세요. 진심 어린 존중과 사려 깊은 마음이 함께하는 사랑을 하세요. 감정이라는 것은 언제나 변덕이 심하기 마련이고, 하여 크게 신뢰할 수 있는 부분이 많지 않다는 것을 잊지 마세요.

해서 당신이 더욱 합리적이고 사려 깊은 판단력을 지니게 될 때, 그때의 당신은 상대방을 충분히 이해하고 존중할 수 있게 될 것이고, 하여 서로가 서로에게 주어진 일상들을 충분히 소화해내고도 함께하며 더욱 의지하고 서로를 위로하고 고쳐시켜 줄 수 있는, 그런 관계를 맺어나가게 될 것입니다.

진실로 당신이 온전할 때, 그래서 당신은 상대방과 오래도록 대화를 하고자 하고, 그 대화 안에서 상대방을 느끼고자 하고, 해서 그 사람과 당신이 잘 맞는지를 서서히 알아가고자 하게 될 것입니다. 하지만 당신이 온전하지 않을 때, 그때의 당신은 그저 상대방이 어떤 사람인지도 잘 모르는 채 벌써부터 사랑한다는 말부터 하고 있는 사람일 것입니다.

그렇다면 이때의 당신이 사랑하는 것은 도대체 무엇입니까. 그러니까 당신은 그 '사람'을 사랑하는 것입니까, 아니면 그저 당신 자신의 감정적인 결핍을 해소할 어떤 대상이 필요한 것일 뿐인 것입니까. 그러니까 당신이 사랑하는 사람은 그 사람의 진정한 본질인 마음이자 영혼입니까, 아니면 그 사람의 껍데기일 뿐인 육체이자 그 육체에 투사한 당신 자신의 환상과 매력에 불과한 것입니까.

어쨌든 상대방의 하루를 훼손하고, 침해하고, 집착하고, 의존하고, 떼를 쓰는 것은 사랑이 아니라 감정적인 탐닉일 뿐이고, 내 하루의 무기력과 공허함을 그 탐닉을 통해 채우고자 하는 왜곡된 시도에 불과한 것입니다.

그래서 내 행복의 근원을 외부에 맡기지 않는 진정한 자존감과 함께하고 있는 사람들은 자신의 하루를 지켜내고, 상대방의 하루 또한 존중하고 지켜주고자 더욱 노력하며, 그러면서도 그 관계 안에서 함께하기로 선택한 그 책임과 의무 앞에서 오직 진실한 노력을 다하며 나아갈 뿐입니다. 그래서 그 온전함은 꾸준함을 낳고, 그 꾸준함은 서로로 하여금 더욱 큰 존중과 신뢰와 함께 나아갈 수 있도록 이끌어주고, 하여 둘은 불행이 전혀 불가능한 관계를 맺게 되는 것입니다.

그러니 둘 중 누가 더 상대방을 감정적으로 사랑하고 있냐를 두고, 누가 더 자신의 하루를 내팽개친 채 더 많이 집착하고 있냐를 두고 사랑의 크기를 가늠하고자 하고, 하여 그러한 기준을 사랑의 척도로 삼는 오류를 당신이 지니고 있다면, 이제는 그것을 그만 내던지십시오.

서로의 하루에 온전한 책임을 다하고 있는 서로가 만나 그 온전함을 더욱 지지해주고 배려해주는 사랑을 할 때, 그 사랑이야말로 진정 큰 사랑인 것입니다. 그게 함께 성숙하며 나아가는, 하여 둘 모두가 오래도록 행복하게 나아가는 사랑의 방식인 것입니다. 진정한 헌신, 사랑은 다시 받는 것을 기대하는 보상 심리가 아니라 상대방의 기쁨 자체에 그 완성이 있는 것이기 때문입니다.

그러니 상대방의 하루를 더욱 존중하고, 지켜주고, 응원해주는 사랑을 하세요. 상대방의 행복을 오직 염려하고, 무엇이 둘 모두의 행복에 기여하는가를 함께 고민하며 나아가세요.

그때, 당신의 사랑은 비로소 안전할 것입니다. 또한 여전히 당신은 있는 그대로의 당신인 채 사랑하고 사랑받을 수 있을 것입니다. 그리고 둘은, 강제와 통제를 통하지 않고도 서로를 위해 할 수 있는 가장 진실한 사랑을 이미 서로를 향해 쏟고 있는 채일 것입니다.

그렇다면 그 사랑의 방식이야말로 사랑하며 행복하고, 또 사랑함으로써 더욱 큰 행복을 향해 나아가는 보다 성숙하고 예쁜 향기가 깃든 사랑이 아니겠습니까. 상대방을 신뢰하지 못해 강압하지만, 그럼에도 여전히 불안해할 뿐인 미성숙이 아니라, 그저 서로의 행복을 최선을 다해 지지함으로써 오직 신뢰를 받으며 또한 신뢰하는, 진정한 다정함이 함께하는 사랑이 아니겠습니까.

그렇다면 지금 당신은, 상대방을 진실하게 사랑하고 있는 게 맞습니까.

34.

감정과 이성.

우리는 우리 자신의 감정을 보다 이성적으로 다룰 줄 알아야 합니다. 우리가 때로 지나치게 감정적이고, 또 그 감정에 탐닉하며 그 감정을 쉽게 정당화하고 합리화하는 사람일 때, 우리는 나 자신과 내 주변 사람들을 아프게 하고 저버리는 선택을 하는 사람으로서 존재할 수밖에 없게 되기 때문입니다.

이성과 합리성을 갖춘 사람에게 있어서는 사실 어떤 안 좋은 일이 있었다고 해서 자신의 하루를 내던져버리는 일이란 결코 스스로 허용할 수 없을 만큼의 온전하지 않은 행동이 될 것입니다. 그래서 그들은 직장생활을 하든, 인간관계를 하든, 꾸준히 성실하게 그것에 임하는 온전함이 있습니다.

하지만 그 이성적 사고가 불가능할 만큼 감정적인 사람들은 때로 작은 일 앞에서도 모든 것을 내팽개치는 선택을 하기도 합니다. 그래서 모든 것이 극단적이 되는 경우가 많습니다. 일도, 관계도, 연애도, 그것이 무엇이든 말입니다.

제가 만약 글을 쓰는 일 앞에서 감정적이었다면, 저는 이토록 꾸준하게 저의 글을 매일 쓰지는 못했을 것입니다. 그러니까 밤과 낮, 주말과 평일, 그러한 경계 없이 매일 꾸준히 글을 쓰고, 또 사고하고, 그것 앞에서 책임을 다하는 일에 제가 소홀하지 않을 수 있었던 것은, 저에게 일어난 크고 작은 감정적인 일 앞에서 제가 전복되지 않았기 때문입니다.

아프고 힘든 일 또한 많았지만, 그럼에도 그보다 소중하고 사랑하는 제 일 앞에서 저는 저의 책임을 저버리는 선택을 할 수는 없었던 것이죠. 하지만 제가 보다 감정적인 사람이었다면 저는 결코 꾸준하지 못했을 것입니다.

사람들은 흔히 감정을 따뜻함, 이성을 차가움으로 오해하곤 하지만, 타인의 감정에 공감하고, 타인의 감정을 이해하고, 그들의 아픔에 함께 아파하는 것, 또한 누군가와 함께 꾸준히 함께하고 그 사람을 존중하고 사랑하는 것, 그것은 과도한 감정으로 인해 이루어지는 것이 아니라 상대방을 존중하고 아껴주는 진실한 사랑, 다정함, 이타심, 온전함, 그 모든 합리성으로 인해 이루어지는 것입니다.

그래서 그 진실한 마음이 부재할 때 우리는 관계 앞에서 자주 변덕을 부리는 사람이 되고야 마는데, 어제는 소중하다고 말했던 사람에게 오늘은 삐져서 영원히 남이 되는 것을 선택하기도 하고, 그러니까 그런 식의 일 앞에서 거리낌 없는 사람이 되어버리고야 마는 것이죠.

그러니까 그때의 우리는 자주 빈정 상해하고, 그 감정으로 인해, 그 감정에 의해서, 그 감정으로부터 강요당한 채 무엇인가를 선택하게 되는 것입니다. 그것이 바로 과도한 감정의 극단성입니다(우리에게 타인의 마음을 더욱 헤아리게 해주고, 또 공감하고 이해하게 해주는 '감성'과, 분노와 과도

한 슬픔, 집착, 자기 연민, 원망과 같은 '감정'은 구분되는 것이고, 감성은 우리가 살아가는 데 있어 꼭 필요한 덕목 중 하나라고 저는 생각합니다).

　그래서 사실 감정적으로 누군가를 사랑하는 일은 오래가지 못하는 경우가 많습니다. 감정적으로 의리가 있는 관계 또한 작은 일 앞에서도 틀어진 채 서로를 과하게 미워하게 되는 경우가 많습니다. 왜냐면 감정은 진실함과는 아주 먼 곳에 있는 미성숙한 영역이기 때문입니다.

　그러니까 감정적인 사람들은 인내심이 부족한 사람들입니다. 자신의 감정을 컨트롤하는 훈련이 잘 된 강아지는 많은 스트레스 상황 속에서도 인내한 채 꿋꿋이 존재하지만, 그러지 못해 감정을 잘 컨트롤하지 못하는 강아지는 아주 작은 스트레스 앞에서도 폭발한 채 이빨을 드러내고야 말 것입니다. 따라서 세상의 많은 것들을 마음에 담아낼 수 있는 넓이, 그 인내심이 다정함과 온전함과 직결되는 가장 중요한 척도 중 하나이며, 감정의 특징은 그 인내심의 결여가 되는 것입니다.

　그리고 우리는 인내심이 부족한 사람들을 신뢰하지 않습니다. 어떤 상황에서, 갑작스레 어떤 반응을 보일지, 그것을 쉽게 예측할 수가 없기 때문입니다. 그러니까 내가 기르는 강아지가 갑자기 문득 나에게 공격을 하곤 한다면 우리는 그 강아지의 반응을 더 이상은 신뢰하지 못할 것입니다. 하지만 인내심이 강한, 그래서 다정한 반응을 늘 예측할 수 있는 강아지에게는 무한한 신뢰를 가질 수가 있을 것입니다. 그것이 감정적인 사람이 타인들과의 관계에서 신뢰를 형성하지 못하고, 하여 진정 사랑받지 못하는 이유입니다.

　그러니까 분노와 불평, 원망과 증오, 미움과 짜증, 그 모든 것들이 감정을 이루는 주된 특징이 될 텐데, 그렇다면 그러한 감정들을 내면에 많이 지니고 있는 사람이 어떻게 해서 누군가를 꾸준하고도 오래도록 진실하게 사랑할 수 있겠습니까. 또 사람들부터 신뢰를 받은 채 진실한 사랑을 받을 수 있겠습니까.

그래서 저는 이성적이고 합리적으로 생각할 줄 아는 마음의 훈련이 우리 모두에게 필요하다고 생각합니다. 왜냐면 우리가 이성적이지 않을 때, 우리는 언제나 타인에게 나 자신의 감정을 과도하게 강요하는 사람이 될 것이기 때문입니다.

내 말에 편들어주길 바라게 되고, 내 말에 호응해주길 바라게 되고, 해서 더욱 생색을 내거나 설득하고 강요하는 사람이 되는 것이죠. 하여 이때는 외부의 반응에 의존하고, 외부의 반응으로부터 취약해진 채 타인의 반응을 끝없이 통제하고자 하고, 그런 식으로 관계에 더욱 집착할 수밖에 없게 되는 것입니다. 왜냐면 이때의 나는 결코 스스로 충족되지 못하기에 끝없이 외부로부터 충족되길 바라는 환상과 우상을 숭배하고 있기 때문입니다.

그리고 그건 낮은 자존감의 특징과도 일맥상통하는 부분입니다. 그래서 감정적임의 다른 말은 자존감이 낮음이 될 것입니다. 자존감이 높은 사람을 사실, 어떠한 일 앞에서 상대방에게 감정적으로 자신의 편을 들어주길 바라고 떼를 쓰기보다, 그 일이 타당하지 않은 게 맞다면 자신의 실수를 인정하고 사과할 줄 알 것입니다. 그리고 더 나은 방향성에 대한 합의 앞에서 고집을 부리기보다 기꺼이 그렇게 할 것을 선택하겠죠.

그러니까 나보다 더 적합한 사람에게 어떠한 일이 갔을 때는 그것에 질투를 하거나 경쟁심을 느끼기보다 그 상황을 존중할 줄 알 것입니다. 오히려 나에게 그 일이 주어졌을 때, 그때는 이 일은 저보다 저 사람에게 더 적합할 것 같습니다, 하고 말한 채 양보할 줄도 알 것입니다. 왜냐면 그것이 사실이고, 하여 그렇게 하는 것이 모두에게 좋은 일이 되는 것이니까요.

그래서 이성적인 사람은 겸손할 줄 압니다. 또한 타인이 나를 어떻게 생각할까, 와 같은 부분에 있어 다소 초연합니다. 어떤 사람이 나에게 조금 불친절했다고 해서 그것에 하루 종일 골몰하며 신경을 쓰고, 또 그 불친절에 대해 복수를 하고자 마음먹기보다 그저 오늘 안 좋은 일이 있었겠지 뭐, 하고 넘길 줄 아는 것이죠. 그래서 이들은 감정적인 상황 자체를 불편하게 여기는 경향이 있습니다. 그저 모두가 평화롭게 하루하루를 보낼 수 있다면, 그보다 좋은 일이 또 어디에 있겠습니까.

하지만 우리가 감정적으로 자주 부풀어 오르는 사람일 때, 우리는 끝없이 우리의 감정을 통해 관계를 휘두르고 논란거리를 만들어내는 사람이 되고야 말 것입니다. 더 좋은 결론을 위해 봉사하기보다, 자신에게 맞는 결론에 모두가 맞춰주길 바라며 타인들을 헌신시키고자 하는 것이죠.

그래서 감정적인 수준은 사실 감정 그 자체의 오류로 인해 이미 진실을 추구할 수 있을 만큼의 온전한 상태가 아닌 것입니다. 조종하고, 선동하고, 분노하고, 강요하고, 미워하고, 사적인 이득을 위해 진실을 헌신시키고, 그런 것이죠.

하지만 이성은 있는 그대로의 진실을 그저 진실대로 말하는 것에 있어 자신이 민망해지는 걸 두려워하지 않을 것입니다. 그러니까 자신이 틀린 것을 인정하는 것에 있어 용기를 낼 줄 알 것입니다. 그래서 그들은 그저 자신이 맡은 일 앞에서 자신이 할 수 있는 가장 최대한의 온전한 책임을 다할 뿐입니다.

그렇다면 당신은 이성적인 사람입니까, 감정적인 사람입니까. 화가 났을 때 커피 한잔하며 자신의 감정을 일단 추스를 줄 아는 그러한 온전한 이성으로부터의 '감성'이 당신에게는 충분히 있습니까. 그러니까 당신은 사람들로부터 다정한 신뢰를 받는 사람입니까, 아니면 그 신뢰를 받지 못할 만큼 인내심이 없어 늘 관계를 파괴하고 붕괴시키는 사람입니까.

사랑과 조화, 이해, 그리고 평화, 혹은 분리와 갈등, 파괴, 그리고 긴장, 그러니까 그중 당신의 선택은 무엇입니까.

35.

행복과 평화.

　우리가 진실로 우리 자신의 행복과 평화에 간절할 때, 우리는 우리가 살아가는 데 있어 찾아오는 행복이 아닌 것들을 기꺼이, 그리고 반드시 내려놓게 될 것입니다.

　그렇다면 지금 나를 불행하게 만들고 있는 나 자신의 감정, 혹은 세상을 바라보는 관점과 태도는 무엇입니까. 그리고 당신은 여전히 그것들을 고집하며 끝끝내 당신 자신의 행복을 스스로 포기하는 사람이 되겠습니까. 그것이 진정 나의 행복과 평화와 맞바꿀 만한 가치가 있는 것들인지 스스로에게 물어보십시오.

　분노, 원망, 이기심, 탐욕, 자기 연민, 그것이 무엇이든, 그러한 것들이 진정 당신에게 있어 행복보다 더 가치 있는 것들인가요?

　그러니 오직 진실한 행복과 평화에 간절하십시오. 더 이상은 환상과 우상을 숭배하지 마십시오. 그때의 당신은 당신의 삶에서 당신이 마주하게 될 불행들에 더 이상은 미련이 없을 것입니다.

행복하고 싶다고 말하면서, 하지만 여전히 스스로 행복이 아닌 것들을 추구하며, 그렇게 끝내 그 환상에 집착함으로써 그것들을 소유하고, 하지만 그럼에도 여전히 공허와 결핍에 시달리고, 해서 더 많은 환상들을 추구하고, 그런 식으로 우리는 그러한 환상의 추구가 나를 행복한 사람으로 만들어줄 것이라는 식의 오해를 여태 진실이라 믿어왔을 뿐입니다. 누군가 진실한 행복에 대해 내게 말해주지 않았고, 그래서 정말로 몰랐기에 그래왔을 뿐입니다. 하지만 이제는 무엇이 진정한 행복인지 알게 되었고, 해서 우상이 아닌 진실을 숭배할 필요가 있을 뿐입니다.

그러니 오직 진실한 행복을 추구하십시오. 사랑과 용서를, 이해와 이타심을, 감사와 미소를 선택하십시오. 더 이상 가치 없는 것들을 스스로 가치 있다고 여기는 오해에 스스로 탐닉하지 마십시오. 그렇게, 당신 자신의 몸과 마음을 스스로 아프게 하지 마십시오.

당신이 몰라서 그랬던 것은 무지이지만, 알면서도 모르는 척하며 여전히 불행에 스스로 매달리는 것은 자기기만이 될 것입니다. 그리고 그 것은 당신 스스로 당신을 아프게 하고 불행하게 하는 것들을 선택하며 당신을 스스로 괴롭히는 일이 될 것입니다. 그러면서도 당신은 당신 자신의 행복을 위해 그렇게 한다는 식의 합리화와 정당화를 일삼을 것이고, 그래서 그것은 당신의 불행을 당신의 의지로 스스로 결정하고 확정 짓는 자학이나 다름이 없는 것이 될 것입니다.

그러니 언제나, 이것이 진정 나를 행복하게 해주고, 평화롭게 해줄 것인가를 스스로에게 물어볼 것이며, 해서 이것이 나의 평화와 행복과 맞바꿀 만한 가치가 있는 것인지를 자문하며 나아가십시오. 그것이 당신의 선택이 더욱 간단명료해지도록 도와줄 것입니다.

그저 지금 이 순간 내게 주어진 모든 것들에 대해 감사하는 명상을 하는 것 또한 도움이 될 것입니다. 당신의 곁에 있는 사람을 또한 있는 그대로 사랑하겠노라고 마음속 깊숙이 의도하는 것 또한 도움이 될 것입니다.

정말로 그 순간, 그러니까 그렇게 의도하는 순간, 당신은 그렇게 됩니다. 왜냐면 태초부터 영원히, 행복과 평화, 사랑과 용서, 이해와 감사는 당신의 외부가 아니라 오직 당신 자신의 마음 안에 있어왔던 것이기 때문입니다.

해서 당신이 행복은 당신이 삶을 마주하는 마음가짐에서부터 비롯되는 것이라는 것을 진정 이해하게 되었을 때, 그때의 당신은 당신의 외부 또한 더욱 누리고 즐기게 될 것입니다. 더 이상 집착하거나, 강박을 가지거나, 하여 스트레스를 받거나 하지 않게 될 것입니다. 당신에게 있어 외부의 것들은 있으면 좋지만, 없어도 크게 상관은 없는 것이 되는 것이죠.

그리고 그 자유가 바로 평화입니다. 그러니 그 자유를 확보하십시오. 더 이상 외부에 의해 당신 자신의 행복과 불행이 결정되지 않는 것, 그것이 진정한 자유이자 자존감이 아니겠습니까.

그러니 그저 즐기고, 오직 감사하며, 그렇게 풍족하게 살아가십시오. 그렇게 진정 누리십시오. 과정 자체에 충실할 것이며, 그 과정 안에서 최선의 성장을 이루어내고자 노력하십시오. 그렇게 성숙할 것이며, 그 성숙 자체에 감사하며 나아갈 것이며, 하여 반드시 행복하십시오.

당신의 최선과, 당신의 성숙과, 당신의 사랑과, 그 모든 온전함과 진실함의 결과로 인해 당신의 외부 또한 결코 당신을 저버리지 않을 것입니다. 테레사 수녀님께서 외부에 집착하지 않았지만, 이 세상의 모든 외부가 그때 당시 테레사 수녀님 앞으로 모여들었다는 것을 기억해보십시오. 전 세계로부터 엄청난 기부금이 그녀 앞으로 모여들었고, 하지만 그 순간에도 그녀는 그 물질에 구속된 적이 진실로 없었습니다.

해서 진실로 당신의 내면의 수준이 크게 성장하였을 때, 외부는 자연스럽게 당신에게 따라오게 될 것입니다. 왜냐면 당신 내면의 위대함이 이 세상의 모든 것들을 당신에게로 끌어당길 것이기 때문입니다. 예수님께서도 무엇을 먹을지, 무엇을 입을지, 그러니까 외부에 대해서는 걱정하지 말라고 하셨다는 것을 기억하십시오. 우리가 그것을 걱정하지 않을 만큼 성숙하였을 때, 그저 외부가 알아서 우리를 채워줄 것입니다.

그러니 결과에 집착하기보다, 어떠한 결과를 자연스럽게 이끌어낼 줄 아는 사람이 되십시오. 그저 당신 자신의 정성과 사랑의 결과로, 최선의 결과로, 그러니까 당신이 당신의 일에 당신이 쏟을 수 있는 모든 진심을 다했다면 그것은 성공하기에 충분할 것입니다.

그러니 외부에 대해서는 잊으세요. 오직 내면의 위대함을 외부로 실현하고, 당신의 위대한 상상력을 또한 외부로 표현하세요. 당신이 진실로 멋진 내면과 성숙한 내면을 지니게 되었을 때, 그때의 당신은 자연스럽게 그렇게 하고 있을 것입니다. 그리고 그것은 반드시 위대한 성취를 창조해낼 것입니다.

그렇다면 이것이야말로 삶이라는 파도의 물결을 타고 흐르는 자의 마음가짐이자 행복하고도 평화로운 사람의 마음가짐이 아니겠습니까. 그렇다면 당신이 지금 당신 자신의 평화와 행복 대신에 추구하고 선택하고 있는 것들은 무엇입니까. 그리고 그것들은 진정 당신 마음 안의 평화와 행복과 맞바꿀 만큼의 가치가 있는 것들이 맞습니까.

36.

행복할 의무.

우리는 이 삶에 태어나 존재하며 우리 자신의 행복을 찾고 완성할 오직 유일한 의무를 가진 채 살아가고 있습니다. 해서 우리가 때로 그 목적을 잃은 채 세상의 외부적인 것들에 우리 자신의 가치와 의미를 두고 살아가며 방황하고 있을지라도, 우리에게 있어 행복할 의무라는 그 유일한 목적은 여전히 변함이 없는 우리가 존재하고 살아가는 유일한 이유인 것입니다.

그래서 우리는 우리가 살아가고 존재하는 유일한 목적과 의무, 그 이유를 망각할 때 공허함에 시달리게 될 수밖에 없는 것입니다. 왜냐면 그 공허함은 이제는 행복해달라는, 진실한 행복을 찾아 나아가달라는 마음속 깊숙한 곳에서부터의 나 자신을 향한 외침이자 울림이기 때문입니다. 언제나 우리가 진실한 행복에서부터 멀어질 때, 마음은 우리에게 공허함을 만들어내 신호를 주고 있는 것이죠.

그러니 너무 오랜 시간 방황하지는 마십시오. 당신의 그 방황과, 목적을 잃은 채 슬픔에 젖어야만 하는 우울, 하여 공허에 허우적거리고 있는 그 시간이 분명 당신의 성숙과 행복에도 기여하는 바가 있을 것이기에 아직은 괜찮습니다. 하지만 그럼에도 당신 마음의 소리를 스스로도 듣지 못할 만큼 너무 먼 곳까지 가지는 마십시오.

당신의 공허보다, 당신 자신의 합리화와 정당화가 더욱 큰 목소리를 낼 때, 그때의 당신은 당신 자신의 목소리를 듣지 못할 만큼 행복으로부터 멀어진 채일 것이고, 하여 그때는 행복을 향해 다시 나아가겠다고 마음먹기란 당신에게 있어 결코 쉬운 일이 아닐 것이기 때문입니다. 마음이 아무리 공허를 통해 당신에게 신호를 주고 외쳐도, 그때의 당신은 그 신호와 소리를 자각하지 못할 만큼 이미 마음에서부터 너무 멀리 떨어져버린 채인 것이죠.

삶과 우주와 신께서 우리에게 준 유일한 목적이 행복이라고 한다면, 우리는 우리가 부여받은 그 목적을 잃은 채 저항하고, 하여 우리 자신만의 그럴싸한 목적을 만들어놓고는 오직 그것만을 추구한 채 그 환상에 탐닉하고, 그것을 숭배하곤 합니다. 그래서 저는 당신께 묻습니다. 신께서 우리에게 주신 역할과, 우리가 우리 자신의 역할이라 스스로 믿기 위해 만들어낸 역할 중 무엇이 더 당신의 진실한 행복을 위한 역할이겠습니까.

해서 만약 당신이 당신 자신이 만들어낸 그 역할에만 충실할 때, 당신은 여전히 불안하고, 두려움에 떨어야만 하고, 자주 슬픔에 젖어야만 할 것이고, 하여 여전히 왜소하고도 공허할 것입니다. 그렇게 확신 없이 삶을 살아가게 될 것입니다. 하지만 당신이 만약 당신의 유일한 역할, 그 진실한 역할을 받아들이게 될 때, 그때는 진실로 당신의 마음에 더 이상의 흔들림은 없을 것입니다.

그러니 행복과 사랑을 추구할 것, 하여 그것을 완성할 것, 이라는 당신의 유일한 역할과 의무를 따라 나아가십시오. 당신이 만들어낸 그 숱하게 많은 외부로부터의 이미지와, 그것에 대한 당신의 집착과 탐닉들, 그 모든 것에도 불구하고 여전히 당신은 변함없이 당신의 있는 그대로일 수밖에 없습니다. 그러니까 여전히 당신은 사랑이며, 또한 행복인 것입니다.

그렇다면 태초부터 영원히 당신 자신의 것을 추구하는 것이 달성하기가 더욱 쉽고 편안한 일이지 않겠습니까. 당신인 것을 두고, 당신이 아닌 것이 되려고 끝없이 애쓰고 탐닉하는 것보다 말입니다.

사자에게는 호랑이가 되고자 노력하는 일보다 사자로서 있는 그대로 살아가는 일이 당연히 더 편안할 것이며, 또한 사자에게 있어 호랑이가 되는 것은 그 어떤 노력에도 불구하고 결코 이루어지지 않을 헛된 기대의 추구에 불과할 것입니다. 그리고 지금 당신이 하고 있는 노력이 바로 그것입니다.

그러니 그 이루어질 수 없는 환상에 기대어 행복을 추구하지 마십시오. 당신이 이미 행복인데, 왜 당신에게 행복이 없는 것처럼 바깥에서 행복을 찾고 구합니까. 없는 곳에서 계속해서 그것이 있을 거라 기대한 채 끝없이 헤맨다고 해서, 없는 것이 있는 것이 되지는 않을 것이기에 당신은 결국 실패하게 될 것입니다. 여태 이토록 오래 추구해왔지만, 그럼에도 당신은 행복한 적이 없었고, 또 여전히 행복하지 않다는 그 시간의 역사가 바로 그 증거입니다.

그러니 지금 이 순간 당신의 그 자리에서 행복하십시오. 당신의 역할과 유일한 목적, 당신 자신의 있는 그대로의 모습을 받아들이십시오. 그저 지금 이 순간 당신에게 주어진 모든 것들에 대해 감사하고 사랑하겠다고 의도할 때, 당신은 그저, 오직, 반드시 행복할 것입니다. 그리고 그 의도를 삶의 매 순간에 걸쳐 잃지 않을 때, 당신의 행복은 더욱 무르익고 완성될 것입니다.

그러니 더 이상 행복을 행복이 아닌 것에서부터 찾는 오류를 범하지 마십시오. 당신 자신의 마음이 바로 행복의 유일한 근원이자 원천이라는 것을 잊지 마십시오.

그렇다면 당신은, 당신 자신으로부터 행복한 사람입니까, 아니면 외부로부터 끝없이 행복을 얻고자 추구하지만 여전히 행복하지 못해 그 외부에 더욱 탐닉하고만 있을 뿐인 오류와 환상, 그 무지를 숭배하고 있는 사람입니까.

37.

서로의 행복을 지지하는 관계.

　우리는 흔히 타인을 행복하게 해주는 것과 타인의 이기심에 나 자신의 온전함을 헌신한 채 아첨하는 것을 혼동하곤 하지만, 그 둘은 명백하게 다른 것임을 알아야 합니다. 왜냐면 진실한 행복은 이기심, 욕망과 같은 사적인 욕구가 일시적으로 채워질 때 오는 얄팍한 만족감과는 전혀 다른 것이기 때문입니다.

　그러니 타인의 감정에 아첨을 하고, 타인이 진실하지 않은 길을 가고 있음을 알지만 그럼에도 타인의 마음에 들기 위해 그것을 지지하는 식의 낮은 자존감에서 벗어나 이제는 진정 자존감이 있으십시오. 그러니까 헌신은 오직 진실에게만 바치도록 하세요.

　저는 만약 누군가가 자신의 행복을 위해 함께 사기를 쳐달라거나, 혹은 자신이 하고자 하는 복수에 함께해달라거나 하는 식의 온전하지 않은 요구를 저에게 한다면, 결단코 그것을 단호하게 거절할 것입니다.

왜냐면 그러한 온전하지 않은 행동이 그 사람을 결코 행복하게 만들어 주지 않을 것임을 저는 진실로 알고 있기 때문입니다.

그러니 더 이상은 타인의 마음에 들기 위해 나 자신의 온전함을 저 버림으로써 타인을 행복하게 할 수 있을 거라는 환상에 기대지 마십시오. 진실로 그러한 관계는 행복하지도 못할뿐더러 오래도록 지속되지도 않을 것입니다. 진실한 행복은 마음에서부터 꽉 차오르는 만족감이며, 그 만족감이란 나의 모든 과정과 의도가 온전했으며, 또한 진실한 실현이었을 때라야 찾아오는 기쁨이기 때문입니다.

만약 제가 컨닝 페이퍼를 만들어서 어떠한 시험에서 우수한 결과를 얻었다면, 저는 그 결과 앞에서 떳떳하지 않을 것이며, 또한 욕망이 실현됐음에서 오는 얄팍한 미소를 지을 수는 있을지언정 어떠한 것을 진실로 통달하고 극복했다는 내 마음 안의 성취감, 그것에서부터 오는 진실한 기쁨을 느낄 수는 없을 것입니다. 그러니까 그때는 그저 살아남았다, 생존했다, 와 같은 동물적인 감정 그 이상을 느낄 수는 없는 것입니다.

왜냐면 사적인 이득을 위해 우리 자신의 진실함과 온전함을 저버리는 것으로 우리는 결코 진정한 행복에 닿을 수가 없기 때문입니다. 해서, 누군가가 추구하는 사적인 이득에 동조하기 위해 내 마음의 온전함을 저버리는 것으로도 마찬가지로 그 사람을 진실로 행복한 사람으로 만들어줄 수는 없는 것입니다.

그러니 오직 온전함으로 판단하십시오. 그리고 그 사람의 감정적인 만족이 아니라, 그 사람의 진실한 행복을 염려하는 더욱 사려 깊은 사람이 되십시오. 제가 누군가를 감정적으로 미워하며, 또한 그 미움에 대해 나의 편을 들어주길 저의 소중한 사람에게 말할 때, 저는 저의 미움에 동조하며 그것을 더욱 부추기는 사람보다 그것을 정화시켜주기 위해 노력하는 사람을 진실로 사랑할 것입니다.

왜냐면 그 사람은 저의 진실한 행복을 염려하는 사람이기 때문입니다. 저의 작고도 이기적인 만족감을 위해 자신의 온전함을 저버리면서까지 제가 누군가를 미워하는 그 불행에 계속해서 머물러 있도록 결코 방치하거나 내버려두지 않는 사람인 것이죠.

그래서 우리를 진실로 사랑하는 사람은, 우리가 더욱 온화하고 행복한 사람이 될 수 있도록 노력하고 이끌어주는 사람입니다. 또한 그래서 우리는, 그러한 사람들을 소중히 여길 줄 알아야 합니다.

때로 우리가 지나치게 감정적일 때, 우리는 우리의 편을 들어주지 않는 사람에게 서운함을 느끼며 그들을 멀리하고자 마음먹게 되고야 말 것이기 때문입니다. 그래서 그때의 우리는 우리에게 아첨하는 사람, 우리가 더욱 불행하길 은근히 원하는 사람, 오직 그러한 사람들과만 함께하게 될 것입니다.

그러니 서로가 서로의 진실한 행복을 염려하고, 그 행복을 완성하기 위해 함께 노력하는 관계를 찾고 만들어가십시오. 내 편을 무조건적으로 들어주는 사람보다, 내가 진실하게 행복할 수 있도록 이끌어주는 사람을 소중히 여기십시오. 그렇게, 서로가 서로를 진실하게 존중할 수 있는 관계를 만들어가십시오.

당신이 누군가를 미워할 때, 그 미움을 지지하기보다 그 미움을 정화시켜주고자 하는 사람, 그러니까 당신의 온전함이 회복되기를 진심으로 바라고 소원해주는 사람, 하여 당신에게서 용서를 이끌어내주는 사람, 그런 사람과 당신이 함께할 때, 그리고 당신이 그런 사람을 비로소 소중히 여기고 존중할 줄 알 때, 당신은 그 관계로 인해 더욱 예쁜 성숙을 향해 나아가게 될 것입니다. 하여 반드시 행복할 것입니다.

그렇다면 당신은 지금, 상대방에게 어떤 사람이며, 또한 어떤 상대방과 함께하고 있습니까. 당신의 사랑은 함께 성숙하는 사람입니까, 아니면 서로의 미성숙을 부추기고 그 미성숙에 아첨하며 서로의 마음에 들거나 환심을 사고자 오직 애쓰고 있을 뿐인, 자존감 낮은 사랑입니까.

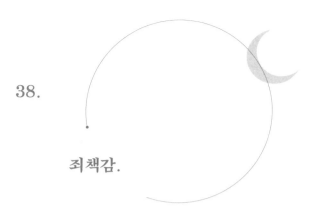

38.

죄책감.

우리가 우리에게 주어진 삶 안에서 사랑과 더욱 정렬할 때, 죄책감, 자기혐오와 같이 나를 사랑하지 못해 생기는 감정들은 서서히 우리에게서 떨어지고 사라져나가기 시작합니다. 그러니 무엇보다 이제는 나를 사랑해주세요. 나를 사랑하지 못하는 그 수많은 이유들에도 불구하고, 그럼에도 나를 사랑해주세요.

우리에게 단 하나의 죄가 있다면 그것은 바로 무지입니다. 우리는 언제나 최선을 다해 살아왔고, 그래서 우리가 그때 그것이 잘못된 것이었음을 미리 알았다면 우리는 보다 나은 선택을 했을 것이기 때문입니다. 그래서 그것은 사실 성숙에 있어 꼭 필요한 배움이었고, 나는 그것을 겪어야만 했던 것입니다.

하여 우리가 이러한 성숙의 과정에 대해 진정 겸허히 받아들이고 인정할 때, 우리는 죄책감에서 벗어나 그럴 수밖에 없었던 나 자신의 지난 시간에 대해 연민을 품을 수 있게 되고, 하여 비로소 더욱 사랑스럽게 나의 과거와 현재를 바라볼 수 있게 됩니다.

그러니 모두가 성장하기 위해 태어나 살아가고 있는 이곳에서 그 누구도 완벽할 수 없다는 것을 인정하십시오. 그때 당신은, 당신 자신뿐만이 아니라 다른 모든 사람들의 실수와 지난 시간의 잘못에 대해서도 더욱 너그러운 시선을 품을 수 있게 될 것입니다. 그렇게 더욱 큰 사랑이 되어가는 것입니다.

그러니 죄책감을 가지는 대신에 오늘의 성숙에 더욱 집중해보세요. 우리는 자기혐오, 죄책감과 같이 자신을 벌주는 감정들로 지난 시간의 과오를 갚고자 하지만, 그래서 변하는 것은 내가 더욱 아픈 사람이 된다는 것 이외에는 진실로 아무것도 없습니다.

하지만 당신이 더욱 성숙한 사람이 될 때, 당신은 당신 자신을 포함하여 다른 모든 사람과 생명들에게 더욱 다정함으로써 선한 영향력을 주게 될 것이고, 그렇게 그들의 행복을 더욱 지지하고 고양시켜주게 될 것이고, 그렇다면 그게 보다 더 아름다운 나아감이자 삶의 방식이 아니겠습니까.

그렇게 갚아가고, 그렇게 지난 실수보다 더 큰 행복을 타인에게 주는 사람이 됨으로써 용서받는 것입니다. 바로 당신 자신을 미워하고 벌주는 당신 자신의 그 시선으로부터의 용서 말입니다.

그렇다면 당신은 당신 자신의 실수를 바로잡은 채 더욱 성숙을 향해 나아가는 사람입니까. 아니면 그 실수를 미워한 채 여전히 그 자리에 머물러있는 미성숙과 함께하는 사람입니까.

39.

내가 함께할 사람.

늘 불평불만하는 사람을 피하십시오. 그들은 당신과 함께하는 시간 동안 당신을 지치게 만들 것입니다. 당신이 그들의 행복을 위해 그 어떤 것을 해줘도 그들은 만족하지 못할 텐데, 그 유일한 이유는 그들이 만족하는 방법 자체를 모른다는 것에 있는 것입니다.

늘 타인을 의심하고, 늘 타인의 마음에 상처를 주는 말을 하고, 언제나 마음 안에 분노와 악의가 깃들어있는 그들은, 아마도 그런 식으로 세상의 관심을 구하고자 하고, 또 구할 수 있을 것이라고 생각하는 듯 보이지만, 그들의 그러한 생각과는 달리 세상은 끝끝내 그들을 외면할 것입니다.

나를 봐주지 않고, 또 사랑해주지 않으면 너에게 화를 낼 거야, 그렇게 너를 더 미워할 거야, 와 같이 떼를 쓰는 것이 아니라 그저 사랑받을 만한 사람이 되는 것, 그것이 세상과 사람들로부터 진실한 사랑을 받는 유일한 방법이기 때문입니다. 정말 그렇지 않나요?

그렇다면 어떻게든 타인의 작은 티라도 찾아서 비난하고자 하고, 또 원망하고 분노를 표출하고자 하고, 오직 그러한 의도를 가진 채 하루를 보내는 삶이란 얼마나 아름답지 못한 삶일까요.

하지만 때로 세상을 그런 방식으로 살아가는 사람들이 더러 있다는 것에 우리는 충격을 받기도 합니다. 어쨌든 그것은 노력한다면 이해할 수는 있는 것이지만, 공감하기는 힘든 삶의 방식입니다. 그러니 그런 사람들을 피하세요. 그들은 당신을 사랑하지 않을 것이며, 오직 자신들의 마음에 있는 결핍과 미성숙을 표현할 대상으로만 당신을 생각할 뿐일 것입니다.

때로 당신이 그들과 깊은 관계를 맺게 되었을 때, 당신은 평생을 잊을 수 없을 만큼의 상처와 온전함이 훼손될 만큼의 공격을 받게 되기도 할 텐데, 당신은 끝끝내 그들의 악의를 감당해내지 못할 것입니다. 어쨌든 당신의 상식은 그들에게 닿을 수 없을 것입니다. 그들이 구하는 건 진실이 아니라, 오직 공격 그 자체에 있는 것이며, 하여 그들은 그 공격을 위해서만 하루를 살아가는 사람들이니까요.

그래서 감사할 줄 모르고 만족할 줄 모르는 사람과 함께하는 일은 지치고 피곤한 일입니다. 그들은 타인을 존중할 줄은 모르면서, 자신은 언제나 무조건적으로 존중받아야 한다고 생각하는, 하지만 그럼에도 존중받을 만한 가치와 내면을 지닌 사람은 결코 아닌, 그런 이기적인 사람들이니까요.

마음에 사랑이 없어 사랑을 줄줄 모르고, 마음에 만족이 없어 만족할 줄을 모르고, 그래서 자꾸만 외부로부터 그것을 갈취하려고만 하는 사람과 함께할 때, 당신이 어떻게 해서 마음의 안정과 평화를 얻을 수 있겠습니까. 나는 이렇게 못나고 공격적이고 모자란 사람이지만, 그럼에도 너는 나를 사랑해 줘야 돼, 라고 외치고 있는 그들의 울림은, 그렇다면 얼마나 이기적이며 미성숙한 것입니까.

그들은 진실로 내가 너에게 끝없이 상처를 주더라도, 그럼에도 넌 변함없이 나를 사랑해 줘야 돼, 라고 끝없이 우리에게 요구할 것입니다. 자신이 먼저 날카로운 칼날이 담긴 말로 우리의 마음을 찔러놓고는, 우리가 그것에 조금이라도 좋지 않은 반응을 했을 때는 그것을 통해 우리를 공격하고자 할 것입니다.

그래서 그들은 이기적인 사람들입니다. 자신이 사람들의 마음에 남기는 것에 대해서는 생각하지도 않으면서, 자신이 받을 상처에 대해서는 이토록이나 민감하고 예민하게 구는 사람들이니까요. 또한 그것이 사랑은 달라고 떼쓰는 것이 아니라, 사랑받을 만한 사람이 되면 자연스럽게 받을 수밖에 없는 것인 이유입니다.

우리는 진실로 사랑받을 만한 사람에게는 아낌없이 사랑을 줄 것입니다. 기꺼이, 그리고 흔쾌히, 아주 당연한 듯이 말이죠. 하지만 사랑받을 만하지 않은, 극도로 이기적이고 마음이 삐딱한 사람들에게는, 그들이 아무리 우리로부터 사랑을 갈취하고자 떼쓰더라도 우리는 그들을 향해 마음을 열지 못할 것입니다. 그건 생각이 필요하지 않은, 모든 관계 안에서 작용하는 자연스러운 법칙이자 우리의 본능이기 때문입니다.

어쨌든 그런 사람이 친구든, 연인이든, 직장 동료든, 고객이든, 그것이 무엇이 되었든 당신이 그들과 함께할 때, 당신의 온전함은 끝끝내 훼손될 것입니다. 온화하고 행복하게 살아가고 있던 당신의 하루가 서서히 무너지기 시작하다가, 그 마음 안에 미움과 원망이 생기게 되고, 하여 죄책감이 생기게 되고, 그래서 아파하다가 결국 당신 또한 행복을 송두리째 잃어버리게 되는 것입니다.

그래서 사람들은 제가 모든 사람에게 친절하고 다정할 거라고 생각하지만, 저는 진실로 온전하지 않은 사람들에게는 다정하지 않은 편입니다. 제 다정함을 다정하게 받아들이지 못하는 사람들에게까지 제가 다정할 필요는 없는 것이니까요. 그렇다고 그들을 미워하지는 않겠지만, 그들에게 다정할 필요도, 그들과 함께할 필요도 저에게는 없는 것입니다. 어쨌든 다정하게 함께하고자 하는 순간 저는 그들을 미워해야만하게 될지도 모르는 것이기 때문입니다.

그러니 감사할 줄 알고, 타인을 사랑하고 존중할 줄 아는 사람과 함께하십시오. 우리는 정확히 우리가 성숙한 만큼만, 사랑이 된 만큼만 타인을 진실하게 사랑할 수 있습니다. 그러니 사랑의 발끝에도 미치지 못하는 감정을 들고 당신을 사랑한다고 말하는 사람의 말에 흔들리지 마세요. 함께하는 시간 동안 당신을 더욱 행복하게 해주고, 당신의 마음에 안정과 평화를 주는 사람과 함께하세요. 그렇게 서로가 서로의 마음을 갉아먹고 소진시키는 관계가 아니라, 서로를 더욱 채워주고 고취시켜주는 그런 관계를 만들어가십시오.

당신은 야생에서 자란 사자가 귀엽고 사랑스럽다고 그 사자에게 손을 내밀지는 않을 것입니다. 당신이 손을 내미는 순간, 사자는 당신의 애정을 애정으로 받기보다 당신을 곧장 공격할 것이기 때문입니다. 당신이 아무리 사자를 사랑하더라도, 배고픈 사자에게 있어 당신은 한낱먹잇감이 될 뿐일 것입니다.

그래서 당신이 가까스로 사자에게서부터 도망쳤다면, 당신에게는 이제 트라우마가 생기게 되는 것이죠. 강아지에게 물린 적이 있는 사람들이 강아지에 대한 두려움을 이겨내기가 어렵듯, 당신이 순진해서 친절을 베푼 사람들에게 그 친절을 이용당하게 되었을 때, 당신은 이제 다른 모든 사람들에게 또한 친절을 베풀기가 어려워질 수도 있는 것입니다. 그것이 온전하지 않은 사람들이 우리에게 남기는, 온전함의 훼손이라는 트라우마인 것입니다.

어쨌든 그래서 당신은 이제 사자에 대해 용서할 거리가 생기게 되었을 것입니다. 그저 멀리서 바라볼 때는 귀엽고 사랑스럽게만 바라볼 수 있었던 사자가, 함께하고자 하는 순간 이제는 용서해야만 하는 대상이 되어버린 것입니다. 당신은 그 사자 때문에 팔이 하나 없어졌고, 평생을 한 팔로 살아야 하니까요. 그렇다면 그것을 용서하는 데는 얼마나 오랜 시간이 필요하게 될까요?

그리고 인간관계 또한 결코 이와 다르지 않은 것입니다. 그러니 온전하지 않은 사람, 늘 불평불만하고 누군가에게 악의를 품거나 적대적인 사람, 호전적인 사람, 그런 사람들을 피하세요. 당신이 그들과 그저 한 번 스쳐 지나가는 사람일 때, 당신은 여전히 그들을 사랑할 수 있겠지만, 당신이 그들과 특별한 인연으로 맺어지는 순간에는 당신 마음 안의 순수함과 사랑을 잃은 채 그들을 미워해야만 하게 될 것입니다. 그리고 그들이 남겨준 기억이, 평생토록 당신이 다른 사람들을 사랑하는 것을 어렵게 만들 것입니다. 그렇게 당신의 온전함이 훼손되는 것입니다.

그렇다면 이 부분에서 당신의 온전함을 훼손한 사람은 누구입니까. 상대방입니까, 당신입니까. 보통의 사람들은 상대방이라고 답하고 생각하며 평생을 살아가겠지만, 저는 당신 자신의 순진함이 당신의 온전함을 훼손한 것이라고 말할 것입니다. 당신의 신중하지 못함, 순진함, 우유부단함, 그런 것이 충분한 기회와 신호가 있었음에도 그들과 오랜 관계를 맺게 한 오직 유일한 원인이기 때문입니다.

그러니 이제는 배우고 반복하지 마세요. 또한 그럼에도 당신 자신의 평화와 행복을 위해 과거를 용서하고, 앞날의 예쁜 빛과 행복만을 향해 나아가세요. 그러니까 진실로 당신의 성숙이 완전해지고 흔들림 없어지기 전까지, 이제는 그들을 피하고, 거절할 용기를 늘 간직한 채이십시오.

그렇게, 당신 자신을 스스로 지켜낼 줄 아는 사람이 되세요. 그것이 당신 자신을 향한 당신의 다정이자 사랑입니다. 당신의 온전함을 위험에 빠뜨릴 사람과 함께하거나 맞서지 않고, 그저 반응하지 않은 채 피해 갈 줄 아는 지혜 말입니다. 내 마음의 평화와 온전함은 내가 지켜야 하는 내 것이기 때문입니다.

그렇다면 지금 당신의 곁에서, 끝없이 당신에게 용서할 거리를 가져다주는 사람은 누구입니까. 그리고 그 사람의 온전하지 않음 앞에서, 당신 자신을 위한 당신의 대응과 선택은 무엇입니까.

40.

행복한 일상.

　제게 있어 행복은 해가 밝게 비치는 날 아침에 일어나 오늘은 햇볕에 빨래를 말릴 수 있겠구나, 하는 일상 속의 평화로운 생각과 같은 것입니다. 그러니까 제게 있어 행복은 하루의 일상 안에서 오는 사소한 감사입니다. 거창한 무엇인가가 이루어지길 기대하고 바라고, 그것을 욕망하고, 하여 자주 실망하고 소진되는 것이 아니라, 하루의 작은 일들 안에서 그 하루를 예쁘게 바라보는 시선 안에 있는 것, 그게 바로 행복인 것이죠.

　비가 오는 날이면 물통에 물을 받아 식물에게 빗물을 줄 생각에 설레고 감사할 줄 알며, 청소를 하며 내가 머물러 있는 공간이 상쾌해지고 있음에 기뻐할 줄 알, 매일 맛있는 음식을 먹을 수 있음에 만족할 줄 알며, 제가 하는 일을 통해 많은 사람들의 행복에 이바지하고 봉사할 수 있다는 것에 대하여 스스로 뿌듯해할 줄 알고, 그러면서도 외부적인 보상 또한 함께 따라온다는 사실에 감격할 줄 알며, 그렇게 그저 살아있음에, 존재하고 있음 자체에 소중하고도 벅차 눈물을 흘릴 줄 안다면, 제 하루에 있어 불행이라는 것이 어떻게 찾아올 수 있을까요. 모든 불행으로부터 저는 지켜지고 있을 텐데 말이죠.

제가 식물에게 주기 위해 받아놓은 빗물에는 늘 벌이 찾아와 물을 먹는데, 그래서 저는 여러 가지 물통 중 그 물통의 물은 비우지 않는 것이죠. 그러니까 제가 벌의 행복을 생각할 줄 알고, 식물과 내 주변의 동료 인간들과 그 모든 생명체의 행복을 생각할 줄 아는데, 그렇다면 저에게 어떻게 결핍이나 불행이라는 게 찾아올 수 있을까요.

그래서 행복은 단순한 것입니다. 그저 하루에 스며있는 여러 가지 일상들, 그 일상들을 예쁘게 바라보고 감사할 때 우리는 그 순간 즉시 행복한 사람이 될 수 있기 때문입니다. 그러니 지금 이 자리에서, 오직 지금 이 순간 행복하세요.

당신이 무엇인가를 이루는 것에 있어서도 불행과 함께할 수도, 행복과 함께할 수도 있는 것입니다. 그러니 행복한 의도, 감사, 다정함을 마음에 품은 채 하루를 마주하세요. 전과 같은 일상이 더욱 풍요롭고 행복해질 것입니다. 그리고 그게 바로 안에서부터의 진정한 행복이자 자유입니다.

우리는 흔히 우리의 현재가 자유롭지 못하고 속박되어있다고 생각하지만, 그렇다면 지금 당신이 그토록이나 갈망하고 있는 그 자유를 속박하는 것은 당신의 내부일까요, 외부일까요?

저는 마치 개미와 일벌처럼 열심히 일을 합니다. 누군가는 6시에 퇴근을 하지 못하면 자신의 자유가 훼손되었다 생각하지만, 그래서 저는 그러한 관념이야말로 속박이라고 생각합니다. 억지로 참고 일하고, 그러면서 퇴근을 한 뒤에는 그 억눌렀던 욕망을 해소하기 위해 무엇인가에 끝없이 탐닉하고, 그렇게 주말만이 오기를 기다리고, 주말이 지나갈 무렵이 되면 우울해하고, 그러니까 그러한 삶을 살아가고 있는 사람의 마음에는 자유가 아니라 속박이 있을 뿐인 것입니다.

매일 글을 쓰고, 또 독자들의 행복을 위한 글을 만들고 올리고, 독자들의 고민에 상담해주고, 소통하고, 회사에 가서 봐줄 업무들을 봐주고 처리하고, 그 와중에 아주 잠깐의 틈이 나면 또 글을 쓰고, 독서를 하고, 요가와 걷는 운동을 하고, 명상을 하고, 그것이 저의 매일입니다. 먹고 자는 시간을 제외하고 저는 그렇게 쉼 없이 일합니다. 그것이 365일 정말 특별한 일이 없다면 하루도 빠짐없이 행하는 저의 일상입니다.

저의 이 하루를 보면 누군가는 제 하루에 자유가 없다고 생각하겠지만, 저는 진실로 자유롭습니다. 왜냐면 저는 행복하기 때문입니다. 만족하기 때문입니다. 감사하기 때문입니다. 그리고 그 마음의 행복이야말로 진정한 자유인 것입니다. 정말 그렇지 않나요?

제가 제 하루에 충분히 감사하고 있지 않고, 또 제 하루를 충분히 즐기고 있지 않다면, 저에게 있어 이것을 끝없이 이어가는 일은 진실로 불가능할 것입니다. 왜냐면 그때의 저는 금방이면 지치고 고갈될 것이 분명하기 때문입니다. 하지만 저는 계속해서 나아갑니다. 저는 제 내면에서부터 충분한 자유를 얻은 사람이기 때문입니다.

나태함을 초월하였기에 꾸준할 수 있으며, 불평불만을 초월하였기에 만족하고 누릴 줄 알며, 욕망을 초월하였기에 식욕과 성욕에 탐닉하지 않으며, 수많은 부정성을 다스릴 줄 알기에 부정적인 생각에 탐닉하지 않으며, 그것이 찾아오더라고 금방이면 털어낼 줄 알며, 사랑할 줄 알기에 제 곁에서 함께하는, 사람의 손길 없이 스스로 살아갈 수 없는 생명들이 무럭무럭 잘 자라고 있으며, 사적인 만남에 대한 환상을 극복하였기에 연인이 없다는 것에 대한 두려움, 외로움, 결핍 또한 존재하지 않으며, 하여 그 결핍에 의해 누군가를 만나고자 하지 않으며, 내면에서부터 온전하고 완전할 줄 알기에 친구들을 만나 공허함으로부터 도망갈 필요도 없으며, 저의 일상이 많은 사람들의 행복에 이바지하고 있다는 그 아름다운 성취의 기쁨이 언제나 저와 함께하고 있기에 주말에는 누구랑 어디 예쁜 바다를 보러 가야지, 예쁜 카페에 가야지, 와 같은 사적인 작은 행복을 추구하고자 하는 욕구 또한 거의 존재하지 않으며, 그러니까 그렇게 저는, 그저 지금 이 순간 완전히 채워진 채 행복할 뿐입니다.

그렇다면 저는 속박된 자인가요, 자유로운 자인가요? 많은 사람들에게 지루하게 느껴질 수밖에 없는 이 단순한 일상은, 사실 마음을 오롯이 마주하기가 두려워 자극과 탐닉 속으로 끝없이 도망가고자 하는 '지금 이 순간 온전히 존재하는 것에 대한 저항'을 완전히 초월하고 극복한, 진정 용감한 자들만이 누릴 수 있는 위대한 자유이자 행복인 것입니다. 때로는 엄청난 수련을 거친 뒤에만 행할 수 있는 보다 높은 수준의 자유이자 행복인 것입니다. 그리고 이러한 일상이야말로, 위대한 카르마 요가적인 일상인 것입니다.

그렇다면 당신은, 속박된 자입니까, 자유로운 자입니까. 내면에서부터 행복을 찾고 구하는 자입니까, 아니면 외부에서 그것을 찾고 구할 수 있다는 환상에 시달린 채 오직 외부에 탐닉하고 있을 뿐인 자입니까. 그러니까 당신의 일상은, 그 자체로 행복하고, 온전하며, 또한 완전합니까? 만약 당신이 일상에서부터 도망가 일탈을 해야만 행복하다면, 그건 행복이 아니라 행복을 잃어버리고 놓친 자의 탐닉이자 감각적인 자극에 중독된 상태가 될 뿐일 것입니다.

그러니까 당신은, 지금 이 순간 당신이 있는 그곳에서 오직 누리며 감사하며, 그렇게 행복할 줄 아는 사람입니까?

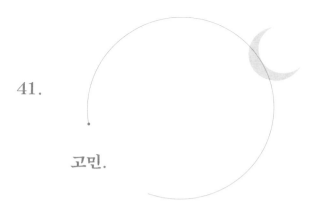

41.

고민.

　우리는 우리가 살아가는 삶 앞에서 주어진 고민이 너무나도 많을 때, 또한 그 대답을 찾을 수가 없어 헤맬 때 불행해지곤 합니다. 해서 밤에 잠을 제대로 못 자기도 하고, 행동 없이 떠도는 마음에 죄책감을 가지기도 합니다. 고민 자체에 탐닉하며 감정을 소모하며, 그렇게 아파하는 시간을 보내게 되는 것이죠.

　어쨌든 고민이 생긴다는 건, 그만큼 당신이 당신에게 주어진 삶 앞에서 최선을 다해 좋은 결정을 내리고, 또 잘 해내려고 하고 있다는 증거이니 그 자체로 그것은 기특한 일입니다. 그러니 최선을 다해 고민하고, 또 아파하고, 좋은 결론을 내리십시오.

　그리고 그 좋은 결론이란 당신의 결정이 당신에게 주어진 삶과 당신 주변의 사람들에게 선한 영향력을 행사하는 다정함을 품고 있는지가 그 기준이 될 것입니다. 그러니까 당신의 사적인 이득만을 위해서 고민하다가, 끝내 가장 이기적인 결론을 내었다면, 그것은 제 생각에 당신의 성숙과 함께할 수 있는 좋은 결론은 아닌 것입니다. 또한 당신 자신을 포함하여 당신 주변 사람들의 진실한 행복을 염려하는 결론도 아니겠죠. 그래서 그때의 당신은 고민은 많이 하지만, 그 고민으로 인해 결코 행복할 수는 없을 것입니다.

그러니 최선을 다해 다정함과 함께 고민하십시오. 당신이 다정할 때, 당신은 고민의 시간 또한 함께 줄어드는 효과를 얻게 될 것입니다. 이 일에 불법이 섞여있지만, 그럼에도 돈을 위해서 이것을 할 것이냐에 대한 고민 앞에서, 진실로 성숙과 다정함을 마음 안에 품고 있는 사람들은 단 1초의 고민도 허용하지 않을 것이기 때문입니다.

그러니 당신의 고민이, 가장 많은 사람들의 행복과 당신 자신의 성숙을 최대한으로 숙고해 보는 다정한 시간이 되도록 해보세요. 그때의 당신은, 진실로 당신의 고민과 함께 더욱 아름다운 사람이 될 것이고, 또한 그 고민에 대한 당신의 결정으로 인해 마주하는 삶 안에서 위대한 실현을 해내게 될 것입니다. 더하여 우리의 삶을 피폐하고 아프게 만드는 사적이고 이기적인 고민에 탐닉하는 시간이 서서히 줄어들게 될 것이고, 하여 당신은 이제 더 이상 고민과 함께 불행한 사람이지 않을 것입니다.

대체로 우리를 불행하게 하고 심란하게 만드는 고민들이란, 성숙하지 않은 방향을 향해 나아가고자 하는 이기심을 포함할 때 생기는 고민들이기 때문입니다. 그러니 이기적일지 말지에 대해 고민하고 있다면, 이제는 단호하게 다정함을 선택하십시오. 그러한 고민을 하고 있다는 것 자체로 당신은 죄책감에 몸져누울 것입니다.

하지만 당신이 이제는 확고하게 다정함을 선택하는 사람일 때, 당신의 고민은 더 이상 당신을 아프게 하는 고민은 아닐 것이고, 하여 당신은 고민으로 인해 더욱 행복한 사람이 될 수도 있을 것입니다. 그때는 아, 어떻게 더 사랑하고, 더 행복하게 해주지? 라는 고민만을 오직 하고 있는 채일 테니까요. 사기를 칠까 말까, 미워할까 말까, 한 판 싸울까 말까, 그러한 고민을 하는 대신에 말이죠.

그렇다면 당신이 지금 밤을 새워가며 골몰하고 있는 당신의 고민들이란, 당신의 진실한 행복을 위한 것입니까, 아니면 당신 자신의 이기심, 그 불행을 위한 것입니까.

42.

성숙과 함께하는 사랑.

　진실한 사랑은 감정의 순간적인 발작이 아니라 서로를 향해 꾸준하고도 잔잔하게 기울이는 다정한 마음가짐입니다. 감정적으로 정화가 되지 않아서 어떨 때는 사랑했다가, 어떨 때는 미워했다가 하는 변덕은 그저 내 마음 안의 결핍을 외부로 투사하는 하나의 미성숙한 상태일 뿐, 그것이 결코 사랑이 될 수는 없는 것이기 때문입니다.

　서로를 신뢰하고, 서로의 행복을 염려하고, 하여 상대방의 하루를 고취시켜주고, 그렇게 상대방에게 기쁨이 되어줌으로써 서로를 지지하고 축복하는 것, 그 마음이 지치지 않고 꾸준히 이어지는 것, 하여 서로가 나누는 매일의 일상을 통해 응원과 위로를 얻으며 함께 손을 잡은 채 이 세상 안에서 또한 각자에게 주어진 성숙을 더욱 완성하며 나아가는 것, 우리가 그런 사랑을 할 때 우리는 진실로 서로로 인해 아프기보다 서로로 인해 오직 행복할 것이며, 하여 그 행복을 전해주는 것, 그러니까 그 사랑의 방식만이 진실한 사랑이 될 수 있는 것입니다.

그래서 진실한 사랑은 상대방을 존중합니다. 상대방이 나에게 오늘은 바빠서 못 보겠어, 라고 말할 때 서운해하기보다 존중하며, 혹여나 상대방이 나를 신경 쓸까 봐 염려되어 정말로 괜찮다며 오히려 상대방의 마음을 편안하게 해줄 줄 아는 것이죠. 나를 보지 못하는 상대방의 마음 또한 좋지 않을 것이고, 혹여나 내 기분이 상했을까 싶어 이미 엄청 염려하고 있는 채일 것이기 때문입니다(좋은 내가 되어, 좋은 상대방을 만났을 거라는 가정하에).

그러니까 사랑은 어쨌든 나의 이기심에 상대방을 헌신시키는 온전하지 않음이 아니라, 상대방의 행복을 위해 내 마음을 헌신할 줄 아는 다정함입니다. 또한 그렇다고 해서 상대방의 이기심에 나의 마음을 헌신시키지는 않을 줄 아는 중심 있는 온전함입니다. 그리고 우리로 하여금 이 모든 예쁜 사랑을 가능하게 해주는 것이 바로 우리 마음 안의 자존감인 것입니다.

우리가 자존감이 있을 때, 우리는 진실로 감정적으로 쉽게 침몰되지 않을 것이기 때문입니다. 쉽게 기분 상해하고, 쉽게 서운해하고, 쉽게 의심하고, 쉽게 집착하고, 그 모든 것이 나 자신에 대한 믿음, 내가 좋은 사람이라는 확신, 그 자존감이 없을 때 생기는 결핍된 마음으로부터의 불안이기 때문입니다.

그래서 사실, 진실한 사랑은 자신의 성숙을 어느 정도 완성한 사람들만이 할 수 있는 특권입니다. 자존감이 있는 사람들은 어쨌든 서로를 그만큼 더 온전하게 사랑할 것이고, 또한 자신의 마음을 그 관계 안에서 온전하게 다스릴 것이고, 하여 그런 둘은 애쓰고 억지를 부리지 않아도 자연스럽게 더욱 예쁜 사랑을 향해 나아가고 있을 것이기 때문입니다. 내가 생각하지 않아도, 자존감 높은 나의 본성이 알아서 그것을 조절하고 그 방향을 향해 나아가게 이끌어줄 것이기 때문입니다.

그래서 자신을 진실로 아끼고 사랑하는 진정한 자존감이 있는 사람들은 오직 온전한 중심으로 상대방을 사랑합니다. 자신에게 주어진 모든 하루를 내던지면서까지 사랑하기보다, 또한 그 균형을 지키며 사랑합니다. 내가 나의 삶 앞에서 최선을 다해 임하고 살아가고 있는 사람일 때, 그때야 비로소 우리는 더욱 빛나고 존경받을 만한 사람일 것이고, 하여 그 관계 안에서도 존경받는 나인 채 존재할 수 있는 것이기 때문입니다.

해서 그런 사랑을 하기 위해서는, 둘 모두가 그 성숙을 어느 정도는 완성한 채여야만 하는 것입니다. 어떤 사람에게는 제가 제 하루의 중심을 지키며 최선을 다하는 모습이 더욱 존중감과 신뢰를 가지게 하는 모습이겠지만, 어떤 사람에게는 오직 서운함과 원망만을 가지게 하는 모습이 될 뿐일 것이기 때문입니다. 그러니까 어떤 사람은 서로의 하루의 모든 것은 접어두고 우리 그냥 여행이나 다니면서 놀자!, 라고 말하고, 그것을 들어줄 때라야 자신이 사랑받는다고 생각할 것이기 때문입니다. 하지만 그러한 사랑이, 과연 오래 갈 수 있을까요?

그래서 진실한 사랑은 이 세상이 만들어놓은 모든 신념 너머에 있는 다정함입니다. 그러니까 남자는 이래야 해, 여자는 이래야 해, 연락은 이런 식으로 해야 하고, 적어도 연애를 할 때는 이 주기 정도로는 만나는 게 맞는 거고, 그게 아니면 그건 서로를 사랑하는 게 아니야, 하는 식의 이 모든 세상의 결핍과 서운함이 만들어놓은 신념을 넘어 오직 서로의 관계 안에서 가장 알맞은 다정함을 새롭게 만들어나가는, 둘만의 다정한 법칙과 함께하는 사랑인 것이죠.

그래서 둘은, 그 둘만의 예쁜 사랑의 새로운 하나의 기준을 만들어나가게 되고, 하여 많은 사람들에게 또한 선한 방향성을 제시해줄 수 있게 됩니다. 적어도 다른 모든 형태의 사랑보다, 당신이 속해 있는 그 사랑이 행복하게 비춰질 때, 사람들은 자신이 하고 있는 사랑에 대해서도 다시 생각해볼 것이기 때문입니다.

진실로 세상이 말하는 좋은 연애 상대의 법칙을 모두 다 지켜도, 결국 만족하지 못하는 사람은 만족하지 못한 채 더 많은 것을 요구할 것이고, 끝끝내 자신이 불행하다고 여길 것입니다. 그래서 진정 행복한 사랑을 하기 위해서는, 그 모든 자신의 인간적인 결핍과 환상을 초월한 어느 정도의 자존감이 필연적으로 요구되는 것입니다.

그러니 서로를 진실하게 사랑하세요. 그러기 위해 주어진 삶 앞에서 최선의 성숙을 완성하며 나아가세요. 하여 서로의 성향과, 서로의 이해와, 서로의 관점, 서로의 환경, 서로의 일, 그 모든 것을 존중할 줄 아십시오. 그리고 충분히 존중할 수 있을 만한 가치를 지닌 사람과 함께하세요. 하여 그 관계 안에서 함께할 것을 선택한 책임 앞에서, 둘 모두가 최선을 다하십시오. 그 책임을 다하지 못해 상대방을 아프게 할 것 같다면, 차라리 혼자가 나을 것입니다.

왜냐면 당신의 모든 것은 지키면서, 관계를 위해서는 아무것도 할 마음이 없는 것은 이기심이며, 하여 그건 상대방을 나의 이기심에 맞춰 헌신시킬 뿐인 미성숙에 불과한 것이기 때문입니다. 그리고 우리는 미성숙하기 위해서가 아니라 더욱 성숙하기 위해 이 세상을 살아가고 있으며, 또한 사랑하기 때문입니다. 어쨌든 그 모든 중심과 균형은, 당신의 성숙이 어느 정도 무르익고 준비가 되었을 때, 그러니까 진정한 자존감이 있을 때 알아서 온전히 맞춰질 것입니다.

그러니 잊지 마세요. 가장 첫 번째가 성숙이라는 것을요. 해서 성숙을 함께할 수 없는 사랑이라면 차라리 혼자서 성숙하며 나아가는 것이 낫다는 것을요. 이 세상에 오직 유일하게 함께할 만하고 가치가 있는 사랑이란, 함께하는 둘이서 더욱 큰 성숙을 향해 나아가며, 그 성숙을 완성해나가는 사랑이라는 것을요. 그리고 그 사랑을 하기 위해, 가장 먼저 내가 그만큼의 온전함과 자존감을 완성한 채여야 한다는 것을요.

그렇다면 당신의 사랑은 당신의 삶에 주어진 가장 첫 번째를 함께할 수 있는 사랑인가요, 아니면 그 첫 번째를 포기한 채 오직 감정적으로 탐닉하고 있을 뿐인 사랑인가요. 그러니까 성숙이 함께하는 사랑인가요, 성숙을 포기해야만 하는 사랑인가요. 그리고 그 관계를 함께하고 있는 당신 둘은, 충분한 자존감이 있습니까. 그러니까 당신 둘은, 주어진 삶 안에서 최선을 다해 더 좋은 사람이 되고자 하는 그 다정한 지향을 가진 채 이 삶을 살아온 사람들이 맞습니까.

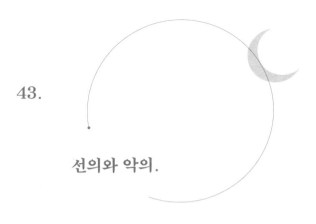

43.

선의와 악의.

　마음에 선의를 품으세요. 우리가 타인과 세상을 향해 품은 모든 선의는 그 자체로 사람들의 행복과 기쁨에 기여할 것입니다. 사실 어떤 상황 안에서도 그것을 바라보는 관점 자체에 악의와 적대심이 있는 사람들도 이 세상에는 있습니다. 그리고 우리는 그저 그들과 함께하는 것만으로도 자주 아프고 상처를 받게 되곤 하죠. 또한 그들은 우리의 어떤 말과 행동도 오직 삐딱한 관점으로만 바라볼 뿐일 텐데, 왜냐면 그들은 그저 그들 마음 안의 삐딱함을 외부를 향해 끝없이 투사하고 있을 뿐인 사람들이기 때문입니다.

　그러니 당신은 세상을 바라보는 관점에 있어 아름다운 시선이 있으십시오. 그저 당신의 시선 안에 선의가 함께할 때, 당신은 그것만으로 타인을 더욱 기쁘게 해주는 사람이 될 것입니다. 단점보다는 장점을 바라봐주고 그것을 고취시켜줄 줄 아는 것, 그보다 사람의 활력과 생명의 빛을 더욱 밝게 빛나게 해주는 태도는 없기 때문입니다.

그럼에도 정말로 장점이 단 하나도 보이질 않는, 오직 악의만이 있을 뿐인 사람들이 당신의 주변에 있다면, 당신은 그것에 골몰하기보다 그저 지나치십시오. 모든 것에 일일이 반응하고자 하는 태도를 이제는 기꺼이 내려놓으십시오.

당신 자신의 행복을 지키기 위해서 그렇게 하는 것입니다. 왜냐면 당신이 그러한 부정성 자체에 골몰할 때, 그럼에도 그것은 당신에게 더욱 큰 스트레스만을 안겨줄 뿐 그 외에 아무것도 변화시킬 수가 없을 것이기 때문입니다.

모든 원한의 희생자는 결국 그 원한을 품은 자입니다. 그 원한으로 인해 하루하루를 불행하게 보내게 될 것이고, 결국 자신의 몸과 마음을 상하게 할 것이기 때문입니다.

그래서 그들과 장기적으로 함께하며 그들을 미워하는 것은, 우리의 머리로는 그 복수심으로 그들을 불행하게 하고 무너뜨리고 싶은 계획이 있을 테지만, 결국 그건 나 자신을 무너뜨리는 일이 될 수 있을 뿐인 것입니다. 그래서 우리에게는 좋은 마음으로 함께하거나, 그것이 되지 않을 것 같다면 함께하지 않거나, 이 두 가지의 선택지만이 주어져 있을 뿐입니다. 그것을 잊지 마세요.

우리는 우리 자신의 평화와 행복, 선의를 통해 이 세상의 모든 생명을 향해 봉사합니다. 그저 행복한 사람이 되는 것, 그 자체로 모든 식물과 동물과 사람들이 선한 영향력을 받게 될 것이고, 하여 그 물결이 모든 생명의 마음에 평화의 파도를 일으킬 것이기 때문입니다. 우리 모두는 결국 하나이기 때문입니다.

그러니 그저 온전하고 행복하세요. 선의와 함께 세상을 살아가세요. 타인들 또한 행복할 준비가 된다면, 그때 그들은 알아서 행복을 향해 나아갈 것입니다. 그 전에 그들에게 행복을 강요하지 마세요. 그렇게 당신은, 그저 지금 이 자리에서 행복하고도 평화롭게 존재하면 되는 것입니다. 그게 이 세상을 향한 가장 큰 다정함이자 사랑입니다. 가장 큰 관용이자 너그러움입니다.

그렇다면 당신은 지금 이 순간 선의와 함께하고 있나요, 아니면 악의와 적대심, 그 불행과 함께하고 있나요. 무엇보다 당신 자신의 행복을 위한 당신의 선택은 무엇입니까.

44.

자존감으로부터의 정의.

우리의 외부는 결코 우리의 마음을 다치게 할 수 없습니다. 우리를 다치게 하고, 우리의 감정을 상하게 하고, 우리를 상처 입게 하는 것은, 그러니까 그 모든 것들을 가능하게 하는 것은 오직 우리 자신의 내면이기 때문입니다.

그러니 자존감이 있으십시오. 당신이 드높은 자존감과 함께할 때, 당신은 외부로부터 절대적인 불가침성을 확보하게 될 것입니다. 작은 일에도 감정적으로 속상하게 되고, 누군가를 원망하게 될 만큼의 자존감 낮은 그 내면이 바로 우리의 외부를 우리에게 나쁜 것, 사악한 것, 나를 불안하고 두렵게 하는 것으로 만들 수 있는 유일한 것이기 때문입니다. 그러니 세상을 바라보는 시선에 대한 모든 결정권은 오직 나 자신에게 있음을 잊지 마세요.

결국 모든 것이 내 내면의 투사입니다. 해서 내가 나의 마음 안에 진실로 행복과 평화만을 담고 있는 사람일 때, 우리는 결단코 세상의 부정적인 면들에 골몰한 채 그것들을 향해 맹비난을 쏟지 않을 것입니다.

그러니 지금 세상과 사람들에 대해 맹비난을 일삼고 있는 적대심이 당신의 내면에 있다면, 그건 정말로 이 세상의 모든 외부가 그럴만 해서가 아니라, 당신이 그러한 맹비난 자체에 탐닉하기 위해서 그러한 세상만을 선택해서 바라보고 있는 것일 뿐임을 잊지 마세요.

언제나 악의, 분노, 원망과 같은 과도한 부정적인 감정이 담겨 있는 판단은 진실한 비판이 아니라 나 자신의 결핍과 왜소함을 외부에 투사할 뿐인 나 자신의 미성숙으로부터의 비난에 불과한 것이기 때문입니다.

그렇다면 그러한 삶의 태도가 당신의 행복에 이바지하는 것이 무엇이겠습니까. 당신의 정의와 옳고 그름, 비난, 그리고 그러한 것에 탐닉함으로써 세상을 바로잡겠다는 도덕적 우월감, 그러니까 그러한 것들이 진실로 당신을 진실한 사람이 되게끔 만들어주고 있습니까.

여전히 정의를 외치지만 자신의 마음 안에는 진정한 정의가 없어 자신의 주변 사람들을 아프게만 할 뿐인 많은 사람들이 이 세상에는 존재하고 있습니다. 그래서 사실 정의를 외치는 것보다 그저 좋은 사람이 되는 것, 그것이 인류의 평화와 나 자신을 포함한 모든 생명체의 행복에 이바지하는 유일한 정의이자 선한 의도입니다.

그러니 당신 자신의 삶과 당신 주변 사람들의 행복을 먼저 돌보세요. 진정으로 높은 선의로써 그들의 행복을 염려하고, 그들의 행복을 지지해주세요. 그러지 못해 만약 당신이 세상에 대한 악의를 품을 때, 그것 자체로 당신은 당신 주변의 모든 사람들의 마음을 훼손하게 될 것입니다.

그러니까 당신이 분노하고, 원망하고, 비난하고, 그러한 것에 탐닉하고 있을 때 그 모든 감정을 옆에서 함께 받고 지켜봐야만 하는 당신의 주변은 그 자체로 얼마나 평화를 상실하게 되겠습니까.

당신의 온화한 미소, 당신의 다정함, 세상을 바라보는 예쁜 시선, 옳고 그름을 넘어선 순수한 태도, 그래서 오직 그것들만이 진실로 가장 높은 수준의 정의일 수 있는 것입니다. 그러니 당신은, 당신 자신의 평화를 지켜냄으로써 세상의 평화에 또한 이바지하는 사람이 되세요.

자신의 마음에 있는 분노를 외부에 투사하는 태도 그 자체의 모순은, 그들이 외부를 향해 비난을 일삼을 만큼 그들 자신의 마음은 그다지 아름답지 못하다는 것에 있는 것입니다. 그래서 그것이 그들의 한계입니다. 세상의 나쁜 점에 골몰하고 비난하지만, 그들의 마음 안에는 여전히 아름다움에 대한 감수성이 없어 더 나은 해결책을 제시하지는 못한다는 것 말입니다.

결국 우리의 마음이 아름다울 때, 우리는 그 아름다움을 외부를 향해 표현하는 사람이 될 것이고, 그래서 그것이 이 세상을 더욱 예쁘고 다정한 곳으로 물들이게 하는 진정한 정의라는 것을 그들은 전혀 알지 못하고 있는 것이죠.

그러니 먼저 내면이 아름다운 사람이 되세요. 당신이 진정 예쁘고 다정한 마음을 지닌 사람이 되면, 당신은 당신 자신의 이득과 기득권, 그 모든 사적인 이기심을 넘어 진정 모든 사람의 진실한 행복을 위한 판단을 내리는 사람이 되어있을 것이고, 그러니까 그 판단만이 이 세상의 지고의 선에 기여하는 오직 유일한, 진실함으로부터의 판단이 되는 것입니다.

그 전에 당신이 일삼는 판단이란, 결국 당신 자신의 이기심을 위한, 그 사적인 이득을 지키기 위한 판단이 될 뿐일 텐데, 그렇다면 진실로 그것이 당신의 행복에 기여하는 바는 전혀 없을 것입니다.

내가 도덕적으로 더 옳은 사람이라는 우월감을 느끼기 위해 옳지 않은 사람들과 세계를 찾아 비난하고, 나의 사적인 이득을 지키기 위해 나의 이득을 침해하는 사람들을 비난하고, 나의 기득권을 지키기 위해 그저 진실로 '옳은' 것이 아니라 나의 이해와 입장에서 '옳은' 것을 맹목적으로 지키고자 나와 다른 이해를 가지고 있는 사람들을 비난하고, 그렇다면 그곳에 어떠한 정의가 있겠습니까.

그러니 오직 자존감이 있으세요. 외부의 그 어떤 상황으로부터도 흔들리지 않은 채 나 자신의 평화와 행복을 지켜낼 수 있는 면역력을 키우세요. 그 자존감으로 다른 사람들의 행복을 또한 지켜주는 사람이 되세요.

당신이 그저 행복한 사람일 때, 그것만으로 당신은 당신 주변의 모든 사람들을 더욱 행복하게 해주는 사람으로서 존재하게 될 것입니다. 그렇다면 그것이야말로 진정한 봉사이자 정의가 아니겠습니까. 당신의 미성숙과 결핍을 오직 외부를 비난함으로써 해소하고자 할 뿐인 모순으로부터의 가짜 정의가 아니라 말입니다.

그러니 오직 아름답고 진실한 시선이 있으십시오. 당신이 진정 성숙하고 올바른 가치관을 지닌 사람이 되었을 때, 당신은 진실로 이 세상에 당신의 부정성을 쏟지 않게 될 것입니다. 무엇이 옳다, 그르다에 대한 관점은 여전히 존재하겠지만, 그것은 그저 옳고 그름일 뿐 타인을 비난하고 공격할 의도를 가진 왜곡되고 삐딱한 감정의 투사는 결코 아닌, 있는 그대로의 관점일 뿐인 것이죠.

그렇다면 그것이야말로 진실로부터의 판단이 아니겠습니까. 그리고 그 진실한 판단이야말로 진정 세상의 행복과 평화, 다른 모든 사람들의 편의에 이바지하는 사심 없는 판단이지 않겠습니까.

해서 당신이 진정 아름다운 사람, 자존감 있는 사람이 되고 나면, 당신은 자연스럽게 이 세상의 가장 높은 정의를 실현하고 있는 사람일 것입니다. 당신 내면의 아름다움과 진실함을 외부를 향해 표현하고, 하여 세상을 더욱 큰 사랑과 다정함으로 물들인 채 모든 사람들의 행복을 더욱 지탱하고 있는 사람일 것입니다.

그렇다면 당신은 당신 내면의 자존감으로부터 외부의 부정성으로부터 보호받고, 해서 당신 마음에 있는 아름다움을 외부를 향해 표현하는 사람입니까. 아니면 오직 외부의 부정성에 의해 당신 자신의 주권을 잃은 채 흔들리고, 또한 그 나약한 미성숙을 외부로 오직 투사하고 있을 뿐인 사람입니까.

그러니 오직 당신의 내면으로부터 세상을 어떻게 바라볼지를 결정하고, 그 흔들리지 않는 중심과 아름다운 균형으로 외부를 바라보고 예쁘게 만들어가는 사람이십시오. 그 자존감이 당신과 함께할 때, 당신이 쫓지 않아도 세상과 사람들이 당신을 찾아와 당신을 높이 세울 것입니다. 당신의 온전함, 당신의 진실함, 당신의 다정함, 당신의 평화, 당신의 행복, 그 모든 것들로부터 당신은 진정 존경받는 사람일 것입니다.

해서 당신은, 이제는 더 이상 당신 자신의 사적인 이득에 치우쳐 누군가를 미워하거나 판단하는 식의 이기심의 환상에 사로잡혀 있지 않은 채일 것이며, 그 온전함으로부터 당신은, 오직 이 세상과 사람들을 진실로 위하는 판단만을 하고 있는 채일 것입니다.

그렇게 당신은 이제 판단으로부터 자유를 얻게 됩니다. 무엇인가에 얽매여 그것에 골몰한 채 스트레스를 받는 판단이 아니라, 이제 당신의 판단은 그저 너그러움과 여유, 자비심과 함께하는 진실을 향한 온전한 직면이 되어있을 것이기 때문입니다.

그래서 당신은 또한 고민하지 않을 것입니다. 이게 나에게 더 득이 되는지, 손해가 되는지에 대한 사심에서 벗어나 당신의 마음은 진실로 간단명료할 것이기 때문입니다. 그렇다면 그 고민하지 않는 마음이란,

그 자체로 얼마나 큰 평화와 행복과 함께하는 것일까요.

그러니 오직 그 자존감을 확보하기 위해 하루를 보내보세요. 당신의 성숙, 당신의 온전함을 완성하기 위해 하루를 보내보세요. 오늘 하루만큼은 모든 판단과 누군가를 향해 쏟는 맹비난으로부터의 탐닉에서 벗어나, 그저 이해와 다정함, 이타심, 자비심, 연민 어린 시선과 함께 존재해보는 것입니다. 그렇게, 오늘 하루만큼은 당신의 자존감을 지키기 위한 선택 이외에 다른 모든 것들을 내일로 미루어보는 것입니다.

그리고 그 오늘을 매일 쌓으며 살아가세요. 어느 순간 당신은 진실로 행복하고 자존감 있는 사람이 되어있을 것입니다. 해서 당신은, 그 행복과 자존감으로부터 진짜 정의를 실현하고 있는 사람일 것입니다. 타인의 행복과 세상의 아름다움에 기여하는 사람이 되어있을 것입니다.

그러니 그렇게 살아가고, 그렇게 사랑하세요. 하여 자존감으로부터 지켜지고 지켜내십시오. 무엇보다 당신 자신의 행복과 평화를 위해서.

그렇다면 당신의 정의는 진실한 자존감으로부터 싹튼, 이 세상 모든 사람들을 위한 사심 없는 정의입니까, 아니면 오직 당신만의 사적인 이득을 보호하고 이기심을 지키고자 세웠을 뿐인 작고도 왜소한 하나의 미성숙한 마음일 뿐입니까. 그러니까 당신에게는, 진실한 정의가 함께하고 있습니까.

45.

내적 성숙으로부터의 행복

그 어떤 외부적인 것도 우리의 내적 결핍을 채워줄 수 없다는 것을 우리가 진정 이해할 때, 우리는 안에서부터 단단하게 행복한 사람이 되어갈 수 있습니다. 숱하게 많은 인간관계와 물질에 둘러싸여서도 여전히 외로움과 공허함에 우울해하는 사람들, 혹은 더 많은 욕망에 탐닉하고 있는 사람들, 우월감과 자부심으로 스스로를 방어하고 있는 사람들, 그런 사람들이 여전히 너무나도 많다는 것이 바로 그 증거입니다.

그러니 언제나 내면의 성숙을 성취해나가는 사람이십시오. 그렇게 진실한 아름다움으로 빛나는 사람이십시오. 예를 들어 당신이 자주 분노하는 사람일 때, 그 분노를 서서히 내려놓음으로써 분노로부터 더욱 큰 자유를 얻어나가는 행복은 당신이 외부에서부터는 결코 얻을 수 없는 진실한 만족감과 자존감이 깃들어있는 행복일 것입니다. 그리고 그 만족감이란, 그 어떤 외부적인 보상과도 비교할 수 없을 만큼의 행복일 것이며, 해서 그러한 내적 기쁨이 바로 그 성숙 자체의 보상이 되어주는 것이죠.

미움에서부터 이해로, 미성숙에서부터 성숙으로, 삐딱함에서부터 다정함으로, 원망에서부터 사랑으로, 욕망에서부터 감사로, 감정적인 울퉁불퉁함에서부터 온전함으로, 판단에서부터 용서로, 그렇게 불완전함에서부터 완전함을 향해 이동하는 것입니다.

그리고 그 모든 과정 안에서 우리의 삶은 그 자체로 예술이자 기도이자 예배이자 요가가 되어 굳어지기 시작할 것입니다. 그렇게 아름다움에 흠뻑 젖어 나라는 존재 자체가 그 모든 예쁜 향기와 다정함으로 굳어지기 시작할 것입니다.

그렇다면 그 내면의 자유와 평화를 외부의 그 어떤 것과 감히 맞바꿀 수 있겠습니까. 그러니까 더 이상의 결핍도, 더 이상의 불안함도, 더 이상의 불행도 존재하지 않는 이 무한한 행복 안에서 살아 숨 쉬는 찬란함을 대체할 수 있는 것이, 진정 외부의 어딘가에 있을 수 있을까요.

그래서 당신이 진정 안에서부터 완성되고 무르익어갈 때, 당신은 사람들에게 또한 당신 내면에서 빛나고 있는 그 빛을 전해주게 되고, 그렇게 타인들을 고쳐시켜주는 사람이 되어갑니다. 하여 당신의 소유, 당신의 행위를 넘어 이제 당신은 당신의 존재 그 자체로부터 존경과 사랑을 받게 되기 시작합니다. 그렇게 당신은, 그 끝없는 마음의 채워짐으로 인해 더욱 완전한 행복과 평화를 향해 나아가게 됩니다. 해서 이 지점에서는, 더 이상은 공허와 결핍을 느끼는 것이 불가능하게 됩니다. 그러니 오직 단단하게, 당신 존재로부터 완전하세요. 온전하고도 행복하세요.

그렇다면 지금 당신이 추구하고 있는 행복은 진정한 행복이 맞습니까, 아니면 결코 행복이 되지 못하는 하나의 오해이자 환상에 불과한 것입니까. 그러니까 그러한 행복을 추구해왔던 그 모든 시간의 역사 안에서, 당신은 진정 행복하고도 완전했던 적이 있습니까.

46.

내적 성숙으로부터의 완전함.

　어제와 같이 오늘 하루의 일상을 살아가십시오. 하지만 이제는 하루 안에 내적인 성숙의 목표 몇 가지를 정하여 함께 나아가보십시오. 미워하는 누군가가 있다면 용서하기, 불안함과 두려움이 너무나도 많다면 그럼에도 불구하고 무엇인가에 도전해보기, 이런 내적인 목표들과 함께요. 일을 하면서도 회사 동료들에게 조금 더 친절하게 대하기와 같은 목표를 세워볼 수도 있을 것입니다.

　그렇게 당신은, 어제와 같은 일상을 살아가지만, 이제 그 일상은 아름다움, 완전함, 진정한 기쁨과 함께 정렬되기 시작합니다. 외부적인 목표는 불완전함에서부터 시작하는 것이지만, 내적인 목표는 처음부터 완전함에서부터 시작하는 것이기 때문입니다. 내적의 성숙을 완성하기 위해 이 세상에 태어나 살아가고 있는 우리들에게 있어 그 목표와 정렬되는 것 자체가 이미 완전함의 표현이기 때문입니다.

그러니 완전함에서부터 완전함으로 나아가십시오. 당신의 자존감이 높아지고, 당신이라는 존재의 빛이 더욱 강렬해지고, 하여 당신은 보다 아름답게 존재하게 될 것입니다. 그 어떤 외부에도 불구하고 행복하게 존재할 수 있게 될 것입니다.

왜냐면 이제 당신은 그 어떤 것과도 대체할 수 없는 내면의 만족감이라는 진실한 행복과 함께하고 있을 것이기 때문입니다. 해서 당신은 너그러움과 다정함, 여유와 함께 주어진 하루를 마주하게 되는 것이죠.

그러니 그 평화를 추구해보세요. 시간이 많이 든다고, 때로 세운 목표를 쉽게 이루어낼 수 없다고 해서 죄책감을 느끼거나 좌절하지 마세요. 당신이 성숙을 향해 나아가겠다고 마음먹는 그 순간 이미 당신은 그 자체로 기특하고 완전한 것입니다. 마음의 성숙을 위해 노력하는 사람은, 끝끝내 그 성숙을 이루어낼 것이기 때문입니다. 그 모든 나아감 자체가 사실은 성숙이기 때문입니다.

그래서 성숙에는 실패가 없습니다. 그러니 당신이 성숙하고자 노력하겠다고 마음먹었다는 그 사실 자체에 그저 감사하며 나아가세요. 그러한 목표를 세우며 살아가는 사람도 이 세상엔 거의 없으며, 하여 당신은 그 자체로 위대한 것입니다.

요즘의 저에게 있어서 제가 이루고 달성하고자 하는 목표는 다섯 가지입니다. 1. 이성과 합리성을 바탕으로 사고하기. 2. 무조건적으로 다정하기. 그 어떤 변명도, 예외도 허용하지 않기. 3. 온전하지 않은 타인에 대하여 비난하기보다 그저 지나가기. 용서하고 사랑하되, 그렇다고 해서 또한 함께하지는 않기. 4. 상대방의 최선을 존중하기. 그 어떤 순간에도 나의 방식을 강요하지 않기. 좋은 방향을 향해 이끌어주고, 그런 환경을 만들어주기. 5. 그 어떤 순간에도 자기 연민을 가지지 않기. 위로받기보다 위로하는 사람이 되고, 사랑받고 이해받기보다 또한 그것을 주는 사람이 되고, 해서 완전하게 존재하기, 이렇게입니다.

저는 때로 감정적으로 누군가가 저의 편을 들어주지 않을 때 서운함을 느끼기도 하기에 더욱 이성적인 사람이 되고자 노력합니다. 나의 온전함이 진정 옳고 바른 방향이라면 그건 누군가의 편들어줌과 동의를 전혀 필요로 하지 않을 것이기 때문입니다. 진실은 언제나 그 자체로 꿋꿋한 법이니까요.

그리고 저는 그 어떤 상황 안에서도 저의 다정함을 잃지 않을 수 있는 연습을 하고 있습니다. 물론 제가 결코 다정해서는 안 되는 온전하지 않은 사람과는 단호하게 함께하지 않을 것을 선택하면서 말이죠. 해서 온전하지 않은 누군가를 보면 저는 그 사람을 향해 비판하거나 기분 상해하기보다 그저 반응하지 않거나 혹은 그 관계를 끊어낼 수 있다면 끊어내고자 합니다.

왜냐면 제가 그들에게 언제나 다정하게 대하며 또 그들을 용서한다고 하더라도, 그들은 계속해서 저를 이용하거나 저에게 악의를 가지고 대할 것이며, 하여 그들은 끝없이 저의 다정함을 시험에 들게 할 것이기 때문입니다. 용서할 거리를 계속해서 안겨다 주면서 말이죠. 그래서 용서하고 사랑하되, 함께하지는 않는 것을 선택함으로써 저는 저 자신을 스스로 시험에 빠지게 하지 않고자 노력합니다.

어쨌든 저는 상대방의 최선을 존중할 것입니다. 하지만 그 최선이 저와 다를 때는 또한 그들과 결단코 함께하지는 않을 것입니다. 해서 판단하고 비난하지 않되, 결코 함께해서는 안 되는 사람과는 함께하지 않을 것입니다. 그저 스쳐 지나갈 뿐인 잠깐의 인연들과 우리가 특별한 관계에 놓이지만 않는다면, 그들이 온전한 사람이 아니어도 우리는 기꺼이 순간의 다정함으로 그들을 마주할 수 있을 것이며, 또한 그럼에도 우리는 안전할 것이기 때문입니다.

그리고 제가 깊은 관계로 함께하면서도 충분히 다정해도 되는 온전한 사람에게는 그들이 더욱 온전하고 다정한 방향으로 나아갈 수 있도록 그저 환경을 조성해주고 이끌어주고자 저는 노력할 것입니다. 힘을 통해 강요하고 압박하는 것은 결국 반감만을 심어줄 뿐임을 저는 너무나 분명하게 알고 있기 때문입니다.

거기에 더하여 저는 위로받고자 하는 마음이 아예 없는 완전함을 완성하고자 노력하고 있습니다. 때로 저에게 위로받고 싶은 마음이 있을 때, 저는 저를 위로해주지 않는 사람에게 감정적인 서운함을 느끼곤 하기 때문입니다.

해서 저는 위로받을 필요 없이 저라는 존재 자체의 내면에서부터 이미 온전하고 행복한 사람이 되기 위해 노력합니다. 하여 위로받기보다 위로를 주는 사람이 되고자 노력합니다. 제 마음 안에 손톱만 한 크기의 자기 연민도 함께하지 않도록 제 삶에 대해 충분히 감사하면서 말이죠.

이것이 제가 세운 목표와 그 목표를 세운 이유들입니다. 그래서 저는 매일 같은 하루를 살아가면서 이러한 목표를 늘 염두에 두고 실현하기 위해 노력합니다. 그래서 저는 제가 늘 어제와 같거나 비슷한 하루, 일상을 살아가지만 그럼에도 오늘은 보다 더 행복하고 아름다운 하루를 보내고 있다고 확신합니다.

왜냐면 그 어떤 외부적인 성취로도 채울 수 없는 내적인 만족감이 저에게는 언제나 함께하고 있으며, 또 제가 그것을 충분히 느끼고 있기 때문입니다.

그러니 내면의 목표와 함께해보세요. 직업을 바꾸고, 환경을 바꾸고, 갑자기 해외 봉사를 하러 다닐 필요는 없습니다. 그저 지금 이 순간 당신의 하루 안에서 성숙하며 나아가세요. 당신이 지금 이 순간 당신의 곁과 당신 자신에게 충분히 다정한 사람이어야만 당신의 다정함은 비로소 완성되었다 할 수 있을 것입니다.

그러니까 여전히 내 주변 사람에게는 전혀 다정하지 못하면서 저 멀리 다른 곳에서 다정하고자 노력하는 것은 충분히 낭만적이고 감수성 있는 마음이지만, 또한 그렇다고 해서 그것이 결코 당신 자신의 존재를 아름답게 채워주지는 못할 것입니다.

왜냐면 그러한 노력은 여전히 내가 다정하지 못해 나와 특별한 관계를 맺고 있는 사람들에게는 충분히 다정하지 않지만, 그럼에도 다른 곳에서는 오직 다정한 척하며 나 자신의 미성숙을 다른 곳에서 속죄하고자 하는 오류에 불과한 것이기 때문입니다.

그러니 지금 이 순간 당신 자신의 늘 같은 하루 안에서 내적인 목표들과 함께해보세요. 같은 세계를 바라보고 살아가지만, 그 세계를 마주하는 당신의 태도, 시선, 마음가짐을 변화시키며 나아가보세요. 그러한 과정 안에서의 당신의 모든 노력들, 하여 서서히 변해가는 당신의 시선과 태도들, 그 성숙이 당신이 이 세계에 줄 수 있는 가장 최고의 봉사이며 사랑입니다.

우리가 모두 하나라면, 결국 당신은 당신의 행복과 평화로써 모든 사람의 마음에 행복과 평화를 더욱 빛나게 해주는 사람이 될 것이기 때문입니다. 지금 여기서 완성한 당신의 행복과 평화, 다정함이 지구 반대편의 누군가에게도 미소를 선물해주는 식인 것이죠.

그러니 오직 당신 자신의 마음 안에서부터 시작하세요. 그 마음으로부터 봉사하고 사랑하세요. 그저 당신이 더욱 성숙하고 다정한 사람이 되고 나면, 더욱 온전하고 자존감 있는 사람이 되고 나면, 당신은 이미 그 자체로 인류 전체의 의식을 끌어올리는 최고의 사랑을 실현하고 있는 사람인 것입니다. 결국 우리는 우리의 소유와 행위를 넘어, 그저 우리 자신이 된 바, 즉 우리 자신의 존재로부터 예쁘고 아름다운 변화의 물결을 일으키게 되기 때문입니다.

당신 주변의 불행하고 악의적이고 늘 공격적인 사람을 보세요. 그 사람이 주변 사람들에게 불행을 안겨주는 유일한 이유는 그들 자신이 불행한 사람이라는 것, 그것이 다입니다. 모든 행위는 결국 우리 내면에서 우리가 지니고 있는 것들의 표현에 불과하기 때문입니다. 그러니까 세상에 대한 불평불만이 많은 사람들만이 그러한 불평을 외부로 표현하는 행동을 하는 것입니다.

그러니 그저 행복한 사람이 되세요. 온전하고도 다정하십시오. 아름답고도 평화로우십시오. 정말로 그것이 당신 자신을 포함한 모든 생명체에게 당신이 줄 수 있는 가장 최선이자, 최대한의 사랑입니다. 바로 당신이라는 존재 자체의 성숙 말입니다.

그러니 오직 완전함에서부터 완전함으로 나아가는 사람이 되세요. 당신이 그렇게 하겠다고 마음먹는 순간, 이미 그 자체로 당신은 당신의 행복을 확정 지은 것입니다.

그렇다면 당신의 지금과 당신이 마주하는 하루하루에 필요한 당신 자신만의 내적 성숙의 목표는 무엇입니까.

47.

용서로부터의 평온함.

당신을 화나게 하는 사람으로부터 배우세요. 당신이 늘 당신에게 다정하게 구는 온전한 사람들과만 함께할 때, 당신은 언제나 제자리에 머물러 있게 될 것입니다. 그것은 평온할 테지만, 그래서 그것은 또한 당신이 어떤 위치에 있는지 확인할 길이 없는 고착 상태이기도 한 것입니다.

그러니 때로 당신의 마음에 분노를 심어주는 사람이 불쑥 당신의 삶 앞에 찾아왔다면, 그들로부터 용서와 사랑을 배워보십시오. 만약 당신이 진정 평온한 사람이었다면 당신은 그 사람들 앞에서도 여전히 분노심을 느끼지는 않은 채였을 것입니다.

그래서 사실 그들은 우리가 미워하고 원망해야 할 대상이 아니라, 우리가 감사해야 마땅한 우리의 교사인 것입니다. 당신이 그것을 진정 이해할 때, 당신에게는 용서가 보다 쉬워질 것입니다.

여전히 저에게도 용서할 것들이 많이 있습니다. 하지만 저는 용서란, 저의 환상과 잘못된 신념에 대한 용서이지 결코 상대방에 대한 것이 아님을 알고 있습니다. 제 마음 안에 있는 모든 오류와 미성숙이 바로잡혀졌을 때, 저는 더 이상 용서할 세계를 바라보지도 못할 만큼 투명한 시선과 함께하고 있을 것이기 때문입니다.

그래서 용서 또한 언젠가는 완성하고 졸업해야 하는 하나의 수업이자 수준에 불과한 것임을 저는 이해하고 있습니다. 어떤 수준에서는 용서가 필요하지만, 또 어떤 수준에서는 용서조차도 환상일 만큼 용서할 세계를 애초에 바라보고 인지하지도 못하고 있을 것이고, 그러니까 그때는 오직 완전한 사랑 그 자체로 존재하고 있을 것이기 때문입니다.

그러니 용서를 통하여 더욱 큰 사랑을 향해 닿아가십시오. 어쨌든 모든 세계를 용서한 뒤에도 우리는 여전히 선택할 수 있습니다. 누구와 함께할지, 누구와 함께하지 않을지에 대해서 말이죠. 그리고 그때의 선택은 분노와 원망으로부터 강요된 선택이 아니라 오직 온전한 판단으로부터의 진실한 결정일 것입니다.

그러니 지금 우리에게 분노를 심어주는 사람이 있다면, 우리는 그들로부터 용서를 배울 것입니다. 그들이 무례하고, 그들이 악의적일지라도 우리가 그들을 향해 화를 낼 필요는 없는 것이기 때문입니다. 그저 함께하지 않으면 될 뿐이겠죠. 혹은 어쩔 수 없이 함께해야 했고, 하지만 이제는 벗어나야만 하는 관계라면 그저 온전한 이성과 단호함으로 그들을 상대할 수도 있을 것입니다. 그러니까 그럼에도 우리는 여전히, 분노와 함께이지는 않을 것입니다.

그렇다면 지금 당신에게 있어 용서를 가르쳐주는 당신의 교사는 누구입니까. 그리고 당신은 진정 평온한 사람입니까, 아니면 평온한 환경에 둘러싸여 있을 뿐인 여전히 나약하고도 왜소한 사람입니까.

48.

과거와 현재.

　현재에 머무르는 법을 배워보세요. 결국 당신의 마음을 혼란스럽게 하는 것들이란 대체로 과거의 것들이기 때문입니다. 과거의 어떠한 일들, 그것에 대한 후회와 원망, 그 모든 부정적인 감정에 대한 탐닉, 그러한 것들이죠. 하지만 당신이 곱씹는 그 모든 과거는 결국 다시는 되돌아오지 않을 그때일 뿐입니다. 그러니 과거에 대해 끝없이 편집하고자 하는 당신 자신의 환상과 오류로부터 이제는 자유를 얻으십시오.

　과거는 소중한 배움이었고, 하여 우리는 그 배움 자체에 의의를 가진 채 그것의 의미를 완성할 줄 알아야 합니다. 그리고 지난 시간을 통해 배운 지혜로 더욱 아름다운 현재를 마주할 줄 알아야 합니다. 하지만 그 과거가 여전히 당신의 현재에 드리워져 당신을 아프게 하고, 무겁게 하고, 또 예민하게 만들고 있다면, 그래서 그건 결코 건강한 현재를 마주하는 방식이 아닐 것입니다.

그러니 과거를 내려놓을 줄 아십시오. 용서를 통해 그것을 해내십시오. 결국 우리가 용서하고자 하는 모든 것들이 사실은 과거이기 때문입니다. 이미 모든 것들이 찰나의 순간에 지나간 채 과거가 되어버리고, 하지만 그 과거를 내려놓지 못해 여전히 당신이 그것에 탐닉하고 있다면 진실로 당신에게는 용서가 필요한 것입니다. 하여 현재를 오롯이 마주하는 것, 그것이 바로 용서의 완성입니다.

결국 당신이 미워하는 누군가가 당신에게 저지른 잘못 또한 이미 과거이기 때문입니다. 그렇다면 당신이 그 과거를 곱씹고 원망한다고 해서, 그것이 당신의 행복에 기여하는 바가 도대체 무엇이겠습니까. 당신으로 하여금 더욱 현재를 살아가지 못하게 하고, 더욱 아픈 현재를 마주하게 하고, 그런 식의 상처와 불행만을 가져올 뿐인 그것을, 그렇다면 당신은 왜 놓아주지 못해 붙들고 있습니까.

그러니 이제는 놓아주세요. 당신 자신을 위해서 보내주세요. 그것을 위해 용서를 통하고, 하여 끝내 그 용서를 완성하세요. 그렇게 오직 지금 이 순간을 살아가고, 모든 세상과 사람들의 있는 그대로의 아름다움을 바라보세요.

용서를 통해 모든 과거를 당신이 초월하게 되었을 때, 당신은 이제 더욱 진실하게 살아가고 사랑하게 될 것입니다. 왜냐면 이제 당신은 상대방의 모습, 세상의 풍경 안에 과거의 그 어떤 원망과 관점도 투영하지 않을 것이기 때문입니다. 그러니까 그 있는 그대로의 시선, 그것이 바로 진실한 사랑이기 때문입니다.

그렇다면 당신은 지금 현재를 살아가고 있습니까, 아니면 여전히 현재 안에서 과거를 곱씹으며 지금 이 순간을 지우고 있을 뿐입니까.

49.

진정한 예술.

　진정한 예술은 사람의 마음 안에 있는 다정함과 사랑, 그 아름다운 본능을 일깨우는 것에 그 본질이 있습니다. 우리가 하늘의 아름다움을 보고 그것에 감명을 받을 때, 우리의 마음은 이 세상의 모든 세속적인 생각과 욕망을 초월한 채 그 자체로 평화로우며 온전합니다. 그리고 그것이 바로 예술의 본원지입니다.

　하지만 우리는 흔히 사람들의 불만, 자기 연민, 우울함, 그릇된 욕망을 더욱 일깨우며 사람들이 세상에 대한 부정성에 더욱 탐닉하도록 이끄는 사람에 대해 자주 예술적이라 칭하며 그들의 미성숙함과 피폐함을 멋, 개성, 특별함의 상징이라 여긴 채 그들에게 매료되는 경우가 많습니다.

　그리고 사실 그러한 것들은 모두 그것을 만들어낸 이의 과도한 자기 애착에서 비롯된 하나의 병적 오류로부터의 표현이자, 자기 자신의 미성숙함을 스스로 합리화하고 회피한 채 정당화하고 미화함으로써 사람들을 현혹시키고, 하여 그것으로부터 사람들의 온전함을 교묘하게 훼손시키고 추락시키는 이기적 감상주의에 불과한 것입니다.

나는 우울한 사람이야, 세상은 못된 것이야, 나는 섹스 중독자야, 와 같은 미성숙한 마음을 책임감 없이 미화하는 것이 예술적이라 불릴 수 있다는 것은, 그래서 사실 그 자체로 웃긴 일입니다. 심연의 우울이 아니라 심연의 아름다움, 그것에서부터 심장의 전율을 일으키고 뜨거운 눈물이 흘러내리게 하는 것, 진실로 그것만이 우리가 이 세상을 살아가며 추구할 수 있는 가장 최고의 예술이자 표현으로써의 다정함, 아름다움, 봉사이기 때문입니다.

하여 예술은 어떠한 직업적인 틀을 넘어 한 사람의 존재에 담긴 삶을 마주하는 예쁜 감수성과 그 내적 감수성의 표현이 외부로 자연스럽게 표출되는 삶을 살아가는 그 자체의 자세이자 태도입니다.

그러니까 도배를 하는 사람이든, 음악을 하는 사람이든, 그림을 그리는 사람이든, 청소를 하는 사람이든, 그 직업의 틀이 예술과 예술이 아닌 것을 규정하는 것이 아니라, 그 행위에 담는 한 사람의 진심 어린 정성이 예술이고 아니고를 결정짓는 유일한 요소가 되는 것입니다.

그래서 무엇이든 한땀 한땀의 정성과 자신이 담을 수 있는 최고의 사랑을 그 안에 담을 때, 그것은 그 사람의 행위를 지켜보는 모든 이들에게 어떠한 감동을 일으키게 하는 사랑, 기도, 예배, 요가 그 자체가 되는 예술이 되는 것입니다.

그러니 우리 모두가 예술가가 될 수 있습니다. 바로 이 삶이라는 도화지를 가장 예쁘고 아름다운 감수성으로 칠하고 그리고 노래하며 춤추는 예술가가 될 수 있는 것이죠. 그것으로부터 우리 모두는 사람들의 가슴에 선한 영향력을 행사하고, 하여 사람들의 마음 안에 있는 예쁘고 순수한 본능을 더욱 지지하고 고취시켜줄 수 있는 것입니다. 그렇다면 그보다 더 위대한 예술이 어디에 있겠습니까.

그러니 아름다운 춤동작, 그 하나하나의 동작 안에 모든 사랑과 호흡과 숨결을 담듯 당신의 일에 임해보세요. 그저 당신의 매 순간이 사람들에게 행복과 기쁨을 전해주는 하나의 통로가 되도록 해보세요. 그보다 더 예술이라 부를 수 있는 예술은 진실로 이 세상에는 존재하지 않을 것입니다. 그리고 그것이 바로 전통적으로 불리는 카르마 요가의 길입니다.

그러니 이 세상에서 가장 아름다운 예술가로서 당신이 마주한 오늘 이 하루를 살아가보세요. 당신이 마주하고 있는 모든 일을 통해 당신 내면의 다정함과 사랑을 외부로 표현해보세요. 그저 모든 정성을 다해 당신에게 주어진 일을 해내고, 그 하루를 가장 다정한 호흡으로 살아가는 것, 그것이 당신의 육체를 통해 생산되는 모든 표현을 하나의 아름다운 예술 작품이 되도록 물들일 것입니다.

상처 주는 말을 하기보다 다정한 마음이 담긴 말을 하는 것, 그것에서부터 시작해도 좋습니다. 어쨌든 완성된 결과로써의 말이 아니라 그 말에 담긴 마음, 과정, 의도가 진정 선한 것일 때 당신의 언어가 아름답든 그렇지 않든 그것은 상대방에게 깊은 감동을 줄 것이고, 해서 그것은 이미 그 자체로 하나의 아름다운 예술이 되는 것입니다. 아무리 예쁘고 다정한 말이라도, 그 안에 담긴 마음이 이기적인 욕망이라면 그것은 끝내 한 사람의 온전함을 훼손시키는 악의가 될 수 있을 뿐이기 때문입니다.

해서 당신은 당신이 임하는 모든 과정 안에 그러한 다정함, 진심, 사랑, 선의를 담을 수 있을 것이고, 하여 당신의 눈과 손, 말과 행동, 그 모든 당신을 통해 나오는 것들을 당신은 하나의 예술 작품이 되도록 만들 수 있을 것입니다. 그리고 그것이 바로 이 삶을 살아가는 진정한 예술가이자, 예술가의 자세입니다.

그렇다면 당신은, 당신 자신의 자기 애착과 이기심으로 사람들을 현혹시키고, 또한 그러한 것을 미화함으로써 자신의 내적 세계를 정당화하는 식으로 어떠한 사적 이득을 채우고 있는 사람입니까. 아니면 진실로 당신 자신의 내적 아름다움, 그 다정함과 사랑의 표현을 오직 외부를 향해 형상화해내고 있는 사람입니까. 그러니까 당신이 당신의 하루를 통해 이 삶에 표현하고 있는 것들은, 진정 다른 사람들의 행복을 지지해주고 그들의 내적 감수성을 더욱 아름답게 고양시켜주는 것이 맞습니까.

50.

감사와 함께하는 진실한 사랑.

　사랑의 가장 큰 속성 중 하나는 감사하는 마음입니다. 그러니까 우리가 보다 더 감사할 때, 우리는 그만큼 더 사랑하는 사람이 됩니다. 그러니 내게 주어진 이 삶 안에 깃들어진 아주 작은 것들에게까지도 감사하도록 해보세요. 그때 당신은 당신에게 주어진 삶 자체를 더욱 조밀하게 사랑하게 될 것이며, 하여 당신은 행복과 활력, 생명의 빛, 그 모든 피어남과 함께하며 오직 평화롭게 존재하게 될 것입니다.

　어디 그것이 우리의 삶뿐이겠습니까. 당신은 당신과 함께하는 당신의 소중한 사람들 또한 더욱 사랑하게 될 것입니다. 당신이 상대방에 대해 오직 감사할 때, 그 사람을 보다 더 사랑하게 될 것이라는 건 사실 너무나도 당연한 것이 아닐까요? 감사한 점이 너무나도 많다면, 정말로 상대방을 더 기쁘게 해주고 싶고, 행복하게 해주고 싶고, 하여 온 마음 가득 사랑하게 될 것입니다.

우리는 때로 감사하지 못해 상대방의 단점에 골몰한 채 상대방을 원망하게 되고, 또 상대방은 우리로 하여금 감사를 받지 못해 감정적으로 서운함을 쌓게 됩니다. 그러니 오직 감사함으로써 당신에게 주어진 그 관계를 치유하세요.

정말로 당신이 보다 많은 것들에 대해 감사할 때, 당신의 삶은 그만큼 더 아름답게 물들기 시작합니다. 하늘의 예쁨을 바라보게 되고, 식물의 자라남을 더욱 응원하게 되고, 당신의 존재 자체를 더욱 소중하게 여기게 되고, 당신과 함께하는 당신의 곁들을 더욱 진실하게 아끼게 되고, 그렇게 되는 것이죠. 하여 당신은 이 세상 모든 부정성의 결핍을 넘어 오직 완전하게 존재하게 될 것입니다.

그렇다면 그것이야말로 외부의 그 어떤 것으로부터도 휘둘리지 않을 수 있는 진정한 자유이자 자존감이 아니겠습니까.

그러니 감사하지 못해 결핍투성이로 존재하기보다, 만족할 줄 알기에 오직 너그럽고 다정하게 존재해보세요. 그 안에, 진실한 행복과 평화가 함께할 것입니다. 하여 그 조건 없는 행복과 평화가 당신을 또한 지켜줄 것입니다. 당신이 이미 많은 부분에 만족하고 있을 때, 당신은 진실로 그만큼 덜 상처받고 덜 속상한 사람이 되기 때문입니다.

이전에는 그저 지나치지 못했던 삶의 많은 것들에 대해 이제는 그저 사소한 것으로 여긴 채 넘어갈 수 있는 사람이 되는 것이죠. 그렇게 예민함에서부터 다정함으로, 비판적인 사고방식에서부터 아름다운 시선으로, 결핍의 투사에서부터 사랑의 투영으로, 그러니까 그 모든 내면의 성숙으로부터 당신은 이 세계 자체를 더욱 깊고 자세하게, 섬세하게 사랑하게 되는 것입니다.

이미 나의 삶 안에서 내가 행복과 완전함을 느끼고 있는데, 그렇다면 내게 있어 더 이상 사소한 것들에 골몰한 채 그것을 곱씹고 원망할 이유라는 게 어디에 있겠습니까.

그러니 보다 감사해보세요. 아주 큰 것에서부터 작은 것으로, 하여 끝내는 당신이 살아있고 존재하고 있다는 것 자체에 감사하는 그 가장 마지막의 감사를 향해 나아가보세요. 더 이상 그 어떤 것도 당신을 흔들지 못할 것입니다. 하여 당신은 그 어떤 흔들림도 없는 단단함으로 이 세계를 살아가고, 사랑하게 될 것입니다.

그렇게 당신은, 아주 작은 것들에 의해서도 사랑에서 곧장 원망으로 변하곤 하던 당신 자신의 자존감 없는 태도와 시선에서부터 벗어나 이제는 진실로 오래도록 인내하고 기다려주며 이해할 줄 아는 그 높은 자존감으로 당신의 삶과 당신의 곁들을 사랑하게 될 것입니다. 그렇게, 당신의 삶에 있어 당신을 자주 속상하게 만들어왔던 자기 연민, 피해 의식과 같은 스스로를 희생자로 여기는 왜소함을 당신은 또한 진정 초월하게 될 것입니다.

왜냐면 우리가 사랑할 때, 우리는 그 어떤 것을 향해서도 희생할 수 없기 때문입니다. 오직 자존감 있는 나의 결정과 나의 선택으로 인해, 무엇보다 나 자신의 행복과 평화, 진실한 사랑을 위해서 내가 스스로 그것을 한 것이라는 것을 이제는 진정 이해하기 때문입니다. 진실로 모든 것을 결정하는 것은 오직 나이며, 하여 이제는 외부에 내주었던 나의 모든 주권을 다시 내게로 가져온 것이죠.

누군가에게는 하루에 한 시간 일을 더 하는 것이 희생이지만, 저에게는 하루에 자는 시간을 제외하고 하루 전체를 일을 하는 것에 쓰는 것은 더할 나위 없는 기쁨입니다. 왜냐면 저는 제가 이 일을 하고 있음에 감사하고, 하여 제 일을 사랑하기 때문입니다. 정말로 사랑하기 때문에, 저에게는 한계가 없습니다. 그래서 그 어떤 시련 앞에서도 저는 이 일을 포기하지 않았고, 또한 계속해서 나아갈 수 있는 것입니다.

우리가 진정 사랑한다면 우리는 진실로 모든 한계를 초월할 것입니다. 일 년 삼백육십오일을 꼬박 그렇게 사랑하고, 그것을 팔 년이라는 시간 동안 하루도 빠짐없이 사랑하는 것, 그러니까 그 꾸준함이 바로 사랑인 것입니다. 사랑한다면서 보상이 없다고, 성과가 없다며 곧장 포기한 채 미워하고 탓하는 것이 아니라 말이죠.

그래서 우리가 감사와 사랑으로 나아갈 때, 우리는 그저 진심을 다해 행복했을 뿐, 희생한 적은 결코 없는 것입니다. 그러니까 그때의 우리에게는 희생이라는 개념 자체가 불가능한 것이 됩니다. 왜냐면 나는 더 이상 내 마음의 노예가 아니라 내 마음의 진정한 주인이기 때문이며, 하여 나는 내 마음에 대해 전적으로 책임지는 진실한 주권자이기 때문입니다.

그렇다면 당신은 상대방을 사랑한다면서 미워하는 식으로 자신의 결핍을 사랑으로 미화하고 합리화하고 있는 사람입니까, 아니면 진실로 상대방의 많은 것들에 대해 감사하며, 감사하기에 그 사람에게 기쁨과 행복이 되어주기 위해 더욱 노력하는, 또 기쁨과 행복이 되어줬음에 그저 기뻐하고 행복할 줄 아는, 진실한 사랑을 하는 사람입니까.

51.

다정함의 보상.

　당신이 세상과 사람들에게 다정했음에 대한 감사는 오직 신과 당신 자신만을 위해서 할 수 있는 것입니다. 해서 우리가 끝내 그렇게 할 때, 그때의 우리는 모든 감정적인 서운함, 보상심리, 생색에서부터 진정한 자유를 얻게 될 것이고, 하여 관계를 더욱 행복하게 마주하고 누리는 사람이 될 것입니다.

　왜냐면 우리가 타인에게서 감사하는 마음을 요구할 때, 우리는 그것에서부터 언제나 상처를 얻게 되기 때문입니다. 내가 기대하는 만큼, 나에게 충분한 감사를 표현하는 사람이 이 세상에는 많지 않으며, 또 그가 감사했음에도 그게 정확히 내가 원하는 감사의 형태가 아닌 경우도 너무나도 많기 때문입니다. 그리고 무엇보다, 우리가 진정 타인에게 무엇인가를 할 수 있었음에, 그 다정함에 대해 감사해야 할 대상은 바로 나 자신이기 때문입니다.

그러니 오직 나에게 감사하세요. 그때의 우리는 더 이상 타인이 나에게 감사하지 않는다며 타인을 무례한 사람이라 생각한 채 원망하고 비난하지 않아도 될 것입니다. 그 부정성에 탐닉한 채 관계 자체를 부정성으로 물들이고, 하여 감정적으로 사소하게 복수하는 식의 왜소함을 선택하지 않아도 될 것입니다.

이 세상의 많은 사람들의 마음 안에 여전히 감사와 사랑, 그 빛이 부재하다는 것은, 그래서 충분히 감사할 줄 모르고, 충분히 사랑하지 못한다는 것은 사실 그 자체로 그들 자신에게 불행한 일입니다. 그러니 그 불행에 당신의 미움, 증오, 비난을 얹지 마세요. 그들은 이미 그들 자신의 수준에 갇혀 스스로 제한되어 있기에 당신의 감정적인 강요는 결코 그들에게서 그들 자신의 빛을 증폭시킬 수 없을 테니까요.

그들은 그곳에서부터 배우며 성숙해나갈 것이며, 그러니까 그들 자신의 성숙을 그들이 스스로 이루어내고자 마음먹을 때, 오직 그때만 그 제한된 상태에서 벗어날 수 있을 것입니다. 그러니 당신이 다정할 수 있음에, 또한 누군가에게 감사할 수 있음에, 그러니까 그들처럼 당신 또한 제한된 상태로 이 세계를 마주하지 않을 수 있음에, 그저 당신 자신과 신께 감사하세요.

그것이 바로 다정함의 완성입니다. 당신이 다정한 데에는 진실로 다른 이유가 없는 것입니다. 당신은 그저 당신 자신이 다정한 사람이라서, 그 모든 타인의 인정과 돌아오는 감사를 넘어 다정할 수 있을 뿐이기 때문입니다. 그리고 그것만이 진정한 다정함입니다.

다정하지 않음은 불편하고, 다정함이 더 편해서, 그래서 당신 자신의 편의를 위한 그 본성으로써 당신은 다정할 것을 선택하고 있을 뿐인 것이죠. 그렇다면 또한 그게 바로 진정한 자존감이자, 더욱 행복한 삶의 방식이 아니겠습니까.

그러니 이제는 감정적인 대가를 바라고, 그 대가를 치르게 하는 왜소함을 넘어 진정 넓고 따듯한 가슴과 시선으로 이 삶과 관계를 마주해보세요. 그러니까 이제는 거짓 다정함을 넘어 진정한 다정함과 함께 정렬해보세요. 그때는 사람들이 알아서 당신을 더욱 존경하고 사랑하게 될 것입니다. 그리고 다른 무엇보다, 이제 당신은 신께 더욱 소중한 사람이 될 것입니다.

왜냐면 당신이 이 삶과 사람들에게 그 감사를 받고자 할 때, 그 감사는 오직 세상에 속하는 감사가 될 뿐일 것이지만, 당신이 그 마음을 진정 초월한 채일 때의 감사는 이제 신께 속하게 될 것이기 때문입니다. 그래서 그때는 신께서 당신의 감사를 받고 당신을 더욱 아끼실 것입니다.

그러니 이 땅이 아니라, 하늘에 당신의 재물을 쌓으세요. 그렇게, 뺏고 빼앗는 이 세상의 관점을 오직 초월한 채 당신의 모든 다정함과 감사가 무한하고도 영원히 쌓일 수만 있을 뿐인 그 천국에 귀속되도록 하세요. 그때, 당신은 이 땅에서 천국을 맞이하게 될 것입니다. 그저 그 무엇보다 행복하게 하루를 마주하고 살아가는 평화와 자유, 그러니까 그것이야말로 마음속의 하늘나라이자 천국이 아니겠습니까.

그러니 당신이 누군가에게 기쁨을 주고, 누군가를 사랑할 수 있음에 대해 당신은 오직 당신 자신과 신께만 감사할 수 있을 뿐입니다. 그리고 그 감사의 보상으로 당신은 더욱 큰 빛과 평화, 행복을 선물로 받게 되는 것입니다. 그렇게 당신의 다정함은 그 자체로 당신의 내면에서부터 충족되고 완성되는 것입니다.

그렇다면 당신은 다정함을 그 자체로 완성하여 그것의 보상으로 행복을 받는 사람입니까, 아니면 그것을 여전히 완성하지 못해 타인에게서 감사를 갈취하려 드는 식으로 다정함의 결과를 스스로 불행으로 물들이는 사람입니까.

52.

존재 자체로서의 봉사.

우리가 오직 우리의 뜻만으로 나아갈 때 우리는 자주 공허하고 아픕니다. 그래서 우리는 우리 자신의 사적인 의지를 내려놓고 보다 높은 진실을 향해 나아가야만 하고, 하여 점차 나의 의지가 이 세상을 향한 사랑과 봉사가 되도록 해야만 합니다.

그래야만 이 지독하게 어두운 공허로부터 나를 영원히 구해낼 수 있을 것이기 때문입니다. 내 모든 사적인 의지가 진실한 사랑으로 대체되기 시작할 때, 그때가 되어서야 그 사랑이라는 빛이 내 마음 안의 모든 어둠을 몰아내 사라지게 할 것이기 때문입니다.

그러니 명상을 하든, 기도를 하든, 요가를 하든, 그것이 무엇이든 나의 성향과 감수성에 맞는 형태의 행위를 통해 예배하세요. 그러한 시간을 언제나 가지도록 하세요. 세상의 뜻, 나의 뜻만으로 살아가는 시간 안에서 잠시 벗어나 나를 향한 높은 뜻이 무엇인지 주님께, 혹은 나의 참나에게, 혹은 삶에게, 그것이 뭐가 됐든 내가 믿는 절대자에게 묻는 시간을 가지세요.

결국 우리 모두는 하나이기에, 그저 우리는 우리 자신의 행복과 평화로써 이 세상의 빛을 키우며, 그렇게 내 마음의 행복과 평화를 통해 이 세상을 향해 봉사할 수 있을 뿐입니다. 그래서 그저 지금 이 순간, 내가 할 수 있는 가장 최선의 다정함으로 존재함으로써 우리는 인류 전체의 다정함에 또한 기여할 수 있는 것입니다. 그러니 그렇게, 이 땅과 하늘의 통로가 되어보세요.

꼭 저 멀리 가난한 나라에 가서 봉사하지 않아도 괜찮습니다. 나의 수입 중 얼마를 기부하지 않아도 괜찮습니다. 그 모든 것에도 불구하고 내가 여전히 평화롭지 못하고, 다정하지 못하고, 행복하지 못하다면 그것은 아무런 의미가 없는 것이기 때문입니다.

여전히 나 자신과 내 주변 사람들, 나와 함께하는 여러 생명들에게 지금 이 순간 내가 다정하지 못하다면 진실로 그러한 것들이 다 무슨 소용이겠습니까.

그래서 그건 나 자신의 진정한 의미의 성숙에는 기여하는 바가 전혀 없을 것입니다. 그러니까 그건 그저 내가 다정하지 못한 존재라는 것에 대한 의식적, 혹은 무의식적 죄책감을 그런 식으로라도 해소하고 속죄하기 위한 잠깐의 탈출이 될 뿐일 것입니다.

혹은 그러한 외부적인 이미지를 통해 타인들로부터 인정과 환심을 사고자 하는, 자기 자신의 내면에 부재한 자존감을 외부에서부터 채우고자 하는 낮은 자존감으로부터의 오류이자 환상에 불과한 것이 될 뿐일 것입니다.

예수님께서도 예물을 바치려고 하거든, 먼저 반감을 가지고 있는 형제와 화해를 하고 난 뒤에 하라고 하셨습니다. 여전히 우리가 누군가를 원망하고 있다면, 그러한 예물은 진실로 아무런 의미도 없다고 말씀하신 것입니다. 중요한 것은 결국 우리가 외부적으로 얼마나 선한 행동을 하고 있는지가 아니라, 우리 자신의 마음 안에 우리가 얼마만큼의 사랑을 품고 있는지, 오직 그것이기 때문입니다.

그러니 지금 이 순간 그저 할 수 있는 최선을 다해 사랑으로써 존재하고, 다정함으로써 존재하는 것, 그것이 가장 중요한 것입니다. 그런 사람만이, 오직 이 세상을 향한 진실한 사랑으로써의 행동과 생각을 품을 수 있는 것이기 때문입니다. 우리는 우리 자신의 마음 안에 있는 사랑의 양만큼, 정확히 그만큼의 사랑만을 외부로 표현할 수 있는 것이기 때문입니다.

그래서 우리가 여전히 우리 자신의 마음 안에 사랑을 담고 있지 않다면, 우리가 외부로 표현하게 되는 것이란 결국 우리 자신의 이기심이 될 수밖에 없는 것입니다. 기부를 하든, 봉사를 하든, 무엇을 하든, 결국 우리는 우리의 안에 있는 그 진실한 사랑의 양만큼만 진실한 마음으로 그러한 것을 하게 되는 것이기 때문입니다.

그러니 사랑이 되어 진실하게 사랑하고, 그렇게 행복한 사람이 되어 타인들을 또한 행복하게 하는 사람이 되세요. 당신이 누군가와 함께 있을 때도 당신의 행복에 사람들은 영향을 받을 테지만, 당신이 혼자 있을 때도 당신의 행복은 이 세상 전체를 향해 아름다운 영향력을 행사할 것입니다. 그것이 바로 양자 얽힘입니다.

그러니 지금 이 순간 그저 당신의 사적인 의지, 세상에 대한 욕망과 모든 고민들, 그것들을 잠시 내려놓은 채 오직 평화롭게 존재해보세요. 그렇게 우리는, 행복함으로써 행복을 주고, 사랑이 됨으로써 사랑을 줍니다. 나 자신의 평화로 세상의 평화에 물결을 일으킵니다. 그렇게 그 모든 나 자신의 내적 성숙으로부터 인류 전체의 성숙과 평화에 이바지합니다.

분노하고, 적대시하고, 대립하고, 입장을 내세우고, 갈등함으로써 세상의 부정성을 더욱 키우고 부추기기보다 그저 나 자신의 존재, 그 온전함과 성숙 자체만으로 그렇게 하는 것입니다. 어둠은 아무것도 할 수 없는 어둠일 뿐이지만, 빛이 다가서는 순간 이 세상의 모든 어둠은 그 즉시 소멸하게 되기 때문입니다.

그러니 어둠을 이겨내기 위해 어둠에 의지하는 오류를 반복하기보다 진실의 빛에 의지하세요. 그렇게 빛이 되세요. 하여 영원히, 내적 공허와 불행으로부터 자유와 구원을 얻으세요. 하여 당신의 모든 걸음들이 이제는 어둠에 속하기보다, 오직 세상의 빛을 더욱 키우는 것이 되도록 당신의 방향을 정하세요. 따뜻한 가슴, 선한 눈빛, 고요한 마음, 연민 어린 생각을 당신의 마음에 소유함으로써 그렇게 하세요.

그렇게 우리는, 우리 자신이 행복함으로써 나 자신을 포함한 모든 세계를 행복으로 물들이는 사람이 됩니다. 우리의 마음 안에 진실한 사랑을 품음으로써 나를 포함한 모든 세계를 향해 진실한 사랑을 표현하는 사람이 됩니다. 오직 평화로움으로써, 이 세상의 평화에 봉사하는 사람이 됩니다.

그렇다면 지금 당신의 마음 안에는 무엇이 담겨있습니까.

53.

오직 행복할 책임.

살아가며 우리에게 주어지는 유일한 책임이란 바로 지금 이곳에서 오직 행복할 책임입니다. 우리가 행복할 때, 우리는 우리 자신의 행복으로부터 타인들의 행복을 또한 지켜주고 고취시켜주는 사람이 되기 때문입니다.

그러니 행복하십시오. 당신이 행복한 대표라면 당신으로 인해 당신의 직원들이 행복할 것입니다. 당신이 행복한 부모라면 당신으로 인해 당신의 아이들이 행복할 것입니다. 당신이 행복한 선생님이라면 당신으로 인해 당신의 학생들이 행복할 것입니다. 당신이 행복한 배우자라면 당신으로 인해 당신의 배우자가 행복할 것입니다.

그러니까 당신이 행복한 사람이라면, 당신과 함께하는 모든 식물, 동물, 사람들, 그 모든 생명이 당신의 행복으로 인해 선한 영향을 받게 되고, 그렇게 그들 또한 행복해질 수밖에 없을 것입니다.

왜냐면 우리가 행복할 때, 우리는 더 이상 예민하지 않을 것이며, 모든 감정적인 결핍을 넘어선 채 오직 완전하게 존재하고 있을 뿐일 것이기 때문입니다. 그러니까 나의 미성숙과 결핍으로 타인에게 감정적으로 상처를 주고, 타인을 이용하고 조종하고자 하는 그 모든 이기심과 사적인 욕망, 어둠들을 넘어선 채 그때의 우리는, 오직 진정한 빛과 함께 온전할 것이기 때문입니다.

그렇게 우리는 우리의 온전함으로 타인들이 그들 자신의 온전한 의지를 발견할 수 있도록 빛 비춰주는 사람이 됩니다. 하여 강요하기보다 내가 행복함으로써 그들이 행복에 자연스럽게 관심을 가지게 하는 선한 모범을 보여주게 됩니다. 그러니 그저 지금 이 순간 무엇보다 행복한 사람이십시오.

당신이 이 삶으로부터 오직 만족하고 충족되어졌을 때, 당신은 다정할 것이며, 또한 진실하게 사랑할 것입니다. 그때는 더 이상 이 세상으로부터 얻고자 하는 사적인 이득이 당신에게는 존재하지 않을 것이기 때문입니다. 그렇게 우리는 줌으로써 받고, 받음으로써 채워질 수 있을 뿐입니다.

그렇다면 당신은 행복함으로써 행복을 주는 사람입니까, 아니면 불행함으로써 타인들까지 불행하게 하는 사람입니까.

54.

의견과 나.

관계를 마주함에 있어서 우리가 우리 자신의 의견을 '나'라고 여긴 채 그 의견과 나를 동일시 할수록, 우리에게는 그만큼 많은 감정적인 문제가 생겨나게 됩니다. 왜냐면 모든 사람에게는 저마다의 의견이 있고, 하여 모두가 늘 같은 의견을 가질 수는 없기 때문입니다.

해서 우리가 의견과 자기 자신을 동일시하는 사람이라서 나의 의견과 다른 의견을 들었을 때 그걸 나 자신이 공격받는 것이라 느끼는 사람일 때, 그러니까 그걸 나 자신의 존재가 부정당하는 것이라 느끼는 사람일 때, 우리는 보다 방어적이 되고, 또한 공격적이 되는 경우가 많은 것입니다. 그리고 그 공격과 방어가 그 관계 안에서 무수히 많은 감정적인 문제들을 낳으며 서로를 아프게 하게 되는 것이죠.

그러니 의견과 나 자신을 분리할 줄 아십시오. 당신이 당신과 당신의 의견을 분리하여 생각할 줄 알 때, 당신은 더욱 열린 마음으로 상대방을 마주하게 될 것이고, 하여 그 여유가 당신의 관계를 더욱 아름답게 물들일 것입니다.

의견과 자신을 동일시하는 자존감 낮은 사람들은 상대방과 자신의 의견이 다를 때 감정이 상하는 경향이 있지만, 의견과 자신을 분리할 줄 아는 자존감 있는 사람들은 감정의 동요 없이 그것을 경청하고 더욱 합리적으로 처리할 뿐이기 때문입니다. 나의 의견은 진실로 하나의 의견일 뿐, 꼭 공감받아야 하고 동의를 얻어야만 하는 절대적 요소를 포함하는 것은 결코 아니기 때문입니다.

더하여 나라는 존재 자체는 타인의 납득이나 인정이 필요하지 않을 만큼 이미 나 스스로 완전하고도 온전한 것인데, 그것에 있어 누군가의 동의가 없다고 해서 감정이 상할 필요 또한 없는 것입니다. 하여 상처를 받거나, 나의 의견을 강요하거나 할 필요는 더더욱 없는 것이죠.

그러니 의견의 주고받음 앞에서 더욱 여유롭고 다정하게 존재하도록 해보세요. 누군가의 감정적인 동의나 인정 없이도 당신이라는 존재는 여전히 소중하고 사랑스러운 단 하나의 존재라는 것을 잊지 마세요. 그렇게 더욱 완전하고 온전하게 관계를 마주하도록 해보세요. 그 여유와 다정함으로 상대방이 당신과 함께하는 시간을 편안하게 느끼도록 해주세요. 그때는 당신의 의견이 아니라, 당신이라는 존재 자체가 상대방에게 존중받게 될 것입니다.

더하여 만약 당신이, 당신이 결코 존중할 수 없는 의견을 지닌 사람을 마주하게 되었다면, 그 사람과 대립하고 충돌하는 대신 그저 지나치십시오. 그렇게 당신의 소중한 의견을 지켜내십시오.

왜냐면 상대방 또한 그러한 의견이 자신이 살아가는 가치 안에서의 최선이기 때문에 그러한 의견을 지닌 채 고수하고 있는 것일 뿐이기 때문입니다. 그렇기에 당신이 그 의견에 반하는 의견을 내세울 때, 상대방은 당신의 의견을 자신의 소중한 의견에 대한 공격으로 받아들인 채 당신을 또한 공격하기 시작할 것이고, 해서 그건 당신 스스로 당신의 소중한 의견을 훼손하는 일이 될 뿐인 것입니다.

그러니 당신의 의견을 스스로 지켜내십시오. 보태어 언쟁한 채 갈등을 만들지 마십시오. 그러한 태도가 당신의 우월감이나 상처를 더하여줄 순 있을지라도, 결단코 당신의 평화를 지켜주지는 않을 것입니다.

그렇다면 우월감과 상처를 느끼고 주고받을 수 있을 뿐인 행동이라는 게 더 이상 어떤 가치와 의미가 있겠습니까. 당신 스스로 당신의 평화를 깨뜨리는 행동이라는 게 당신이 당신 자신을 진정 위하는 행동이라고 할 수 있는 것이겠습니까.

그러니 오직 당신 자신에 대한 다정함으로 갈등을 피하세요. 그렇게 온전하게 존재할 것이며, 하여 자존감이 있으십시오. 그러니까 당신의 의견을 방어하지도, 타인의 의견을 공격하지도 마세요. 그저 나는 이래, 너는 그렇구나, 하고 거기서 끝내는 방법을 배워보세요.

그것에 있어서 너도 이래야 돼, 혹은 내가 옳아, 가 될 때, 그때부터 서로는 다정함이 아니라 오직 상처를 주고받을 수 있을 뿐일 것이고, 하여 함께하는 시간의 소중함 자체가 흔들리고 훼손될 뿐일 테니까요.

그러니까 서로는 이미 다른 옳고 그름을 가지고 있기에, 그러한 식의 옳고 그름을 서로에게 강요하는 행위는 끝없는 논쟁만을 낳을 수 있을 뿐일 것이고, 그렇게 서로는 서로가 믿는 가치를 공격하고 헐뜯으며 훼손하게 될 뿐일 것이고, 그렇다면 여기서 내가 소중히 여기는 의견을 지키지 못한 채 훼손한 것은 다름 아닌 나 자신의 지혜롭지 못한 대처가 될 수 있을 뿐인 것입니다.

그러니 내가 소중히 여기는 것이 논쟁의 진흙탕에 빠져 더럽혀지지 않도록, 그것을 오직 당신 마음의 예쁜 하늘에 두세요. 그리고 당신 자신의 그 의견과 관점으로 인해 무엇보다 당신이 행복하고, 보다 즐거운 삶을 누리고 있을 것이기에 당신은 그것 자체에 의미를 둔 채 감사하도록 해보세요.

진실로 그건 당신의 행복을 위해 존재하는 하나의 관점인 것이지, 결코 옳고 그름의 진흙탕에 빠진 채 당신 자신을 포함한 상대방을 불행하게 하기 위해 존재하는 관점은 아닌 것이니까요.

그렇다면 당신이 지키고자 하는 건 당신 자신의 진정한 평화와 자존감, 그리고 상대방의 행복입니까, 아니면 당신이라는 존재와 당신 자신의 의견을 동일시하고 있을 뿐인 낮은 자존감에서부터의 오류와 환상, 그 불행에 불과한 것입니까.

55.

성숙으로의 전념.

　우리가 오직 성숙하며 나아가겠다는 그 목표 하나에 우리 삶의 유일한 초점을 맞춘 채 전념할 때, 우리의 방향은 이제 더 이상 흔들림이 없을 것입니다. 그것은 거센 파도가 이는 바다를 헤엄쳐서 건너가는 것과 같습니다. 그리고 우리는 파도가 우리가 가고자 하는 길을 막아선 채 아무리 거세게 우리를 향해 몰아친다 하더라도, 이제는 그 방향을 바꾸지 않을 것입니다. 그리고 그 고정된 하나의 전념이 바로 우리를 성숙하게 만드는 의지의 실현인 것입니다.

　그러니까 우리는 이제 그 어떠한 유혹 앞에서도 성숙하겠다는 그 의지를 합리화한 채 저버리지 않을 것입니다. 그리고 그건 우리가 우리의 양심을 어기는 대가로 누군가가 무수히 많은 돈을 우리에게 준다고 해도, 우리는 더 이상 우리의 양심을 어기지 않은 채 오직 진실하겠다고 마음먹는 그 단단한 결정과도 같은 것입니다. 그래서 사실 마음을 굳게 먹기만 하면, 우리는 더욱 고민 없는 평온함으로 이 삶을 살아가게 됩니다.

어쨌든 갈 길은 정해졌습니다. 그 방향을 향해 나아갈 거라는 것에 대해서는 이제 우리의 마음은 결단코 변하지 않을 것입니다. 그렇다면 더 이상 우리에게 있어 무엇이 고민이겠습니까.

미워할래, 이해할래? 분노할래, 그럼에도 불구하고 다정할래? 곱씹을래, 내려놓을래? 이기적일래, 이타적일래? 사적인 이득을 추구할래, 보다 높은 진실을 위해 그 사적인 이득을 포기할래?, 그래서 이와 같은 무수히 많은 삶의 질문 앞에서 이제 우리에게는 단 하나의 선택지만이 남았을 것이고, 우리는 그 하나의 선택지 앞에서 또한 더 이상은 고민하지 않을 것입니다.

그러니 당신 자신의 행복을 위해서 이제는 당신이 나아갈 방향을 정하세요. 그리고 그 방향을 그 어떠한 이유 앞에서도 틀지 마세요. 당신의 성숙이 비록 더딜지라도, 이제 당신의 방향은 변하지 않을 것입니다. 그렇다면 시간이 더 이상 무슨 의미가 있겠습니까. 결국 우리가 도착할 지점은 오직 한 곳이며, 가장 높은 관점에서는 시간조차도 오류이자 환상일진대 말입니다.

그렇게, 이제는 행복하세요. 당신이 성숙을 향해 나아갈 때, 이 삶의 모든 것이 정확히 당신의 목표에 이바지할 것입니다. 그러니까 사업을 하고 싶다면 이제는 맘 편히 그저 해볼 수 있는 것이죠. 그것을 통해 많은 돈을 벌지 아닐지는 오직 성숙을 목표로 하는 자가 생각할 부분은 아니기 때문입니다.

당신이 실패하더라도 당신은 배웠을 것이고, 그로 인해 더욱 성숙한 채일 것입니다. 그 길을 걸어가며 겪게 될 무수히 많은 상황 안에서 진실로 당신의 내면은 보다 많은 것들을 경험하며 채워질 테니까요. 이

지점에서는 그래서, 그 내면의 완성과 채워짐만이 가장 중요한 하나의 유일한 목표인 것입니다.

그래서 당신은 이제 정말로 고민을 많이 하지 않게 됩니다. 안 하는 것보다, 해보는 것이 더 많은 경험을 우리에게 선물할 것이고, 해서 우리는 그 경험을 통해 성숙하겠다는 그 유일한 내면의 목표를 무조건적으로 성취하게 될 것이기 때문입니다.

그래서 이제 우리는 더 이상 미래의 불확실성을 두려워하지 않습니다. 그것을 이 삶의 하나의 적법한 성분으로 받아들인 채, 이 삶이라는 파도를 타고 흐르며 현재를 더욱 누릴 뿐입니다. 하여 두려움을 대신하여 성숙의 기쁨, 받아들임, 무한한 평화, 오늘을 즐기는 마음, 오늘에 대한 감사, 그러한 것들이 우리의 내면을 가득 채우기 시작합니다.

그래서 이때는, 불행이 더 이상 불가능하게 됩니다. 그러니까 이 지점에서는 불행이라는 것이 더 이상 우리 삶의 요소가 아니게 됩니다. 그러니 오직 지금 이 순간의 성숙에 전념하는 마음으로 살아가세요. 그때, 당신은 더욱 여유와 너그러움 속에서 나아가게 될 것입니다. 그리고 그곳에, 실패가 존재할 공간은 없을 것입니다.

지금 당신이 정하는 방향으로 인해 먼 미래에 당신이 어떤 곳에 도착할지가 결정되는 것입니다. 해서 지금의 1도가, 긴 시간의 과정 뒤에는 당신이 있을 장소 자체를 확연하게 다르게 만드는 것이 될 것입니다. 그러니 오직 정확하게, 가장 아름답고도 예쁜 방향을 향해 당신의 목표를 정해두십시오. 그리고 그곳을 향해 전념하십시오.

그 모든 과정 안에서 당신의 관계 또한 더욱 다정하게 물들며 나아가게 될 것입니다. 왜냐면 당신의 유일한 목표가 성숙이라면, 이제 당신은 관계 앞에서 타인을 이용하거나 기득권을 행사하기보다 더욱 이해하고 사랑하고자 노력하게 될 것이기 때문입니다.

당신이 어떠한 영감을 받아 무엇인가를 하고 있을 때, 누군가가 말을 걸어 그 영감을 잊게 되었다 하더라도 당신에게 있어 중요한 것은 이제 일이 아니라 성숙일 것이기에 당신은 상대방을 그 순간 바로 용서하게 되는 것이죠. 결국 중요한 것은 내가 행복한 사람이 되는 것일 텐데, 그렇다면 그 행복 앞에서 그러한 생각에 대한 집착이라는 게 더 이상 뭐가 중요하겠습니까.

그러니 오직 진실한 행복만을 추구하세요. 그 행복을 위해 성숙하겠다는 마음 하나에 전념하며 하루를 보내세요. 진실로 당신의 마음에 더 이상의 흔들림은 없을 것입니다. 세상의 그 어떤 질문이 찾아와도, 그 세부를 넘어선 전체 안에서의 선택은 당신에게 있어 이미 정해져 있는 채일 것이기 때문입니다.

그러니 오직 진실하고, 정직하고, 더욱 이해하고 사랑하세요. 그 전체가 이미 정해졌다면, 나머지 세부 사항들은 이제 간단한 문제입니다. 남을 속여서라도 이익을 보기 위해 머리를 굴리는 고민, 하여 혹여나 내 거짓이 들통날까 하는 불안함, 그러한 복잡한 사고 과정은 이제 더 이상은 필요하지 않을 것이기 때문입니다. 그러니 당신의 행복을 위해 오직 성숙하며 나아가겠다고 마음먹으세요.

그렇다면 지금 당신 앞에 찾아온 삶의 질문지 앞에서 당신이 내릴 선택은 무엇입니까. 성숙이자 행복입니까, 아니면 거짓이자 불행입니까.

56.

용서로부터의 완전함.

　그 사람에게 감사하기에, 그 사람은 나에게 너무 작은 마음을 기울이는 사람이며, 그 사람을 사랑하기에, 그 사람은 나와 잘 맞지 않아 자꾸만 나를 예민하게 만드는 사람입니다. 그래서 저는 그 사람과 함께하지만, 결코 행복하지는 않습니다. 좋은 마음을 주고자 노력하지만, 자꾸만 그 사람은 제 마음을 무너뜨리며 금방이면 다시 제 마음에 분노심을 심어주기 때문입니다.

　지금 이렇듯 당신의 마음 안에서 하루 종일 당신의 마음을 심란하게 하고, 또 당신 마음의 평화를 자주 깨뜨리는 사람은 누구입니까. 가장 먼저 떠오르는 한 사람이 있을 것입니다. 그리고 그 사람이 바로 당신에게 용서를 가르쳐줄 당신의 안내자이자 교사입니다.

　그러니 그 사람에게서부터 용서를 배우세요. 결코 용서할 수 없을 거라는 생각이 드는, 그리고 용서하고 싶지 않은 그 한 사람을 당신의 마음 안에서 당신이 완전히 용서할 때, 당신의 마음에는 평화의 파도가 물결칠 것입니다. 그래서 용서는 사실 그 사람을 위해서가 아니라, 당신 자신의 행복을 위해서 하는 것입니다.

　당신이 그 사람을 끝내 용서하고도 그 사람과 여전히 함께할지, 그 것은 전적으로 당신의 선택입니다. 하지만 당신 자신의 마음이 미성숙해서 그 사람에게서 원망 거리를 찾은 것인지, 아니면 실제로 그 사람이 함께하기에 온전하지 않아 끝없이 당신에게 용서할 거리를 가져다주는 것인지, 당신이 그것을 제대로 알기 위해서는 일단 그 사람을 용서해야 만 할 것입니다. 용서를 한 뒤에야 당신은 그것에 대해 제대로 바라볼 수 있을 것이기 때문입니다.

　그러니 그 사람을 용서함으로써 당신의 평화를 확정 지으세요. 당신이 용서할 때, 당신은 사실 그 사람뿐만이 아니라 그러한 결을 지닌 모든 세계와 사람들을 두루 용서하는 것입니다. 그래서 당신은 이제 당신이 용서한 부분에 대해서는 완벽한 면역을 가지게 됩니다. 그러니 어렵더라도, 그럼에도 불구하고 용서하세요. 당신 자신의 평화와 행복을 위해서 기꺼이 그렇게 하세요.

　하루 종일 당신의 마음 안에 누군가를 향한 원망, 그리고 그 원망을 끝없이 곱씹으며 원망 자체에 탐닉하는 분노, 그러한 것이 없을 때 당신의 마음은 그 자체로 얼마나 자유롭고도 너그럽겠습니까. 그러니 그 한 사람 때문에 당신의 하루가 얼마나 불행해지고 있는지를 생각해보세요. 그리고 사실 그건 그 사람 때문이 아니라, 당신 자신의 원망 때문이라는 것에 대해서 진실로 이해해보세요.

　그래서 사실 그 사람은 당신이 원망해야 할 사람이 아니라, 당신이 감사해야 할 사람입니다. 그 사람이 없었다면 당신은 당신 자신의 용서를 더욱 완성하여 당신의 행복을 확고히 하는 계기 자체를 만나지 못했을 것이기 때문입니다. 원망의 가장 큰 희생자는 상대방이 아니라 그것으로 인해 가장 아프고 불행할 나 자신이라는 것을 영원히 알지 못했을 것이기 때문입니다.

하여 비로소 당신이 그 사람을 통해 용서를 배울 수 있음에 감사할 때, 당신은 이미 그 사람을 용서하기 시작합니다. 그 용서를 완성하기 시작합니다. 그렇게 마침내 당신이 용서하였을 때, 당신은 이제 당신의 온전함과 평화로부터 그 사람의 있는 그대로를 바라보게 될 것이고, 하여 그 사람과 함께할지 함께하지 않을지를 가장 진실한 시선으로 선택할 수 있게 될 것입니다.

왜냐면 이제 당신의 마음이 보다 큰 성숙과 함께하게 되었기 때문입니다. 하여 미성숙에서부터 비롯된 원망의 투사가 아니라, 오직 성숙의 시선에서 바라보는 있는 그대로의 진실을 당신은 더욱 꿰뚫어 보게 되었을 것이고, 해서 진실로 이제 당신의 선택은 완전한 객관성을 얻게 된 채일 것이기 때문입니다. 미움에서부터 강요된 판단과 선택이 아니라, 오롯한 당신인 채 그 진실함으로부터 판단하고 선택할 수 있게 된 것이죠.

그러니 먼저 용서하고, 그러기 위해 그 사람을 통해 용서를 배우세요. 그러고도 함께할지 함께하지 않을지는 오직 용서를 완성한 뒤에 선택하세요. 그때는 그 어떤 원망도, 분노도 함께하지 않는 온전한 시선으로 당신은 그것에 대해 선택할 수 있을 것입니다. 그리고 당신의 선택에 이제 더 이상의 감정적인 잔가지는 존재하지 않을 것입니다.

그러니까 미워하면서, 동시에 그럼에도 함께하길 선택하는 식의 미성숙에서부터 오는 미련 자체가 당신에게는 더 이상 존재하지 않게 되는 것입니다. 그런 식의 감정적인 오류를 반복하고, 또 스스로 그 부정성에서부터 미묘한 기쁨을 느낀 채 그것에 중독되기에 이제 당신은, 진실의, 그 너무나도 밝은 빛과 함께하고 있는 채이기 때문입니다. 그래서 그러한 식의 어둠을 선택하는 것이, 당신에게는 이제 불가능한 일이 됩니다.

미워하기에 불행하지만, 그럼에도 그 미움을 스스로 은밀하게 즐기고 있기에 그러한 관계에 끝없이 탐닉하는 미성숙으로부터 이제 당신은 완전한 해방을 얻게 되었고, 또한 이제는 더 이상 피해자 역할에서부터 얻을 수 있는 감정적인 단물과 자기 연민에는 나를 위한 진실한 이득이 없다는 것을 당신은 완전하게 이해하고 있는 채이기 때문입니다.

그러니 용서를 통하세요. 용서를 통해 당신의 시선을 더욱 완전케 하세요. 그 뒤에는 오직 진실한 당신의 행복만을 위해 선택하면 되는 것입니다. 그것이 진정한 자유이자, 평화이자, 행복입니다. 그래서 지금의 미움은, 당신을 더욱 완전케 하기 위해 당신을 찾아온 선물인 것입니다.

그렇다면 지금 당신에게 용서를 가르쳐주고 있는 한 사람은 누구입니까. 그리고 당신은 그 일련의 상황에서부터, 그 사람에게서부터 용서를 배우고 있습니까, 아니면 당신의 분노와 원망만을 더욱 확장시키고 있을 뿐입니까. 당신이 진실로 당신의 행복을 위한다면, 당신에게 필요한 것은 용서입니까, 아니면 원망입니까. 그리고 용서했기에 함께할지 말지에 대해 오직 온전하게 선택할 줄 아는 것이 진정 완성된 관계를 향한 지혜입니까, 아니면 미움 자체에 탐닉하며 그것에 스스로 끝없이 에너지를 공급함으로써 불행의 늪에 더욱 빠질 뿐인 미성숙의 무한한 악순환을 반복하는 것이, 하여 그 부풀려진 미움에 의해 나 자신의 주권을 잃은 채 함께할지 말지를 강요받는 것이 그 관계를 진정 위하는 것입니까.

그 무엇보다 당신의 분노와 원망으로 인해 가장 아프고 불행할 사람이 바로 당신 자신일진대, 그렇다면 그 불행을 그럼에도 스스로 선택하며 고집하는 이유는 무엇입니까.

57.

온전함의 치유와 훼손.

　온전함의 치유든, 훼손이든, 그 모두가 확장성을 가지는 경향이 있습니다. 그러니까 만약 제가 원래는 온전하고도 순수한 사람이었는데, 온전하지 않은 사람과 끝없이 함께하며 저의 온전함을 끝끝내 훼손당하게 되었다면 그때의 저는 이제 다른 관계에서 또한 타인들의 온전함을 훼손하는 사람으로서 존재할 수밖에 없게 되어버리는 것입니다.

　하나의 주제를 들고 끝없이 감정적으로 따지고, 또 끝없이 분노하고, 끝없이 자기 연민에 빠진 채 위로를 강요하고, 그런 사람과 함께할 때 우리는 결국에는 우리 자신의 온전함을 갈취당하게 되기 때문입니다. 그러니까 그건, 처음에는 몇 번 참고 지나갔지만, 결국에는 옳고 그름의 논쟁 안에 빠져들게 되고, 하여 사소하게 답답해하다가 시간이 지나서는 결국 나 또한 마음에 분노심을 품게 되는 식인 것이죠. 해서 그렇게 온전함을 상실한 뒤의 나는 다른 곳에서 다른 사람들의 온전함까지도 훼손하는 사람이 되고야 마는 것입니다.

옳고 그름을 따지며 타인의 마음을 불편하게 하는 게 나 또한 불편해서 그저 이해하고 넘어가던 내가, 끝없이 나에게 그러한 옳고 그름을 따지는 사람과 함께하게 될 때는 서서히 그게 아니라는 말을 하기 위해 설명을 하게 될 것이고, 그리고 그 설명 앞에서 그럼에도 끝없이 자신의 입장을 내세우기 바쁜 사람과 함께할 때는 서서히 나 또한 내 입장을 보호하기 위한 방어적 논리를 주장할 수밖에 없게 될 것이고, 그러면서 서서히 다른 관계 안에서도 그 사람이 나에게 그랬듯, 타인에게 그러고 있는 나를 발견하게 되는 식인 것이죠.

상황이 딱해서 돈을 빌려줬는데, 그 사람은 결코 돈을 갚고자 하는 의지가 없는 사람이고, 그럼에도 그냥 넘어가려고 했는데, 오히려 그 사람이 뻔뻔하게 더 많은 돈을 내게 요구하고, 그러한 상황이 반복되다 보면 나는 이 세상 모든 사람에 대한 신뢰를 잃어버리게 될 수도 있는 것입니다. 그렇게 나의 순수함과 온전함이 훼손되어버리는 것입니다. 그것이 온전하지 않은 사람을 우리가 피해야만 하는 이유입니다.

그러니 당신 자신의 온전함을 스스로 지켜낼 줄 아는 사람이 되세요. 끊임없이 당신에게 부정성을 강요하고, 그렇게 당신까지도 온전하지 않음으로 추락하도록 부추기는 사람들을 피하세요. 그날 하루는 최선을 다해 다정함으로 함께하되, 그 관계를 장기적으로 이어가지는 마세요.

그러니까 당신 자신을 스스로 시험에 빠지게 하지 마세요. 만약 당신이 그 순간 단호하지 못해 우유부단할 때, 당신은 끝없이 온전하지 않음으로의 추락으로부터 유혹받게 될 것이고, 하여 마침내 당신이 추락하고 난 뒤에는 다시 당신 자신의 온전함을 회복하는 데까지는 정말로 엄청난 시간과 노력이 들게 될 것입니다.

그러니 최선을 다해 주어진 삶을 통해 당신 자신의 온전함을 키워 나가고, 또한 그렇게 키워낸 온전함을 스스로 지켜낼 줄 아는 사람이 되세요. 하여 온전함으로써 온전함을 더욱 확장시키는 사람으로서 존재하세요.

당신이 온전할 때, 당신과 함께하는 모든 사람들이 당신의 온전함으로 인해 당신과의 시간을 편안하게 보내게 될 것입니다. 그리고 그 편안함을 다른 곳에서 또한 나누게 될 것입니다. 당신이 누군가로 인해 기분이 상하고 예민해졌을 때, 그때의 당신은 어쨌든 다른 관계 안에서도 그 기분의 영향을 전해주게 될 것이며, 그리고 그건 그 반대의 경우 또한 마찬가지이기 때문입니다. 그래서 기쁨은 기쁨을 낳고, 슬픔은 슬픔을 낳고, 분노는 분노를 낳는 것입니다.

그렇다면 더욱 다정하고 사랑스러운 사람이 되어 이왕이면 타인들의 마음에 기쁨을 전해주는 사람이 되어보는 것이 어떻겠습니까. 그렇게 타인들의 하루를 고쳐시켜주고, 당신과 함께하는 시간의 안정감을 통해 그들이 그들 자신의 하루를 무사하게 마무리할 수 있도록 기여하는 사람이 되어보는 것이 어떻겠습니까. 사람들이 당신과 함께한 시간 때문에 밤에 잠도 못 자며 속상함을 곱씹게 하는 대신에 말입니다.

그렇다면 당신은 당신 자신부터가 온전하지 않아 타인의 온전함을 또한 훼손시키고, 그렇게 그 자신의 온전함을 잃은 타인이 다른 곳에서 또한 다른 사람들의 온전함을 훼손하게 하는 식으로 온전하지 않음을 확장시키는 사람입니까, 아니면 오직 당신 자신의 온전함을 스스로 지켜냄으로써 타인들의 마음에 치유와 안정을 전해주고, 하여 그들이 다른 곳에서 또한 그들 마음의 치유와 안정을 전하게 하는 식으로 온전함을 확장시키는 사람입니까.

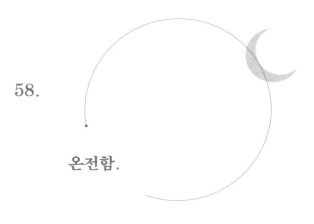

58.

온전함.

온전함이란 내 마음의 주권을 외부로부터 지켜냄으로써 나 자신의, 꿋꿋이 행복할 책임에 대해 오직 스스로 최선을 다하는 마음가짐입니다. 내가 나 자신의 힘을 나의 것으로 진정 소유하고 있을 때, 우리는 그 어떤 상황, 그 어떤 외부에도 불구하고 흔들리지 않은 채 행복할 수 있을 것이기 때문입니다.

그러니 바깥에 내 마음의 모든 힘을 넘겨준 채 더 이상은 자존감 없이 살아가지 마세요. 이제는 내 마음을 내가 다스리고, 내 감정을 내가 다스리고, 그렇게 안에서부터 단단한 행복을 소유하며 나아가도록 하세요. 하여 부정적인 감정들로부터 진정 자유를 얻으세요. 분노, 미움, 오만, 두려움, 질투, 과한 욕망, 이러한 것들로부터 나 자신을 지켜내는 단단함, 그것이 바로 온전함입니다.

해서 우리는 온전함으로부터 부정성 대신에 다정함, 사랑, 빛, 행복이 더욱 우세한 사람이 됩니다. 그리고 그때의 우리에게 있어 부정적인 감정이란 너무나도 작은 것이 되었기에 우리에게는 더 이상 나 자신을 포함한 다른 사람들을 아프게 하는 것이 이제는 불가능하게 됩니다.

그러니까 제가 만약 연애를 한다고 했을 때, 제 연인에게 거친 욕을 하며 물건을 던지며 화를 낸다면 연인의 마음에 큰 상처를 남기게 되겠지만, 그게 아주 작은 서운함을 털어놓는 정도라면 그건 오직 귀엽고 사랑스럽게만 닿게 될 뿐일 것입니다. 그래서 이 지점에서는 누군가를 아프게 한다는 게 더 이상은 불가능한 일이 되는 것이죠.

그러니까 우리가 온전할 때, 우리의 마음 안에는 부정성보다 긍정성이 더욱 우세해지기 시작할 것이고, 그래서 이때는 더 이상 나 자신에게도, 타인에게도 상처를 주는 것이 불가능하게 되는 것입니다. 내 마음 안에 분노가 98%고 다정함이 2%일 때, 그때의 나는 상대방을 사랑한다면서 상대방에게 폭력적으로 굴게 될 테지만, 그와는 반대로 내 마음에 든 것이 98%의 다정함이라면 나는 오직 사랑스러울 뿐일 것이기 때문입니다.

진실로 2% 정도로 서운해하고, 2% 정도로 집착하고, 2% 정도로 질투하고, 2% 정도로 화내고, 그러한 2% 정도의 부정성은 사실 인간적으로 그 사람을 더욱 귀엽고 사랑스럽게 느끼게 만들 정도의 수준이 될 뿐일 테니까요. 정말 그렇지 않나요?

그리고 또한 진실로 그 반대가 될 때 그것은 너무나 불쾌하고 불편해서 우리가 그런 이들과 함께하기에 우리는 너무나도 많은 것들을 감당해야만 하게 되는 것이죠. 그래서 우리가 완전하게는 아니더라도 적어도 온전한 사람이 되었을 때, 그때야 비로소 우리는 더욱 진실하게 사랑하고 사랑받을 수 있게 되는 것입니다. 그리고 그것이 바로 온전함의 힘입니다.

그렇다면 지금 당신에게 있어 더욱 우세한 감정과 태도는 무엇입니까. 그것은 다정함이자, 온전함입니까, 아니면 부정적인 감정의 더미들입니까. 그러니까 당신은 타인을 행복하게 해주는, 타인에게 있어 오직 사랑스러울 뿐인 사람입니까, 아니면 타인을 불행하게 만드는, 타인에게 불쾌함과 불편함을 끝없이 전해주는 사람입니까.

59.

성숙과 행복.

　행복이란, 주어진 삶을 통해 내게 찾아오는 일련의 경험들 앞에서 내가 더욱 성숙한 태도를 선택하겠다고 결심할 때 내게 주어지는 내면의 보상입니다. 그래서 우리가 지금 이 순간 내게 찾아온 삶의 선택지 앞에서 여태 그랬던 것과는 달리 보다 성숙한 태도를 선택할 때, 우리는 곧장 더 행복하게 존재할 수 있게 됩니다.

　그래서 시간과 함께 성숙하지 못하는 사람은 세월의 불행 안에 갇혀 살아가는 사람들입니다. 늘 거짓말을 하는 사람은 이제는 진실하겠다고 다짐해야만 행복할 수 있을 텐데, 그들은 또다시 찾아온 삶의 선택지 앞에서 여전히 거짓말을 선택하고 있을 것이기 때문입니다.

　그래서 우리가 진실로 행복하고 싶다면, 우리는 용기를 내어 이전의 낡은 습관에서부터 벗어나 새로운 답을 선택할 수 있어야만 합니다. 같은 미움으로는 결코 행복할 수가 없는 것입니다. 같은 욕망으로도, 같은 분노로도, 같은 거짓으로도, 같은 이기심으로도, 그것이 무엇이든 우리가 진실로 행복하고 싶다면, 이제는 전과 같아서는 안 되는 것입니다.

그래서 단 하나의 진실은 외부가 변해야 비로소 우리가 행복해지는 것이 아니라, 우리 자신의 내면이 변해야 같은 외부를 우리가 더욱 행복하게 살아가게 된다는 것입니다.

그러니 오직 성숙하겠다고 마음먹어보세요. 해서, 용기를 내세요. 정말로 오랜 습관이 당신을 붙잡아 한 발을 내딛기가 어렵겠지만, 그럼에도 선택하지 않으면 변화는 없는 것입니다. 그러니 선택하세요. 성숙을, 행복을, 다정함을, 사랑을, 빛을, 용서를, 평화를, 진실함을 말입니다.

그렇다면 지금 당신이 마주한 선택의 순간 앞에서, 당신이 낼 답은 무엇입니까.

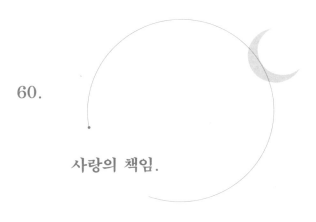

60.

사랑의 책임.

한 사람과 한 사람이 만나 특별함으로 묶인 채 서로를 사랑하는 데에는 정말로 높은 책임감과 성숙한 의식이 요구되어집니다. 왜냐면 특별한 관계 안에는 언제나 우리를 곧장 행복하게 할 수도, 불행하게 할 수도 있는 상호작용의 힘이 함께하고 있기 때문입니다.

그러니까 우리는 오늘 아침에 산책을 하다가 지나친 어떤 사람이 우리를 사랑스럽게 바라보지 않았다는 점에 대해서는 아무런 생각이 없겠지만, 만약 우리가 사랑하고 함께하는 우리의 연인이 우리를 무심하게 바라본다면, 그것 앞에서는 진실로 생각이 많아질 것입니다. 그리고 그것이 바로 특별한 관계 안에 깃든 상호작용의 힘이자 영향력이고, 또한 그것이 바로 우리가 그 관계 안에서 우리 자신의 성숙과 온전함에 대한 책임을 다해야만 하는 이유입니다.

하지만 우리는 너무나도 쉽게 사랑을 말하고, 너무나도 쉽게 특별한 관계 안에 놓여지는 것을 선택하고, 그렇게 우리 자신의 운명을 너무나도 쉽게 내던지고 방치하곤 합니다. 그래서 어떤 누군가와 함께하고 난 뒤의 우리는, 내 온전함과 순수함을 거의 모두 상실할 만큼 훼손되어버린 채가 되기도 합니다. 그래서 지난 시간을 탓하고, 또 그 사람을 원망하기도 하죠.

하지만 진실로 그 모든 것이 나의 선택과 동의하에 이루어진 일이라는 것을 우리는 또한 잊지 말아야 합니다. 우리의 운명을 선택하고 만들어나가는 것은 오직 나 자신이라는 것을 말이죠. 그러니까 당신의 신중하지 못함이, 당신의 온전하지 못함이, 당신의 자존감 없음에서 비롯된 미성숙한 결핍과 외로움이, 그 일이 당신에게 일어나게 한 유일한 원인인 것입니다.

그래서 지금의 당신에게 필요한 것은 탓하고 후회하고 원망하는 것이 아니라, 이 일을 계기로 당신의 성숙을, 당신의 온전함을, 당신의 자존감을 더욱 책임지고자 노력하는 일이 될 것입니다. 그렇게, 당신 자신을 스스로 지켜낼 줄 아는 당신을 만들어나가는 일이 될 것입니다.

그러니 당신에게 주어진 성숙을 완성하는 일 앞에서 결단코 소홀하지 마십시오. 최선을 다해 온전하게 존재하기 위해 노력하십시오. 당신이 성숙한 만큼, 당신은 상대방을 진실하게 사랑하게 될 것이고, 당신이 온전함을 완성한 만큼, 당신은 당신 자신을 지켜내는 사랑을 하게 될 것입니다.

지금 당신이 채 성숙하지 못해 아픈 사랑을 시작했고, 하지만 그럼에도 여전히 감정적인 미련과 결핍 때문에 그 사랑을 저버리지 못하고 있다면, 당신에게는 그 사랑 안에서 더 많이 아프고, 또 그 아픔 안에서 더 많은 것들을 배우며 성장할 것이 오직 요구되어질 것입니다. 하여 마침내 당신의 성숙이 무르익었을 때, 그때야 비로소 당신은 선택하게 될 것입니다.

그러니까 당신이 그 성숙을 완성하기 전에는 누가 뭐라고 해도 당신은 그 사랑을 미화하고, 당신의 아픔을 낭만화하고, 그렇게 그 사랑 안에서 그럼에도 계속해서 당신이 함께해야 할 이유를 찾을 것입니다. 어떠한 결핍이나 외로움, 그 모든 감정적인 잔가지들을 오직 내려놓은 채당신이 진실을 바라볼 수 있기 전까지, 그래서 당신은 그 아픔 안에서 더욱 성숙해야만 하는 것입니다.

사실 당신의 가슴은 그 사랑이 당신을 행복하게 하는지, 불행하게 하는지, 당신을 더욱 피어나게 하는지, 더욱 시들어지게 하는지, 하는 것들에 대해서 이미 너무나도 잘 알고 있는 채일 것입니다. 하지만 그 답을 끝끝내 외면하게 하는 어떠한 감정적인 미련으로 인해 당신은 스스로 아프길 계속해서 선택하고 있는 것일 뿐인 것이죠.

해서 당신이 마침내 진정 당신의 행복을 생각하고, 당신의 온전함과 당신의 성숙을 더욱 생각하고, 하여 당신의 가슴 앞에서 진실하게 되었을 때, 그때야 비로소 당신은 선택할 수 있게 될 것입니다. 아, 이제 이러한 만남은 더 이상 내게 아무런 의미도, 가치도 없는 것 같아, 나를 스스로 아프게만 할 뿐인 시간 낭비일 뿐인 것 같아, 이런 생각이 서서히 강해지다, 나를 위한 확신으로 바뀌게 되는 것이죠.

그러니 지금 아픈 사랑을 하고 있고, 그럼에도 어떻게 해야 할지가 고민이라면, 당신 스스로 명확하게 답을 바라볼 수 있게 되기 전까지 계속 아프십시오. 언젠가 당신이 진실로 그 아픔 앞에서 버틸 수가 없을 만큼이 되었을 때, 그때의 당신은 누가 뭐라고 해도 당신의 행복을 선택하는 데 있어 일말의 고민도, 망설임도 없을 것입니다. 그리고 그 사랑을 끝낸 뒤에야 당신은, 그 사랑을 하는 동안의 아픔을 통해 보다 큰 신중함과 성숙을 얻게 될 것이고, 하여 다음 사랑에는 더욱 나은 기준을 적용하게 될 것입니다.

저라면 저를 자주 아프게 하는 미성숙하고도 온전하지 않은 사람과는 결단코 함께함을 선택하지 않을 것 같습니다. 그럼에도 기다려주고 사랑해주는 것이 진정한 사랑이자 다정함이 아니냐고 묻는다면, 당신이 지금 이미 그 정도의 성숙을 이루어낸 사람이라면 당신은 이미 상처도, 서운함조차도 없이 그를 사랑하고 있을 것입니다.

이미 아프고 서운하다면서, 그럼에도 그것을 감수하는 것이 사랑이라고 말한다면, 그것이야말로 스스로 아프길 선택하는 자신의 모습에 대한 낭만화이며, 또한 사랑을 변명 삼아 자신의 어떤 결핍을 숨긴 채 자신을 좋은 사람으로 포장하고자 하는 정당화일 것입니다.

당신은 그와 특별함으로 묶인 채 함께하지 않으면서도, 또한 여전히 그를 사랑할 수도 있습니다. 그저 텔레비전에 나오는 어떤 한 사람을 예쁘고 사랑스럽게 바라보지만, 그렇다고 해서 그 사람과 특별한 관계에 놓이지는 않는 것처럼 그저 멀리서 그렇게 사랑스럽게 바라볼 수도 있는 것이죠.

그래서 함께하는 것이 사랑의 증명이 될 수는 없는 것입니다. 그래서 우리는 미워하지 않고 사랑하되, 또한 함께하지 않는 것을 선택할 줄도 알아야만 하는 것입니다. 함께하는 것에는 정말로 큰 책임과 의무가 따르는 것이며, 해서 우리는 그것 앞에서 언제나 신중해야 하기 때문입니다. 사실, 함께하며 미워하는 것보다, 함께한 적이 없기에 아무런 아픔과 편견 없이 그저 한 사람의 스쳐 지나가는 사람으로서 사랑하는 것이 더 낫기 때문입니다.

또한 당신은, 마찬가지로 그 사랑 안에서 당신이 상대방에게 주고 있는 영향력에 대해서도 늘 살피며 나아가야만 할 것입니다. 혹시 내가 이 사람을 아프게 하고 있는 것은 아닌지, 이 사람에게 나의 미성숙을 강요하고 있는 것은 아닌지, 내가 이 사람에게 주는 사랑이 이 사람을 진정 행복하게 해주는 사랑이 아니라, 오직 불행하고 아프게만 만들 뿐인 집착이자 이기심은 아닌지, 그러한 것들을 늘 정직하게 살피며 나아가야만 하는 것이죠.

왜냐면 당신이 여전히 미성숙하고 온전하지 않은 사람일 때, 당신은 상대방에게 상처를 주고 상대방을 아프게 할 뿐인 이기심을 사랑이라 스스로 미화한 채 상대방을 마주하게 될 것이고, 그것은 그 사람의 평생에 씻을 수 없는 아픈 트라우마를 남길 만큼 나쁜 영향력을 주는 것이 될 수도 있기 때문입니다.

그래서 우리는 언제나 우리 자신의 영향력에 대해 살펴볼 줄 알아야만 하고, 또 언제나 한 개인으로서 더욱 성숙하고 다정한 사람이 되기 위해 최선의 노력을 다해야만 하는 것이고, 또 하나의 사랑 안에서 둘 모두가 행복할 수 있도록 늘 스스로의 태도를 점검하며 더 나은 태도가 무엇인지에 대해 생각해봐야만 하는 것입니다.

그럴 줄 아는 사람만이 사랑과 함께 성숙하는 사람이며, 성숙하지 않은 채 늘 제자리에 머물러 있는 것은 성숙하기 위해 태어나 존재하고 살아가는 우리 자신의 유일한 의무와 책임, 그리고 삶의 시간을 오직 낭비하는 일이 될 뿐이기 때문입니다.

그래서 사랑은 서로가 서로를 마주하는 것도 중요하지만, 그보다 서로가 함께하며 어떤 방향을 바라보고 있는지, 하여 어떤 곳을 향해 함께 나아가고 있는지, 그것이 더 중요한 것입니다. 둘이서 바라보고 함께 나아가고 있는 곳이 오직 성숙이자 다정함이고, 아름다움일 때, 진실로 그 사랑만이 함께할 만한 가치가 있는 유일한 사랑이기 때문입니다.

그래서 진실로 함께하는 것이 우리에게 의미를 가지는 유일한 순간은, 함께함으로써 우리가 혼자일 때보다 더욱 성숙하고 행복할 때, 바로 그 순간에 찾아오는 것입니다. 내가 혼자일 때보다 이 사람과 함께할 때의 내 모습이 더욱 성숙하고 예쁜 빛과 함께하고 있는 것 같다는 생각이 들 때 말입니다.

사실 혼자일 때보다 둘일 때 더 미성숙한 내가 되고, 또 어둠과 불행과 함께하게 된다면, 그러느니 차라리 혼자인 게 낫지 않겠습니까. 당신이 혼자일 때보다 불행하면서도 기꺼이 그 관계를 유지하고자 하는 것은, 그래서 혼자인 것에 대한 두려움, 불안, 외로움, 결핍, 그러한 것들로 인해서인 것이며, 하지만 진실로 그러한 것들을 초월한 사람에게 있어 함께함이란 그저 자기 자신의 행복을 위한 하나의 오롯한 선택이 될 뿐인 것입니다.

함께해도 좋지만, 함께하지 않아도 좋고, 하지만 함께하며 나눌 수 있는 성숙과 사랑의 의미가 더 크기에 함께함을 선택하는 것일 뿐인 것이죠. 그래서 그 사랑은 혼자일 때보다 더욱 위대하고 예쁜 성숙의 빛과 함께하게 되고, 그렇게 둘은 함께하며 하루를 더해갈수록 서로를 더욱 사랑하게 되는 사랑을 하게 되는 것입니다.

그리고 그 사랑을 가능하게 하는 것이 바로, 둘 모두가 하나의 선한 방향을 향해 나아가고 있을 것, 그리고 그 방향을 향해 서로를 당겨주고 이끌어줄 것, 과 같은 함께하며 더욱 성숙하며 나아가고자 하는 그 지향을 매 순간 가슴에 품은 채 관계를 마주하는 각자의 가슴에 깃든 '성숙을 향한 지향'인 것입니다.

진실로 우리는 함께하며 더욱 성숙한 방향으로 가는 것이 아니라 더욱 미성숙한 방향으로 갈 때가 많으며, 또한 언제나 그러한 관계는, 그러니까 성숙을 향한 지향이 없는 관계는 결국에는 불행과 공허, 상처와 우울, 불안과 결핍, 원망과 증오와 같은 부정적인 감정만을 끝없이 주고받는 악순환만을 반복하다 붕괴와 파멸을 맞이하게 될 수밖에 없기 때문입니다.

그러니 미성숙과 미성숙을 나누며 서로를 아프게 하고 상처 입히고,

그럼에도 그것을 사랑이라 오해하는 오류를 이제는 더 이상 저지르지 마십시오. 사랑에 고통이 있다면, 그것은 사랑이 아니라 집착일 뿐이라는 것을 명심하세요. 진실한 사랑에는 오직 환희와 기쁨, 평화와 다정함, 서로를 향한 신뢰와 지지, 오직 그러한 예쁜 가치만이 함께할 수 있을 뿐이라는 것을요.

그래서 진실한 사랑은, 오직 성숙한 사람들만이 누릴 수 있는 특권이자 온전한 사람들에게만 주어지는 자격인 것입니다. 서로에게 집착하고, 서로를 통제하고, 서로를 이용하고, 서로에게 화내고, 서로를 원망하고, 서로에게서 서로의 결핍을 해소하고자 하고, 그 모든 미성숙에서부터 비롯된 환상 안에, 그러니까 진실한 사랑의 속성이라는 게 어디에 있겠습니까. 진실로 그러한 수준에서 우리가 사랑한다고 말할 때, 우리는 사랑이라는 거룩한 말을 너무나도 쉽고 함부로 하는 것이 될 것입니다.

그러니 오직 함께 성숙을 더욱 완성할 수 있고, 서로의 온전함을 지켜주고 지지할 수 있는 관계만을 추구하십시오. 그 안에서 사랑을 더욱 발견하고 키워가십시오. 또한 서로가 특별함으로 묶이는 것 앞에서는 언제나 최선을 다해 신중하십시오. 그렇게, 당신 자신을 스스로 지켜낼 줄 알 것이며, 하여 성숙하기 위해 태어나 존재하고 있는 당신의 삶을 더 이상 무의미하고 무가치하게 낭비하지 마세요.

또한 동시에, 당신의 사랑이 상대방에게 어떤 의미를 전해주고 있는지를 늘 살피세요. 상대방을 진실로 행복하게 해주고 있는지, 아니면 사랑한다면서 상대방을 아프게만 하고 있을 뿐인지를요. 하여 당신의 사랑이 상대방의 마음에 전해주는 의미가 오직 기쁨이자, 행복이자, 아름다움일 수 있게, 당신 자신의 성숙에 대해서도 최선을 다해 책임을 지고자 하세요. 그렇게, 빛나는 당신이 되어 예쁜 빛이 나는 사랑을 하세요.

그렇다면 당신은 지금 사랑을 하고 있는 것입니까, 아니면 그저 누군가와 함께만 하고 있을 뿐입니까. 그리고 당신과 당신의 연인은, 함께함이라는 특별함으로 묶여지기에 서로가 충분히 성숙한 사람이며 온전한 사람이 맞습니까. 무엇보다 지금 당신은 그 관계 안에서 행복하십니까. 그리고 무엇보다 지금 당신은, 상대방을 진정 행복하게 해주고 있습니까.

61.

선택으로부터의 인격.

　우리는 언제나 매 순간 우리가 마주한 선택들로부터 우리 자신의 본질을 더욱 강화시키게 됩니다. 그러니까 여태 내가 해왔던 모든 선택들이 모여 지금의 나라는 사람의 인격을 만들었듯, 앞으로도 계속해서 그럴 것이라는 것입니다. 그래서 지금 이 순간은 언제나 변화의 선물이자, 계기이자, 기회가 됩니다.

　그러니 당신이 변하고 싶은 어떠한 모습이 있다면, 이제는 다른 것을 선택하십시오. 당신이 오래도록 선택하지 않은 것은 서서히 약해지다 당신의 곁에서 사라질 것이고, 당신이 앞으로 꾸준히 선택하게 될 무엇인가는 점차 당신에게서 우세한 하나의 태도이자 습관이 되어갈 것입니다.

　그러니까 분노를 계속해서 선택해온 사람은 더 쉽게, 더 자주 분노하게 될 것이지만, 그 분노의 속삭임과 유혹 앞에서 이제는 한 번 참은 채 다정할 것을 선택하고, 그 다정함을 몇 번 더 반복하여 나아가는 사람에게는 분노가 오직 약해진 채 서서히 다정함이 더욱 우세한 태도가 되어가는 것입니다.

그렇다면 당신이 간절히 바라고 원하는 당신의 미래는 무엇입니까. 아마도 행복한 사람이 되고 싶을 것이고, 많은 사람들에게 존경받는 사람이 되고 싶을 것이고, 그 어떤 상황 앞에서도 흔들림 없이 다정할 줄 아는 진정한 자존감을 소유한 사람이고 싶을 것입니다. 그렇다면 이제는 당신이 되고자 하는 것을 선택하고, 당신이 결코 바라지 않는 것들은 기꺼이 포기한 채 내려놓으세요.

지금 이 순간의 선택이 무엇인가는 약화시킬 것이고, 또 무엇인가는 더욱 강화시킬 것입니다. 그리고 그것을 꾸준히 이어나갈 때, 그 자체가 당신의 습관이자 인격이 되어 굳어질 것입니다. 그렇다면 지금 이 순간 당신이 마주하고 있는 문제 앞에서 당신이 내릴 선택은 무엇입니까?

그 선택이 우울이라면, 그것은 계속해서 더 큰 우울함을 낳을 것이고, 나태함이라면, 계속해서 더 큰 나태함을 낳을 것입니다. 그리고 그 것을 꾸준하게 오래도록 반복할수록, 그것을 어떻게 하기에 그것의 에너지는 너무나도 거대해진 채일 것입니다. 그래서 오직 지금 이 순간만이 그것을 극복하고 이겨낼 수 있는 유일한 기회이자 선물인 것입니다.

그러니 더 이상 우울하고 싶지 않다면, 이제는 자기 연민에 빠진 채 그 자기 연민을 전시하고, 그렇게 스스로 우울함에 탐닉하기보다, 오직 미소 지은 채 그럼에도 불구하고 나를 포함한 모든 생명체를 향해 더욱 다정하겠다고 결심하세요. 그렇게, 사랑으로부터 치유받으세요. 나태하고 싶지 않다면, 이제는 그저 부지런히 무엇인가를 하십시오. 오늘 해내면, 내일은 해내기가 더 쉬워질 것입니다. 반대로 오늘 해내지 못하면, 내일은 해내기가 더 어려워질 것입니다.

그러니 해내는 내가 되십시오. 그렇게 하루하루 더욱 좋은 사람이 되고, 또 하루를 더욱 아름답게 보낼 때, 나 또한 멋진 사람이 될 수 있다는 그 기쁨과 행복이 그 자체의 보상이 되어줄 것입니다.

우울함의 대가로 더 큰 우울함과 불행을 얻었고, 나태함의 대가로 더 큰 나태함과 무기력을 얻었고, 그렇게 더욱 왜소한 내가 되었고, 분노의 대가로 더 큰 분노와 사람들의 원망을 받게 되었고, 하지만 오늘부터는 다른 것입니다. 그렇게 오늘이 쌓이고 쌓여 만들어진 새로운 나는 오직 행복한 채 사람들에게 존경받고 있을 뿐일 것입니다.

그러니 지금 이 순간 해내십시오. 그리고 그것이 당신의 습관이 될 수 있게 꾸준히 해내십시오. 지금 해내면, 1초 뒤의 지금에는 해내는 것이 더욱 쉬워져 있을 것이며, 하여 금방이면 당신은 보다 나은 사람, 다정한 사람, 행복한 사람이 되어있을 것입니다.

그렇다면 당신의 미래를 결정지을 수 있는 오직 유일한 순간인 지금 앞에서, 당신이 내릴 선택은 무엇입니까.

62.

원망의 논리성.

그 어떤 타당하고 논리적인 이유를 가지고 있는 듯해 보이는 원망도 전혀 논리적이지가 않은 것은, 그것이 우리에게 찾아온 시점 자체가 이미 뜬금없다는 사실 때문입니다. 그건 정말로 우리가 그저 어떤 일을 하고 있던 도중에 갑자기 하나의 이미지 형태로 우리에게 찾아와 노크를 하는 식인 것이죠.

해서 우리가 뜬금없이 찾아온 그 이미지를 포착하고, 하여 그 이미지에 속아 그것과 하나가 된 채로 꼬리에 꼬리를 무는 원망을 더하는 식으로 그 이미지에 담긴 원망의 양 자체를 스스로 부풀려나갈 때, 그때야 비로소 그것은 하나의 미움으로 완성되어 이 세상에 탄생하게 되는 것입니다.

해서 원망의 유일한 창조자는 바로 우리 자신이지, 우리의 외부가 결코 아닙니다. 그래서 만약 우리가, 우리 자신이 하루를 마주하는 어떤 시점에 전혀 논리를 갖추지 않은 채 뜬금없는 찰나의 순간에 우리에게 찾아오는 그 원망을 그 순간 바라보고 내려놓을 수 있다면, 그 원망은 에너지를 잃은 채 서서히 소멸해나갈 것입니다.

하루에 수십 번, 수백 번씩 찾아오곤 하던 원망의 빈도가 그렇게 줄어들기 시작할 것이고, 그렇게 마지막의 마지막 순간까지 그 원망의 유혹 앞에서 우리가 속지 않는 것을 선택할 때, 그 원망은 비로소 완전히 우리의 마음 안에서 사라지게 될 것입니다. 그리고 그것이 바로 원망으로부터 자유로울 수 있는 오직 유일한 방법입니다.

우리는 우리의 마음 안에 있는 원망의 양만큼만 누군가를 원망할 수 있고, 해서 원망이 여전히 정화되지 않은 채 우리의 마음 안에 있을 때 우리는 어떻게 해서든 누구 한 사람을 짚어서 그 사람을 원망하게 될 것입니다. 그렇다면 지금 당신 자신의 마음 안에 있는 원망 그 자체로 인해 당신의 하루에 수십 번씩 떠오르곤 하는 원망의 대상은 누구입니까.

당신은 그 대상이 당신의 마음 안에서 떠오르자마자 꼬리에 꼬리를 무는 원망의 논리를 더해가며 그 원망을 스스로 확장시키며 그 사람을 더욱 미워해 왔을 것입니다. 하지만 당신이 이제는 진정 당신의 행복을 원한다면 앞으로는 그 사람이 당신의 마음 안에서 떠오르는 그 찰나의 순간에 그 즉시 내려놓으십시오.

더 이상 당신이 그 사람에 대한 원망을 곱씹지 않을 때, 그것은 몇 초 이내에 당신의 마음 안에서 사라지게 될 것입니다. 그러니 그저 무관심하게, 초연하게 그것을 지켜보고 바라보세요. 그것에 집중하거나 골몰하지는 않은 채 말입니다. 당신이 그렇게 할 때, 당신은 당신의 마음 안에 있는 100의 원망 중 1을 정화하는 일에 성공한 것입니다.

하지만 여전히 99의 원망이 남아있기에 당신에겐 또다시 그 사람에 대한 생각이 하루 중 아주 뜬금없는 시점에 찾아올 것인데, 그때도 당신은 그 유혹에서부터 오직 내려놓는 것을 선택하십시오. 그렇게 한 번씩 내려놓는 것입니다. 하여 당신이 마침내 100을 내려놓는 데 성공한다면, 이제 당신은 원망을 하고 싶어도 원망을 더 이상 할 수가 없을 만큼 원망 자체로부터 완전한 자유를 얻게 된 채일 것입니다.

그러니 잊지 마세요. 당신이 누군가를 원망할 때, 사실 그건 당신이 원망하는 것이 아니라 원망 자체가 원망하는 것이며, 하여 그때의 당신은 원망의 노예가 된 채 자유 없는 삶을 살아가고 있을 뿐이라는 것을요. 그래서 당신에게 필요한 유일한 노력은, 이제는 당신 감정의 온전한 주인이 되어 당신의 주권을 스스로 회복하고 되찾기 위해 오직 최선을 다하는 것이라는 것을요.

그래서 당신의 마음 안에 원망이 여전히 정화되지 않은 채 남아있다면, 지금 현재 원망하고 있는 사람이 아니더라도 당신은 결국 어떤 한 사람을 찾아서 원망하게 될 것입니다. 그렇게 대상을 바꿔가며, 논리를 바꿔가며, 계속해서 원망은 원망할 거리를 찾아서 당신에게 가져다줄 것입니다. 그래서 원망을 극복하는 유일한 방법은, 당신의 마음 안에서 원망 자체를 완전히 정화하고 소멸시키는 방법밖에 없는 것입니다.

그래서 당신이 지금 원망하고 있는 그 사람은 사실 당신이 감사해야 할 선물인 것입니다. 왜냐면 그 사람을 통해 당신은 당신의 마음 안에 있는 정화되지 않은 원망을 발견할 수 있게 된 것이며, 하여 그 발견으로부터 원망을 정화해 당신의 행복을 보다 단단하게 완성할 수 있게 된 것이기 때문입니다.

그러니 당신에게 평화와 자유를 선물해주기 위해 찾아온 그 사람에게 오직 감사하십시오. 그로부터 당신의 원망을 완전히 해체함으로써 원망으로부터의 완전한 구원을 얻으십시오.

그 사람을 통해서 당신이 원망을 내려놓는 데 성공한다면, 이제 당신은 다른 사람을 향해서도 당신 자신의 원망을 투사할 필요가 전혀 없게 될 것입니다. 그러니 원망을 완전히 해소하고 정화하는 일에 기필코 성공하세요. 하여 진정한 자유와 평화를 꼭 되찾아내세요. 오직 당신 자신의 진정한 행복을 위해서 말입니다.

당신은 당신에게 찾아오는 모든 원망이 그 어떤 논리도, 타당성도 지니고 있지 않은 오류이자 환상일 뿐이라 단정해도 좋습니다. 그러니 더 이상은 원망을 정당화하고 합리화하지 마십시오. 당신이 진정 모든 원망을 내려놓았을 때, 그때야말로 당신의 생각이 진정한 논리와 타당성을 얻게 되는 유일한 순간일 것입니다.

그러니까 원망으로부터의 생각과 선택이 아니라, 당신 자신의 온전함으로부터의 생각과 선택이 보다 합리적이고 높은 지혜와 함께할 거라는 것은 너무나도 당연한 것이지 않겠습니까.

해서 당신이 원망의 노예 상태에서 벗어나 이제는 당신 자신의 진정한 주인이 될 때, 이제 당신은 원망하기 때문에 누군가와 함께할지 하지 않을지를 선택하는 것이 아니라, 그러니까 원망으로부터 어떠한 선택을 강요받는 것이 아니라, 오직 당신 자신의 행복을 위해서 그저 선택하는 사람이 될 것입니다. 싫고 미워서가 아니라, 그저 내게 더욱 편하고 좋은 것을 바라보고 선택할 뿐인 것이죠.

그러니까 진실로 이러한 선택의 방식이 보다 더 논리적이고 타당한, 지혜로운 삶의 태도가 아니겠습니까.

그렇다면 당신은 지금 당신 자신에게 찾아온 원망의 유혹에 속아 얼마나 자주 누군가를 원망하고 있으며, 또 그 원망 자체를 얼마나 자주 스스로 곱씹고 있습니까. 하여 얼마나 자주 그 원망의 크기를 스스로 부풀려가고 있습니까. 그렇다면 단 한 번이라도, 그러한 식의 원망을 통해 그 원망이 작아진 적이 있습니까. 원망을 해소하기 위해 원망하고 미워하고 있는 당신이겠지만, 그 잘못된 믿음과 오류의 결과로 더 큰 원망만을 얻게 됐을 뿐인 당신인 것은 아닙니까. 그렇다면 얼마나 더 아프고, 또 얼마나 더 속아야 깨닫겠습니까.

그러니까 당신 자신을 위한 당신의 선택은 무엇입니까.

63.

원망의 근원.

　당신이 어떠한 일을 겪었는지는 알지 못하지만, 제가 아는 단 한 가지는 그것이 얼마나 큰일이든 작은 일이든 그런 것에 관계없이 당신이 행복하기 위해서는 그것을 오직 내려놓아야 한다는 것입니다. 당신이 그것을 내려놓지 못할 때, 그것으로 인해 가장 불행할 사람이 당신이지만, 당신이 그것을 내려놓을 때, 그것으로 인해 가장 행복할 사람 또한 당신이기 때문입니다.

　그렇다면 당신에게 있어 내려놓지 않을 이유는 단 하나도 없는 것이지만, 내려놓을 이유는 오직 많은 것입니다. 그러니 그럼에도 불구하고 기꺼이 내려놓으십시오. 당신이 누군가를 원망할 때, 그것은 사실 당신 자신을 원망하는 것입니다. 왜냐면 그 원망이 일어나는 장소, 그 근원이 바로 당신의 마음 안이기 때문입니다.

　해서 당신이 원망할 때, 당신은 당신의 마음 안에 그 원망을 지닌 채 오직 스스로의 몸과 마음을 아프게 하고 있는 것입니다. 하지만 당신이 원망하고 있는 그 사람은 여전히 잘 먹고, 잘 자고, 그런대로 잘 살아가고 있을 것입니다. 해서 당신 자신만 그 원망을 밤새 곱씹느라 잠도 제대로 자지 못한 채 우울하고 불행한 하루들을 보내고 있을 뿐인 것이죠.

그러니 원망함으로써 그 사람에게 복수를 하고자 하는 그 결코 충족될 수 없는 환상에서부터 이제는 벗어나시길 바랍니다. 늘 곱씹으며 이렇게 되어야 한다, 저렇게 되어야 한다는 가상의 현실을 만들고 편집하는 식의 부질없는 행동으로부터 이제는 오직 스스로를 구원하시길 바랍니다.

내려놓으면 당신이 행복한 것이고, 내려놓지 못하면 당신이 불행한 것입니다. 누군가를 향한 원망은, 결국 나 자신의 마음 안에 그 원망을 담아뒀다는 이유로 인해 나 자신만을 아프게 할 수 있을 뿐인, 나 자신을 향한 원망이나 다름이 없는 것이기 때문입니다. 그래서 원망의 가장 큰 피해자는 바로 나 자신이고, 용서와 내려놓음의 가장 큰 수혜자 또한 바로 나 자신인 것입니다.

그렇다면 당신 자신의 진실한 행복을 위한, 당신의 선택은 무엇입니까.

64.

자기 연민.

　진정한 행복에는 여운이 없습니다. 그러니까 근데 아직은, 이라고 하는, 행복 앞에서 저항하고자 하는 그 모든 자기 연민으로부터의 여운이 더 이상은 존재하지 않는 것입니다. 나는 잘 지내, 근데 아직은, 이런 식의 여운이 진실로 더 이상은 남아있지가 않은 것이죠.

　사실 많은 사람들이 자기 자신이 아프고 힘든 사람이라고 하는 것에 스스로 계속해서 탐닉하고, 또한 사람들에게 그 불행을 전시함으로써 어떤 미묘한 우쭐함을 얻고, 그래서 충분히 지나갈 수 있는 아픔을 계속해서 스스로 붙잡은 채 여전히 아파하고 있는 경우가 많이 있습니다. 스스로를 가련한 피해자, 불운한 운명의 주인공으로 만들어놓은 채 계속해서 자신의 불행을 낭만화하고, 그곳에서부터 묘한 단물을 짜내며 살아가는 것이죠.

　그래서 둘 모두가 이런 사람일 때는 둘 중 누가 더 불쌍한 사람인지에 대한 논쟁이 벌어지기도 합니다. 그렇다면 가장 불쌍하고 불운하고 불행한 사람이 이기는 이 논쟁의 승부란, 정말로 어떤 가치와 의미를 지닌 것이라고 할 수 있을까요. 그것이 우리의 삶에 있어 소중한 의의를 지니는 점이, 진실로 단 한 가지라도 있을까요.

그래서 한 사람은 그런데, 한 사람은 진정 자기 연민을 초월한 사람이라면, 자기 연민을 초월한 사람은 한두 번 정도는 자기 연민에 취한 사람을 향해 정말 안타까운 사람이구나, 하고 동정심을 가진 채 그의 이야기를 들어주고 위로해주겠지만, 그 관계가 장기적으로 지속될 때는 어느새 그 또한 자신의 에너지가 고갈되고 있음을 느끼게 되어 끝내 그 사람을 피하게 될 것입니다.

왜냐면 그러한 식의 존재 방식은, 끝없이 타인에게서 동정심을 갈취함으로써 자신의 에너지를 채우고자 하는, 그러니까 스스로가 온전하지 못해 남의 에너지를 빼앗아 생존하고자 하는 식의 자존감 없는 존재의 방식이기 때문입니다. 그래서 계속해서 스스로를 불쌍하다고 여기는 가난한 사람은 결국 더욱 가난하고 외로운 환경에 처해질 수밖에 없는 것이고, 사실 그 모든 것은 스스로가 자처한 일인 것이죠.

한두 번이 아니라, 같은 이야기를 매번 만날 때마다 몇 시간씩 엄청난 부정성의 기운과 함께 이야기하는 사람의 곁에, 과연 어떤 사람이 기꺼이 그와 함께하고자 하겠습니까. 어떤 위로를 해줘도, 힘을 내고 이겨내고자 하기는커녕 더욱 심하게 자기 연민에 탐닉할 뿐인 사람들일 텐데 말입니다.

그래서 관계를 온전하고 예쁘게 유지시키기 위해서 우리에게는 내가 불쌍하다는 식의 가련한 피해자 역할을 자처한 채 값싼 동정심으로 상대방이 자신을 불쌍하게 여겨서 곁에 있어주길 바라는 헛된 환상의 추구가 아니라, 오직 내가 먼저 사랑받을 만한, 온전하고 자존감 있는 사람이 되는 것이 유일하게 요구되어지는 것입니다. 내가 존경받고 사랑받을 만한 사람이 되면, 우리는 존경받고 사랑받을 것입니다. 정말 그렇지 않나요?

그러니 지금 이 순간 오롯하세요. 온전히 행복하세요. 당신이 불쌍한 사람이 되어서 당신에게 좋은 것이 정녕 하나라도 있습니까. 그 불운한 운명의 가련한 주인공이 됨으로써 가질 수 있는 그 보잘것없는 보상을 진실한 행복이라는 보상과 맞바꾸길 선택하는 것이, 그러니까 당신에게 좋은 것이 정녕 하나라도 있겠습니까.

그러니 이제는 탓하고 원망하는 태도에서부터 벗어나 그저 나 자신의 위대한 면으로 세상을 바라보고 살아가세요. 언제나 잘못이 있어야 하고, 원망할 사람이 있어야 하고, 탓할 사람이 있어야만 하는 이 왜소한 세계 안에 계속해서 스스로 머무르고자 탐닉하는 대신에, 그러니까 이제는 그 모든 미련을 기꺼이, 그리고 오직 접어둔 채로 앞을 향해 나아가는 것입니다.

진정 자기 연민을 초월한 사람들은, 그래서 빛이 나는 사람들입니다. 깔끔하고 세련된 존재의 방식과 함께 언제나 예쁘고 온화한 미소를 지은 채 긍정적인 태도로 삶을 마주하기 때문입니다. 그래서 이들은 자신을 불쌍하다고 여기지 않습니다. 그저 더욱 노력하며 최선을 다해 나아갈 뿐입니다. 그 긍정적인 에너지에 이끌려 많은 사람들이 또한 이들과 함께하고자 하고, 해서 외로움과 결핍이 존재할 틈이 없어 이제는 완전히 사라진 채인 것이죠.

그러니까 이들은 누군가를 탓하기보다, 사실 모든 일이 나 자신의 선택과 동의 없이는 일어나지 않았음을 진정 알고 있기에 그 안에서 오직 책임지고 배우며, 그렇게 성숙하며 나아갈 뿐입니다. 그래서 이들은 남의 에너지를 빼앗기보다, 에너지를 채워주는 사람이고, 그것 하나만으로 이미 사람들을 행복하게 해주는 사람일 텐데, 그렇다면 이보다 더 큰 사랑이자 봉사가 또한 어디에 있겠습니다.

해서 이들은, 자신의 존재 자체의 근원으로써 사람들에게 봉사하는 사람이 됩니다. 이들의 따뜻하고, 너그럽고, 다정한 존재의 방식이 함께하는 사람들을 또한 자연스럽게 더욱 행복한 사람으로 만들어주고, 하여 그들이 더욱 긍정적으로 세상을 마주하고 살아갈 수 있도록 이끌어주는 것이죠.

그러니 이제는 타인에게서 동정심을 갈취하며 그들과 나 자신 모두를 불행하게 만드는 사람이 아니라, 나로 인해 나 자신을 포함한 모든 사람들이 더욱 행복해질 수 있게 존재해 보는 것이 어떻겠습니까. 그렇게 더욱 위대하고도 풍요로운 현실을 마주하며, 더욱 행복한 하루하루들을 맞이해보는 것이 어떻겠습니까.

그러기 위해, 이제는 스스로를 불쌍하게 여기는 그 값싼 자기 연민에 더 이상 미련을 가지지 마십시오. 이래서 나는 불쌍해, 이래서 나는 피해자야, 그렇게 말하고 생각할 시간에 그저 행복하게 존재하십시오. 더욱 나아갈 수 있고, 더욱 성숙할 수 있으며, 해서 더 많은 것을 성취하기에도 아까운 지금 이 순간이라는 것을 잊지 마세요.

하지만 당신이 여전히 그 자기 연민 안에 고착화되어있을 때, 그때의 당신은 진실로 단 한 걸음도 나아가지 못한 채 오직 그 구렁텅이 안에서 끝없이 불행과 함께 머물러야 한다는 것도 결코 잊지 마세요. 그렇다면 그것이야말로 그 자체로 지옥이 아니겠습니까.

그러니 오직 천국을 향해 나아가세요. 그저 지금 이 순간 행복하고, 잘 지내세요. 근데 아직은, 혹은 하지만, 과 같은 여운이 떠오르는 그 즉시 내려놓아버리세요. 그렇게, 나 자신에게 내가 줄 수 있는 가장 최고의 선물인 행복과 평화, 천국을 나에게 스스로 선물해주세요.

당신이 그토록이나 얽매이고 집착하고 있는 그 모든 것들은 사실 과거의 그림자일 뿐입니다. 그리고 당신에게는 오직 현재를 잘 살아감으로써 더욱 예쁘고 찬란한 미래를 맞이할 유일한 책임이 있는 것입니다. 하여 나 자신을 행복한 사람으로 만들어줄 유일한 의무가 있는 것입니다. 그러니 그 책임과 의무 앞에서 다른 모든 사소한 삶의 미련들은 기꺼이 떠나보내세요. 그저 지금 이 순간, 이 자리에서 행복하세요.

그게 당신을 진정 행복하게 해줄 것인데, 그렇다면 당신에게 있어 당신 자신을 스스로 불행하고 불쌍한 사람으로 여길 이유가 더 이상은 어디에 있겠습니까. 그렇게, 나 자신에게 불행과 빈곤의 지옥을 스스로 가져다준 채 오직 스스로 아파할 이유가, 그러니까 더 이상은 어디에 있겠습니까. 지금 이 순간 오직 행복하길 선택할 수 있는데 그 행복을 스스로 선택하지 않은 채 불행 앞에서 여전히 망설일 이유가, 그러니까 진실로 어디에 있겠습니까.

그렇다면 자기 연민과 온전함, 지옥과 천국, 불행과 행복, 그것들 중 지금 이 순간 당신 자신을 위한 당신의 선택은 무엇입니까.

65.

성숙과 죄책감.

우리가 성숙하고자 하는 마음 앞에서 때로 저항하는 것은 스스로 죄책감에 탐닉하기 위해서일 때가 많습니다. 왜냐면 당신이 성숙하고자 할 때, 그것을 가로막는 것은 오직 당신 자신밖에 없기 때문입니다. 그래서 어제와 같이 오늘도 분노하고, 어제와 같이 오늘도 나태하고, 어제와 같이 오늘도 누군가를 미워하고, 어제와 같이 오늘도 우울함에 빠져 보내고, 그러길 스스로 선택해놓고는 그랬으면 안 되었는데, 하는 죄책감에 빠져 매일을 보내게 되는 것입니다.

그러니까 그건, 당신이 더 멋진 사람이 되기 위해 오늘부터는 독서를 해야겠다고 마음먹었다고 했을 때, 당신은 당신 자신과의 그 약속을 스스로 어긴 채 이런 바보 같은 자식! 하면서 스스로를 비난하며 죄책감에 빠지는 것과 같은 것입니다. 그렇다면 여기서 당신이 당신 자신과 한 약속을 어기게 한 사람은 누구입니까.

바로 당신입니다. 그러니 이제는 더욱 나 자신의 내면에 대해 책임을 지는 사람이 되세요. 그러니까 독서를 하고자 한다면, 그저 독서를 하세요. 하겠다고 마음먹어 놓고는 그것을 하지 않은 채 죄책감에 탐닉하기보다 말이죠. 결국 그건 스스로 죄책감을 느끼기 위해 자신의 의지를 스스로 무너뜨리고 저버리는 오류가 될 뿐, 진실로 그 이외에 다른 이유가 없는 것입니다.

그래서 자기 자신의 내면에 대해 스스로 책임을 질 줄 아는 사람은, 이제 죄책감에서부터 더욱 자유를 얻기 시작하고, 해서 보다 온전한 마음과 함께 보다 큰 행복과 평화를 누리며 하루를 마주하게 됩니다. 내 마음의 진정한 주인이 되어 하루를 오롯이 마주하고 살아가게 되는 것이죠.

그러니까 모든 것이 사실 내부적인 것입니다. 하지만 우리는 때로 오직 외부에 우리 자신의 모든 힘을 넘겨둔 채로 모든 것은 외부 탓이야! 그러니까 내 잘못은 없어! 라고 말하길 좋아하곤 하죠.

그렇다면 밖에서 굶주리고 있는 고양이를 보고는 그냥 지나치지 못해 편의점에 들러 고양이 밥을 사주게 하는 그 마음이 일어나는 원인은 어디에 있는 것입니까. 밖에서 굶주리고 있는 고양이를 조롱하며 겁주며 위협하게 하는 그 마음이 일어나는 원인은 어디에 있는 것입니까.

정확히 당신의 마음 안입니다. 해서 우리가 보다 우리 자신의 내면에 대해 책임을 지는 사람이 될 때, 우리는 더 이상 외부를 탓하지 않게 됩니다. 나를 화나게 한 원인은 바로 나 자신에게 있기 때문입니다. 내가 자기 연민에 빠지도록 내버려 둔 원인 또한 나 자신에게 있기 때문입니다. 나 자신을 원망의 구렁텅이에 빠뜨려 둔 원인 또한 오직 나 자신에게 있는 것이기 때문입니다.

그러니 이제는 더욱 성숙한 내면을 지님으로써, 자연스럽게 세상에 당신의 성숙을 내비치는 사람이 되세요. 내 내면에서부터 일어난 모든 일들을 스스로 책임지고 싶지가 않기에 매사에 변명하고 정당화하고, 그래놓고는 죄책감에 탐닉한 채 괴로워하는 대신에 말입니다.

해서 비로소 우리가 성숙하며 나아가기 시작할 때, 우리는 정말로 그저 더욱 따뜻한 사람이 되기 시작합니다. 자기중심적인 이기심에서 부터 벗어나, 이제 타인의 마음을 더욱 바라보게 되며, 하여 내가 소중하듯 그들의 삶 또한 소중함을 진정 받아들이고 존중할 수 있게 되는 것이죠.

사람뿐만이 아니라 모든 생명에 대해 그러한 따스함은 스스로 커지고 증폭되는 경향이 있습니다. 해서 이제는 더 이상 밖에서 굶주리고 있는 고양이를 향해 폭력적이지 않은 사람이 됩니다. 그렇게 하고 싶어도, 그렇게 할 수가 없는 사람이 됩니다.

왜냐면 내가, 그리고 내 삶이 소중하듯, 이제 나는 고양이의 삶 또한 충분히 존중하기 때문입니다. 해서 이제는 고양이가 안타깝게 보이기 시작합니다. 그래서 마음속으로라도 고양이가 부디 행복하길 기도하는 사람이 됩니다. 마음속으로 불결해! 라고 외치던 미성숙의 상태에 있던 것과는 정반대로 말이죠.

그리고 그 내면의 변화가, 우리가 우리 자신의 내면에 더욱 책임을 지며 성숙하며 나아가는 그 모든 과정 자체의 보상이 되는 것입니다. 정말로 그보다 큰 보상은 이 세상 어디에도 없습니다. 외부적인 것이 우리에게 가져다주는 아주 잠깐의 한계 있는 기쁨이 아니라, 내면의 성숙에서부터 오는 기쁨은 영구적인 우리 자신의 소유가 되는 기쁨이기 때문입니다.

그러니까 무수히 많은 물질은 여전히 우리를 채워주지 못해 곧이어 우리를 공허하게 만들지만, 하여 그 모든 것이 일시적이지만, 내면의 변화에서부터 우리에게 찾아오는 보상은 그 무엇과도 비교하지 못할 만큼의 행복이자, 또한 영구적인 기쁨인 것이죠. 그리고 그 보상의 이름은 바로 나를 영원히 온전하고 완전하게 지켜주는 자존감과 성숙이라는 이름의 보상인 것입니다.

어제는 결코 사랑하지 못할 거라고 여겼던 사람을 오늘은 사랑스럽게 바라볼 수 있게 되는 것, 어제는 지옥 같은 원망에 하루 종일 탐닉하며 나 스스로를 아프게 했는데 오늘은 그 모든 것들을 용서한 채 오직 자유롭게 내게 주어진 하루에 충실하게 되는 것, 그러니까 이보다 더 큰 선물이자 행복이 되어주는 보상이 이 세상 어디에 또 있겠습니까.

해서 성숙을 향해 한 발을 내디딘 사람은, 자동적으로 매 순간을 성숙하기 위해 더욱 노력하고자 하는 의도가 마음 안에서부터 샘솟기 시작합니다. 왜냐면 그때 느꼈던 그 행복감을 우리는 결코 잊지 못하기 때문입니다. 그것만이 진정한 행복이었다는 것을, 그것을 느껴본 사람은 알기 때문입니다.

해서 그때는 매 삶의 순간을 진실로 성숙하고자 하는 데 바치게 되는 순간이 서서히 우리에게 찾아오기 시작합니다. 그것이 바로 우리가 정한 방향이자, 우리 자신이 선택한 우리의 운명이 되는 것이죠. 내가 성숙을 향해 나아가고, 성숙 또한 나를 강렬하게 끌어당기기 시작하고, 그렇게 되는 것입니다. 그렇게 우리는, 우리 자신의 삶을 오직 그 성숙을 위해 전념하게 되고, 하여 우리의 하루는 그 자체로 예배이자 기도가 되기 시작합니다.

그리고 또한 우리의 하루는 이 세상을 향한 아름다운 봉사가 되기 시작하는데, 그건 우리가 성숙한 의식을 지닌 사람이 될수록 우리는 사람들의 행복을 그 자체로 더욱 고취시켜주고 지지해주는 사람이 되기 때문입니다. 진실로 내 마음 안에 다정함과 사랑, 온전함이 가득할 때, 나는 그 존재의 방식 자체만으로 내가 함께할 모든 사람과 생명체를 더욱 행복하게 해주는 사람으로서 존재하게 될 것이고, 그러니까 그건 너무나도 자명한 사실인 것이죠.

그러니 지금 이 순간, 당신의 내면에 대해 전적인 책임을 지는 사람이 되세요. 모든 것이 당신의 선택이자, 모든 것이 당신 내면의 결과입니다. 당신 자신을 제외하고 당신에게 그러한 감정을 느끼라고 강요하는 사람은 결단코 어디에도 없습니다. 그 누구도, 그 어떤 외부도 그러한 것을 당신에게 강요할 수조차 없습니다.

성숙하지 말라고 당신을 막아서는 사람도, 당신이 마음먹은 의지와 당신 자신과의 약속을 스스로 저버리라고 당신을 몰아세우는 사람도, 그렇게 영원히 당신에게 그 자리에서 늘 자신을 저버린 죄책감과 함께 하라고 당신을 무너뜨리는 이도 당신 바깥에는 전혀 존재하지 않는 것입니다. 존재할 수조차 없는 것입니다.

그러니까 오직 당신 자신만이 당신의 마음에 대해 선택하고 책임질 수 있으며, 하여 당신 자신만이 당신 자신을 위하지 않거나, 위할 수 있는 것입니다.

그러니까 당신을 행복하게 하고 불행하게 만들 수 있는 오직 유일한 사람이 바로 당신 자신이며, 하여 당신이 진실로 당신 자신을 위한 성숙을 선택할 때 당신은 죄책감으로부터 영원한 자유를 얻게 될 것이고, 하지만 그럼에도 여전히 제자리에 머무른 채 내면의 책임을 외면하고 죄책감과 함께하길 스스로 선택할 때 당신은 영원한 죄책감의 감옥 안에서 오직 불행하게 살아가게 될 것입니다.

그렇다면 당신 자신의 선택의 결과로 당신의 마음에 임한 그 행복이 바로 그 자체의 천국이고, 당신 자신의 선택의 결과로 당신의 마음에 임한 그 불행이 바로 그 자체의 지옥이 아니겠습니까. 그렇다면 당신의 선택은 성숙입니까, 아니면 성숙을 뒤로한 죄책감으로의 끝없는 탐닉입니까. 그러니까 천국과 지옥 중 당신의 선택은 무엇입니까.

66.

다정함 한정판의 법칙.

　사실 제가 모두에게 다정할 거라고 생각하지만, 제 다정함은 한정판입니다. 저는 진실로 온전함에서부터 멀리 벗어난 마음이 느껴지는 사람, 사적인 이득만을 위해 저에게 찾아온 사람과는 대화를 하고자 하지 않는데, 그들과는 어떤 말을 해도 진실함이 닿을 수 없고, 또 어떤 말을 주고받아도 꼬리에 꼬리를 무는 식의 편견과 공격과 방어, 이득을 위한 이용과 거짓, 그 인색함만을 느낄 수 있을 뿐이기 때문입니다.

　한마디 말로 그들은 악의적이고, 이기적이고, 그러니까 저는 마음에 악의와 자신의 이득만을 위한 이기심을 품고 있는 사람들과는 애초에 대화 자체를 하지 않습니다. 왜냐면 그들에게 있어 유일한 관심사는 '진실' 자체가 아니라, 자신의 악의와 욕망에 탐닉하는 것, 그 '거짓'에 있을 뿐이기 때문입니다.

　그래서 저는 그들의 온전하지 않음에 반응조차 하지 않습니다. 제가 반응하는 순간 그들은 저를 붙들고 늘어질 것이 분명하기 때문입니다. 그래서 저에게 있어 그건 진실로 어떠한 가치도, 의미도 없는 시간과 감정의 낭비에 불과한 일입니다.

때로 저와의 인터뷰를 하고자 하는 학생들이 있을 때 저는 흔쾌히 인터뷰에 응하며 맛있는 밥과 커피까지 대접을 해왔습니다. 복지 기관에서의 강연이 있을 때는 강연비 일체를 거절한 채 받지 않고 또한 제가 그것에 드는 모든 비용을 부담했었죠. 그리고 그 시간 내내 저는 제가 할 수 있는 한 최대한으로 다정하게 존재하고자 노력했습니다.

그리고 그건 진실로 제가 그러고 싶어서 그런 것이기에, 저는 누군가에게 자랑을 하거나 생색을 낸 적도 없습니다. 제가 그럴 수 있음에, 그건 그 자체로 저에게 기쁨이자 만족이 되는 일이었기 때문입니다. 비를 필요로 하는 모든 생명에게 비가 그 어떠한 대가도 바라지 않고 내리듯, 저에게도 그건 어떠한 대가나 보상이 필요하지 않은, 그 자체로 충족되고 완성되어지는 일이었기 때문입니다.

하지만 저는 기업의 강연, 혹은 행사, 광고에 참여한 적은 없습니다. 그들은 저를 통해 사적인 이득을 추구하는 사람들이며, 저에게는 그러한 사적인 이득을 위해 무엇인가를 할 만큼 시간이 많지 않기 때문입니다. 사적인 재미를 추구하지 않기에, 그러한 사적인 재미에 탐닉하는 시간이 아까워 친구도 잘 만나지 않는 저이기 때문입니다.

제가 제 하루를 온전히 지켜내면, 많은 사람들에게 힘과 응원이 되어주고, 또 어떤 한 사람의 생명도 살릴 수 있지만, 제가 그러한 사적인 재미, 만남을 추구할 때, 저는 오직 저 자신의 이득만을 추구할 수 있을 뿐이며, 또한 그 이득이라는 것도 오직 공허함만이 있을 뿐인 사랑과 빛이 부재한 일시적인 가짜 만족감에 불과한 것이라는 것을 저는 너무나도 분명하게 알고 있기 때문입니다.

누가 들어도 유명한 사람들과 함께 광고를 찍는 것, 유명한 기업의 제품 광고를 하는 것, 강연을 하는 것, 행사를 하는 것, 또 엄청난 수익을 보장하는 글쓰기 강의를 촬영하고 그 강의를 판매하는 것, 그것은 진실로 저에게는 제안만 들었을 뿐인데도 벌써부터 제 시간의 압박이 느껴질 만큼 가치가 없는 일로 느껴질 뿐이었습니다.

제가 가치 있다고 여기는 일을 멈추고, 수많은 돈을 위해 그 일을 한다면, 그래서 사실 제가 지금 쌓아가고 있는 이 모든 하루의 노력은 가치가 있었던 적조차 없는 것입니다.

그러니까 제 말은, 무엇인가를 결정하는 기준은 사적인 이득, 마음에 있는 것이 아니라, 그보다 높은 온정성과 진실에 정렬되어있어야만 하는 것이고, 그래서 우리가 그러한 사적인 마음과 진실 사이의 갈등 앞에서 망설임이 없을 때, 그때야 비로소 우리의 마음 안에는 진정한 평화의 빛이 함께하기 시작한다는 말입니다.

제가 정말로 아끼고 좋아하는 제품이 있다면, 그리고 정말로 유용해서 사랑하는 제품이 있다면, 그래서 그것을 기업과 함께 잘 광고해보는 것은 온전할 것입니다. 속이는 사람도, 속는 사람도 없는, 모두가 진정한 만족감을 누릴 수 있는 온전함이 그곳에는 함께할 것이기 때문입니다. 하지만 그것이 아닌데 나와 타인들을 속이면서까지 돈을 추구하는 것은, 사실 우리의 성숙과 진정한 행복에 기여하는 바가 전혀 없을 것입니다.

어쨌든 저는, 애초에 저를 통해 이득을 보기 위해 찾아온 사람에게는 대체로 차가운 편입니다. 겉보기에 포장된 따뜻한 말로 광고를 요청하는 업체도 많지만, 그 내부를 들여다보면 그건 결국 이용과 이용이 있을 뿐인 차가움이고, 그래서 그들은 사람들의 순진함을 그런 식으로 이용하고자 하는 온전하지 않은 사람들이기 때문입니다. 그래서 가장 중요한 것은, 그 기업의 온정성과 그 기업이 추구하는 가치에 있는 것입니다.

저에게 제가 직접 구매해서 읽은 척, 책 리뷰를 요청하는 출판사들도 있었지만, 그들이 돈을 얼마나 주든 저는 제가 독자들과 소통하는 소중한 공간을 그런 식으로 물들이고 싶지 않았기에 일말의 망설임도 없이 그러한 제안들을 거절해왔습니다. 저의 독자들이 저의 글을 아껴주는 소중한 마음을 그런 식으로라도 이용해서 악착같이 돈을 버는 것이, 그러니까 저에게 어떤 의미와 가치를 지닌 일이 될 수가 있겠습니까.

그리고 애초에 이미 거짓을 통해 이득을 보고자 하는 그들과 더 이상 주고받을 말이 존재하지도 않습니다. 하지만 세상에는 그런 식으로라도 돈을 벌고자 애를 쓰는 사람들이 많이 있죠. 수요가 있고, 공급이 있는 것입니다.

하지만 사실 그것을 하는 단 몇 분조차도 저에게는 가치와 의미가 없을 것이고, 그러한 것을 주고받는 대화조차도 저에겐 에너지 소모가 너무 큰 일일 것이기에 저는 애초에 그러한 것들을 거절하는 편입니다.

만약 저에게 그것을 할 에너지가 있다면, 저는 저의 가족들과 시간을 보내거나, 독자들과 만남의 시간을 가질 것입니다. 제가 저와 독자분들이 마음과 마음으로써 소통하는 공간에 그러한 식의 광고를 절대로 하지 않는 이유가 바로 그것입니다.

저는 정말 단 한 번도 다른 업체에서 스폰을 받은 광고를 올린 적이 없습니다. 제가 정말로 좋아해서 자발적으로 추천해주고 싶은 책을, 음악을, 그리고 소품들을 올린 적은 있어도, 돈을 받고 써보지도 않은 무엇인가를 써본 척, 좋아하는 척 올린다는 건 그래서 저로서는 이해가 되지 않는 수준입니다.

그렇다면 그러한 것을 요구하고, 그렇게 저의 독자들을 속임으로써 둘 모두가 이득을 보자고 제안하는 사람들에게, 제가 그럼에도 최선을 다해 다정해야 할 이유가 있을까요? 제가 다정할수록 그들은 끝없이 저를 물고 늘어질 뿐일 텐데 말입니다.

그러니까 저는 진실로 제 다정함이 다정함으로 닿지 않는 곳에서는 결단코 다정하지 않은 편입니다. 다정할수록 이용당하거나 더욱 훼손될 뿐인 사람, 장소, 관계, 그런 것들이 이 세상에는 분명히 존재하기 때문입니다. 애초에 그들은 자신의 이득을 위해 저에게 다정한 척하고 있을 뿐인, 사실은 다정하지 않은 사람들이기 때문입니다.

그러니 그것을 구분할 줄 아세요. 그것을 구분하지 못하는 찰나의 순진함이, 당신의 온전함을 오래도록 훼손할 것이고, 하여 당신은 이제 고민이 많은 사람이 될 것입니다. 다정해도 되는 걸까? 하는 고민 말입니다. 그러니까 그것을 구분하지 못해 이용당하고 상처받은 적이 많은 사람들에게는 이제 다정하고자 하는 그 예쁜 마음을 가지는 것조차도 힘든 일이 되는 것입니다.

내가 다정하면, 나는 잡아먹히고 말 거야! 라는 두려운 생각이 들 테니까요. 또 내가 진실로 다정하면, 더 이상 사람들을 속이면서 이득을 추구하지 못하게 될 거야, 라는 불안한 생각이 들 테니까요. 진실로 타인의 순수함을 이용하고, 또 타인의 온전함을 훼손하는 것들을 그저 돈을 위해서 할 수 있는 상태란, 그렇다면 얼마나 가치가 없으며 보잘것없는 수준이겠습니까. 그래서 진실로 그들은 위대함이 없어 나약하고, 진실한 행복이 없어 불행한, 불쌍한 사람들입니다.

힘과 힘만이 작용하는 어떠한 세계에서는 정말로 다정함은 그저 한 끼 식사에 불과한 나약함이 될 뿐일 것입니다. 이득을 위해 속이고, 또 기득권을 위해 조종하고, 자신의 이기적 편의를 위해 통제하고 억누르고, 끝없이 그렇게 아무렇지도 않게 힘만을 주고받을 뿐인 세계 안에서는 말이죠. 그래서 그 세계에서는 믿은 사람이 잘못인 것입니다. 구매자

위험 부담의 원칙이 적용되는 것이죠.

그러니 오직 다정한 그룹에 속하십시오. 다정함이 다정함으로 닿고, 다정함에 다정함으로 보답하는 그 예쁜 공간에서 예쁜 마음들을 주고받으세요. 그때는 진실로 당신의 다정함이 지켜질 것입니다. 그러니까 그러한 그룹에 속하는 것, 그렇지 못한 그룹, 관계를 피하는 것, 그것은 당신이 당신 자신을 스스로 지키는 태도이며, 하여 그것은 당신 자신에 대한 스스로의 다정인 것입니다.

그러니 당신 자신에게 다정하세요. 당신 자신을 스스로 저버리는 선택을 스스로 하지 마세요. 만약 당신이 어쩔 수 없이 일적으로 누군가와 함께하게 되었다면, 그때는 공과 사를 구분하세요.

그곳에서 그 둘이 가질 수 있는 최대한의 다정함은, 공과 사를 철저히 해서 서로의 마음을 지켜주는 것입니다. 받을 건 받고, 줄 건 주고, 그것을 가장 정확하고 엄중하게 하는 것, 그것이 그러한 관계 안에서 우리가 할 수 있는 최대한의 다정함입니다.

그 이상으로 다정하다면, 글쎄요, 저는 잘 모르겠습니다. 그렇게 공과 사를 구분한 채 함께하다 보니 서로가 서로에게 더 다정해도 충분히 안전하다는 걸 알게 되었다면, 그것은 좋은 선택이 될 수도 있을 것 같습니다.

어쨌든 제 말은, 당신이 누군가의 악의나, 사적인 마음, 온전하지 않음, 힘의 강요성, 그러한 것에 대고 그럼에도 다정하고자 할 때, 그건 당신 스스로를 다치게 하고, 당신의 온전함을 훼손시킬 뿐인 순진함에 불과하다는 말입니다.

그래서 제 다정함은 한정판입니다. 저는 저 자신을 지켜낼 것이고, 해서 제가 오래도록 다정한 사람일 수 있게 제가 상처받을 만한 관계, 일들을 미연에 방지할 것이기 때문입니다. 굳이 순진했다가, 오래도록 원망과 함께하며 다정함 자체를 두려워하고 피하게 될 만큼 저를 추락시킬 필요는 없는 거니까요.

　사실 그건 진실로 저의 소중한 시간과 감정을 스스로 낭비하는 일에 불과할 것입니다. 왜냐면 제가 악의적인 사람에게 어떤 말을 한들, 그들은 악의적이기 때문일 것이고, 해서 그건 제가 그들에게 쏟은 제 시간과 감정, 또 그들로부터 돌아오는 악의에 소모되는 제 시간과 감정, 그것을 오직 낭비하는 일이 될 수 있을 뿐이기 때문입니다. 그래서 저는 제가 그들을 구원할 수 있다고 믿는 오만함으로부터 저 자신을 구원하고자 하는 편입니다.

　그리고 이득과 이득과의 만남 앞에서도 들어갈 시간과 감정이 너무나도 많습니다. 왜냐면 그때는 최대한 자신의 이득을 지키기 위해 서로는 서로의 간을 끝없이 보며 조건을 조율할 것이기 때문입니다.

　그저 처음부터 진실하게 말하고, 처음부터 적절하게 말하면 될 것을, 그러지 못해 언제나 더 큰 욕심을 부리고, 그런 식으로 더 큰 이득을 볼 수 있다는 가능성을 고려하는 것이죠. 그래서 여기서는 한쪽이 이득을 더 보면, 한쪽은 이득을 덜 보는 것이 될 텐데, 그렇다면 그러한 관계가 도대체 무슨 의미가 있겠습니까.

　힘과 힘은 말할 것도 없습니다. 그들은 저의 다정한 눈빛을 불편해할 것이고, 저는 그들의 호전적인 태도를 불편해할 것입니다. 그럼에도 제가 그들에게 다정하고자 하면, 너 왜 자꾸 쳐다보냐, 내가 만만하냐, 하고 그들로부터 한 대 맞을지도 모르는 일이죠. 그렇다면 저에게 있어 굳이 그들과 함께할 이유가 있겠습니까. 그들은 제가 그들에게 굽신거리고 아첨하기만을 바랄 텐데 말이죠.

　그러니까 누군가가 굴복해야 승리했다고 여기고, 누군가가 복종해야 저 사람이 나를 존중하고 사랑하고 있구나, 하고 여기는 이 수준 안에서 함께함을 선택하는 것만큼, 자신의 시간과 감정을 스스로 낭비하는 일이 진실로 또 어디에 있겠습니까.

또 자신의 이득이 상대방으로 인해 충족되었을 때만 상대방을 좋은 사람이라고 여기고, 그렇지 않을 때는 그저 미워하고 원망하는 식의 진실함 없는 욕망만이 있을 뿐인 관계 안에서 그럼에도 함께하는 것을 선택하는 것만큼, 자신의 시간과 감정을 스스로 낭비하는 일이 또 어디에 있겠습니까.

그렇다면 당신의 선택은 무엇입니까. 순진함입니까, 아니면 당신 자신을 스스로 지켜낼 줄 아는, 스스로에 대한 다정함을 포함하는 진실한 다정함입니까. 사적인 이득을 위해 자신의 진실함을 저버리는 이기심입니까, 아니면 그보다 높고 위대한 뜻을 위해 사적인 이득을 내려놓을 줄 아는 절대적 진실함입니까. 그러니까 당신은, 당신 스스로 그러한 이기심과 힘의 관계, 그 모든 다정하지 않음으로부터 당신 자신을 지켜낼 줄 알 만큼 온전하고도 진실한 사람이 맞습니까.

67.

분노로부터의 자유.

　　우리가 할 수 있는 가장 성숙한 비판은 아무런 부정적인 감정도 느끼지 않는 것입니다. 왜냐면 당신이 누군가를 비난하고자 할 때, 이미 당신의 마음 안에는 증오와 분노가 함께하고 있을 것이고, 해서 그건 그 자체로 온전하지 않은 것이기 때문입니다.

　　예수님께서도 그들의 무고함, 무지함을 바라보라고 하셨고, 부처님께서도 그들 스스로의 선택으로 무엇보다 그들 자신이 불행할 것이기에 그것에 더하여 판단을 얹지 말라고 하셨습니다. 그리고 크리슈나께서도 그들은 그저 그렇게 살도록 내버려두고 나는 오직 꿋꿋이 내 갈 길을 가라고 하셨습니다. 그것이 진정한 지혜라고 했습니다.

　　그래서 사실 온전한 사람들은 누군가에게 어떠한 일이 있었을 때, 굳이 그 사람을 보태어 깎아내리지 않습니다. 마음 안에 그러고자 하는 의도 자체가 없습니다.

그래서 앞장서서 누군가를 비난하는 것은, 용감하다고 할 만은 하지만, 그렇다고 해서 그게 진실하거나 지혜로운 것은 아닌 것입니다. 그리고 사실 그 비난하고자 하는 욕구 자체를 내려놓는 일이 더욱 어려우며 위대한 일인 것입니다.

화나고 미운데, 그것을 더욱 부추겨 폭발적으로 누군가에게 분노를 쏟는 것보다, 그 분노에 대한 책임을 안에서부터 느끼고, 하여 내 마음이 아프지 않게 보살피는 것은 더욱 본능을 다스리는 인내심을 요구하는 일이기 때문입니다.

그러니 마음에 안 드는 사람이 있으면 그저 관심을 끊으세요. 그렇게, 당신 자신을 분노로부터 지켜내세요. 그리고 당신은, 그저 당신의 소중한 길을 평화와 함께 꿋꿋이 걸어가세요. 또한 우리의 마음 안에 있는 분노의 양만큼, 정확히 그만큼만 우리는 분노할 수 있다는 것을 잊지 마세요. 하여 그 분노의 환상에서부터 이제는 벗어나길 선택하세요.

당신이 당신의 마음 안에 더 많은 분노를 지니고 있는 사람일수록, 그래서 당신은 더욱 자주, 그리고 더 크게 분노할 수밖에 없을 것입니다. 하여 당신이 분노를 당신의 내부에서부터 다스리지 못하면, 결국 당신은 상처를 주고 상처를 받는 식으로, 당신 자신을 포함한 당신 주변의 모든 사람들을 불행하게 하는 사람이 되고야 말 것입니다. 그게 분노가 작용하는 방식입니다.

하지만 당신이 그저 스쳐 지나갈 때, 적어도 당신은 당신 자신을 지켜낼 것입니다. 어차피 당신이 분노하지 않아도 그 사람에게 실제적인 책임이 있다면 이미 많은 사람들이 그 사람을 향해 분노하고 있을 텐데, 그렇다면 뭣하러 거기에 당신의 분노까지 보태겠습니까. 그러니까 그렇게 존재하고 있는 것 자체가 이미 불행한 것인데, 그 불행에 분노를 퍼부으며 당신까지도 불행해질 이유가 도대체 무엇이겠습니까.

그러니 당신 자신을 분노로부터 지켜내세요. 당신이 평온할 때, 당신의 하루는 오직 평화로울 것입니다. 그래서 모든 분노는 전적으로 나의 선택이며, 해서 무엇 때문에 화가 난다, 라고 말하는 것은 사실 엄밀하게 말해서 모두가 정당화고 합리화인 것입니다. 지고의 높은 관점에서 그것에 있어 크고 작고는 없습니다.

하지만 그럼에도 당신이 완전히는 아니라더라도 당신의 마음 안에서 분노를 일부분이라도 내려놓을 때, 이제 더 이상 당신은 누군가를 향해 분노를 폭발시키지는 않을 것입니다. 그때의 분노는 그저 이런 건 좀 서운하다, 정도가 될 것이고, 그래서 사실 그건 사랑스럽고 귀엽다고 말할 수 있을 정도일 것입니다.

제가 당신에게 화를 내며 물건을 부수며 폭력을 휘두르는 것과 제가 당신에게 이건 좀 서운했어, 하고 소심하게 말하는 것의 차이는 진실로 당신의 마음에 닿기에 하늘과 땅 차이일 것이기 때문입니다.

그래서 당신이 분노로부터 더욱 자유로워졌을 때, 이제 당신은 그 분노를 외부 세계를 향해 투사할 필요가 더 이상은 없게 될 것입니다. 해서 당신의 판단은 더욱 객관성을 갖추게 될 것입니다. 그러니까 이건 이거다, 라고 이제 당신은 그저 말할 수 있게 되는 것이죠. 더 이상 이건 이거여야 하는데! 하면서 씩씩거리지 않아도 되는 것입니다. 비가 오는 날에는 비가 오고 있는 것일 뿐입니다. 그래서 비가 오는 것에 대해 화를 내는 것은 그저 비라는 날씨를 변명 삼아 당신의 미성숙을 표출하는 일이 되는 것일 뿐인 것이죠.

해서 그때의 당신이 하게 될 판단은 이제 진실한 판단이 될 것입니다. 누가 무엇인가를 했다면, 누가 무엇인가를 한 것만이 진실입니다. 그래서 그가 밉고 증오스럽다는 것은, 그저 당신의 내면 상태를 반영하는 주관성일 뿐인 것입니다. A가 B를 했다는 건 사실이지만, A가 B를 해서 너무 화가 나서 죽여버리고 싶다는 건 그래서 절대적 진실이 아니라 당신 자신만의 주관적이고 개인적인 감정일 뿐인 것입니다.

그러니 오직 진실 자체를 위해 당신의 마음을 헌신하고 바치는 하루를 보내보세요. 당신의 낡은 관점들, 당신 마음 안에 있는 다양한 부정성의 투사, 그러한 것이 없을 때 당신의 세계가 얼마나 맑고도 행복해질지를 상상하며, 그렇게 나아가보세요. 이제 더 이상 화내지 않아도 됩니다. 그것만으로도 당신의 세계가 얼마나 가볍고 자유로워지겠습니까.

왜 누군가에게 잘못이 있어야만 하고, 탓할 사람이 있어야만 하고, 원망할 사람이 있어야만 하고, 우리의 세계는 항상 그래야만 하는 것일까요. 그저 실수가 있었고, 하여 더욱 바로잡은 채 나아갈 필요가 있다는 것만이 우리에게 남아있는 유일한 진실이 되면 안 되는 것일까요. 나의 잘못이 되지 않기 위해서는 다른 누군가에게 잘못을 전가해야만 하고, 그러니까 그러한 식의 정당화와 합리화가 그래서 당신의 행복과 성숙에 기여하는 바가 도대체 무엇입니까.

그러니 이제는 나의 외부에 대해 나의 내면에서부터 책임을 지는 사람이 되세요. 당신이 아름다운 사람일 때, 비로소 당신의 외부 또한 아름다워지는 것입니다. 그래서 어리석은 사람은 끝없이 자신의 외부를 바꾸고자 하지만, 진정 지혜로운 사람은 외부를 바라보는 자신의 시선을 바꿈으로써 그것을 통해 자신의 온전성과 아름다움을 되찾고, 그렇게 진정 그 모든 외부에 대한 자신의 아름답지 못한 관점을 초월하고자 할 뿐입니다.

그렇다면 얼마나 더 분노하며 사람들을 아프게 하고 상처 줘야, 또 당신 자신을 얼마나 더 두려움에 떨게 하고 불행하게 해야 그것에서부터 벗어나시겠습니까. 기꺼이 그렇게 하겠다고 마음먹으시겠습니까.

그러니 그저 사랑스러운 사람이 되세요. 그렇게까지 분노하며 화낼 때 당신은 상대방의 마음을 잃게 될 것이지만, 당신이 오직 사랑스러울 만큼 아주 작게 서운해할 뿐일 때, 그때는 상대방이 당신을 더욱 사랑할 것입니다. 그것을 잊지 마세요.

그러니 지금 이 순간부터 더 이상은 분노하지 마세요. 적당히 토라지고, 적당히 서운해하는 법을 배우세요. 당신은 이제 더 이상 어린아이가 아닙니다. 더 이상 화내고, 떼쓰고, 분노하고, 그런 식으로 당신이 원하는 어떠한 것을 성취하고자 하는 나이는 이미 오래전에 지났습니다.

그렇다면 지금 당신이 마주하고 있는 분노 앞에서, 당신이 내릴 결정은 무엇입니까.

68.

불완전의 완전함.

　지금 그 자리에서부터 배우십시오. 그곳에서부터 시작하십시오. 당신이 지금 천사처럼 완전한 내면의 성숙을 이루지 못한 채로 존재하고 있는 것에 대해서 실망하거나 죄책감을 가지지 마십시오. 왜냐면 우리 모두가 성숙하기 위해 이곳에 태어났고, 해서 성숙하지 못한 지금의 상태는 그 어떠한 문제도 없이 있는 그대로 완전한 것이기 때문입니다.

　모두가 성숙을 향해 나아가고 있으며, 해서 모두가 미성숙하고 불완전한 곳에서부터 시작하고 있을 뿐입니다. 그래서 그것이 또한 완벽하고, 완전하며, 하여 있는 그대로 아름다운 이유입니다.

　그리고 우리가 우리 자신의 내면의 미성숙에 대해 보다 관대하고, 또한 그것에 대해 정직할 줄만 안다면 우리는 금방이면 더욱 나은 상태에 닿을 수 있습니다. 그러니 지금 당신의 위치에서부터 시작하면 됩니다. 그저 당신의 지금 그 모습 그대로를 인정하고, 또한 정직하게 관찰하고, 그렇게 새로운 방향을 정한 뒤 천천히 나아가면 되는 것입니다.

중요한 건 결국 정직함입니다. 저에게도 결핍과 함께했었던 시간들이 참 많습니다. 밤마다 찾아오는 공허함을 어찌할 줄 몰라 결핍된 채로 방황하기도 했었고, 저의 위치에 취해 거래처나 출판사에게 오만하게 굴었던 적도 많았습니다. 대우받길 바랐고, 해서 대우를 받지 못하면 씩씩거리기도 했었죠. 회사를 처음 운영하며, 헛된 자존심에, 출판사와 함께할 때보다 내가 직접 할 때 더 잘 돼야 한다는 그 부질없는 자존심을 지키기 위해 적자를 본 적도 있었죠.

그저 존경받을 만한 내면을 지닌 사람이 되면 자연스럽게 찾아올 존경이라는 것을 알지 못한 채 존경을 그런 식으로 강요하고, 해서 사람들에게 실망을 준 적도 참 많았을 거라고 생각합니다. 자존심을 지키는 것보다 중요한 건 내면의 온전함과 진정한 자존감, 그것에서부터의 겸손함이라는 것을 알지 못한 채 그렇게 외부적인 시선을 위해 나를 스스로 위험에 빠지게 하고, 하여 회사가 무너질 뻔도 했다고 저는 생각합니다.

그렇게 더 많이, 더 많이를 외치며 물질에 탐닉하기도 했고, 수많은 불안함과 우울함에 오랜 시간 불면증을 앓기도 했습니다. 누군가를 미워하기도 했고, 그 용서를 완성하지 못해 오랜 시간 홀로 앓았던 적도 참 많습니다. 머릿속이 산만해져 단 몇 분의 온전한 침묵조차도 불가능해질 만큼, 세상에 깊게 탐닉하는 시간을 보내기도 했습니다. 여전히 모든 것을 있는 그대로 예쁘게 바라보지 못해 어떠한 외모적인 기준을 두고 그것을 예쁜 것이라 판단한 채 넋 놓고 바라볼 때도 있습니다.

하지만 그럼에도 제가 나아가지 못했던 것은, 제 상태에 대한 변명과 자기 합리화 때문이었습니다. 그러니까 저는 정직하지 못했기에 그곳에서 오래도록 머물러 있어야만 했던 것입니다. 내가 겸손하지 못하다는 걸 인정하지 않았고, 내가 내 마음을 다스리는 것을 뒷전으로 둔 채 오직 외부 세계에 탐닉하고 있다는 것을 당연시했고, 그래서 저는 그 끝없는 합리화와 변명으로 인해 나아갈 마음조차 먹을 수 없었던 것입니다. 그리고 제가 마침내 그 모든 것을 정직하게 인정하게 되었을 때, 그때가 되어서야 저는 비로소 한 발을 내디딜 수 있었습니다.

그 정직한 관찰과 인정 이후의 제 목표는 그 모든 결핍을 넘어선 있는 그대로의 세계를 바라보는 것이 되었고, 그래서 저는 그것에 도움이 되는 명상집들을 지난 몇 년간 하루도 빠짐없이 꾸준히 읽으며 실천하기 위해 노력하고 있습니다. 그래서 실제적으로 많은 부분이 좋아졌고, 또 어떤 부분은 완전해졌습니다. 그래서 그 모든 시련과 불행했던, 미성숙했던 제 지난날들은 사실은 나를 더욱 완전케 하기 위해 나를 찾아온 선물이었다는 것을 저는 알게 되었습니다.

그러니 자신의 어떠한 부분을 그저 인정하고, 그것을 개선시키기 위한 마음으로 하루를 보내보세요. 그저 정직하게 인정하는 것만으로도 우리는 이미 한 발을 내딛기 시작합니다. 왜냐면 이제 스스로의 어떤 부분을 채워야 하고, 또 현재 나의 어떤 부분이 부족한지 우리는 스스로 정확히 인지하고 있는 채일 것이기 때문입니다. 그래서 개선하지 않는 것이 이제는 불편해서 자동적으로 성숙을 향해 나아갈 수밖에 없게 되는 것입니다.

우리 모두가 이미 완전했다면, 아마 우리는 이곳에 태어나지도 않았을 것입니다. 해서 모두에게 시작점이 있고, 그렇게, 그곳에서부터 조금씩 나아가면 되는 것입니다. 이를테면 분노를 하던 내가, 이제는 분노하지 않아도 된다는 것, 그래서 그것이 이 모든 노력 자체의 보상인 것입니다. 그리고 그 보상은 바깥의 그 어떠한 것과도 비교할 수 없을 만큼의 가치와 의미를 지닌 것이기에, 우리가 일단 그 진정한 만족감을 내면에서 느끼기만 하면 우리는 자동적으로 내면의 성숙에 더욱 관심을 기울이게 되는 경향이 있습니다. 그러니까 이제는 성숙하는 기쁨을 진정 알게 되었기에, 그 기쁨을 또다시 느끼기 위해서라도 우리는 더욱 성숙을 추구하며 나아가게 되는 것이죠.

작년의 나보다 올해의 나, 내년의 내가 이루어낼 성숙이 벌써부터 기대가 된다면, 그것만으로도 당신은 이미 행복한 것입니다. 왜냐면 많은 사람들이 성숙에는 진실로 관심이 많이 없기 때문입니다. 그래서 내면의 성숙에 관심을 가지고 있는 것만으로도 이미 당신은 앞서 나아가고 있는 것입니다. 정말로 이 세상에서 성숙이란 지루하고 하품이 나올 만한 가치로 여겨지고 있기 때문입니다.

그러니 지금 당신의 있는 그대로를 인정하고 받아들이세요. 정직하게 그것에 대해 수긍하는 것에서부터 시작하세요. 당신이 당신의 결점을 있는 그대로 바라보고 인정하게 되었을 때, 당신은 이제 당신 자신에게 떳떳하기 위해서라도 그것을 서서히 개선해나가게 될 것입니다.

어제는 고민 없이 그렇게 하던 내가, 오늘은 고민이 많아지는 것입니다. 진짜 이게 맞는 걸까? 하는 고민 말입니다. 해서 당신은 고민 없이 부정적이던 어제에서, 고민 없이 긍정적일 수 있는 성숙을 완성하기 위한 오늘로 나아가게 됩니다. 그리고 그것만으로 충분합니다. 그 성숙을 마음에 품은 채, 그저 당신의 일상을 어제와 같이 살아가면 됩니다.

그러니 똑같이 일을 하고, 똑같이 친구를 만나고, 똑같이 연애를 하세요. 달라져야 할 외부는 없습니다. 그저 그 모든 것 안에 이제는 당신의 성숙하고자 하는 의도가 함께할 것이기에, 당신은 더욱 풍족하게 당신의 외부를 누리게 될 뿐입니다. 그렇게 서서히, 더욱 자유롭고 행복한 당신이 되어가는 것입니다. 외부에 탐닉하고, 외부에 집착하던 어제의 나에서, 외부의 편의를 그저 누리고 즐길 줄 아는 오늘의 내가 되어가는 것이죠.

많은 돈은 그것에 집착할 때가 아니라, 그 편의에 감사함으로써 그것을 진정 누릴 때 비로소 진정한 가치가 있는 것입니다. 정말로 더 이상의 돈이 더 필요가 없을 만큼의 부자들이, 오히려 더 많은 돈을 원하며 그것에 집착하고 있다는 사실에서부터 우리는 그것을 배울 수 있습니다.

그러니 만족하는 법을 배우세요. 감사하는 법을 배우세요. 그렇게 그 모든 편의를 진정 누릴 줄 아세요. 열심히 일하고, 부지런히 성취하고, 해서 그 모든 노력의 보상으로 얻은 외부를 당신이 여전히 누리지 못한다면, 그러니까 그것이 다 무슨 소용이겠습니까.

그러니 성숙하며 나아감으로써, 더욱 외부를 누리는 사람이 되어보세요. 당신이 더 이상 많이 집착하지 않고, 분노하지 않고, 미워하지 않을 때, 그때 당신의 하루가 얼마나 행복해져 있을지를 상상해보세요. 그 미래를 사랑스럽게 그려보세요. 그러고는 오늘은 어제보다 조금 더 내게 주어진 성숙을 완성하며 나아가는 것입니다.

모두에게 지금 주어진 과제가 다르겠지만, 이제 당신은 당신의 과제를 정확히 인지한 채일 것입니다. 왜냐면 당신은 당신 자신의 단점과 결점, 미성숙한 부분에 대해 진실하게 바라보고 인정했기 때문입니다. 그러니 그 정직한 바라봄에서부터 시작하면 됩니다. 그렇게 나아가면 됩니다.

그러니까 당신의 지금 미성숙에 잘못된 것은 아무것도 없습니다. 하지만 그 미성숙 앞에서 단 한 발도 내딛지 않은 채 성숙을 향해 나아가지 않는 것은 당신의 삶에 대한 당신 자신의 책임감 없는 행동이 될 것입니다. 그것은 당신이 이곳에 태어나 살아가고 존재하는 목적과 이유 자체를 스스로 저버리는 일이기 때문입니다. 그러니 지금 그곳에서부터 시작하세요.

그렇다면 지금 당신 자신을 불행하게 하고, 또 당신에게 죄책감을 가져다주는, 혹은 당신 스스로가 인지하고 있는 당신의 미성숙과 불완전은 무엇입니까. 그러니까 당신의 성숙을 위해 찾아온, 당신을 더욱 완전케 하기 위해 찾아온 이 삶의 선물은 무엇입니까.

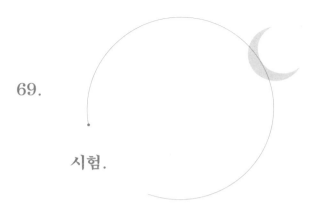

69.

시험.

　당신 자신을 스스로 시험에 빠지게 하지 마세요. 그러니까 온전하지 않은 영역 안에, 당신 스스로를 놔두는 실수를 저지르지 마세요. 당신이 순진할 때, 당신은 그럼에도 다정함과 사랑으로써 온전하지 않은 사람들과 함께하고자 할 테지만, 당신의 성숙이 진정 완전하고도 무르익은 채가 아니라면 그때의 당신은 끝내 당신 자신의 온전함마저도 상실한 채 추락하게 될 것입니다.

　저는 대학교에서 사회복지학과를 전공했는데, 그때 저와 함께 학교를 다닌 친구들은 대부분 온전했다고 저는 생각합니다. 우리는 협력해야 하는 일이 있을 때는 어떠한 강요나 제재 없이도 자발적으로 서로가 서로를 도왔고, 또한 언제나 서로의 마음이 상하지 않게 다정하게 서로를 위했기 때문입니다. 그래서 우리는 서로를 향해 방어적이 되거나 힘을 쓸 필요가 없었습니다. 언제나 먼저 서로가 서로를 신뢰했고,

하여 서로가 먼저 서로를 향해 마음을 연 채 다정하고자 노력했기 때문입니다.

하지만 제가 1학년을 마치고 군대에 가게 되었을 때, 그때의 저는 대학교를 함께 다녔던 친구들과는 정반대의 사람들과 함께하게 되었습니다. 선임은 후임을 때리고 욕했고, 자신의 후임에게 새로운 후임이 들어왔을 때 그가 그 후임에게 다정하게 군다면 그것 또한 잘못된 것이라며 때리고 욕했죠. 선임을 향해 미소를 짓는 순간 후임들은 군기가 빠졌다며 하루 종일 폭행과 폭언에 시달려야만 했습니다.

그러니까 이곳에서는 다정한 것이 잘하고 있는 것이 아니라 잘못된 것으로 여겨졌고, 해서 더욱 폭력적이고 강압적인 행동을 해야만 잘하고 있다고 여겨질 수 있었죠.

그래서 제가 하고 싶은 말은, 당신이 다정하지 않은 그룹에 있을 때, 그때는 그럼에도 다정하고자 하는 당신의 노력들이 오직 나약하고 잘못된 것으로 치부될 수 있을 뿐이라는 것입니다. 군대와 같이 어쩔 수 없이 강요된 상황이 아니라면, 당신이 굳이 스스로 그것을 선택할 필요는 없는 것입니다.

왜냐면 그들은 끝없이 당신을 또한 온전하지 않음으로 추락시키기 위해 노력할 것이고, 그래서 당신은 정말로 다정한 것이 옳은 것일까? 하는 고민에 휩싸이게 될 것이고, 하여 무수히 많은 시험에 빠지게 될 것이기 때문입니다.

그러니 고민 없이 다정해도 되는 다정한 그룹 안에 속하세요. 오직 그 안에서 더욱 다정하고자 노력하고, 그렇게 더욱 예쁜 성숙을 완성하며 나아가세요. 그러니까 순진하지 마세요. 온전하지 않음을 거절하는 것 앞에서 순진한 죄책감을 가지지 마세요.

당신이 만약 집이 없는 강도에게 그럼에도 다정하겠다고 그를 당신의 집에서 재워주겠다고 마음먹는다면, 그건 당신 자신을 스스로 지키지 않는 것을 선택하는, 당신 자신에게 다정하지 않은 행동이 될 수 있을 뿐일 것입니다. 그러니까 그건 당신 자신을 스스로 저버리길 스스로 선택하는 순진한 행동이 될 뿐인 것입니다. 정말로 그들이 어떠한 계기를 통해 스스로 변하지 않는 이상, 그들은 여전히 그 수준 안에서 살아가고 있을 것이기 때문입니다.

그래서 당신이 하루아침에 그들을 변화시킬 수 있을 거라 믿는다면, 그건 진실로 순진한 오만이 될 것입니다. 그렇다면 그것이 스스로를 시험에 빠지게 하는 것이 아니라면 무엇이겠습니까.

당신에게는 당신 자신을 굳이 스스로 시험에 빠지게 하지 않더라도, 이미 많은 시험이 주어져 있는 채일 것입니다. 그러니 구태여 시험을 더하지 마십시오. 그러니까 당신은 그저 삶이 당신에게 건네준 시험에만 열심히 임하며 그 안에서 성숙하며 나아가십시오. 그것만으로 충분합니다.

그러니 당신은 당신의 다정함이 오직 정상적이라 여겨지는 곳에서 나아가길 선택하세요. 모든 사람이 다정하지 않은 사람이고, 그래서 그 안에서 당신 혼자만 다정할 뿐인 그런 그룹 안에서 당신이 함께하게 될 때, 그 그룹 안에서는 오히려 가장 정상적인 당신이 가장 비정상적인 사람으로 여겨질 수 있을 뿐일 것입니다. 그러니 나아가는 방향과 최선이 같아 함께 서로를 존중하고 서로의 가치를 나눌 수 있는 사람들과 함께하세요.

99명이 사기를 치는 것에 동참할 때 당신 혼자 그건 아니라고 말한다면, 그곳에서 당신은 배신자, 혹은 미운 사람, 이해할 수 없는 사람이 될 뿐이라는 것에 대해 진정 이해해보세요. 하지만 당신이 다정한 그룹 안에 속할 때, 그곳에서는 오히려 다정하지 않음을 허용하지 않을 것입니다.

그러니까 당신이 다정한 그룹 안에 있을 때, 그때는 화를 내고 때리면서까지 복종을 강요하는 것은 진실로 허용할 수 없는 행동이 될 것이고, 해서 그곳에서는 다정하지 않고자 할 때 오히려 눈치를 봐야만 하게 되는 것이죠. 왜냐면 그렇게 하고자 하는 순간 모든 사람들이 당신을 이상하게 바라볼 것이고, 하여 당신은 그 눈초리 앞에서 망설이게 될 것이기 때문입니다.

하지만 그럼에도 당신이 끝끝내 다정하지 않길 선택할 때, 그때의 당신은 그곳에서부터 오직 고립되고 소외될 수 있을 뿐일 것입니다. 그것이 군대에서 전역하고 난 뒤에도 강압적이고 복종을 강요하는 태도를 버리지 못해 사람들을 군대 후임 대하듯 대하는 사람들이 기피당하는 이유입니다.

해서 당신이 다정한 그룹에 속할 때, 그때의 당신은 다정하고자 노력할 수밖에 없을 것이고, 하여 그 결과 당신의 마음 안에는 더욱 큰 온전함과 다정함이 활성화될 수밖에 없을 것이고, 그렇게 자동적으로 당신은 더욱 큰 성숙을 향해 나아가게 되는 것입니다.

왜냐면 그렇게 하지 않으면, 당신은 그곳에서 잘 살아갈 수가 없기 때문입니다. 그래서 다정함을 선택할 수밖에 없게 되고, 다정함이 부족하다면 그것을 채우기 위해 노력할 수밖에 없게 되는 것이죠.

그렇다면 그보다 더 가치 있는 같이가 어디에 있겠습니까. 그렇다면 당신은 다정함의 결과로 소외되는 그룹 안에서 함께하시겠습니까, 아니면 다정하지 않음의 결과로 소외되는 그룹 안에서 함께하시겠습니까.

정말로 온전하지 않은 사람과 연애를 한 번 해보십시오. 그와 함께하는 동안 당신의 온전함은 정말 송두리째 날아가 버릴 것이고, 해서 당신에게 남는 것은 긴 세월 동안 내려놓아야만 하는 증오와 원망, 그리고 새로운 사랑까지도 의심해야만 하는 불신밖에 없을 것입니다. 그것이 온전하지 않음과 함께할 때 당신이 마주하게 될 시련입니다.

끝없이 억누르고 강요하는 상대방 앞에서 처음에는 그럼에도 사랑한답시고 맞춰주다가, 어느새 그것이 당연한 것이 되어버리고, 해서 눈치만 보는 사랑을 하다가, 그럼에도 진실한 사랑 한 번을 받지 못한 채 훼손되다가, 그것을 끝내 깨닫고 헤어짐을 선택하고, 그렇게 남은 것이라고는 시간을 낭비했다는 후회와, 나 자신의 소중함을 스스로 저버렸다는 죄책감, 내가 너무 불쌍하다는 자기 연민의 늪으로의 탐닉, 그리고 상대방을 향한 끝없는 증오와 원망의 구렁텅이밖에 없게 되는 것이죠.

해서 그때는 진실로 당신의 온전함을 다시 회복하고 되찾는 데까지는 엄청난 노력과 시간이 들게 될 것입니다. 하지만 그럼에도 그것 또한 당신 자신의 선택이었으며, 하여 그것에는 당신이 순진했던 것 이외에 탓할 수 있는 것은 진실로 아무것도 없을 것입니다.

그렇다면 구태여 스스로를 시험에 빠지게 할 이유라는 게 어디에 있겠습니까. 선택할 수 있는 것이라면 선택하는 게 마땅한 것이 아니겠습니까.

그렇다면 지금 당신에게 끝없이 다정하지 않음을, 온전하지 않음을 강요하고 있는 사람, 혹은 그룹은 누구입니까. 당신은 지금 다정한 그룹과 함께하고 있습니까, 아니면 그렇지 않은 그룹 안에서 당신의 시간과 감정을 오직 낭비하고 있을 뿐입니까. 당신은 당신 자신에게 진실로 다정한 사람입니까, 아니면 순진할 뿐인 사람입니까. 그러니까 당신의 선택은 무엇입니까.

70.

성숙의 과정.

　우리가 해묵은 지난 습관들과 나 자신의 낡은 관념을 기꺼이 접어 둔 채 더욱 성숙한 사람이 되고자 나아갈 때, 그때의 우리에게는 그 자 체로 시험이라 부를 수 있을 만큼의 엄청난 저항이 찾아오게 될 것입니 다. 그러니 그것에 대해 미리 알고 있으십시오. 해서, 그 저항 앞에서 결 단코 타협하지 마십시오.

　당신에게는 분명 고군분투하는 시기가 찾아올 것입니다. 하지만 그 럼에도 당신이 마음먹었던 그 모든 다정한 마음들을 향한 의지를 꺾지 마십시오. 여태 다정하지 못하게 살았던 당신의 지난 습관들에 당신은 책임을 다해야 하는 것일 뿐입니다. 그래서 그토록 험난한 시련이 당신 을 찾아온 것일 뿐입니다. 그러니 오롯이 책임을 다하세요.

　그저 그대로 미성숙하게 살아가고자 할 때 우리는 충분히 나태할 수 있으며, 또한 충분히 그 상태에서부터 위로도 받을 수 있습니다. 그러니까 여전히 자기 연민에 취한 채 외부를 탓하며 살아갈 수도 있고, 여전히 원망의 늪에 빠진 채 누군가를 미워하는 생각들로 그들에 대한 분노를 정당화할 수도 있는 것입니다. 그래서 그것은 편안합니다. 하지만 그럼에도 그것은 여러분에게 여러분 자신의 진실한 행복을 보장하지는 못할 것입니다.

그러니 힘들고 어렵더라도, 기꺼이 성숙을 향해 한 발을 내딛고, 끝끝내 성숙을 완성하는 아름다운 사람이 되어보세요. 그렇게 성숙하며 나아가는 한 걸음 한 걸음의 과정 자체가 그 자체의 기쁨과 행복이 되어 여러분을 채워줄 것입니다. 크리슈나께서도 그 지고한 행복을 우리가 느낄 때, 이전의 모든 안 좋은 습관들이 사라질 수밖에 없는 것은 그 지고한 행복보다 진정 기쁨이 되어주는 것은 없기 때문이라고 하셨습니다.

그러니까 당신이 그 성숙의 기쁨을 진정 알게 되었을 때, 당신은 미성숙에서부터 오는 가짜 행복이 그 자체로 얼마나 불행이었는지를 알게 될 것이며, 하여 다시는 그곳으로 돌아가고 싶지 않게 될 것입니다. 내가 성숙하고 있다는 것에서부터 오는 그 진정한 기쁨이, 그 모든 가짜 행복을 대체할 것이며, 하여 그 내면의 만족감만이 진정한 기쁨이자 행복이었음을 당신은 이제 분명하게 알게 되었을 것이기 때문입니다.

그러니 그럼에도 불구하고, 꿋꿋이 나아가세요. 곧 있으면 알게 될 그 지고한 기쁨을, 이 아무것도 아닌 작은 시련 앞에서 포기하지 마세요. 그렇게, 반드시 행복하세요.

당신의 직원이 실수를 해서 당신이 어마어마한 돈을 날리게 되었고, 그래서 회사가 부도날 위기에 처했다고 하더라도, 그럼에도 용서하십시오. 그러니까 당신이 어떠한 일을 겪게 되었든, 그럼에도 용서하십시오. 그 엄청난 용서의 노력 앞에서, 그럼에도 상대방이 당신을 향해 아무런 감사의 표현도 하지 않는다고 하더라도, 그럼에도 용서하십시오. 당신의 용서는 결국 타인을 위한 것이 아니라 당신 자신을 위한 것이기 때문입니다.

그러니 타인에게 그것을 알아주길 바라지 마세요. 그것을 알아주지 않는다며 용서하고자 하는 의지를 도로 무르지 마세요. 오직 당신 자신의 그 예쁜 노력에, 당신 스스로가 감사하며 나아가세요. 그래야 당신은 고군분투하는 그 시기를 끝끝내 이겨낼 수 있을 것입니다. 그러니 그 불굴의 의지로 나아가세요. 그 어떠한 합리화의 유혹에도 속아 넘어가지 않겠다는 그 단단한 마음으로 나아가세요.

하루에도 몇 번씩 원망이 당신을 찾아올지도 모릅니다. 하지만 그럼에도 그것 앞에서 굴복하지 마세요. 오직 기꺼이 용서하세요. 그 모든 것이 당신 자신의 행복을 위한 것임을 완전하게 이해하고 받아들이세요. 그때, 당신은 반드시 성공할 것입니다.

그렇게 끝끝내 당신이 이전의 미성숙한 수준에서 더욱 성숙한 수준으로 옮겨가게 되었을 때, 그때의 당신은 드높은 자존감과 함께 외부의 그 무엇에도 흔들리지 않은 채 행복할 것이며, 또한 그 겸손하고 아름다운 삶의 태도로 인해 사람들에게 더욱 존중받고 사랑받을 것이며, 그렇게 안에서부터 진정 자신감 있는 사람이 되었기에 이제는 더 이상 결핍된 마음으로부터 외부의 상징을 쫓거나, 외부에 탐닉하거나, 외부에 나의 근원을 내맡긴 채 오직 그것에 의존하거나 하지 않을 것입니다. 그렇게, 이제는 내 마음의 진정한 주인이 될 것입니다.

하여 내 행복의 근원은 오직 내 마음 안에 있다는 것을 이제는 진정 알기에, 그 근원을 외부에 넘겨둔 채로 외부가 이렇게 되어야만 내가 행복할 거야, 네가 나에게 이렇게 해야만 내가 행복할 거야, 하는 그 환상의 장막이 이제는 완전히 거두어질 것이며, 그래서 당신은 이제 세상과 사람들의 반응을 통제하고자 하고, 그 반응에서부터 기쁨을 찾거나 분노를 찾거나 하는 의존적인 행동에 더 이상은 탐닉하지 않게 될 것입니다. 그저 당신은, 당신 존재로부터 오직 꿋꿋이 빛날 것이며, 그렇게 그 존재 자체에서부터 행복과 기쁨을 누릴 줄 아는 진정 자존감 있는 사람이 될 것입니다.

그렇다면 이것만으로 성숙을 향해 기꺼이 나아가 볼만하지 않겠습니까. 이 모든 성숙에 대한 저항과 시련을 기꺼이 감내하고 꿋꿋이 이겨낸 채, 그럼에도 오직 단단한 마음으로 나아가볼 만하지 않겠습니다.

그렇다면 지금 이 순간 당신의 성숙하고자 하는 의지 앞에 나타난 삶의 시련과 당신 자신의 저항은 무엇입니까. 그리고 당신은, 당신 자신의 행복을 위해 그럼에도 기꺼이 성숙하길 선택하시겠습니까. 아니면 또다시 그 유혹에 넘어가 변명과 합리화의 영원한 제자리걸음, 그 불행을 선택하시겠습니까. 그러니까 그 성숙의 완성을 위해 그럼에도 기꺼이 용서와 다정함, 사랑을 통하시겠습니까. 그렇게, 오직 꿋꿋하고 단단한 마음으로 이 시련을 통과하고자 하는 그 행복을 향한 간절한 의지가, 당신에게는 있습니까.

71.

지금 이 순간.

    우리의 지금 이 순간 자체에는 진실로 아무런 문제가 없습니다. 그러니 지금을 더욱 누림으로써 보다 행복한 사람이 되세요. 그렇다면 당신으로 하여금 지금 이 순간을 누리지 못하게 끝없이 당신을 방해하고 있는 당신 자신의 생각들, 혹은 감정은 무엇입니까.

    그것이 무엇이든, 아마도 그것은 과거와 미래에 대한 것일 것입니다. 짧게는 몇 분, 몇 시간 전, 며칠 전부터 길게는 수년 전에 이르기까지, 당신은 과거의 어떤 일 하나를 붙들고 그것을 후회하거나, 원망하거나, 자책하거나, 편집하고자 하거나, 그런 식으로 지금 이 순간 스스로 불행하길 선택하고 있는 것이죠.

    하지만 진실로 분명한 것은 과거는 이미 지나갔다는 것입니다. 해서 당신이 아무리 그것을 당신의 기억 속에서 붙들고자 한들, 그 과거는 변하지 않을 것입니다. 그렇다면 그것이 그 자체로 시간과 감정을 스스로 낭비하는 일이 아니라면, 그것을 도대체 무엇이라 부를 수 있겠습니까.

그러니 이제는 그 과거를 떠나보내 주세요. 더 이상은 집착하지 마세요. 당신은 지난 경험으로부터 충분히 배웠고, 하여 그것으로 과거의 의미는 이미 완성된 것입니다. 또한 무엇보다 당신 자신의 행복을 위해서 내려놓길 선택하는 것이라는 것을 잊지 마세요. 그것이 얼마나 원망스럽고 불행스럽고 불운한 일이었든, 어쨌든 그것을 내려놓지 못할 때 가장 아프고 힘들 사람이 바로 당신 자신이기 때문입니다.

그리고 당신이 지금 불행한 이유가 과거가 아니라면 그것은 아마 미래에 대한 것일 것입니다. 어떤 일이 일어나길 끝없이 기대하고, 또 어떤 일이 생길까 봐 끝없이 불안해하고, 그런 것이죠. 다가오지 않은 미래를 통제하고자 하는 욕심과, 미래에 대한 불확실성을 하나의 적법한 성분으로 끌어안지 못하는 너그럽지 못한 마음이 그 모든 문제의 환상을 만들어낸 유일한 원인인 것입니다.

하지만 명심하세요. 기대는 실망을 낳을 뿐이고 불안함은 아직 일어나지도 않은 일에 대한 것이라는 것을요. 막상 그 일을 마주하게 되면 생각보다 당신은 잘 해낼 것입니다. 그러니 사서 걱정하지 마세요. 지난 모든 세월을 돌이켜, 당신은 걱정했음에도 불구하고 지금까지 잘 살아왔다는 것을 잊지 마세요. 그리고 그것은 걱정했기 때문이 아니라, 걱정했음에도 불구하고 잘 살아온 것이라는 것을요.

해서 당신이 더 이상 미래를 불안해하거나 두려워하지 않을 때, 그러니까 아직 닥쳐오지 않은 미래의 어떤 일을 상상하며 스스로 그 망상에 빠진 채 공포를 창조하지 않을 때, 당신은 오직 지금 이 순간을 더욱 행복하게 누리게 될 것입니다. 또한 당신이 어떤 일이 일어나길 끝없이 바라고 기대하지 않을 때, 당신은 지금을 더욱 즐기고, 지금에 더욱 만족하는 방법을 배우게 될 것입니다. 어쨌든 기대하나 기대하지 않으나, 그것이 일어나게 하기 위해선 지금을 충실하게 살아가는 것이 필요할 뿐입니다.

그러니 그저 지금 이 순간에 최선을 다하고, 또한 지금 이 순간을 최선을 다해 누리세요. 그러니까 당신의 지금 이 순간에는 아무런 문제도 없다는 것을 잊지 마세요. 정말로 당신의 생각과 환상만이 지금을 문제로 만드는 유일한 원인일 뿐, 지금은 있는 그대로 오직 완전하다는 것을요.

지금 이 글을 보고 있는 이 순간, 당신에게 도대체 무슨 문제가 있을까요? 오직 있는 그대로 완전하고, 또 완벽한 당신이자, 당신의 삶이자, 당신의 순간일 뿐일 것입니다. 당신이 과거나 미래라는 먹구름으로 지금 이 순간이라는 태양을 가리지만 않는다면 말이죠.

몇 초 뒤의 지금도, 그 몇 초 뒤의 지금도, 정말로 그 찰나의 순간에 당신에게는 아무런 문제도 없을 것입니다. 해서 당신에게 문제를 일으킬 수 있는 오직 유일한 것은 바로 과거와 미래에 대한 당신의 생각뿐인 것입니다. 그리고 그것이 당신을 끝없이 괴롭히는 것은 당신이 붙들고 있는 그 생각에 대한 당신의 집착 때문인 것이죠.

그러니 더 이상 집착하지 마세요. 그것들을 그저 초연하게 바라보고 놓아주세요. 그때, 당신은 진실로 완벽한 지금 이 순간을 마주하게 될 것입니다. 해서 당신은 오직 지금을 누린 채 곧장 당신의 행복을 완성하게 될 것입니다. 그것이 이 삶이라는 파도를 타고 흐르는 유일한 방법입니다. 모든 강들이 하나의 바다를 향해 흐르지만, 여전히 바다는 넘치지 않는 것처럼, 그것이 바로 바다처럼 넓고 고요한 행복을 소유하는 유일한 길인 것입니다.

그렇다면 당신이 붙들고 있는 과거와 미래는 무엇입니까. 그리고 그 생각으로부터 움켜쥐고 있는 당신 자신의 감정은 무엇입니까.

72.

무의미로부터의 우울.

주어진 하루를 살아가는 의미가 부재해 하루하루가 무의미하게 느껴질 때, 우리는 우울함과 함께하게 됩니다. 그러니까 그때는 무기력과 공허, 외로움과 같은 왜소함이 우리의 주된 감정이 되어 우리로 하여금 끝없는 우울함에 탐닉하게 만드는 것이죠.

그래서 우리는 자주 헛헛한 한숨을 쉬게 됩니다. 걸핏하면 눈물이 흐를 것만 같은 주체할 수 없는 슬픔이 우리를 계속해서 몰아세우고 아프게 합니다. 해서 내가 왜 사는 걸까, 왜 살아가는 걸까, 존재하는 이유가 뭘까, 하는 내면의 깊은 방황에 빠진 채 허우적거리며 살아가는 게 아니라 죽어가고, 피어나는 게 아니라 주어진 삶의 세월과 함께 더욱 시들어지고, 그렇게 되는 것이죠.

만약 당신의 지금이 그렇다고 한다면, 그럼에도 당신은 어제와 같이 오늘을 살아가세요. 달라져야 할 외부는 없습니다. 하지만 당신 자신의 마음가짐을 늘 새롭게 하세요. 모든 의미는 사실 주관적입니다. 그래서 당신이 이 삶에 부여하는 주관적 의미가 비로소 긍정적인 것이 될 때, 당신에게 있어 더 이상의 결핍감, 우울함은 이제는 불가능한 것이 될 것입니다.

저는 남들이 보기에 정말이지 따분할 것만 같은 하루를 살아가는 편입니다. 왜냐면 같은 일상을 매일 반복하고 있고, 그 안에 친구들을 만나거나 하는 식의 사적인 시간 또한 거의 없는 편이기 때문입니다. 하지만 그래도 저는 행복합니다. 누군가가 저에게 잘 지내냐, 행복하냐 물어보면 저는 망설임 없이 행복하며 잘 지내고 있다고 말할 수 있습니다.

왜냐면 저의 하루는 제가 제 삶에 부여하는 주관적인 의미로 인해 언제나 빛이 나고 있고 가득 채워지고 있기 때문입니다. 결국 이 삶의 모든 슬픔과 기쁨은 우리가 마주하고 있는 현재에 대한 우리의 반응으로 인해 생겨나는 것이기 때문입니다. 그래서 달라져야 하는 외부는 없습니다. 그저 외부에 대한 우리 자신의 반응을 바꾸기만 하면 우리의 삶 자체의 의미가 그로 인해 변하게 되는 것입니다.

그러니 주어진 삶 안에서 가장 최선의 반응을 하며 존재하세요. 또한 당신의 삶이 가지는 의미와 가치가 더욱 아름다운 것이 될 수 있게 늘 살피며 나아가세요. 하여 외부에 대한 당신의 반응이 아름답고, 또 당신의 내면에서부터 외부로 표출하는 감정이 아름다운 것이 될 때 당신에게 있어 이제 우울함을 겪는 것은 불가능한 것이 될 것입니다.

저는 오랜 시간 연애를 하지도 않았고, 또 친구들도 거의 만나지 않았지만, 그렇다고 해서 또한 제가 외로움을 느끼지도 않는 것은, 제가 살아가고 있는 이 하루가 누군가에게 빛과 선물이 되는 하루이기 때문입니다. 그래서 제가 만약 공허하고 외로운 감정을 이기지 못해 늘 바깥을 향하고, 그렇게 하루하루를 노는 것에 탐닉한다면 저는 아마 제 하루의 책임을 다하지 못할 것이고, 그것이 저를 더욱 공허하게 만들고야 말 것입니다.

그러니까 만약 제가 매일 누군가를 만나 그 사적인 만남 안에 저의 감정과 에너지를 쓰게 된다면, 저는 아마 독자분들의 댓글에도 모두 답변을 하지 못하게 될 것이고, 해서 그것은 오히려 제 마음의 평화와 온전함을 스스로 훼손하는 행동이 되는 것이죠. 저에게는 외부로부터 채워야 할 외로움이나 결핍, 의존성, 그러한 것들이 남아있지 않기 때문입니다. 그러니까 제가 누군가를 만난다면 그건 오롯한 저의 선택이지, 저의 외로움, 불안, 결핍, 우울, 그러한 것들로부터 제가 그 만남을 강요받는 것은 아닌 것입니다.

그래서 저는 그저 같은 하루를 매일 꾸준히 살아갑니다. 하지만 그래서 저는 또한 지치지도 않습니다. 매일 감사의 표현에 둘러싸여 있고, 또 저의 하루가 누군가에게 큰 힘과 응원이 되어주고 있고, 그렇다면 이 지점에서 제가 어떻게 해서 이 하루가 무의미하다고 스스로 여길 수 있겠습니까.

같은 하루를 꾸준히 쌓아가는 그 무한한 노력이야말로 사실은 더욱 아름답고 경이로운 것입니다. 정말 그렇지 않나요? 왜냐면 대부분의 사람들이 그러한 노력을 쌓아가지 못하기 때문입니다. 그래서 그것은 그 자체로 성취감이 있고 나를 보람 있게 만들어주는 일입니다. 하여 사람들 또한 그런 저의 일상을 위대하고 경이로운 하루로 여긴 채 존중하고, 또 영감을 얻고, 아름다움을 느끼고, 감동받고, 그런 것입니다.

그러니 영혼 없이 그저 기계처럼 하루를 살아가며 오직 유흥과 자극에 기대어 그 무의미를 위로받길 기대하는 헛된 환상에서부터 벗어나, 이제는 당신의 하루에 사랑과 감사, 그리고 기쁨이라는 주관적 의미를 채워 넣으십시오. 또한 당신의 하루가 가장 최선의 아름다운 하루가 될 수 있게 당신이 이 세상에 선물할 수 있는 가장 큰 아름다움을 주고자 노력하고, 그로부터 이 세상의 아름다움에 또한 기여하도록 하세요.

누군가는 비가 내리는 날, 비가 와서 기분이 나쁘다고 말하지만, 누군가는 비가 와서 좋다고 말합니다. 그래서 진실로 모든 것이 내가 부여하는 주관적 의미에 따라 달라지는 것이 되는 것입니다. 그러니까 행복과 불행은 오직, 전적으로, 완전히, 내 마음가짐에 달려있는 것인 거죠.

그러니 그저 오늘 하루를 행복하게 살아가세요. 오늘 하루 안에 예쁜 의미를 부여하고, 그렇게 그 하루를 기쁨과 함께 만끽하고 누리세요. 당신이 무의미에서부터 벗어나 행복한 사람이 되는 데 있어서, 그 이상의 다른 것은 진실로 필요하지가 않을 것입니다. 그래서 사실 행복은 전적으로 나의 선택인 것입니다. 그러니 당신은 행복을 선택하시겠습니까. 아니면 여전히 불행을 선택하시겠습니까.

그렇다면 행복하기 위해서 당신이 할 일이란 그 우울함에 젖길 더 이상 스스로 선택하지 않는 것, 그리고 주어진 하루에, 그 매 순간에 충분히 감사하는 것, 사랑하는 것, 오직 그것이 필요할 뿐입니다. 하지만 그럼에도 여전히 스스로 행복이 아닌 다른 것들을 선택한다면, 그것이야말로 행복하고 싶다면서 스스로 불행하길 끝없이 선택하는 자기기만이 아니겠습니까.

또한 당신의 하루를 통해 누군가가 더욱 행복해질 수 있도록 해보세요. 당신이 당신의 하루를 타인의 행복을 위해 헌신할 때, 하여 타인이 진실로 당신의 하루를 통해 기쁨과 위로를 얻게 될 때, 그때의 당신은 진실로 지칠 수가 없을 것입니다. 또한 그 선한 영향력과 책임감에 대해 당신은 앞으로도 더욱 성숙한 마음으로 최선을 다하게 될 것입니다.

그래서 당신의 하루를 통해 누군가가 죽고 싶었던 마음을 되돌리고 다시 살아가고자 하게 되고, 슬펐던 마음들을 치유하고 기쁨을 얻게 되고, 그렇게 되는 것이죠. 그렇다면 여기에 더해서 더 이상 당신이 무엇을 더 바랄 수 있을까요. 진실로 당신은 그저 그 자체로 충족되어지고 있을 텐데 말입니다.

그러니 어제와 같이 오늘을 살아가세요. 하지만 이제는 보다 성숙한 마음과 함께하세요. 또한 당신 마음 안의 주관적 의미를 마주한 하루에 부여해보세요. 기쁨과, 사랑과, 감사를 말입니다. 어제와 분명히 같은 일상이지만, 어제는 슬픈 하루였다면 오늘은 충분히 기쁜 하루가 되어줄 것입니다.

사람에 기대어 외로움을 달래려고 했지만, 당신은 끝끝내 여전히 외로울 뿐이었습니다. 왜냐면 당신이 결핍된 사람일 때, 당신은 그것을 외부를 통해 충족시키고자 헛되이 노력할 테지만, 그럼에도 당신의 마음이 변하지 않는 한 당신은 여전히 결핍되어 있을 뿐일 것이기 때문입니다. 그러니까 당신이 외로운 사람이라면, 당신은 무엇을 해도, 누구와 함께하더라도 그 안에서 또한 오직 외로울 수 있을 뿐인 것입니다.

그러니 당신 자신의 마음 안에서부터 시작하세요. 당신의 마음이 먼저 변하고 치유를 얻어야, 다른 모든 것 안에서 또한 당신이 행복을 누릴 수 있게 되는 것입니다. 그래서 당신이 행복하면, 그 행복으로 인해 당신의 주변 또한 행복해지는 것입니다. 당신이 우울할 때, 혹은 분노하고 있을 때, 그로 인해 당신의 주변 사람들이 얼마나 고통받게 될지, 그것에 대해서 한 번 생각해보세요. 그래서 그저 내가 행복하면, 내 주변 모든 사람들이 나의 행복으로 인해 자연스럽게 행복해지는 것입니다. 그것을 잊지 마세요.

그러니 당신의 하루를 통해 누군가 한 사람이라도 행복해질 수 있도록 해보세요. 그저 당신의 친구, 연인, 동료에게 다정한 말 한마디를 건네주는 것, 그것으로 시작해도 좋습니다. 그렇게 더욱 큰 다정함과 사랑을 향해 나아가도록 해보세요. 그러니까 행복을 누군가를 통해 얻으려하기보다, 이제는 그저 당신이 먼저 행복을 주고자 하는 사람이 되세요.

당신이 그저 사랑을 주고 행복을 주고자 할 때, 당신은 당신 마음 안에서 그것들을 정확히 발견하게 될 것이고, 그로 인해 무엇보다 당신 자신이 더욱 사랑이 되고 행복한 사람이 될 것이기 때문입니다. 그리고 그 성숙이, 그 자체의 보상이 되어 당신을 채워줄 것입니다. 진실로 누군가를 당신이 사랑할 때, 그 사랑은 당신의 내면에서부터 솟아오르는 것이기 때문입니다. 그래서 사실 그건 당신 자신의 마음을 사랑으로 채우는, 당신 자신을 향한 사랑이기도 한 것입니다.

그래서 그때가 되면 이제 더 이상의 우울과 결핍은 진실로 불가능한 것이 됩니다. 이제 당신은 외부의 그 어떤 것에도 흔들리지 않는, 그 안에서부터의 자존감을 진실로 소유한 채이기 때문입니다. 그리고 무엇보다 당신 마음 안에 이제는 부정적인 감정이 아니라 감사와 사랑, 평화와 행복만이 가득할 것이기 때문입니다.

그리고 당신은, 주는 것이 받는 것이라는 그 지고한 진실에 대해 이제는 알게 되었고, 하여 우리 모두는 하나라는 사실에 대해 더욱 이해하게 되었고, 그러니까 이제는 분리의 오류에서부터 진정 구원을 얻은 채일 것이기 때문입니다. 그래서 그 무한한 일체감으로 인해 더 이상은 외로움도, 결핍도, 우울도, 공허함도 당신에게서는 찾아볼 수가 없는 것이 된 채일 것이기 때문입니다.

그렇다면 당신이 당신의 하루에 부여하고 있는 주관적 의미는 무엇인가요. 당신은 당신의 하루를 통해 타인들을 더욱 아프게 하는 사람인가요, 아니면 더욱 행복하게 만들어주는 사람인가요. 그리고 당신은 당신 스스로 당신의 마음 안에 무엇을 채워 넣고 있나요. 그러니까 당신은 스스로 불행을 선택하는 사람입니까, 아니면 스스로 행복하길 선택하는 사람입니까.

당신이 누군가를 사랑할 때, 무엇인가에 감사할 때, 그 마음이 일어나는 근원은 바로 당신의 마음 안일 텐데, 그래서 사실 주는 것이 받는 것일 텐데, 그렇다면 당신은 이 세상을 향해 무엇을 줌으로써 그것을 당신에게 또한 주는 사람입니까. 감사와 사랑입니까, 아니면 결핍과 외로움, 불만, 우울함, 공허함, 분노, 원망과 같은 그 자체의 불행입니까. 그러니까 당신의 선택은 무엇입니까.

73.

아픔을 마주하는 태도.

우리는 살아가며 언제나 우리의 삶을 무너뜨릴 만큼의 위기와 시련을 마주하게 됩니다. 그리고 우리는 그 시련을, 반드시 잘 보내야 합니다. 그러니까 잘 아파야 합니다. 그래야 삶의 위기가 지나간 뒤에 더욱 예쁜 봄날을 맞이할 수가 있는 것이기 때문입니다. 더욱 소중한 성숙의 열매를 맺을 수 있는 것이기 때문입니다.

때로 시련 앞에서 늘 정당화하고 합리화한 채 남 탓을 하느라 시련이 지나간 뒤에 오히려 성숙하지 못하고 온전함을 급속도로 잃고 상실한 사람들을 저는 더러 봐왔습니다. 그리고 그들의 특징은 정말로 시련 앞에서 배우고 의미를 찾고, 하여 내면의 성숙을 추구하기보다 오직 외부를 탓한 채 그 시련 전체를 보냈다는 것입니다.

정말이지 일 년 전에는 대화가 그래도 잘 통했던 친구가 일 년이 지난 뒤에는 같은 사람이라고는 생각지도 못할 만큼 악의적으로 바뀐 경우도 보았고, 내면이 가난할 대로 가난해진 나머지 이 세상의 모든 성공한 사람들을 욕한 채 그들의 성공을 오직 깎아내리고 갈취하고자 할 만큼 자기 연민에 탐닉하는 친구도, 그렇게 신세 한탄만을 하며 다 같이 가난해지자, 라는 생각에 빠진 친구도 보았습니다. 정말로 순수하고 진실한 친구라고 생각했던 그런 친구가 아프고 난 뒤에는 완전히 결이 달라져 남들을 속이는 방식으로 경제적 이익을 얻고자 하고 있는 경우도 저는 보았습니다.

그래서 우리는 잘 아파야 합니다. 때로 아픔 앞에서 마음이 꺾이는 순간에도, 절대적인 순수한 마음만큼은 잃어서는 안 되는 것입니다. 아프고 난 뒤에는 갑자기 사람을 이용하고자 하게 되고, 사람에 대한 최소한의 존중감이 사라지게 되고, 내 감정을 통제할 수 없을 만큼 삐딱한 사람이 되어버리고, 그렇게 우리로 하여금 진심과 선한 마음 자체가 없는 사람이 되게끔 만들기도 하는 것이 우리 자신의 나약한 마음이기 때문입니다.

하지만 아프고 난 뒤에 더욱 깊고 그윽해진 사람들도 있습니다. 그리고 우리는 그들의 전을 기억하기에, 그들의 변화에 놀라움을 느끼게 될 만큼 그들은 자신의 아픔을 통해 예쁜 성숙을 완성한 사람들입니다. 더욱 깊은 향기가 나고, 더욱 깊은 미소를 지으며, 더욱 깊은 통찰력, 겸손함, 진실함, 다정함을 지닌 채 오히려 아프기 전에 있었던 자기 마음의 미성숙을 아픔과 함께 완전히 내려놓은 사람들, 그래서 우리는 그들이 아름답다고 말합니다. 그리고 우리가 가야 할 방향이 바로 그곳인 것입니다.

그러니 마음을 잘 붙드세요. 지금 힘든 시간을 지나고 있다면 당신 마음 안의 그 예쁜 마음만큼은 잃지 않겠다고 각오하세요. 그러니까 그럼에도 반듯하고 순수한 당신 자신의 그 마음만큼은 무너뜨리지 마세요.

당신이 아픔 앞에서 아파한다면, 그래서 당신은 잘하고 있는 것입니다. 하지만 당신이 아픔 앞에서 아파하다가, 그 아픔이 채 지나가기도 전에 순수하지 못한 마음들로 그 아픔을 피하고 외면하게 된다면, 그때의 당신은 진실로 진정한 행복을 향해 다시 걸어갈 마음조차 가지지 못하게 될 만큼 당신의 순수함을 완전히 상실하게 되고야 말 것입니다.

아픔은 반드시 지나갈 것이고, 당신이 그 아픔 앞에서 최선을 다한다면 당신은 분명 그 안에서 무엇인가를 배울 것입니다. 그렇게 보다 성숙한 꽃이 되어 피어날 것입니다. 그러니 아프기 전과 후가 때로 극명한 차이를 보일 만큼 성숙한 사람들도 이 세상에 있다는 것을, 하여 나 또한 그럴 수 있다는 것을 잊지 마세요. 그렇게 당신 또한 사람들에게 그런 예쁜 희망과 용기를 주는 아름다운 증거 그 자체가 되세요.

모든 내면의 왜소함을 극복한 채 한계를 초월하고 자신의 삶을 스스로 다스리게 된 사람들, 그렇게 더욱 긍정적인 미소를 띤 채 뭐든 잘할 수 있을 거라는 자신감으로 나아가는 사람들, 하여 더욱 진실한 빛과 아름다운 향기를 내뿜으며 존재하는 사람들, 이 세상에는 그런 사람들도 있는 것입니다. 그래서 우리는 그들로부터 아름다운 영감을 받게 되는 것입니다. 그리고 당신 또한 이 세상에 그러한 아름다움을 선물하는 아름다운 발자취가 될 수도 있는 것입니다.

그리고 그들이 그렇게 될 수 있었던 것은 아마도, 아픔 앞에서 외부를 탓하기보다 자신의 내면을 바라보았기 때문일 것이며, 하여 정확히 아픔이 자신을 찾아온 이유를 완성하였기 때문일 것입니다. 그러니까 아픔이 내게 찾아온 이유와 의미를 정확히 발견해 최선을 다해 그 아픔을 딛고 내면의 성숙을 완성하며 나아갔기 때문일 것입니다.

그래서 이들은 이제 탓하지 않습니다. 그 아픔을 지금의 자신을 있게 해 준 선물로 여긴 채 감사할 줄 압니다. 오직 감사하기에, 자기 연민에 빠질 이유도, 누군가를 비난할 이유도, 외부의 상황을 탓할 이유도 없는 것입니다. 왜냐면 진실로 아픔은 우리 존재의 고귀한 성숙과 그 완성을 위해 찾아온 것이며, 하여 그건 오직 나를 위한 선물이기 때문입니다.

그래서 우리는 잘 아파야 합니다. 때로 우리의 마음 전체를 무너뜨릴 만큼의 시련이 찾아왔을 때도, 그럼에도 우리 자신의 마음만큼은 잃지 않아야 합니다. 그래야 아픈 뒤에 예쁜 성숙이라는 열매를 수확할 수 있을 것입니다. 더욱 빛나고 밝은 얼굴로 이 삶을 딛고 일어선 채 행복할 수 있을 것입니다. 무엇보다, 가장 예쁘고 순수한 웃음을 지을 수 있을 것입니다.

그렇다면 지금 당신의 삶 전체를 흔드는 이 시련 앞에서 당신은 배우며 성숙하고 있습니까, 아니면 오직 탓하며 오히려 뒷걸음질 치고 있습니까. 그러니까 당신은 아픔이라는 선물과 함께 성숙을 향해 더욱 나아가는 사람입니까, 아니면 그 아픔 앞에서 무너진 채 당신 자신의 순수함을 잃고, 진실함을 잃고, 하여 자기 자신의 영원한 불행을 향해 스스로 나아가는 사람입니까.

74.

힘 대 다정함.

타인에게 친절하고 다정하게 굴고자 하는 내면의 너그러움은 모든 생명을 지지하고 고취시켜주는 존재의 방식입니다. 그러니 마음에 예쁜 빛이 있으십시오. 언제나 생명을 향한 선한 의도를 간직한 채이십시오. 당신이 다정한 사람일 때, 그 다정함으로 인해 무엇보다 당신 자신의 마음이 행복과 평화로 가득 차게 될 것입니다.

제가 일주일에 한두 번은 즐겨 가는 식당에는 두 명의 직원이 있습니다. 그리고 그 둘 중 한 명은 손님들에게 불친절하고 짜증스럽게 대하는 사람이고, 또 다른 한 명은 손님들에게 언제나 친절하고 상냥하게 대하는 사람인 것이죠. 그래서 저는 그 식당에서 식사를 할 때마다 언제나 힘과 다정함이 작용하는 방식에 대해 관찰하는 시간을 가질 수 있었습니다.

힘을 사용하는 쪽은 손님들에게 언제나 자부심 가득한 말투로 말하고, 손님이 무엇인가를 요청하면 퉁명스럽게 말하며 손님의 마음을 불편하게 만들곤 하였죠. 어쨌든 힘이 작용했기 때문에 그러한 힘을 마주한 상대방 또한 마음 안에서 힘의 욕구가 싹트는 것을 이제는 느끼게 되는 것입니다. 내가 좋은 사람이라서 그저 친절한 거지 자기가 무서워서 그런 줄 아나! 하는 식의 욕구 말입니다.

힘은 상대방의 자존심을 건드리고, 해서 그 힘을 마주한 상대방 또한 자신이 약한 사람이 아니라는 걸 증명하기 위해 힘을 써야겠다고 마음먹게 만드는 방식이기 때문입니다. 그래서 제가 식사를 하기 위해 그곳에 갈 때마다 저는 뒤에서 구시렁거리는 손님들의 소리를 들을 수밖에 없는 노릇이었죠. 굳이 왜 저런대, 하는 소리들 말입니다. 제가 지인과 함께 식사를 할 때도 마찬가지로 저의 지인들은 늘 그 불친절한 직원에 대해 저에게 한마디씩 하곤 했었습니다.

만약 여러분이 이 식당의 사장이라면 누구의 월급을 올려줄 것이며 누구와 함께 계속해서 일하고 싶겠습니까. 그러니까 웃으며 반찬 더 필요한 거 있으시면 편하게 말씀해주세요, 라고 말하는, 손님들에게 상냥한 직원과, 반찬 더 필요하다고 말하기만 해 봐! 하는 태도로 분노를 언제 터뜨릴지 몰라 손님들을 긴장하게 만들고 마음을 불편하게 하는 직원이 있다면 말입니다.

그래서 힘을 쓰는 사람은 결국 경제적으로도 가난한 환경에 처하게 될 수밖에 없습니다. 왜냐면 모두가 그를 불편해하고 꺼리고 기피하고자 할 것이고, 하여 그는 그 스스로 고립되길 선택하고 있는 것이나 다름이 없는 것이기 때문입니다(상식적으로 허용할 수 있을 만큼의 정도를 넘어서서 힘의 편에 완전히 선 채로 분노하고, 화내는 사람들이 결국은 교도소와 같은 곳에서 사람들로부터 격리되는 것도 이와 같은 이치입니다). 정작 자기 자신만 자신의 그러한 태도로 인해 자신이 사람들에게 존중받고 있다는 착각 속에서 살아가고 있는 것이죠. 내가 무서우니 다들 고분고분하게 말을 잘 듣는군, 하면서 말입니다.

하지만 진실로 그 사람이 무서워서가 아니라, 우리 모두는 그 사람이 불편해서 굳이 상대하고 싶지가 않은 것일 뿐입니다. 정말 그렇지 않나요? 어쨌든 저는 이 식당의 친절한 직원이 있을 때는 들어가자마자 기분이 좋고, 불친절한 직원이 있을 때는 오늘은 날을 잘못 골랐네, 하고 생각하는 편입니다. 그렇다면 여러분은 어떤 방식, 어떤 내면의 태도와 함께 존재하고 있나요?

친절함으로 어떠한 힘의 반발도 없이 모든 사람들을 기쁘게 하고 있다면, 그건 그 자체로 이 세상을 향한 봉사가 될 것입니다. 그러니 당신은, 당신의 존재 자체로, 존재의 방식으로, 당신이 된 바로서 이 세상을 향해 따뜻하게 봉사하는 예쁜 사람이 되세요. 그때, 당신은 외롭고 싶어도 외로울 수가 없을 만큼 사람들에게 둘러싸인 채일 것입니다. 하지만 그 반대가 된다면 당신이 아무리 존경받고 사랑받고자 힘을 쓰고 강요해도, 오직 그 반대의 것만을 얻을 수 있을 뿐일 것입니다. 그래서 당신은 영원히 외로울 것입니다.

그렇다면 친절과 다정함, 그리고 분노와 자존심, 그러니까 조화와 어울림, 그리고 고립과 기피됨, 이것들 중 지금 이 순간 당신 자신의 행복을 위한 당신의 선택은 무엇입니까.

75.

사랑 앞에서 성숙할 의무.

　서로가 함께하며 서로에게 주어진 성숙할 의무를 더욱 완성해나가는 사랑을 하세요. 그때 둘의 사랑은 영원히 예쁜 빛을 잃지 않을 수 있을 것입니다. 이 삶의 마지막까지 함께만 하고 있을 뿐인 사랑이 아니라, 진실로 함께하는 영원히 서로를 아끼고 예쁘게 바라보는, 그런 사랑을 하게 될 것입니다.

　우리는 때로 사랑한다면서 상대방에게 집착하고, 강요하고, 소유하고자 하고, 텃세를 부리고, 옳고 그름의 논쟁에 탐닉한 채 상처를 주고, 그렇게 다정함이 아닌 태도를 선택함으로써 고통을 주는 사랑을 하곤 하지만 그건 진실로 사랑이 아닙니다. 왜냐면 사랑은 오직 상대방의 기쁨과 행복만을 염려하는 사려 깊은 마음과 함께하는 것이기 때문입니다.

　해서 우리가 상대방을 진실로 사랑할 때, 그때의 우리는 우리 자신의 인간적인 책임 앞에서도 결단코 소홀함이 없을 것입니다. 그러니까 사랑하기 때문에, 이 말이 상대방을 아프게 할 것 같다면 그 말을 내뱉기보다, 우리는 그 말에 대한 깊은 책임감과 함께 오직 그것을 스스로 충분히 다스릴 것입니다.

그래서 끝내 우리는 분노로 상대방을 공격하기보다 다정하게 상대방에게 말하는 방법을 배우게 될 것입니다. 어쨌든 순간의 분노가 가라앉고 나면 우리는 충분히 다정하게 이야기할 수 있을 것이고, 그러한 대화는 결코 서로를 아프게 하는 법 없이 상대방의 마음에 닿을 수 있는 것이기 때문입니다.

그래서 자신의 존재에 대한 책임감, 영향력에 대한 책임감, 함께함에 대한 책임감을 충분히 느끼는 온전한 사람들은 자신의 말 한마디, 자신의 어떤 습관, 행동이 상대방을 행복하게 하는 것인지, 불행하게 하는 것인지를 충분히 살피며 나아가기에 그런 둘이 함께하는 관계는 시간과 함께 더욱 다정하고 예쁜 빛이 날 수밖에 없는 것입니다.

그러니 마주하는 상대방과 함께 그러한 인간적인 책임에 대해서도 최선을 다하며 나아가세요. 그렇게 함께 성숙해나가는 사랑을 하세요. 서로가 서로를 존중하고, 서로의 가치를 인정하고, 그리고 서로의 아픔을 공유하고 나누는 그런 사랑을 할 때, 진실로 우리는 함께하는 것 자체로 이 삶의 모든 시련을 거뜬히 이겨낼 수 있는 힘을 얻게 될 것입니다. 그리고 그게 바로 진실한 사랑이 우리에게 가져다주는 혜택이자 힘입니다.

오늘 내가 직장에서 속상한 일이 있었는데, 그것을 집에 가서 상대방에게 이야기하고 공유할 수 있고, 또한 상대방이 그것을 충분히 존중하며 들어준다면, 이미 둘의 관계는 행복할 수밖에 없는 관계인 것입니다. 그래서 그때는 집에 들어가는 시간이 언제나 설렐 것입니다. 하지만 그 반대가 된다면 그때는 집에 들어가기가 싫어질 것입니다. 상대방에게 대화를 하는 것을 상상하는 것만으로도 벌써부터 가슴이 답답하고 한숨이 나오게 될 테니까요.

그래서 사실 사랑은 감정적으로 서로에게 불타는 마음으로 하는 것이 아니라, 가장 친한 친구처럼 서로의 곁에서 함께하며 서로를 신뢰하고, 존중하고, 대화를 통해 많은 것들을 나누고 공유하는 안정감을 바탕으로 하는 것입니다. 그렇게 영혼의 동반자로 맺어진 채 서로에게 의지하며 더욱 큰 성숙을 향해 함께 나아가는 것, 그러니까 그러한 사랑이 더욱 높은 차원의 사랑인 것입니다.

그러니까 진실한 사랑은 서로를 마주한 채 서로에게 집착하고 골몰하고, 그렇게 서로에게 간섭하며 통제하는 것이 아니라 함께 한 방향을 바라보며 나아가는 사랑입니다. 서로를 마주한 채 간섭하고, 집착하고, 또 통제하느라 한 걸음도 나아가지 않는 사랑을 하고 있는 것이 대부분의 우리이지만, 진실로 성숙한 방향으로 함께 나아가지 않는 사랑은 그래서 우리에게 결국에는 공허의 어둠, 그 그림자를 드리워지게 할 뿐일 것입니다. 그렇다면 그것이 어떻게 진실한 사랑일 수 있겠습니까.

그러니 서로의 마음을 편안하게 해주는 사랑을 하세요. 또한 당신 존재의 성숙을 최선을 다해 완성하며 나아가세요. 당신이 미성숙할 때, 당신은 상대방에게 고통을 줄 수밖에 없을 것입니다. 그때의 당신은 끝없이 아무것도 아닌 것에 상처받으며, 하여 아무것도 아닌 것으로 상대방을 감정적으로 공격하고자 하는 사람일 테니까요.

그리고 그건 당신이 당신 자신의 행복의 근원을 전적으로 상대방에게 뒀기 때문이며, 하여 그때의 당신은 상대방의 반응 하나하나에도 행복과 불행을 오갈 수밖에 없으며, 그래서 당신은 상대방의 반응을 당신이 원하는 대로 통제함으로써 행복하고자 하는 환상에 그토록이나 집착하게 되는 것입니다. 이때 내 행복은 전적으로 상대방의 태도에 달려

있는 것이 되기 때문입니다.

그래서 당신은 의존적인 사랑을 하게 됩니다. 하지만 당신이 성숙함으로써 당신 행복의 근원을 비로소 당신에게로 가져왔을 때, 그때는 진실로 그저 함께하며 서로가 서로에게 의지가 되어주는 사랑을 하게 될 것입니다. 나는 이제 더 이상 상대방이 나에게 어떤 식으로 해야만 내가 행복할 것이라는 환상에 빠져있지 않을 것이고, 그래서 넌 이렇게 해야만 해, 라는 식으로 상대방을 통제하거나 상대방에게 집착하고자 하는 태도로부터 영원한 자유를 얻은 채일 것이기 때문입니다.

그래서 사랑하는 사람과 함께 두 손을 맞잡은 채 성숙하며 나아가는 것, 그렇게 함께하며 각자에게 주어진 성숙을 또한 더욱 완성하며 나아가는 것, 진실로 그것만큼 이 세상에 예쁘고 사랑스러운 관계는 없는 것입니다. 그리고 당신이 그러한 사랑을 마침내 하게 되었을 때, 당신은 이 세상의 모든 걱정과 불안함으로부터 이제는 자유를 얻게 될 것입니다.

그저 상대방이 괜찮아, 그래도 난 당신을 사랑하고, 당신을 믿어, 이 한마디를 당신에게 해주면 당신은 그것만으로 다시 씩씩하게 세상을 살아갈 힘을 충분히 얻게 되기 때문입니다. 평소에 세상에 털어놓을 수 없는 고민이 누구에게나 있을 것이고, 왜냐면 그것을 보통의 사람들에게 털어놓을 때 그들은 그것을 나의 나약함으로 바라볼 것이기 때문이며, 그래서 나는 부끄러워야만 할 것이고, 하지만 그것을 내가 사랑하는 사람에게는 털어놓을 수 있는 것이죠.

그리고 내가 사랑하는 사람은 대부분의 사람들에게는 아무것도 아닌 일이 될 뿐인 이 사소하고도 보잘것없는 문제까지도 최선의 존중과 사랑이 가득 담긴 눈빛으로 들어주고, 그래서 나는 부끄럽지 않아도 되고, 그렇게 나의 이야기를 충분히 들어준 다음에는 괜찮아, 그럴 수도 있지, 그럼에도 당신이라면 잘 해낼 거야, 라고 나에게 말해주는 것이죠. 그래서 당신은 정말로 잘 해내게 됩니다. 에너지를 더욱 얻게 됩니다. 진실하지 않은 사랑을 할 때 오히려 의기소침해질 때와는 달리 말이죠.

왜냐면 진실하지 않은 사랑을 할 때, 그 관계에 속한 둘은 끝없이 서로의 약점을 공격한 채 기득권을 가지고자 할 것이고, 그래서 사소한 일 하나하나를 공격하며 자신의 우월감을 과시하고자만 할 것이기 때문입니다. 그러니까 내가 이렇게 하라고 했잖아! 라고 끝없이 서로에게 말하면서 말이죠. 그렇다면 그러한 관계라는 게 진정 함께할 만한 가치와 이유가 단 하나라도 있는 것이겠습니까.

우리 모두는 성숙하기 위해 이곳에 태어나 존재하고 살아가고 있습니다. 그래서 사실 성숙이 우리에게 있어 가장 첫 번째 우선순위인 것입니다. 해서 성숙을 함께하지 못하는 사랑을 당신이 하고 있다면, 그것은 당신의 첫 번째를 스스로 저버리는 당신 자신의 삶에 대한 책임과 의무를 다하지 못하는 행동이 될 것입니다.

그러니 그 첫 번째를 함께할 수 있는 사랑을 하세요. 그것만이 오직 함께할 만한 가치가 있고 이유가 있는 유일한 사랑입니다. 그러니까 사랑한다면서 끝없이 서로를 아프게 하며 오히려 성숙과 반대되는 방향을 향해 나아갈 거라면, 차라리 혼자서 성숙하며 나아가는 것이 더 나은 것입니다. 하지만 사랑하는 사람과 함께 그 성숙을 완성하며 나아갈 수 있다면, 이 세상에 그보다 소중하고 가치 있는 일 또한 더는 없을 것입니다.

많은 사람들이 감정에 불타 함께하길 선택하고, 하지만 그 함께함에 대한 책임과 자신의 인간적인 책임, 성숙할 책임 앞에서는 소홀한 채 끝내 그 사랑의 불씨를 점차 소멸시켜가는 사랑을 하고 있습니다. 그래서 그저 함께'만' 하고 있을 뿐인 관계를 이어가며, 하지만 그것이 함께 하는 동안 서로가 서로를 사랑하고 있는 것은 결코 아닌 그런 관계를 이어가고 있는 것이죠. 그래서 이 사람과 함께한 것을 선택한 지난 세월을 원망하고 후회한 채 자기 연민과 후회, 분노, 원망과 같은 감정에 빠진 채 오랜 세월 뒷걸음을 치고 있는 것입니다.

왜냐면 그때에 이르러서의 사랑은, 진실로 사랑하며 함께할 만한 단 한 가지의 이유와 의미, 그 가치조차도 이제는 완전히 상실해버린 이미 꺼져버린 불씨이기 때문입니다.

서로를 향한 원망과 증오로 가득 차고, 스스로에 대한 자기 연민으로 가득 차고, 그래서 함께함을 선택한 것을 두고두고 후회하지만, 그럼에도 감정적인 미련, 혼자가 되는 것에 대한 두려움, 혹은 경제적인 이유 때문에 그 관계를 계속해서 이어가고, 그렇게 끝없는 불행의 늪에 빠진 채 이 삶의 마지막 순간까지 허우적대고만 있을 뿐인 그것을, 그러니까 어떻게 사랑이라 할 수 있겠습니까.

그래서 그때는 그 모든 것이 전적으로 자신의 선택이었다는 것과 여전히 자신은 선택할 수 있다는 것, 그것들은 오직 외면한 채 모든 것을 외부의 탓, 상대방의 탓으로 돌려놓고는 무한한 원망의 세월만을 보내는 것입니다. 그렇게 자신의 주권과 힘을 내면에서부터 상실하여 진정한 기쁨과 행복, 즐거움을 잃은 채 그저 죽어가는 삶을 살아가는 것입니다. 그러니까 그게 도대체 무슨 가치가 있는 것일까요. 그것을 어떻게 서로가 서로를 사랑하는 관계라 할 수 있을까요.

그러니 이제는 앞으로 나아가는 사랑을 하세요. 처음의 그 불씨를 꺼뜨리고, 소멸시키고, 상실하는 사랑이 아니라 함께하며 서로만의 예쁜 불씨를 가슴에 지닌 채 더욱 환하게 빛나는 사랑을 하는 것입니다. 지금이라도 서로가 함께 그런 노력을 하세요. 당신이 연애를 하고, 또 결혼을 하고, 그러한 관계를 만들어나갈 생각이라면, 성숙을 함께하는 것, 그것이 무조건적으로 가장 첫 번째 고려 사항인 것입니다.

그러니 그것을 함께할 수 있을 만한 사람과 함께하고, 이미 누군가와 함께하고 있다면 지금부터라도 오직 서로가 그런 사랑을 하기 위해 노력하세요. 성숙하기 위해 노력하는 과정 안에서 이미 둘은 성숙을 향해 나아가기 시작할 것이고, 해서 예쁜 빛을 다시 되찾을 수 있을 것입니다. 그래서 다시 영원의 색을 띠는 사랑을 서로는 함께하게 될 것입니다. 영원히 그저 함께만 하고 있을 뿐인 사랑이 아니라, 진실로 영원히 서로를 존중하고, 아껴주고, 소중히 여겨주고, 하여 진실하게 사랑하는 그런 사랑을 말입니다.

그리고 모두가 그러한 사랑을 꿈꾸고 원하고 있을 것입니다. 구태여 서로를 향해 금방이면 시들어지는 사랑을 하고 싶은 사람은 없을 것이기 때문입니다. 그러니 그 사랑을 위해, 당신의 사랑에 다른 외부적인 이유를 넣어둔 채 그것에 미련을 가지지 마세요. 오직 다정함, 성숙, 온전함, 그것을 함께함을 선택하는 데 있어 가장 우선순위로 두세요.

나머지는 정말로 당신의 사랑을 오래도록 지켜줄 힘이 전혀 없는 것들입니다. 그러니 가치가 없는 것들을 스스로 가치 있다고 여기는 환상에 빠진 채, 더 이상 스스로를 아프게 하지 마십시오. 당신 자신을 위해, 당신의 성숙을 위하고, 지켜낼 수 있고, 하여 함께 그 성숙을 완성하며 나아가는 사랑을 하세요.

그리고 그렇게 되기 위해, 당신 자신부터가 먼저 온전하세요. 자신이 온전하지 못해 온전하지 못한 사랑을 시작해놓고는, 그 모든 것을 상대방의 탓으로 돌린 채 영원을 원망과 함께, 자기 연민과 함께 살아가는 것, 그것이 온전하지 않은 사람들의 가장 무의미한 악순환입니다. 먼저 나 스스로가 온전했다면, 그런 일은 애초에 일어나지도 않았을 것이고, 해서 모든 원인은 사실 나에게 있는 것입니다. 그것을 잊지 마세요.

그렇다면 지금 당신이 하고 있는 사랑은 예쁜 빛과 함께하고, 그 빛을 더욱 환하게 키워가는 성숙과 함께하는 사랑입니까, 아니면 처음의 빛을 오히려 꺼트리고 소멸시키고 있을 뿐인 미성숙한 사랑입니까. 그러니까 당신은 사랑을 하고 있습니까, 아니면 사랑이 아닌 집착과 고통을 사랑이라 미화하고 있을 뿐인 환상에 젖어있을 뿐입니까.

76.

불평불만.

　매사에 불평불만하는 사람을 피하세요. 당신이 그들과 함께하는 동안 그들은 그들 자신의 불평불만을 통해서 당신의 에너지를 끝없이 갈취하고자 할 것이며, 그렇게 금방이면 당신을 소진시킬 것입니다. 또한 그들은 만족하는 법 자체를 모르기에 무엇에도 만족할 수 없을 것이며, 하여 당신의 존재를 향해서도 감사하고 존중하기보다 끝없이 문젯거리와 잘못된 점들을 애써 찾아가며 당신을 깎아내릴 것입니다.

　그렇다면 당신의 있던 자존감마저 훼손시키고 소멸시킬 뿐인 그런 사람들과 당신이 함께할 이유는 진실로 없는 것입니다. 하루를 평온하게 살아가고 있던 당신에게 그들은 세상의 잘못된 점들에 대해서 끝없이 당신에게 말할 것이며, 해서 당신의 평화로운 관점까지도 끝끝내 왜곡시킬 것입니다.

　이를테면 그런 것입니다. 연인과 함께 행복하게 잘 만나고 있는 당신에게 갑자기 그들이 찾아와서는 너의 연인은 이런 부분이 문제고, 이런 부분은 잘못된 거 아니야? 라고 끝없이 말하는 것이죠. 그래서 당신이 진실로 그것에 흔들리지 않을 수 있을 만큼 명확한 온전함과 정렬되어 있지 않은 채라면 이제 당신 또한 서서히 그것에 골몰하게 되는 것입니다. 그렇게 서서히 당신의 평화와 소중한 관계를 병들게 하고 아프게 만드는 것이죠.

어쨌든 그들은 자주 악의적이고 적대적입니다. 세상의 모든 것들이 잘못이라면서, 정작 자기 자신의 병든 마음은 돌볼 생각 자체를 하지 않는 미성숙하고도 이기적인 사람들인 것이죠.

저는 진실로 그들이 남 탓을 하는 것은 봤어도, 자신의 내면을 돌아보고 더욱 성숙하고자 나아가는 것은 보지 못했습니다. 그래서 그들은 자신의 삶에서도, 자신이 마주하고 있는 관계 안에서도 늘 뒷걸음만 칠 뿐입니다.

왜냐면 그들은 노력하고 발전하기보다, 타인과 바깥 세계를 변화시킴으로써 자신이 편해지고자 하고, 또한 그러한 비난과 불평불만을 통해 자신의 도덕적 우월감을 오직 부풀린 채 자기 자신의 나태함을 정당화하고 합리화하고자 하고만 있을 뿐이기 때문입니다.

그래서 당신의 곁에 그런 사람들이 있을 때, 당신은 끝없이 그들의 그러한 불평불만을 들어줘야 할 것이고, 그럼에도 그러한 불평에 당신이 동참하지 않는다면 그들은 당신을 향해서도 적대심과 악의심을 서서히, 그리고 여과 없이 드러낼 것입니다.

그러니 최선을 다해 파하세요. 친구든, 연인이든, 고객이든, 그런 사람들을 당신의 가까이에 두지 마세요. 당신이 돈을 위해 그들과 거래를 하게 된다면, 당신은 일시적인 이득을 얻을 수는 있겠지만 장기적으로는 진실로 큰 손실을 감수해야만 하게 될 것입니다.

왜냐면 그들은 당신의 그 상품, 꿈, 재능에 결코 만족하지 못한 채 그 것을 오직 훼손하고자 할 뿐일 것이며, 하여 당신의 명성에 먹칠을 할 것이기 때문입니다. 또한 그들은 당신이 결코 감당해낼 수 없을 만큼의 악의와 적대심으로 당신의 모든 에너지를 마지막의 마지막까지 탈탈 털어가고야 말 것입니다.

그러니 할 수 있는 최선을 다해 피하세요. 이미 그 관계를 맺었다면 최선을 다해 끊어내세요. 당신이 단호하지 못해 끝내 그들과 함께하게 될 때, 당신은 당신의 순수함과, 예쁜 시선과, 하루하루의 평화와, 그 모든 다정함을 끝내 상실하게 되고야 말 것입니다. 그리고 그것을 다시 회복하는 데에는 엄청난 노력이 요구될 것입니다.

그래서 가장 기본적인 다정함은 상대방의 마음을 편안하게 해주는 것입니다. 제가 누군가에게 불평불만을 하며 그들의 단점을 지적하고, 또 그들에게 세상의 잘못된 점에 대해서 하루 종일 털어놓을 때, 그 누군가는 저와 헤어지며 마음의 불편함과 그 자신의 소진된 에너지를 내내 느끼게 될 것입니다. 하지만 제가 오직 다정함과 온전함으로 상대방을 마주했다면 상대방은 그저 아무런 생각 없이 집으로 돌아가게 될 것입니다. 그래서 상대방의 마음 안에 그 어떠한 감정적인 불편함도 만들어내지 않는 것, 그것이 가장 최소한의 다정함인 것입니다.

그러니 그곳에서부터 시작하세요. 또한 당신에게 그 어떠한 불편함도 주지 않아 함께하는 동안 그저 편안하게 있을 수 있는 사람과 함께하세요. 그 편안함에서부터 시작해 이제는 서로가 서로에게 기쁨과 행복을 더욱 심어주는 관계를 향해 나아가세요. 그렇게 오직 다정함과 다정함을 주고받으며 서로의 평화를 지켜주는 관계를 맺도록 하세요. 또한 당신 자신의 평화를 스스로 지키는 데 있어서도 최선을 다하세요.

그렇다면 지금 당신은 당신과 함께하고 있는 사람에게 어떤 사람입니까. 또한 당신이 함께하고 있는 상대방은, 당신을 향해 어떤 마음을 기울이고 있는 사람입니까.

77.

기도하는 마음.

기도하는 습관을 가져보세요. 저는 매일 신께 오늘 하루를 어떻게 해야 더 의미 있고 행복하게 보낼 수 있을지에 대해 물어보고 그 답을 알려달라고 기도합니다. 그리고 그 기도를 하는 순간, 그 하루는 기도를 하기 전보다 이미 좋아지기 시작하는 것이죠.

직원과 함께 회사에서도 우리는 눈을 감고 기도합니다. 직원의 평화와, 직원의 가족의 평화와, 그리고 저의 가족과 제 하루의 평화를 위해서 기도를 하는 것이죠. 함께하는 동안 서로가 서로의 행복을 위하고, 서로의 기쁨을 위하게 해달라고 요청하고, 또 오늘 하루 우리의 일을 통해 사람들의 기쁨과 행복을 더욱 고취시킬 수 있도록 해달라고, 그렇게 기도하는 것입니다. 그리고 우리는 실제로 그러한 하루를 보내게 됩니다.

당신이 종교를 가지고 있든 가지고 있지 않든, 그것은 기도를 하는 것과 전혀 상관이 없습니다. 그러니 그저 신께, 혹은 당신 자신, 혹은 삶에게 어떠한 마음을 달라고 요청해보세요. 당신은 그 즉시 그 마음을 받게 될 것입니다.

우리는 때로 신께 협상을 하고자 하고, 해서 조건을 달고 기도하길 좋아하는 편이지만 그러한 기도는 이루어지기가 쉽지 않습니다. 왜냐면 그것은 진정 나 자신을 위한 기도가 아니기 때문입니다. 또한 신께서는 오직 우리들의 가장 진실한 행복만을 위하시기 때문입니다.

그러니 오늘 하루 당신의 진실한 행복과 평화를 위해서, 그 성숙을 위해서 기도해보세요. 그러한 기도에 담긴 마음은 당신을 향한 신의 뜻과도 일치하기에 반드시 이루어질 것입니다.

그러니까 제 말은, 이번 주에 로또에 당첨되게 해달라고 기도를 해놓고는, 그것을 들어주지 않는다며 신을 원망하지 말라는 이야기입니다. 그것이 진정 당신을 위한 것이 아니라면 그것은 결코 이루어지지 않을 것입니다.

당신은 당신 자신의 행복을 위해 로또에 당첨되는 것이 필요할 것이라고 생각하지만, 그것은 당신의 미성숙한 지금의 상태를 반영하는 오해이자 환상일 뿐 진실한 행복이 아니며, 해서 당신의 진실한 행복만을 염려하시는 신께서는 그것을 결코 들어주시지 않는 것이죠.

하지만 당신이 태어나 존재하고 있는 유일한 이유인 당신 자신의 성숙을 위해 당신이 기도할 때, 그것은 이루어질 수밖에 없을 것입니다. 왜냐면 그건 진실로 당신 자신의 행복을 위한 기도이기 때문입니다.

그러니 다정한 마음, 평온한 마음을 달라고 기도해보세요. 당신이 미워하고 있는 사람이 있다면, 그 사람을 용서하게 해달라고 기도해보세요. 그 즉시 신께서 그 기도에 응답하실 것입니다. 그래서 그 순간 당신은 더욱 다정해지고, 평온해지고, 또한 결코 용서하지 못할 거라 생각했던 한 사람을 용서하게 되고, 그런 힘을 얻게 되는 것입니다.

로또에 당첨되는 것보다, 진실로 당신이 더욱 다정하고, 평화롭고, 용서를 완성하는 사람이 되는 것이 당신 자신의 행복을 더욱 위한 것이 아니겠습니까.

그러니 예쁘고 아름다운 마음을 위해 기도하고, 그 기도를 통해 하루를 행복하게 살아가시길 바랍니다. 어려운 형식에 얽매일 필요도 없습니다. 그저 가장 진실하고 순수한 마음으로, 평소에 말하듯 그것을 구하고 청하면 되는 것입니다. 그리고 또한 저는 여러분들의 마음에 그러한 다정함과 평화가 깃들기를, 하여 여러분들이 진실로 행복하기를 기도하겠습니다.

용서하지 못한 것이 있다면 용서하고, 그렇게 용서함으로써 용서받기를. 하루하루 보다 큰 다정함을 향해 나아갈 것이며, 하여 존재 자체가 사랑이자 기도가 되는 당신이기를. 그렇게 행복하지 않는 것이 불가능할 만큼 안에서부터 행복한 당신이기를.

함께하는 사람과 함께 오직 성숙하며 나아갈 것이며, 하여 두 손을 맞잡은 채 주어진 성숙을 더욱 완성해나가는 예쁜 둘의 관계이기를. 미워하기보다 이해하고, 판단하기보다 받아들일 줄 알기를. 해서 다정한 연민이 당신의 마음 안에 깃들기를. 무엇보다 당신 자신의 시선과 삐딱한 생각을 향해서도 당신이 그 다정한 연민을 품을 줄 알기를. 해서 그것을 끝내 극복하고 초월하기를.

오직 성숙하기 위해 태어나 그 성숙을 완성하며 살아가고 있는 우리이기에 지금의 미성숙 자체가 사실은 이미 완전함이자 완벽한 아름다움이라는 것을 당신이 진정 이해함으로써 평화를 얻기를. 하여 그 이해로부터 지금 내 존재가 완벽하지 못하다는 죄책감과 자기혐오로부터 당신이 벗어나게 되기를. 그렇게 당신 자신을 더욱 있는 그대로 사랑할 줄 아는 당신이 되기를.

우리 모두는 행복을 위해 살아가고 있기에, 당신이 오직 진실한 행복만을 찾고 원하기를. 하여 신께서 당신의 방향을 제대로 안내해주기를. 또한 당신이 매사에 기도할 것이며, 무엇보다 그 기도가 당신 자신의 진실한 행복을 위한 것이기를. 해서 기도함으로써 당신의 행복이 완성되기를.

응답받지 않는 진실한 기도는 이 세상에 없으며, 하여 지금의 제 진실한 기도 또한 꼭 응답받은 채 이루어지기를. 해서 신께서 언제나 우리를 살펴주시고 안내해주시고, 그렇게 우리와 함께하기를. 부디 높으신 주님의 저희를 향하신 그 뜻이 이루어지기를. 하고 두 손 모아 그렇게, 기도합니다.

그렇다면 오늘 하루, 당신의 기도와 바람, 원함과 소원은 진정 당신 자신을 위한 것이었습니까. 아니면 당신 자신의 이기심과 욕망, 그러한 것들을 더욱 부추기고 활성화시킬 뿐인 거짓 행복에 대한 것이었습니까. 그러니까 당신 자신의 진실한 행복을 위한 당신의 깊은 요청과 바람, 그 소원은 무엇입니까.

78.

관계 안에서 아프지 않는 방법.

　　오늘은 인간관계 안에서 결코 상처받지 않을 수 있는 마법에 대해서 여러분들에게 공유하고 나누고자 합니다. 우선 감사는 오직 나 자신에게만 할 수 있다는 것을 기억하세요. 우리가 누군가에게 베푼 친절과 다정함은 사실 고스란히 내게로 돌아오는 것이기에 오직 내가 나 자신에게 기특하고 고맙다고 말해줘야 하는 예쁜 마음입니다.

　　당신은 불친절할 수도 있었습니다. 하지만 그럼에도 친절했고, 베풀었고, 해서 무엇보다 당신이 더욱 넓고 따뜻한 사람이 될 수 있었습니다. 그래서 그 결과 당신이 보다 나은 사람이 되었고, 당신의 행복이 더욱 커졌습니다. 그러니 그것에 대해 오직 당신 자신에게만 감사하십시오. 때로 그 마음을 당신이 잊은 채 시간이 지나 상대방에게 감사를 바라게 될 때, 그 마음이 당신에게 끝내 상처를 줄 것이고, 하여 그 관계를 해치게 될 것입니다.

왜냐면 상대방은 당신이 원하는 만큼 결코 당신에게 감사하지 않을 것이기 때문입니다. 이제 와서 뭐 어쩌라고, 라는 표정으로 당신의 원망을 더욱 증폭시킬지도 모르는 일이죠. 하지만 상대방이 충분히 감사해도 될 만한 것에 감사하지 못한다면, 그건 사실 그 사람이 불쌍한 일입니다. 그러니 그럴 수 없는 상대방의 제한된 사고방식에 대해서 분노하기보다 불쌍하게 여기세요.

그리고 당신은 그와 달리 베풀 수 있고, 또 감사할 수 있는 사람임에 또한 감사하십시오. 정말로 당신이 다정할 수 있고 감사할 줄 아는 사람이라는 것에 대해 당신은 스스로에게 감사할 줄 알아야 합니다. 만약 당신이 그럴 수 없는 사람이라면, 그건 생각만 해봐도 너무나도 불행한 상태이지 않겠습니까.

그러니 감사는 오직 당신 자신에게만 하세요. 타인에게 감사를 바라지 마세요. 그렇게 그때의 예쁜 마음을 시간이 지나 도로 원망으로 만드는 모순과 오류를 이제는 더 이상 저지르지 마십시오.

이것에 더하여 의견과 당신을 분리할 줄 아십시오. 당신이 때로 당신의 의견에 과하게 집착할 때, 당신은 당신의 의견이 공격받는 것을 당신 자신의 존재가 공격받는 것이라 여기게 될 것이고, 그런 식으로 당신은 당신의 의견과 당신을 끝없이 동일시하고 있는 채일 것입니다. 그리고 그러한 동일시로부터 수많은 옳고 그름의 싸움과 분노, 그리고 증오가 관계 안에서 싹트게 되는 것입니다.

그러니 의견은 그저 의견으로 두세요. 그것에 당신이 과몰입하지 않을 때, 당신은 안전할 것입니다. 당신이 어떠한 말을 했는데 누군가 그 말과 반대되는 말을 한다고 한다면, 이제 당신은 그래서 뭐? 라고 말할 수 있게 되는 것이죠. 이미 그 말은 당신 입에서 나와 밖으로 나가는 순간 허공에 떠 있는 것이 될 뿐이기 때문입니다. 그래서 상대방의 반대되는 말은 그 허공에 떠 있는 의견에 대한 의견일 뿐인 것이고, 하여 당신은 이제 그것에 집착하기보다 그래서 뭐, 라고 초연하게 생각한 채 말할 수 있게 되는 것이죠.

저는 양식보다는 한식을 더 좋아합니다. 하지만 상대방은 한식보다 양식이 더 좋고 맛있는 것이라고 합니다. 그래서 뭐, 어쩌겠습니까. 저는 한식을 좋아하기 이전에 이미 저라는 사람일 뿐인 것을요. 그래 너는 양식을 더 좋아하는구나, 그래서 뭐, 어쩌겠습니까. 그것이 다입니다. 그렇다고 해서 달라지는 건 아무것도 없습니다.

그러니 의견은 의견대로 두세요. 당신이 그것을 말한 순간 이미 그것은 당신의 바깥에 있는 것이며, 하여 당신은 그것으로부터 결코 훼손될 수도, 우쭐해질 수도 없는 것입니다. 그것이 바로 온전한 이성입니다.

그러니 자존감이 낮아 나의 의견, 내가 추종하는 사람의 의견, 그런 것들과 나 자신을 동일시하며 공격하고 방어하느라 시간과 감정을 낭비하느니 차라리 자존감 있는 사람이 되세요. 지금 이 순간 당신이 의견을 방어하고자 하는 마음을 그저 내려놓을 때, 이미 당신은 더욱 높은 자존감과 함께하고 있는 것입니다. 그것을 잊지 마세요.

마지막으로 이해받으려고 하기보다 이해하고, 사랑받으려고 하기보다 그저 사랑하십시오. 그리고 공감받기 위해 애쓰고, 공감받지 못해 서운해하는 사람이지 마세요. 당신의 마음 안에 이해를 구하고, 사랑을 구하고자 하는 결핍이 없을 때, 당신은 영원히 서운해하는 법을 잊게 될 것입니다. 왜냐면 우리는 진실로 이해함으로써 이해받고, 사랑함으로써 사랑받기 때문입니다.

그러니 그것을 그저 주는 사람이 되세요. 그러한 삶의 태도가 당신에게서 자기 연민을 또한 완전히 제거시켜 줄 것입니다. 해서 나 좀 불쌍하지? 힘들어 보이지? 하며 상대방에게 동정과 위로를 구하는 식의 낮은 자존감의 시도는 이제 당신에게서는 영원히 찾아볼 수 없는 것이 될 것입니다.

해서 당신은 더욱 긍정적인 에너지가 넘치는 밝은 사람이 됩니다. 그래서 당신은 그저 당신의 존재만으로 사람들을 기쁘게 해주고 고취시켜주는 사람이 됩니다. 진실로 함께하고 있는 것만으로도 내가 행복해지고 기분 좋아지는 그런 사람이 이 세상에는 있습니다. 그래서 그들은 아까운 사람입니다. 모두가 함께하고 싶어 하는 그런 아까운 사람인 것이죠.

그러니 그저 먼저 좋은 사람이 되고, 먼저 자존감 있는 사람이 되고, 먼저 이해와 사랑을 줌으로써 진정 존중받고 사랑받는 사람이 되세요. 누가 당신의 아픔과 힘듦을 알아주지 않는다고 해서 당신이 속상할 필요가 없는 것은 이제 당신에게는 그 알아줌을 바라는 욕구 자체가 존재하지 않을 것이기 때문입니다. 왜냐면 당신은 이해받고, 사랑받고, 공감받고, 위로받기보다 그것들을 그저 주고자 하는 사람이니까요.

그러니 언제나 내 마음을 알아주길 바라고, 내 마음에 충분히 공감하고 아파해주길 바라는 그 왜소한 마음이 서운함을 만들어내고, 그 서운함이 우리가 마주하는 관계 안에서 사소한 감정싸움의 씨앗이 되어 싹트는 것이라는 것을 잊지 마세요.

당신이 이 세 가지만 명심해도, 당신은 관계로부터 이제는 더 이상 상처받지 않을 수 있을 것입니다. 오직 온전함과 평화, 다정함으로 관계를 마주한 채 그 안에서 행복할 수 있을 것입니다. 그러니 당신의 안전과 행복과 평화를 이제는 확보해보십시오.

그렇다면 당신은 당신이 다정했음에 대해 상대방에게 감사를 요구하는 사람입니까, 아니면 당신 자신에게 스스로 감사할 줄 아는 사람입니까. 또 당신은 당신의 의견을 당신 자신과 동일시하기에 그것과 다른 의견을 들었을 때 당신이라는 존재 자체가 부정당하고 있다고 여기는 사람입니까, 아니면 의견과 당신을 분리하여 생각할 줄 아는 진정 온전한 사람입니까. 더하여 당신은 당신 자신의 결핍을 스스로 채우지 못해 끝없이 외부로부터 동정과 관심, 사랑과 이해, 공감과 연민을 바라는 사람입니까, 아니면 오직 안에서부터 채워졌기에 그것을 바라지 않고 그저 주는 사람입니까.

그러니까 당신은 지금 당신이 함께하고 있는 관계 안에서 상처와 서운함과 함께하고 있습니까, 아니면 만족과 감사, 사랑과 함께하고 있습니까. 그리고 앞으로의 당신의 선택은 무엇입니까.

79.

분노의 알고리즘.

　우리가 분노가 작용하는 방식에 대해서 진정 이해하고 있는 채일 때, 우리는 더 이상 분노에 의해 휘둘리지 않게 됩니다. 그러니 분노의 알고리즘에 대해 진정 이해하고 있는 채이십시오.

　샤워를 하다가, 커피를 마시다가, 홀로 잠을 청하다가, 화장품을 바르다가, 청소를 하다가, 그것이 어떤 순간이든 문득 어떠한 원망 하나가 당신의 마음에 떠오를 것입니다. 그리고 당신이 그것을 포착한 채 그것을 곱씹으며 그것에 골몰하기 시작할 때, 그 순간 그것은 하나의 덩이가 되어 점차 커지기 시작할 것이며, 하여 끝내는 당신이 분노할 수밖에 없게 될 만큼의 거대한 원망의 씨앗이 되어 당신의 마음 안에서 싹 틀 것입니다.

　그러니 그것이 떠오르는 순간 그것은 당신이 아닌 '분노' 그 자체가 그 자신의 분노를 통하여 당신의 마음 안에서 끝없이 생존하기 위해 만들어내고 있는 환상임을 당신에게 상기시켜주십시오. 그렇게 분노에 더 이상 에너지를 부여하지 않은 채 그것을 굶주리게 하십시오. 당신이 이것을 몇 번만 성공해도 이제 당신의 마음 안에서는 분노가 서서히 사라지다 거의 없는 채가 될 것입니다.

우리는 언제나 어떠한 일 하나를 붙들고 그곳에서 잘못된 원인을 찾고자 하고, 탓할 사람을 찾고, 하여 그 사람을 공격함으로써 나 자신의 무죄를 증명하고자 합니다. 하지만 그 모든 일은 결코 나의 동의와 선택 없이는 일어나지도 않았을 일입니다. 그래서 그것은 그저 한 때의 실수였을 뿐 그 이상도 그 이하도 아닌 것입니다.

그러니 탓하고 원망하기보다 그 안에서 배우고 성숙하십시오. 내 안에 있는 죄책감을 타인에게 투사하고 전가함으로써 그 죄에서 풀려나길 기대하는 무지의 환상과 오류에서부터 이제는 벗어나, 당신 마음 안에 있는 죄를 오직 스스로 다스려 그것이 완전히 사라지게 하십시오. 그렇게, 죄로부터의 자유를 확정 지으십시오. 그게 당신을 훨씬 더 멋지고 나은 사람으로 만들어줄 것입니다.

우리의 마음 안에 어떠한 원망이 있을 때, 우리는 그 원망 때문에 하루를 예쁘고 행복하게 살아갈 수가 없게 됩니다. 그러니 무엇보다 당신 자신의 행복을 위해서 더 이상은 원망에 힘을 부여하지 마십시오. 그렇게 당신 자신의 온전한 주권을 되찾고, 그로부터 보다 자존감 있는 하루하루를 마주하십시오.

원망이 있을 때 우리는 그 상대방의 눈을 제대로 바라보지도 못하게 되고, 또 끝없이 그 사람의 안 좋은 점을 생각하느라 그 사람을 사랑하지도 못하게 되지만, 우리가 더 이상 원망하지 않을 때 우리는 그저 그것은 그것이다, 하고 진실한 힘을 빌려 말할 수 있게 될 것입니다. 화내고 서운해하는 대신에 객관적으로 말할 수 있을 것이며, 더하여 다정하게 그것에 대해 말할 수도 있을 것입니다. 그래서 그때는 상대방의 눈을 다정하게 바라보며 다정하게 말하는 그 사랑을 우리는 우리의 마음 안에서 여전히 잃지 않은 채일 것입니다.

그리고 그럼에도 내 마음이 닿지 않는 상대방이라면 우리는 그 사람을 미워하고 원망하기보다 나 자신의 행복을 위해 그저 함께하지 않는 것을 선택할 수도 있을 것입니다. 왜냐면 미움과 증오는 다름 아닌 나 자신을 가장 아프고 힘들게 할 것이며, 하여 우리가 분노할 때 그것은 사실 내가 나 자신의 불행을 스스로 선택하는 일인 것이기 때문입니다.

그러니 분노에 의하기보다 나 자신의 진실한 힘에 의해 살아가세요. 그때 당신의 마음은 보다 더 단순해질 것이며, 하여 당신은 수없이 많은 갈등들로부터 진정한 자유를 얻게 될 것입니다. 그렇게 당신은 자존감 있게 주어진 하루를 더욱 행복하게 살아가게 될 것입니다.

어쨌든 당신이 하루 중 뜬금없이 당신을 향해 찾아오는 그 원망을 곱씹는 순간, 당신은 끝내 상대방을 향해 분노를 터뜨릴 수밖에 없게 될 것입니다. 그리고 그 분노를 터뜨리기 전까지 당신은 그 분노에 잠식되어 당신의 하루들을 제대로 살아갈 수조차 없게 될 것입니다. 하지만 그럼에도 분노를 터뜨린다고 해서 당신이 그것으로부터 진정 자유를 얻게 되는 것도 아닙니다.

왜냐면 분노는 또다시 당신의 마음 안에서 생존하기 위해 같은 형식으로 당신을 찾아올 것이고, 그리고 당신은 여전히 그것에 속아 분노에게 에너지를 주며 그것을 당신의 마음 안에서 생존시킬 것이기 때문입니다. 그러니까 그게 바로 분노의 알고리즘이기 때문입니다.

해서 그때의 당신은 당신의 마음 안에 있는 그 원망의 더미들을 감당할 수가 없어서 끝없이 그것을 회피하기 위해 무의식 속으로 더욱 깊이 빠져들고자 시도하게 될 것입니다. 드라마를 보든, 영화를 보든, 게

임을 하든, 그것이 무엇이든 그러한 무의식에 빠져드는 순간만큼은 그것을 곱씹지 않을 수 있기 때문입니다.

하지만 그러한 무의식에서 잠시라도 해방되는 순간, 그러니까 자기 전이라든지 그런 시간이 당신을 찾아올 때면 당신은 여과 없이 분노에 짓눌리게 될 것이고, 그렇다면 그러한 삶 안에 어떠한 행복이 함께할 수 있겠습니까.

그러니 이제는 그 모든 원망의 생각이 오직 환상일 뿐임을 진정 깨달으십시오. 하여 그 어떤 원망의 합리화와 정당화에도 속아 넘어가지 마십시오. 그렇게 그것에 에너지를 더 이상 부여하지 마십시오. 그리고 그것은 오직 당신 자신의 행복을 위한 일임을 언제나 잊지 마세요. 당신이 분노할 때 가장 아플 사람이 바로 당신 자신이고, 당신이 원망으로부터 완전한 자유를 얻은 채일 때 가장 행복할 사람이 또한 당신 자신이기 때문입니다.

어쨌든 모든 것이 찰나의 순간입니다. 해서 그 찰나의 순간 당신을 향해 찾아온 어떠한 생각을 당신이 환상이라 여긴 채 치워낼 수 있다면, 당신은 반드시 자유를 얻게 될 것입니다. 그렇게 이제는 분노와 원망에 짓눌린, 우울하고도 불행한 하루가 아니라, 더없이 자유롭고 예쁜, 행복한 하루를 보내게 될 것입니다.

그러니 그 어떤 그럴싸한 이유와 함께 찾아오는 생각이라 하더라도 그것을 믿지 마십시오. 그렇게 당신의 온전함을 되찾고, 자유를 되찾고, 하여 행복하십시오. 더욱 다정한 관계를 이어가고, 그 관계를 오래도록 예쁘게 물들여가십시오.

당신이 불행할 때는 아무리 애써도 당신은 상대방을 불행하게만 하는 사람이었지만, 당신이 행복할 때는 당신이 아무런 노력도 하지 않아도 당신은 상대방을 행복하게만 해주고 있을 뿐일 것입니다. 그리고 그게 바로 당신이 당신 마음에 대한 책임감을 가져야만 하는 이유이고, 당신의 상태와 수준에 대한 영향력 앞에서 언제나 신중해야만 하는 이유입니다.

어쨌든 당신이 끝내 분노에 당신 자신의 주권을 떠넘긴 채 그것에 의해 살아가길 선택할 때, 당신은 감당할 수 없는 그 원망의 더미들 속에서 늘 아파한 채 우울한 사람이 될 수밖에 없을 것입니다. 그리고 그 우울의 이유는 다름 아닌 당신이 당신 마음의 주권을 스스로 잃었기에 그것을 더 이상 통제할 수 없을 거라는 그 불안함에서부터 엄습하는 일종의 무기력함과 두려움일 것입니다.

정말 분노가 당신의 마음 안에 가득했을 때를 떠올려 보세요. 그때의 당신은 얼마나 왜소했으며, 공격적이었으며, 또 굳이 상처를 주고받았으며, 무엇보다 그러는 동시에 얼마나 우울한 채였습니까. 그때의 당신은 때로 그 모든 삶의 증오로부터 짓눌린 채 그것을 감당하지 못할 거라는 두려움에 눈물을 흘렸을 것입니다.

하지만 이제는 그 모든 환상의 먹구름을 거두어낼 수 있습니다. 그리고 당신이 마침내 진실의 빛을 선택하여 그것을 거두어내게 되었을 때, 당신은 이제 당신이 당신 마음 안의 그러한 부정성들을 스스로 다스릴 수 있다는 자신감과 함께할 것이며, 하여 밝은 미소와 함께 하루를 살아가게 될 것입니다.

그렇다면 당신은 여전히 왜소하고, 우울해하고, 불안해하는, 그런 불행한 사람이겠습니까, 아니면 이제는 진실한 힘과 함께 오직 행복하시겠습니까. 그렇다면 지금 이 순간 당신을 향해 찾아온 그 분노와 원망이라는 환상 앞에서, 당신 자신의 선택은 무엇입니까.

80.

관계 안에서의 양자 역학.

　우리가 그저 모르는 사이로 지낼 때 우리는 각자의 우주에 대해 큰 영향을 미치지 않겠지만, 비로소 우리가 서로를 마주하고 바라보고 인식하게 될 때, 그때의 우리는 서로와 상호작용하며 각자의 우주를 변화시킬 만큼의 큰 영향력을 주고받게 될 것입니다.

　그러니 언제나 다정하고 예쁜 빛으로 서로를 마주하십시오. 그렇게 서로에게 선한 영향력을 행사하며 서로의 우주가 더욱 예쁘고 찬란하게 빛날 수 있도록 고쳐시켜주는 서로이십시오.

　양자 역학에서도 하나의 전자의 위치를 인식하기 위해 진동수가 강한 빛을 쏠 때, 그 전자의 상태는 변하는 것이 됩니다. 하지만 전자의 위치를 확인할 수 없을 만큼의 진동수가 약한 빛을 쏘아 전자를 그저 스쳐 지나갈 때, 그때는 전자의 운동량은 크게 변하지 않는 것이 됩니다. 그것이 하이젠베르크의 불확정성의 원리입니다. 그리고 저는 그것이 우리의 관계를 또한 정확하게 설명해주는 원리라고 생각합니다.

무엇인가를 우리가 바라보기 전까지, 그것은 존재하지 않는 것이지만, 비로소 우리가 그것을 바라보는 순간, 그것의 존재가 마침내 존재로서 우리에게 나타나게 되는 것이죠. 그러니까 달은 우리가 그것을 바라보기 전까지는 달로 존재하지 않는 것입니다(슈뢰딩거의 고양이와 아인슈타인의 달).

그러니까 제가 당신을 비로소 바라보기 전까지, 당신의 존재는 저에게 존재하지 않는 것입니다. 하지만 제가 당신 존재를 비로소 인식하고 조밀하게 바라보게 될 때, 그때는 마침내 당신이 저에게 존재로서 나타나기 시작할 것이며, 그리고 이미 그것만으로도 저와 당신은 서로의 존재 자체를 변화시킬 만큼 강하게 연결되기 시작하는 것입니다.

그러니까 강한 빛을 쏠 때 전자의 상태가 그 즉시 변하는 것처럼, 우리가 누군가를 아주 조밀하게 바라보고, 세심하게 바라보고, 그리고 깊은 관계로서 상호작용할 때 그 사람은 우리의 생각, 마음, 눈빛, 그 모든 것에 의해 그 즉시 강한 영향력을 받게 되는 것입니다. 그래서 우리에게는 상대방을 다정하게 바라보고, 사랑스럽게 여기고, 가장 진실하고 예쁜 말을 하고, 그렇게 함께할, 함께함을 선택한 것에 대한 책임과 의무가 있는 것입니다.

내가 그의 이름을 불러주기 전에는 그는 다만 하나의 몸짓에 지나지 않았다. 내가 그의 이름을 불러주었을 때, 그때야 비로소 그는 나에게로 와서 꽃이 되었다. 그리고 이것은 김춘수 시인의 이 꽃이라는 시의 구절과도 일맥상통하는 부분입니다. 제가 당신을 마침내 예쁘게 바라보고 제 마음에 담은 채 당신을 아끼고 생각하기 시작할 때, 그때야 비로소 당신이라는 존재는 저에게 큰 의미를 가지는 우주이자 꽃이 되어 피어나게 되는 것이기 때문입니다.

그리고 이미 한 번 얽힌 양자들은 양자 얽힘에 의해서 시공간을 초월한 채 서로에게 영향을 주기 시작합니다. 그러니까 당신이 어디에 있든, 당신의 존재, 생각, 변화, 그 모든 것이 그 즉시 저에게도 영향을 미치기 시작하는 것입니다. 왜냐면 그때의 우리는 이미 하나가 되었기 때문입니다.

　　그래서 당신이 속상하고 아플 때, 그것은 그 즉시 저에게 영향을 주어 저는 당신의 안부가 궁금해지기 시작할 것입니다. 우리가 연락을 하지 않아도, 제가 그것에 충분히 민감하다면 저는 그것을 충분히 느낄 수 있을 것입니다. 그렇다면 서로가 상호작용하며 이미 연결된 채 존재하는 이 사랑으로 맺어진 관계 앞에서, 우리는 얼마나 거대한 책임이 있는 것일까요.

　　제가 품은 나쁘고 악한 생각들이 그 즉시 상대방의 마음에도 그러한 영향을 줄 텐데, 그렇다면 저는 저의 생각, 존재, 마음가짐에 대해서도 상대방을 위한 사랑으로써의 책임이 있는 것입니다. 그래서 우리는 함께함을 선택한 것에 대해서 우리가 할 수 있는 가장 최선을 다해 상대방에게 선하고 아름다운 영향력을 주기 위해 노력해야만 하는 것입니다.

　　예수님께서도 입에서 나오는 것은 마음에서 나오나니 이것이야말로 사람을 더럽게 하는 것이라고 말씀하셨다는 것을 기억하십시오. 크리슈나께서도 아무리 억제하고 밖으로 표현하지 않는다고 한들, 마음에 선하지 않은 생각이 있다면 그건 그저 선하지 않은 것일 뿐이다, 라고 말씀하셨다는 것을 기억하세요. 마찬가지로 부처님께서도 우리가 먹는 것, 입는 것이 아니라 우리의 생각과 존재가 우리를 더럽게 하고 깨끗하게 할 수 있는 유일한 것이라고 하셨습니다. 해서 우리 모두에게는 예쁜 마음으로, 예쁜 생각으로, 최선을 다해 예쁘게 존재할 책임이 있는 것입니다.

그러니 서로를 할 수 있는 가장 최선의 예쁘고 다정한 방식으로 사랑하고, 또한 서로가 멀리 떨어져 있을 때에도 각자에게 주어진 성숙 앞에서 최선을 다하십시오. 그렇게 오직 예쁘고 아름다운 영향을 주고받은 채 서로의 가슴 안에서 기쁨의 꽃이 되어 피어나십시오. 당신이 그저 오늘 하루 충분히 자주 웃고 행복해한다면, 그 오늘의 행복이 상대방의 마음 안에서도 고스란히 행복으로 꽃 피게 될 것입니다.

더 멀리 나아가 우주가 빅뱅 이전의 아주 작은 우주일 때, 그때의 모든 것들은 그 작은 공간 안에서 이미 서로를 알고 서로를 바라봤을 것입니다. 그래서 무수히 많은 시간이 지난 지금 또한 우리는 결국 서로에게 영향을 주고 있을 것입니다. 우리가 이번 생에 단 한 번도 육체적으로 마주친 적이 없다고 할지라도 말입니다.

왜냐면 이미 한 번 마주친 적이 있는 우리는 그 순간부터 영원히 양자적으로 얽혀있게 되며, 그래서 이미 얽혀있는 우리는 빛의 속도보다 빠르게 서로의 상태에 의해 영향을 받게 되기 때문입니다(양자 얽힘). 해서 그것이, 우리가 그저 행복한 사람이 되었을 때 우리의 행복이 전 우주의 행복을 또한 고취시키게 되는 이유입니다. 그러니까 그것이, 사람들을 행복하게 하기 위해 나 자신이 먼저 행복한 사람이 되어야만 하는 이유입니다. 진실로 우리는 하나이기 때문입니다.

그러니 그저 오늘 하루를 행복하게 보냄으로써 그 최선의 행복으로 이 우주를 향해 봉사하는 사람이 되세요. 그저 당신의 마음 안에 평화를 간직함으로써 그 최선의 평화로 이 우주의 평화를 더욱 드높이고 모든 이의 마음 안에 평화의 파도를 물결치게 하는 사람이 되세요. 당신이 지금 이 순간 당신의 마음에 품고 있는 그것이, 전 우주의 상태에 그 즉시 영향을 미치게 될 것이기 때문입니다. 그러니 이제는 당신 자신의 다정한 성숙 앞에서, 전보다 더욱 예쁜 책임감을 가져보세요.

그렇다면 당신은, 당신이 바라봄으로써 이미 강한 변화의 영향력을 행사하고 있을 당신의 그 사람에게, 그 사랑에게, 어떤 이름의 꽃으로 불려지고 있습니까. 그 꽃의 이름은 기쁨이자, 예쁨이자, 사랑이자, 다정함이자, 아름다움이자, 행복입니까, 아니면 슬픔이자, 아픔이자, 속상함이자, 두려움과 불안이자, 원망과 증오이자, 눈치를 봐야 할 만큼의 강한 통제력이자, 불행입니까.

81.

무슨 일이 있어도.

　모든 성숙은 우리 자신의 성숙하겠다는 진실한 의지에서부터 이루어지고 완성됩니다. 그러니까 성숙 앞에서 우리는, no matter what, 무슨 일이 있어도, 라고 말할 줄 알아야만 하는 것입니다. 그리고 당신이 만약 당신 자신의 성숙과 행복에 진실로 간절하다면, 당신은 기꺼이 그렇게 말하게 될 것입니다. 해서 그러지 않겠다고 말하는 모든 이유는 사실 스스로 자신의 불행을 선택하겠다고 고집부리고 떼쓰는 것일 뿐인 오류이자 환상에 불과한 것입니다.

　그러니 기꺼이, 그 무엇에도 불구하고 성숙을 선택할 줄 아십시오. 그러니까 여전히 사랑하지 않겠다고 마음먹고 있는, 용서하지 않겠다고 마음먹고 있는, 부지런히 살아가지 않겠다고 마음먹고 있는, 그 당신 자신의 성숙에 대한 저항을 이제는 완전히 포기하십시오.

　하지만 그럼에도 당신이 스스로 불행하고 싶다면, 당신은 저에게

but, 하지만, 이라고 말할 것입니다. 하지만 아직은 준비가 되지 않았는 걸요, 하지만 어떻게 용서해요, 하지만... 하지만... 이라고 말이죠. 그게 무슨 말인지는 알겠는데, 그게 말처럼 쉬워야 말이죠, 하면서 말이죠. 그러고 싶긴 한데, 주변에서 저를 도와주질 않네요! 라고 말하면서 말이죠.

그렇다면 그건 얼마나 왜소하고도 인색한 마음입니까. 자기 자신의 성숙과 마음에 대한 책임을 스스로 짊어지지 못한 채 그 모든 주권을 스스로 포기하는 식의, 그 얼마나 자존감 없는 태도입니까.

그러니 그 하지만을 이제는 포기하고 내려놓으세요. 그렇게 오직, 당신 자신의 성숙과 행복만을 위하세요. 그리고 그건 다른 누군가가 아니라 무엇보다 당신 자신을 위한 일일 텐데, 그렇다면 당신이 기어코 그렇게 하지 않겠다고 버틸 이유라는 건 또 어디에 있겠습니까.

당신이 여전히 누군가를 용서하지 못해 미워하고 있을 때, 당신은 밤마다 그 사람에 대한 미움을 곱씹으며 불면증에 시달리게 될 것입니다. 또한 아침에 일어나자마자 그 사람의 생각으로 인해 하루를 예민하게 시작하게 될 것입니다. 그래서 그 미움의 최대 피해자는 상대방이 아니라 바로 당신 자신인 것입니다. 반대로 그 미움에서부터 용서를 통해 자유를 얻을 때, 그로 인한 가장 큰 수혜자 또한 상대방이 아니라 당신 자신인 것입니다.

당신은 그 미움으로부터 그 사람에게 복수하고자 하고, 그렇게 그 복수를 완성함으로써 당신이 행복해질 수 있을 거라고 생각하지만, 사실 미움은 끝이 없는 것이고, 하지만 용서는 단 한 번만 하면 되는 것입니다. 그러니 용서함으로써, 당신 자신의 미움으로부터 영원한 자유를 얻으세요. 그렇게 당신 마음 안의 행복과 평화를 확정 지으세요. 그러니까 이제는 스스로를 구원하세요. 하여 당신 마음 안의 천국을 완성하세요.

매번 무엇인가를 해놓고 다시 한 번 확인하는 습관을 지니지 못한 직원에게 제가 그 습관이 훗날 치명적인 실수로 이어질 수도 있는 것이니, 너 자신의 그 꼼꼼하지 못함으로 인해 너의 재능의 빛을 스스로 가리지 말고 한 번 더 확인하는 습관을 지니도록 해봐, 라고 말했다고 했을 때, 직원에게 그 성숙을 향한 저항, 그리고 지금 자신의 위치에 대한 스스로의 집착이 있을 때 직원은 저에게 하지만, 이라고 말하게 될 것입니다. 하지만 이렇고, 하지만 저렇고, 그래서 이럴 수밖에 없었던 걸요, 라고 말이죠.

하지만 진정 스스로를 위해 더 나은 사람이 되고자 한다면 그 무엇에도 불구하고 수긍했을 것이고, 하여 그렇게 되기 위해 오직 노력했을 것입니다. 왜냐면 무엇보다 그건 나 자신을 위한 일이기 때문입니다. 그래서 그것에는 이유가 없어야 하는 것입니다. 그 모든 이유를 초월한 채, no matter what, 이라고 비로소 우리가 말할 때, 그때는 그 결정과 선택으로 인해 무엇보다 내가 더 나은 사람이 되는 것이기 때문입니다.

그렇다면 지금 당신에게 주어진 수많은 성숙의 과제 앞에서 당신이 내릴 선택은 무엇입니까. no matter what 입니까, 아니면 but, 입니까.

82.

아픈 사랑의 가치.

　우리가 완전하게는 아니더라도 최소한 서로에게 안전하고도 무해한 사람이 되기 위해서 우리에게는 여러 관계를 통해 성숙해나가는 과정이 무조건적으로 필요하다고 저는 생각합니다. 그러니까 채 성숙하기 전의 우리에게는 사랑하는 관계 안에서 때로 서로를 아프게 하고, 하여 끝내 아픈 이별을 하고, 그렇게 그 이별을 아프게 완성하고, 그러한 과정이 필요한 것입니다.

　왜냐면 그 하나의 사랑 안에서 우리는 최소 온전하다고 할 수 있을 만큼의 성숙도 지니지 못한 채로 존재했었을 것이기 때문입니다. 그래서 나의 부족함이 아파서, 나의 미성숙이 후회가 돼서, 그렇게 아파해야만 하는 시간이 그때는 필요한 것입니다. 그렇게 성숙한 뒤에야, 그모든 후회를 반복하지 않을 만큼의 온전함을 완성하고 난 뒤에야, 그때야 비로소 우리는 서로에게 기쁨과 행복을 주는 사랑을 할 수 있게 되는 것이기 때문입니다.

또한 우리는 내가 여전히 온전한 시선을 가지지 못해 잘못된 만남을 가졌음을 후회할 수도 있을 것입니다. 그래서 그것을 아파하고 후회하고 난 뒤에는, 더욱 온전한 기준으로 사람을 보게 될 것이고, 하여 내 마음을 지켜주는 사람을 만나게 될 것이고, 그렇게 내가 나 자신을 지킬 수 있게 되는 것입니다.

그러니까 우리는 그런 식으로 그 아픔 안에서 배우고, 그 후회 안에서 배우고, 그렇게 그 모든 지난 경험을 통해 더욱 성숙한 사람이 되어가고 있는 것입니다. 그러니 최선을 다해 아프십시오. 더 사랑하고, 그럼에도 또 아프십시오. 그 모든 아픔을 지나 성숙하고, 하지만 그럼에도 여전히 미성숙해 또 아픈 이별을 하고, 그것을 몇 번을 더 반복해야 할지도 모릅니다. 하지만 또한 분명한 것은, 그렇게 당신의 사랑이 무르익어가고, 당신의 성숙이 완성되어가고 있다는 것입니다.

하여 그 모든 성숙을 더해 만나게 될 가장 마지막의 사랑은, 비로소 내가 만날 수 있는, 내가 선택할 수 있는 가장 최선의 다정한 사람, 온전한 사람이 될 것입니다. 그래서 그때야 비로소 우리는 서로에게 안전하고도 무해한 사람이 되어줄 수 있게 되는 것입니다. 영원히 함께함에 있어서도 전혀 서로가 아프지 않을 수 있는 그런 관계를 맺을 수 있게 되는 것입니다.

해서 당신의 시선이, 당신의 성숙이 끝내 무르익게 되었을 때, 그때는 사랑의 시작에서부터 결혼하는 데까지의 시간이 얼마 들지 않게 될지도 모릅니다. 왜냐면 당신은 당신에게 잘 맞는 사람이 어떤 사람인지, 그리고 당신이 만나야 하는 사람이 어떤 사람인지, 또한 진정 좋은 사람이 어떤 사람인지, 하는 그것에 대해서 이제는 명확하게 알고 있는 채일 것이기 때문입니다.

어떤 때는 나를 억압하고 나를 통제하는 사람 앞에서 설렘과 미묘한 즐거움을 느꼈었다면, 이제는 나를 진심으로 존중할 줄 아는 진정 다정한 사람에게 끌리기 시작하는 것이죠. 왜냐면 내가 사랑이라 믿어왔던 어떠한 관념의 사랑 안에서 나는 불행했고, 상처받은 채 아파야만 했고, 해서 이제는 그것이 진정한 사랑도, 행복도 아니라는 것을 깨달았기 때문입니다.

그러니 할 수 있는 최선을 다해 가장 깊고 섬세하게 사랑하십시오. 그렇게 하나의 사랑 안에서 최대한 많은 것들을 느끼고 배우십시오. 결국 가장 중요한 것은 마지막에 함께할 사람을 잘 만나는 것입니다. 그러니 그 전에 얼마나 아픈 사랑을 하든, 최대한 많이 사랑하고, 최대한 많이 배우고, 하여 최대한 많이 성숙하십시오. 그렇게 그 마지막의 사랑을 준비하는 것입니다.

해서 당신이 그 전의 사랑들을 통해 최선을 다해 성숙을 완성한 채라면, 당신은 자연스럽게 좋은 사람을 만날 것이고, 그런 서로가 그런 서로를 알아볼 것이고, 하여 정말로 그때는 서로가 서로에게 빠지고 스며들고, 그렇게 확신을 가지는 데까지의 시간이 많이 필요하지는 않을 것입니다. 정말로 한 달 만에 결혼을 할 수도 있는 것이죠.

왜냐면 그때 당신 둘은, 서로의 성숙과 온전함과 다정함을 금방이면 느끼고 알아차릴 것이고, 또한 그러한 사람이 이 세상에 그리 많지 않다는 것도 너무나도 잘 알고 있는 채일 것이기 때문입니다. 이전 사랑의 경험을 통해, 어떤 사람이 내게 가장 잘 맞고 가장 좋은 사람인지를 이제는 오차 없이 바라보고 느낄 수 있게 되었기 때문입니다.

그래서 그때의 그런 확신은 안전합니다. 감정에 탐닉한 채 불타는 마음으로 서로를 사랑하고, 서로에게 집착하고, 그래서 불안해하고, 그러한 상태에서의 결정은 언제나 불확실함과 불안정함을 포함하는 신중하지 않음이 되겠지만, 그때의 당신은 오직 온전함으로 느끼고, 성숙한

시선으로 판단하고, 진정한 자존감으로부터 결정할 것이기에 그 확신
은 빨라도 안전할 수 있는 것입니다.

　제가 쓴 너라는 계절이라는 책을 읽어보시는 것도 좋습니다. 결국
그 책을 한 문장으로 요약하자면, 앞으로 몇 번의 사랑과 아픈 이별을
반복해야 할지는 모르겠지만, 결국 그 모든 아픔과 배움과 후회와 성숙
을 더해 내가 닿게 될 그 마지막 사랑은 부디 최선의 다정함이길, 그러
니까 그 모든 지난 배움으로부터 나는 더욱 성숙한 시선으로 다음 사랑
을 맞이하게 되길, 더욱 성숙한 마음을 상대방에게 전해주게 되길, 이
것이 될 것입니다.

　결국 그 전에 우리가 하는 사랑은 그 의미가 그 당시에는 얼마나 큰
것이었든 지나가는 것이고, 하나의 배움이라는 조각으로만 우리에게
남는 것이 될 뿐이기 때문입니다. 그리고 우리에게는 평생을 함께할 사
람을 잘 만나는 것이 가장 중요한 것이지, 지금 당장 함께하고 있는 사람
과 평생을 함께하는 것이 가장 중요한 것은 아니기 때문입니다.

　결국 서로가 최선을 다함에도 극복하지 못하는 사랑도 있을 것이고,
이미 성숙했기에 크게 최선을 다하지 않아도 서로가 함께함에 있어 전
혀 문제가 없는 사랑도 있을 것입니다. 그리고 저는 지난 모든 사랑을
통해 성숙했기에 더 이상 크게 극복할 무엇인가가 없는 둘이서 함께하
는 것이 가장 좋다고 생각합니다. 물론 그 안에서도 둘은 크고 작은 성
숙을 함께하게 될 것입니다. 혹은 아주 높은 수준의 성숙을 향해 두 손
을 맞잡고 함께 나아가게 될 수도 있을 것입니다.

　하지만 그때는 적어도, 서로의 미성숙한 감정으로 서로를 해하고,
서로에게 감정적으로 탐닉하는 식의 시간 낭비는 이제 더 이상 당신 둘
에게는 없을 것입니다. 그러는 시간에 서로는 서로를 더 예쁘게 사랑하
느라 바쁠 것이고, 이제는 그러한 미성숙한 감정을 즐길 만큼 그것에서

짜낼 단물이 당신 둘에게는 더 이상 남아있지 않을 것이기 때문입니다. 그러니까 당신 둘은 아주 큰 미성숙에서부터 그보다 조금 더 나은 수준의 미성숙을 향해 함께 나아가기보다, 이미 예쁜 성숙에서부터 더욱 예쁘고 아름다운 성숙을 향해 함께 나아가게 될 것입니다. 그렇게 예쁜 빛과 함께하는 아름답고도 영원한 사랑을 하게 될 것입니다.

그러니 지금 이 순간 최선을 다해 사랑하고, 그 사랑으로부터 배우십시오. 그렇게 가장 마지막의 그 예쁜 사랑을 위한 최선의 준비를 다하고 있으십시오. 당신이 지금 하고 있는 그 사랑이 당신의 마지막 사랑이 될지, 그렇지 않을지에 대해서는 저도 알지 못합니다. 하지만 분명한 것은, 그것이 마지막 사랑이 되기에 아직 둘은 배울 것이 많다는 것입니다.

그래서 이미 온전한 둘이 아니라면 둘은 끝내 그 사랑 안에서 아파야 할 것이고, 그 아픔에서부터 배워야만 할 것이고, 그 모든 시간들을 후회해야만 할 것이고, 해서 내가 더 좋은 사람이지 못했던 시간을, 혹은 더 좋은 사람을 만나지 못했던 그 시간을 후회하며 다시는 그 후회를 반복하지 않기 위해 각자에게 주어진 성숙을 최선을 다해 완성하며 나아가게 될 것입니다. 그렇게, 아마도 당신 둘은 그 다음 사랑에 그 성숙한 마음들을 기울이게 될 것입니다.

그럼에도 그 다음 사랑 또한 여전히 아픈 사랑이 될지도 모릅니다. 하지만 그 몇 번의 아픈 사랑을 제대로 하고 나면, 그리고 당신이 끝내 그 모든 아픔과 후회를 완성한 채 성숙하고 나면, 당신은 이제 서서히 마지막 사랑을 향해 나아가게 될 것입니다. 그리고 그저 마지막에 만났기에 마지막이 아니라, 정말로 영원히 서로를 다정하게 바라보고 사랑하게 되는 그 사랑을 그때는 하게 될 것입니다.

해서 그때의 둘은 정말로 서로를 알아보고, 서로에게 확신을 가지는 데 있어 시간이 거의 들지 않게 될 것입니다. 왜냐면 그때는 지난 모든 사랑에서 부족했던 후회와 결핍들을 메워주는 서로를 마주하고 있는 채일 것이기 때문입니다.

그러니 그 마지막을 준비하는 지금의 이 모든 사랑과 이별의 과정 안에서 최선을 다하십시오. 당신이 성숙을 완성한 만큼, 당신은 예쁜 사람을 만나 서로를 놓치지 않을 수 있을 만큼의 예쁜 마음을 주고받게 될 것입니다. 그것이 지금 사랑하고, 이별하고 있는 모든 이에게 제가 하고 싶은 말의 전부입니다.

부디 당신의 마지막은, 영원히 끝나지 않을 다정함이자 예쁨이자 서로를 향한 진심 어린 사랑이기를. 그 마지막을 위해 마주하고 있는 지금의 아픈 사랑은, 그래서 아파도 괜찮은 성숙의 과정이자 하나의 조각일 뿐이라는 것을. 그러니 그저 최선을 다해 겪고 느끼며 배우고 채우기를. 하여 이 사랑에서 배운 그 모든 성숙한 마음으로 다음 사랑을 마주하고, 그렇게 영원으로 굳어지는 그 사랑을 향해 끝없이 나아가기를.

그렇다면 당신은 지금 하고 있는 이 사랑 안에서 최선을 다하고 있습니까. 하여 배우고, 아파하고, 느끼고, 그렇게 마지막의 가장 예쁘고 다정한, 안전하고도 무해한 사랑을 향해 나아가고 있습니까. 아니면 그저 아무것도 배우지 못한 채 탐닉하고만 있을 뿐인 가볍고도 진실하지 못한 마음으로 시간 낭비만을 하고 있을 뿐입니까. 이 삶의 마지막 순간을 함께하게 될 그 사람을 위해서, 그리고 그 사람이 부디 예쁜 마음을 지닌 사람이고, 또 그 사람에게 건네주게 될 당신의 마음이 부디 예쁘고 진실한 마음이길 위해서, 그러니까 둘이서 함께하게 될 그 사랑이 부디 영원히 예쁘고도 다정한 사랑이길 위해서 당신은 지금, 최선의 성숙을 준비하며 나아가고 있는 게 맞습니까.

83.

관계 안에서의 결핍.

우리의 마음 안에 결핍이 없을 때, 우리는 더욱 완전하게 존재하게 됩니다. 그러니 스스로 완전하십시오. 만약 당신에게 있어 결핍이라는 게 존재하지 않는다면, 당신은 이제 더 이상 상대방이 당신의 아픔에 대해 무관심하다고 해서 상처받지 않게 될 것입니다. 그러니까 결핍이 많을수록, 우리는 더 많은 공감과 위로를 받고자 하는 사람이 되고, 그것을 받지 못했을 때는 때로 화를 내야만 할 만큼 내면이 불안정한 사람이 되는 것입니다.

그러니 타인이 당신의 아픔에 대해 크게 관심이 없다고 해서 타인에게 그 관심을 억지로 강요하지 마세요. 그럼에도 불구하고, 그저 완전하게 존재하세요. 그것이 당신을 더욱 행복하게 해줄 것이고, 또한 안전하게 해줄 것입니다. 더 이상 타인의 태도에 의해 내 기분과 행복이 변하지 않아도 된다는 것, 그러니까 그것이야말로 진정한 안전이 아니겠습니까.

또한 그럼에도 불구하고 당신이 당신에게 무관심한 사람과 기꺼이 함께할지 말지, 그것에 대해서 여전히 당신은 선택할 수 있습니다. 하지만 이제는 적어도 어쩔 수 없이 그러한 사람과 함께하게 됐다고 하더라도 당신 마음 안의 평화는 안전할 것입니다.

그리고 당신은 누군가와 만나고 만나지 않고에 대해 미움과 원망에 의해서가 아니라 이제는 그저 누구와 함께하는 것이 더 편한지만을 고려한 채 선택하게 될 것입니다. 해서 당신의 마음 안에 이제 더 이상은 누군가에 대한 원망의 곱씹음은 존재하지 않을 것이고, 하여 당신은 더욱 단단한 내적 평화와 함께 하루하루를 마주하고 보내게 될 것입니다. 그렇다면 그것만으로도 우리에게는 결핍 없이 존재할 이유가 충분히 있는 것입니다.

저는 한때 누군가가 저의 아픔에 대해 관심이 없을 때면 그 사람에게 상처를 받은 채 그 사람을 미워하곤 했었습니다. 그래서 그 미움으로 그 사람을 밀어내곤 했었죠. 하지만 그 모든 시간을 더해 성숙한 지금은 더 이상 그런 식으로 생각하지 않습니다.

누가 나의 감정, 의견에 크게 관심이 없다고 해서 저라는 존재의 소중함이 달라지는 것은 아니라는 걸 진정 깨달았기 때문입니다. 그리고 공감받기 위해 제가 아픈 것도 아니고, 동의받기 위해 제 의견이 있는 것도 아니라는 것을 이해하게 되었기 때문입니다. 해서 더욱 완전하게 존재하게 되었습니다.

하지만 그럼에도 여전히 저는 저에게 무관심한 사람과 특별한 관계를 맺지는 않습니다. 그게 저를 외롭게 하거나 아프게 해서가 아닙니다. 그저 그러는 시간에 저를 진심으로 아껴주고 존중해주는 사람과 함께할 때 제가 더 행복하기 때문입니다. 그래서 저는 그저 저의 한정적인 시간을 제 행복을 위해 사용하는 것일 뿐인 것이죠. 그러니까 이제 저에게는 누구를 만날지 만나지 않을지에 대해서 더 이상의 미움과 원망은 없는 것입니다.

그리고 저는 결핍이 있던 그때보다, 결핍이 없는 지금이 훨씬 더 행복하고 안전하고 평화롭다고 느낍니다. 제 마음이 한결 더 가볍고 자유롭다는 것을 매사에 느낀 채 존재하고 있는 것이죠. 제가 이 말을 하는 이유는, 저의 경험을 통해서 여러분들의 고생과 시간을 절약시켜드리기 위해서입니다.

그러니 그저 스스로 완전한 사람이십시오. 당신의 존재가 소중한 데에 있어서, 다른 누군가의 공감과 동의와 납득은 전혀 필요하지가 않은 것입니다. 왜냐면 당신은 이미 당신 자체로 눈부시게 빛나고 사랑스러운 소중함 그 자체이기 때문입니다.

그러니 그것을 삶의 어떤 순간 앞에서도 언제나, 당신 스스로 지각하고 있는 채이십시오. 하여 언제나 자존감이 있으십시오. 그러니까 값싼 동정을 받아야만 행복한 사람이 될 거라고 느낄 만큼, 당신 자신의 존재를 스스로 가치 없게 만들지 마십시오. 하여 더 이상 왜소한 사람으로서 위로를 구걸하고, 위로를 강요하는 사람이지 마십시오. 그저 스스로 빛나고, 스스로 온전하고, 스스로 행복한 사람이십시오.

그때 당신은 관계를 선택함에 있어서도 당신의 불안한 감정과 미성숙에 의해서가 아니라, 오직 당신의 온전함과 행복과 평화만을 위해 그것을 결정할 수 있게 될 것입니다. 그렇다면 누가 더 예쁘고 소중한 관계를 맺게 되겠습니까. 또한 누가 더 예쁘게 사랑하고 사랑받는 사람이겠습니까.

당신이 결핍투성이로 존재할 때, 그때의 당신은 매사에 상처받고, 매사에 외로워야만 할 텐데, 해서 좋은 사람들과 함께할 때도 그 사람들을 향해 당신 자신의 결핍을 투사한 채 그들이 당신에게 완전한 사람이 아닌 이유만을 찾고 곱씹게 될 텐데, 그렇다면 그것으로 인해 당신이 진정 행복할 수 있겠습니까. 그리고 그런 당신과 과연 어떤 사람이 오래도록 함께하고자 하겠습니까.

당신은 그저 당신의 감정을 당신이 원하는 대로 받아줄 사람을 찾고 있는 것이고, 하여 상대방은 당신으로 인해 매사에 그 감정적인 고통을 짊어진 채 무겁고 진이 빠진 채로 존재해야만 하게 될 텐데 말입니다. 그리고 그럼에도 불구하고 당신은 상대방에게 만족하지 못한 채 끝없이 당신 자신의 결핍을 투사하고만 있을 뿐일 텐데 말입니다.

그러니 그저 예쁘고 사랑스럽게 존재하세요. 그렇게, 사랑받을 만한 사람이 돼서 사랑받으십시오. 그러기 위해 먼저, 스스로 완전하십시오. 하여 더 이상은 사랑해달라고, 공감해달라고, 위로해달라고 떼쓰며 사람들로부터 그러한 마음을 갈취하고자 하지 마세요. 그렇게, 스스로 충족되고 완전하지 못해 타인을 소진시키는 사람이 되어, 결국에는 사람들이 당신을 기피하게 하는 식의 고립을 이제는 더 이상 스스로 선택하지 마세요. 당신이 사랑받을 만한 사람이 되면, 그때는 떼쓰고 노력하지 않아도 당신은 사랑받을 것입니다.

그렇다면 당신은 지금 결핍으로 인해 불안한 사람입니까, 아니면 완전함으로 인해 오직 안에서부터 행복한 사람입니까. 그러니까 당신은 사람들을 편안하게 해주고, 그들의 기쁨을 더욱 지지해주는 사람입니까, 아니면 타인들의 감정을 갈취하는 식으로 그들을 소진시키고, 하여 불행하게 만드는 사람입니까. 그러니까 당신은 사랑받을 만한 사람이 되어 그저 사랑받는 사람입니까, 아니면 여전히 그러지 못해 사랑을 강요하지만, 그럼에도 결코 사랑을 받지는 못하는 그 미성숙의 환상에 빠져있을 뿐입니까.

84.

만약 다시 누군가를 사랑하게 된다면.

　제가 만약 다시 누군가를 사랑하게 된다면, 그 사람과 제가 영원으로 굳어지길 바라겠지만, 혹여나 다시 하나에서 둘로 찢어지는 순간을 맞이하게 되더라도 저는 그 사람에게 하나의 영원한 가치를 새기는 사람이고 싶습니다. 그리고 그 가치는 이 세상에서 가장 밝은 빛이자 선한 영향력이기를 소원합니다. 그래서 저는 저와 함께했고 머물렀던 그 모든 시간 안에서 그 사람에게 어떠한 성숙을 선물해주고, 하여 그 성숙이 그 사람을 영원히 지켜주는 그런 소중함이 되어 그 사람의 마음 안에서 굳어질 수 있기를 바랍니다.

　그러니까 제가 그 사람에게 기울였던 마음이, 어떠한 인내가, 어떠한 다정함이, 그 모든 사랑이 그 사람을 또한 성숙으로 이끌어주고, 하여 저와 언젠가 헤어지게 되는 순간에도 그 성숙만큼은 남아서 그 사람의 남은 평생을 지켜주게 되기를 바라며 저는 노력할 것입니다. 오직 그런 마음으로 사랑할 것입니다.

그러니까 어떠한 감정적인 이득을 취하기 위해 계산하고, 어떠한 기득권을 행사하기 위해 힘을 쓰고, 어떠한 우월감을 느끼기 위해 끝없이 질투심을 유발하고, 또 통제하고, 해서 그 감정에 탐닉하기보다, 저는 오직 진실함을 바탕으로 예쁜 마음을 기울이고 싶습니다. 그래서 서로가 함께하는 동안 상처받고 지치기보다, 더욱 편안하고 위로를 얻을 수 있는, 그런 사람이 되어주고 싶습니다.

그러니까 제가 이전에 했던 모든 사랑 안에서 배웠던 후회와 아픔들, 그 미어질 것 같은 이별의 멍에 안에서 완성했던 성숙들, 그 모든 것들을 만약에 제가 다시 사랑하게 된다면 그 사람에게 기울이고 싶습니다. 그렇게 가장 성숙한 마음과 진실한 사랑을 주고, 하여 그 예쁜 눈빛으로 상대방을 자주 웃음 짓게 하는 사람이고 싶습니다.

그러니까 제가 만약 다시 누군가를 사랑하게 된다면, 저는 저의 이기심이 아니라 오직 상대방의 기쁨과 행복만을 염려하는 그런 사람이고 싶습니다. 우리 둘 모두가 종교가 없더라도, 저는 함께 기도하는 사람이고 싶습니다. 그렇게 우리 모두의 마음 안에 더 예쁘고 선한 마음을 달라고 신께 바라고 요청할 줄 아는 겸손한 사람이고 싶습니다. 하여 오직 두 손을 맞잡은 채 더욱 성숙을 향해 나아가는, 그런 사랑을 하고 싶습니다.

때로 이해하지 못해 서운해했다면 그 마음에서부터 서로가 배워서 더욱 이해를 향해 나아가고, 때로 용서하지 못해 미운 생각을 한 적이 있다면 그 마음에서부터 서로가 배워서 더욱 용서를 향해 나아가고, 그렇게 서로가 서로의 거울이 되어 하나의 예쁜 사랑, 그 성숙을 향해 나아가는 그런 사랑을 하고 싶습니다.

그러니까 저는 그런 사람일 것이고, 상대방에게 또한 그러한 안내

자가 되어주고 싶습니다. 사랑이 영원이 되려면, 둘은 제자리에 머물러 있지 않은 채 함께 성숙한 곳을 향해 손을 잡고 걸어가야만 한다고 저는 믿기 때문입니다. 그렇게 서로에게 최선을 다했음에도 알 수 없는 이유로 헤어지게 되기도 하는 것이 사랑이라지만, 그럼에도 저와 함께했던 시간 안에서 성숙했던 그 마음들만큼은 영원토록 남아 상대방을 지켜줄 것임이 분명하기 때문입니다.

그래서 제가 없는 동안에도 그 사람은 안전할 것입니다. 더욱 온전해진 채로, 더욱 성숙해진 채로, 그렇게 다음 사랑을 마주하게 될 것이고, 하여 그 사랑 또한 예쁘고 아름다울 수밖에 없을 것입니다.

그래서 그 순간이 되면, 저는 아파하지 않고 그 사람의 행복을 축복해주고 웃어줄 줄 아는 사람이고 싶습니다. 그러니까 이제는 그러한 진실한 마음으로 누군가를 사랑하는, 그런 성숙한 사람이고 싶습니다.

아픈 사랑을 해 봤고, 이별에 사무쳐 찢어지는 가슴의 통증을 느끼며 울어도 보았습니다. 그렇게 한 사람을 못 잊어 몇 년을 그리워하고 후회하고 자책했던 적도 있습니다. 그래서 이제는 상대방을 기쁘게 해주는 사람이고 싶습니다. 상대방이 제게 지쳐 떠나가게 하기보다, 제게 머물러 있는 동안 이 세상 그 무엇보다 자신이 사랑받을 자격이 있는 사람이라는 걸 알게 해주는 그 눈빛과 마음으로 행복하게 해주고 싶습니다. 그렇게 제 지난 사랑의 아픔을 갚아나가고 싶습니다. 하여 제가 배웠던, 후회했던 마음을 지켜내고 싶습니다.

그러니까 저는 때로 제 사랑이 사랑으로 닿지 못하는 그 순간에도 아파하지 않을 수 있는, 그 인내와 함께하는 진실한 사랑을 하고 싶습니다. 하여 제 마음을 알아달라고 강요하며 속도를 내기보다, 제 마음이 닿고 무르익을 때까지 기다려주고 곁에 머물러주는 그런 사람이고 싶습니다.

그러니까 제가 만약 다시 사랑하게 된다면, 저는 그래서 영혼과 영혼이 함께 성장해나가는 그런 사랑을 하고 싶습니다. 우리는 모두 우리의 겉모습이 아니라 그 모든 것 안에 있는 진짜 나를 바라봐주는 그 진실한 눈빛을 받지 못해 지쳐있기 때문입니다. 그래서 공허에 사무친 채 허덕이고 있기 때문입니다. 그래서 저는 그 방황을 끝내는 것이 진실한 사랑이 지닌 진짜 힘이라 믿으며, 하여 이 세상에서 유일하게 진실한 사랑이라고 말할 수 있는 그 사랑을 이제는 하고 싶습니다.

　　그 마음이 미처 상대방에게 닿지 못하더라도, 이미 그런 제 마음이 이 우주에 영원으로 새겨진 채 남아있게 될 텐데, 하여 그것이 제 성숙의 증거가 될 텐데, 그렇다면 제가 더 이상 무엇을 걱정하고 욕심내겠습니까.

　　그러니까 제가 만약 다시 사랑하게 된다면, 저는 오직 진실하게 사랑하고 싶습니다. 그것이 저를 지켜내는 것이고, 저라는 존재에 대한 책임을 다하는 것이고, 무엇보다 그것이 상대방을 영원히 지켜주는 일이고, 상대방과 함께하는 시간 안에서의 책임에 소홀하지 않는 일임을 이제는 알기에, 저는 오직, 그렇게 사랑할 것입니다.

　　그러니까 제가 만약 다시 사랑하게 된다면.

85.

크리스마스

매일이 크리스마스가 되도록 해보세요. 크리스마스 이브의 밤부터 저는 이 세상의 공기와 분위기가 포근해지고 따뜻해지고 밝음과 낭만으로 가득해지는 것을 느낄 수 있습니다. 정말로 혼자 거리를 나갔을 뿐인데도, 이상하게 따뜻하고 설레고 행복한 그 기분이 제 마음을 가득 채우는 것을 느낄 수 있는 것이죠.

그리고 그건 우리 모두가 우리 자신의 마음 안에 크리스마스를 품었기 때문일 것이고, 해서 우리들의 그 모든 예쁜 마음들이 모여 전 세계를 향해 예쁜 영향력의 물결을 일으키게 되었기 때문일 것입니다. 그래서 우리 모두는 크리스마스의 아침이면 이 겨울에도 그 따스함을 여과없이 느끼게 되는 것입니다.

그러니 영원히 펼쳐지는 그 매 순간들을 크리스마스처럼 보내보십시오. 다른 크리스마스 선물은 필요하지 않습니다. 그저 여러분이라는 존재 자체가 이 세상에서 가장 소중한 크리스마스 선물입니다. 그러니 그저 여러분의 존재를 선물로 주세요. 여러분의 다정함, 사랑스러움, 그 모든 예쁜 마음들을 말입니다.

그래서 정말로 여러분은 이 세상을 향해 선물이 되어주게 됩니다. 그리고 여러분이 존재하는 그 모든 공간과 시간 안에서 이제 여러분과 함께하는 사람들은 여러분들로 인해서 더욱 행복하고 기쁜 사람이 되는 것이죠.

그러니까 여러분이 마음에 품은 그 크리스마스로 인해, 크리스마스가 아닌 매일에도 다른 사람들 또한 크리스마스와 같은 기분을 느끼게 되는 것입니다. 그렇게 여러분이라는 선물로 인해, 여러분과 함께하는 모든 사람들이 기쁨과 행복이라는 선물을 받게 되는 것입니다.

저에게 가장 예쁜 크리스마스 선물은 바로 여러분 자신의 존재입니다. 그리고 여러분에게 또한 저라는 존재가 그러한 선물이 되어주고 있을 것입니다. 그것만으로, 우리의 크리스마스가 예쁘기에는 충분한 것입니다. 그리고 그 예쁜 크리스마스를 매일 반복하며 매일이 크리스마스이자, 내 존재가 선물이 되도록 마음먹는 것이죠. 정말로 그때는 행복해지는 데 있어 다른 무엇이 더 필요하지 않다는 것을 우리는 알게 될 것입니다.

그저 우리가 행복한 사람이 될 때, 우리와 함께하는 모든 사람들이 우리로 인해 행복해질 수밖에 없게 되는 것입니다. 우리의 표정, 말투, 언어, 행동, 그 안에 담긴 모든 예쁜 마음들, 그러니까 그렇게 존재하는 우리를 바라보는 것만으로도 사람들은 행복해지기 시작하는 것이죠. 그래서 그때는 정말로 우리 자신의 존재 자체가 하나의 예쁜 선물이 되기 시작합니다.

그러니 그저 할 수 있는 최대로 사랑스럽게 존재하세요. 매일을 그렇게 사랑스럽게 살아가세요. 해서 무엇보다 예쁘게 사랑하고, 예쁜 사랑을 받는 사람이 되세요. 그 사랑이 당신 존재에 차곡히 쌓이고 쌓여 당신이라는 존재 자체를 더욱 예쁜 사랑으로 확정 지을 것이고, 해서 이제 당신 존재는 하나의 거대한 사랑 그 자체가 되어 굳어지게 될 것입니다. 그리고 제 생각에 그것이 바로 크리스마스입니다.

왜냐면 크리스마스에는 모든 사람들이 그저 자연스럽게 보다 더 용서하고, 더 이해하고, 더 포근한 사람이 되기 때문입니다. 더 다정한 사람이 되고, 더 사랑스러운 사람이 되고, 상대방에게 더 감동받고, 또 감동을 주고, 그렇게 기쁨을 나누는 사람이 되는 것이죠. 그래서 저는 크리스마스야말로 정확히 사랑과 같은 의미라고 생각합니다.

그러니 크리스마스를 매 순간 마음에 품은 채 나아가세요. 그저 네가, 너라는 존재 자체가 내게 있어 이 세상에서 가장 예쁜 선물이야, 라는 말을 들을 만큼 예쁘고 사랑스럽게 매일을 살아가는 것입니다. 어느새 당신의 마음 안에는 그 어떤 부정성도, 결핍도, 불만족도 존재하지가 않게 될 것입니다.

왜냐면 우리는 사랑함으로써 사랑받고, 그렇게 우리 자신의 존재 자체가 사랑이 될 때 비로소 이 세상 모든 것들이 또한 사랑이었음을 깨닫게 되기 때문입니다. 우리 모두는 그저 함께하고 바라보는 것만으로도 우리를 행복하게 했던 어떤 한 사람을 기억할 것입니다. 그리고 이제는, 우리가 이 세계를 향해 그런 사람이 될 차례입니다.

그렇다면 여러분의 크리스마스는, 그 매일의 사랑은 안녕하신가요?

86.

주관적 행복.

행복은 주관적입니다. 그러니까 같은 양의 물질, 혹은 똑같은 외부의 상황, 그것이 무엇이든 같은 조건 속에서도 저마다 그 안에서 느끼는 행복감은 천차만별인 것입니다. 그러니 당신은 행복에 대한 감수성이 풍부해서 쉽게 행복해하는 사람이 되세요. 그때 당신은 그 어떤 외부에도 불구하고 흔들리지 않는 행복을 끝내 소유하게 될 것입니다.

그러니 더 쉽게 만족하고, 더 쉽게 감사하고, 더 쉽게 감동하는 사람이 되세요. 그저 행복 앞에서는, 그렇게 가벼운 사람이 되세요. 정말로 이 세상 다른 모든 것 앞에서는 깐깐하더라도, 행복 앞에서만큼은 바보처럼 그저 쉬운 사람이 되어보는 것입니다.

당신이 행복 앞에서 깐깐하게 굴며 아주 높은 기준들을 들이밀고 있었을 때, 그때의 당신이 얼마나 많은 결핍들과 함께했었는지, 해서 그것이 무엇보다 당신 자신을 얼마나 아프고 속상하게 해왔었는지, 그것을 기억해보십시오. 그러니까 그저 쉽게 행복해하는 사람이 되는 것, 그건 다른 무엇보다 당신 자신을 위한 일인 것입니다.

당신이 만들어낸 무수히 많은 기대와 환상들, 그러니까 무엇무엇이 이렇게 되어야만 나는 행복할 거야, 라고 믿고 외치는 그 소리들, 그러니 그것들로부터 자유를 얻으세요. 당신이 끝없이 그 오류를 붙잡은 채 더 큰 욕망과 에너지를 부여할 때, 아마도 당신은 영원히 행복할 수 없는 사람이 되어버릴 것입니다.

왜냐면 당신은 만족하는 방법을 모르는 사람이기 때문입니다. 그래서 그때가 되면 또다시 무엇무엇이 더 있어야 나는 비로소 행복해질 거야, 라고 당신은 말하고 있을 것이기 때문입니다. 그러니 오직 지금 행복하세요. 그렇게, 만족하는 법을 배우세요.

당신이 어떤 꿈을 추구하고자 하는 이유가 당신의 결핍이나 욕망 때문이 아니라, 당신 자신의 행복을 실현하고 그 행복을 세상과 공유하는 것이 될 때, 당신은 행복과 함께하면서도 더 큰 성공을 누리는 사람이 될 수도 있을 것입니다. 당신이 아무리 성공하더라도 여전히 행복하지 않다면, 그렇다면 그것이 다 무슨 소용이겠습니까.

결국 당신은 당신이 성공해야 행복할 것이라 믿은 채 성공에 집착했지만, 그 성공이 끝내 당신을 행복하게 해주지는 못한다는 것을 몸소 깨닫게 되었을 뿐입니다. 그래서 이제는 외부가 아니라 당신의 내면을 향해 더욱 관심을 기울여야 할 때입니다. 하지만 그 깨달음을 여전히 외면한 채 당신이 아직도 외부의 무엇인가가 부족해서라며 외부에 더욱 탐닉하고자 마음먹을 때, 진실로 그 끝에는 더 큰 불행과 공허만이 기다리고 있을 뿐일 것입니다.

그러니 여태까지의 경험들을 돌아보십시오. 그리고 그 경험들로부터 배우십시오. 당신이 지금 행복하지 않다면, 당신이 과거에 외쳤던 그 모든 환상의 추구가 결국 당신을 행복으로 이끌어주지는 못했던 것입니다. 그래서 이제는 안으로 들어가야 할 시간입니다. 더욱 감사하고, 더욱 만족하는 방법을 배울 차례입니다.

그리고 여전히 당신은 이 세상을 최선을 다해 살아갈 것입니다. 그래서 당신은 행복하면서, 또한 동시에 더 많은 외부를 누리는 사람이 될 수도 있습니다. 그러니 행복을 첫 번째로 생각하세요. 모든 행복은 주관적이며, 또한 내면적이며, 하여 행복에 대한 기준이 낮을수록 그만큼 더 행복한 사람이 된다는 사실을 잊지 마세요.

그렇다면 지금 당신은, 당신의 행복을 위해 무엇이 필요하다고 믿고 있습니까. 그건 외부입니까, 아니면 오직 이 세상을 향한 당신의 만족입니까.

87.

진실로 존중받는 가치.

　우리 자신의 가치가 충분히 온전하고 선한 가치를 포함하는 것이 아닐 때, 우리는 때로 우리 자신의 의견을 상대방에게 강요하고, 또 편들어주길 기대하고 바라고, 하여 떼쓰는 식으로 존재하게 됩니다. 왜냐면 그때의 내가 내세우고 있는 의견은 그렇게 하지 않았을 경우엔 그 자체로 존중받을 수 있을 만한 성숙을 포함하는 가치가 전혀 아니기 때문입니다.

　예를 들어서 만약 제가 누군가를 저의 사적인 이득을 추구하는 것에 아무런 도움이 되지 않는다며 미워하고 있다고 해봅시다. 나는 10만 원에 무엇을 팔고 싶었는데, 그 사람은 8만 원에 그것을 사고 싶어 했고, 그래서 그 거래가 성사되지 않았던 것이죠. 그래서 그 일에 대해서 제가 누군가에게 말하며 그 사람을 헐뜯고 있는 중이라고 해봅시다. 그러면서 동시에 상대방에게도 함께 그 사람을 미워해주길 제가 바라고 강요하고 있다고 해봅시다.

그렇다면 이 상황에서 상대방이 저의 미움에 동조하지 않는다고 해서 제가 상대방에게 서운함을 느낀다면, 그것은 그 자체로 저의 미성숙함을 상대방에게 증명하고 있는 것이 될 뿐일 것입니다. 그리고 상대방이 진정 좋은 사람, 온전한 사람이라면 상대방은 결단코 저의 그러한 식의 의견에 동조하지는 않을 것입니다. 오히려 저의 미움을 정화시켜주고자 애쓰며, 제가 그것에서부터 벗어날 수 있게 다정한 조언을 해주겠죠.

해서 그때의 제가 상대방이 제 편을 들어주지 않는다며 상대방을 미워한다면, 그건 그 자체로 소중한 사람을 저 자신의 미성숙으로 인해 제가 스스로 밀어내는 것에 불과한 일이 될 것입니다.

해서 내가 미성숙한 사람일수록, 하여 내가 말하고 내세우는 의견과 가치가 선한 진실에서부터 멀어진 것일수록 나에게는 그러한 일이 잦게 일어날 수밖에 없을 것입니다. 그때의 나는 자주 악의적일 것이고, 자주 나만의 이기심으로만 상황을 판단하고 있을 것이며, 해서 그때의 내 의견이라는 것은 공감하고 편들어주는 것만으로도 죄책감이 들 만큼 진실에서부터 멀리 떨어져 있는 것이 될 수밖에 없을 것이기 때문입니다.

그러니 충분히 존중받을 만한 가치와 함께 나아가는 사람이 되세요. 그때는 내가 강요하지 않아도, 많은 사람들이 나의 가치를 자연스럽게 존중하고 인정해줄 것입니다. 그리고 우리가 충분히 온전하고 자존감 높은 사람일 때, 해서 우리가 진실로 성숙한 가치, 선하고 온전한 가치와 함께하고 있을 때, 그때는 사실 상대방이 나의 가치를 존중하지 않는다고 해도 우리는 또한 결단코 상처받지도 않을 것입니다. 왜냐면 그때의 우리는 그 자체로 떳떳할 것이기 때문입니다.

그러니까 제가 누군가를 진실하게 사랑하고 있을 때, 그리고 그 사랑을 누군가가 깎아내리고 폄하하고 있을 때, 그때의 저에게는 그 사람에게 서운해할 만한 이유가 전혀 없을 것입니다. 왜냐면 그건 제 문제가 아니라 그 사람의 시선이 삐딱한 것의 문제이기 때문입니다.

해서 우리가 온전해질수록, 그렇게 자존감 높은 사람이 될수록, 하여 성숙한 사람일수록 우리는 우리 자신의 의견을 상대방에게 강요하지 않게 됩니다. 나와 반대되는 의견을 가진 사람이 있다면, 그건 그 사람에게 아쉬운 일이 될 뿐이기 때문입니다. 보다 행복할 수 있는데, 스스로 행복하지 않기를 끝없이 선택하고 있는 사람이 있다면, 그건 사실 내가 아니라 그 사람에게 아쉬운 일인 것이죠.

해서 그것이 좋은 의견, 진실로 성숙하고 온전한 가치, 선한 방향성을 지닌 사람들에게서 우리가 남에게 무엇인가를 강요하고 떼쓰는 식의 감정적인 협박을 찾아볼 수가 없는 이유입니다. 정말 그렇지 않나요? 항상 그런 식의 결핍과 부정적인 감정으로 남에게 자신의 것을 강요하는 사람은 대체로 미성숙하고 온전하지 않은 가치를 지닌 채 그것에 함께해달라고 떼쓰는 사람인 경우가 많습니다.

왜냐면 그렇게 하지 않고서는 결코 그것은 그 자체로 존중받을 만한 소중함을 포함하고 있지 않은 가치이기 때문입니다. 그러니까 떼를 쓰고, 강요하고, 갈취하지 않고서는 결코 그 자체로 존중과 동의를 얻을 수 있는 게 아닐 만큼, 그건 그저 자신의 미성숙과 이기심만을 보호하고 있을 뿐인 보잘것없는 가치에 불과한 것이죠.

그러니 그 자체로 존중받을 수 있는 선하고 온전한 가치를 지닌 사람이 되세요. 그때는 더 이상 내 가치를 누군가에게 강요하지 않아도 될 것입니다. 그럼에도 모든 사람들이 나의 가치를 존경하고 사랑하고 있을 것입니다. 해서 이제는 동의를 강요하고, 동의가 없어 서운해하는 식의 미성숙한 태도로부터 우리는 영원한 자유를 얻게 될 것입니다.

그러니 나 자신의 이기심에 무엇인가가 도움이 되지 않는다고 미워하는 식의 미성숙함에서부터 이제는 벗어나 더욱 성숙한 방향을 향해 나아가보세요. 그렇게, 존경과 사랑을 강요하기보다 성숙한 가치로서 그것을 끌어당기는 사람이 되세요. 진실로 그때는 애쓰지 않아도 당신은 존경과 사랑에 둘러싸일 수밖에 없게 될 것입니다.

당신이 진정 성숙하고, 해서 당신의 가치가 절대적 진실을 포함하는 것이 되기 전까지, 그래서 그것을 남에게 함부로 강요하는 것은 당신과 타인, 둘 모두에게 진실로 책임감 없는 행동이 될 뿐인 것입니다.

그러니까 누군가를 미워하고 있는 자신의 의견에 함께해달라고 하는 것은 상대방의 마음 안에 행복과 평화가 아닌 미움과 증오를 심는 일이 될 텐데, 그것이 어떻게 해서 진실한 책임감과 함께하는 행동이라고 할 수 있겠습니까. 또한 그 미움이라는 것은 언제나 절대적인 진실에 의한 것이 아니라 내 사적인 이득에 의한 것에 불과한 것일 텐데, 그렇다면 그것은 또한 그 자체로 얼마나 미성숙한 요구입니까.

그러니 오직 상대방에게 선한 영향력을 주고, 그 아름답고 예쁜 가치로서 존중받는 사람이 되십시오. 그때는 진실로 강요하지 않아도, 많은 사람들이 당신의 가치를 존경하고 있는 채일 것입니다. 또한 존경받지 않더라도, 당신은 이미 결핍 없이 행복한 사람일 것이기에 더 이상 그러한 것에 연연하며 서운해하거나 하지 않을 것입니다. 오직 그 자체로 꿋꿋이 소중할 뿐일 것입니다. 그리고 그것이 바로 진정한 자존감입니다.

그렇다면 당신은 지금, 어떠한 가치와 함께 나아가고 있나요?

88.

다정함은 오직 다정한 곳에.

    대화는 대화가 통하는 사람과만 하십시오. 때로 우리가 대화를 할 때, 끝없이 우리에게 하나의 사소한 말을 물고 늘어진 채 그것의 의미를 되묻고 의심하고, 또 우리를 깎아내리고자 하는 사람들이 있습니다. 그리고 그들은 그들 자신의 내면이 신뢰받을 만하지 못하기에 그런 식으로 타인에게 그들 자신의 불신을 투사하고, 그들 자신의 악의와 적대심을 내비치고, 그러고 있을 뿐인 한 사람의 이기적이고 미성숙한 사람들입니다.

    그리고 그들이 이기적인 것은, 그들은 남의 기분과 감정은 전혀 고려하지 않으면서 그들 자신의 삐딱하고 왜곡된 기분과 감정을 지키는 것만은 정말로 중요하게 생각하는, 해서 자신의 입장과 이해를 지키기 위해서라면 타인의 마음을 헤집고 병들게 하는 것에는 전혀 연연하지 않는, 심각한 자기 애착에 빠져있는 병든 사람들이기 때문입니다.

그래서 저는 그러한 결을 지닌 사람과 함께할 때, 웬만해서는 곧장 그 자리를 뜨는 편입니다. 왜냐면 그들은 저와의 대화를 통해 소중한 의미를 나누고 공유하고, 하여 서로를 위로하고 응원하며 하루의 지침과 힘듦을 해소하고 치유하고자 하는 것에 그 대화의 목적을 두는 것이 아니라, 그저 그들 자신의 결핍을 투사한 채 저의 에너지를 갈취하여 그들 자신의 에너지를 채우고자 하는 이기심을 충족시키기 위함에 그 목적을 두는 편향된 사람들이기 때문입니다.

그래서 저는 결단코 그들과 함께하지 않을 것입니다. 예를 들어서 그들이 저에게 서운하다고 한 일에 대한 오해를 제가 설명하고자 한다고 했을 때, 그들은 그 설명에는 전혀 관심이 없는 것이죠. 그러니까 그들은 그저 하나의 사소한 꼬투리라도 잡아서 공격하고, 하여 그 공격의 논리를 강화시키고, 해서 그들 자신의 원망을 정당화하고 타당화하고자 하는 것에만 오직 치중한 채 저의 이야기를 듣고 있을 뿐일 것입니다. 제가 아무리 설명을 해줘도, 그러니까 결국 당신은 나쁜 사람이잖아? 이런 식인 것이죠.

그러니까 저는 결단코, 그러한 식의 이기적이고 악의적인 사람들과는 함께하지 않을 것입니다. 그들에겐 다정함이 소중함이 아니라, 그들 자신의 미성숙을 더욱 마음껏 해소하고 표출할 수 있을 만큼의 나약함으로만 닿을 수 있을 뿐일 것이고, 해서 제가 다정한 순간 그들은 진실로 저에게 그들 자신의 모든 악의와 적대심을 여과 없이 쏟아붓고자 할 것이 분명하기 때문입니다.

이 세상에는 진실로 대화를 해도 괜찮은 사람과 대화를 해서는 결코 안 되는 사람이 있는 것입니다. 서로의 마음을 이해하는 게 중요한 게 아니라 자기 자신의 입장과 이기심을 강요하고, 또 논쟁 자체를 위해 논쟁에 탐닉하고, 어쨌든 그런 사람들과 대화를 할 때 우리는 진실로 금방이면 지치고 소진될 것이고, 또한 없던 원망까지 싹터서 용서할 거리 하나가 더 생기게 될 뿐일 것이기 때문입니다. 그러니까 우리 마음의 평화가 그 순간 그 즉시 깨지게 되는 것이죠.

그럼에도 어떤 방법을 쓰더라도 그들과의 대화 안에서 우리의 마음은 결코 해소되지 않을 것입니다. 왜냐면 그들은 이기적이고 악의적이고, 하여 끝까지 이기적이고 악의적일 뿐일 것이기 때문입니다.

아무리 소중하고 예쁜 마음이 담긴 말도, 결국 그 가치를 모르는 사람들에게는 그렇게 닿을 수 없을 것이고, 또한 그들은 그것을 오직 훼손하는 것에만 급급할 뿐일 것입니다. 그러니까 상황을 설명하면 그 상황을 이해하는 게 아니라, 그 상황의 부수적인 것 하나라도 잡아서 왜곡하고 공격하기 위해 혈안이 되어있는 것이죠.

그래서 그들은 그들 자신의 입장, 이기심, 오직 그것에 유리한 것만을 찾기에 바쁠 것이고, 하여 그들은 자신들의 이기심을 지켜내는 데 있어 불리한 것이라는 생각이 든다면, 그것이 아무리 진실이자 진심이어도 그것을 들은 체도 하지 않을 것입니다. 그래서 그들을 향해 쏟는 우리의 예쁜 마음은, 결국 우리를 속상하게 만드는 일이 되어 돌아올 뿐일 것이고, 해서 괜히 용서해야 할 일만 하나 더 생기게 되는 것이죠.

예수님께서도 그런 사람들에게 소중한 말을 건네지 말라고 하셨고, 크리슈나께서도 그들은 그저 그렇게 두고 우리는 우리의 갈 길을 가라고 하셨습니다. 그러니까 우리가 아무리 좋은 말을 해도, 그들은 그 좋은 것의 가치를 알아보지 못하고 혼란만을 겪을 뿐이기에 구태여 그들에게 소중한 말을 건네지 말라고 하셨습니다.

그러니 그들로부터 당신 자신을 스스로 지켜내십시오. 애초에 그런 결을 지닌 사람이라면, 그리고 그것을 단 한 번이라도 느끼게 하는 사람이라면 함께하지 않는 것을 선택하십시오. 그게 당신의 평화와, 당신의 다정함을 지키는 당신 자신을 위한 길이 될 것입니다.

그러니 다정함은 오직 나의 다정함이 다정함으로 닿을 수 있는 곳을 향해서만 쏟으면 됩니다. 구태여 그들과 함께하느라 아파할 필요도, 소진될 필요도, 그들을 향한 원망과 증오에 탐닉할 필요도 우리에게는 진실로 없는 것입니다. 그저 함께하지 않음을 선택하면 될 뿐입니다. 그게 나 자신의 평화와 행복을 지키는 가장 지혜로운 길인 것입니다.

　그래서 당신이 그럼에도 그들과 함께하고자 하는 것은 진실로 순진함이 될 뿐인 것입니다. 또, 그들을 구원하고자 하는 것은 진실로 오만함이 될 뿐인 것입니다. 만약 그들에게 구원이 필요하다면, 변해야 할 것이 있다면 이미 신께서 그렇게 하셨을 것입니다. 그러니까 그들은, 그곳에서부터 배워야만 하는 것입니다. 그리고 당신은, 당신의 자리와 위치에서부터 배우며 나아가면 되는 것입니다.

　사자가 당신의 눈앞에 다가와 섰을 때, 당신은 사자의 선함을 믿고 그 자리에서 눈을 감고 누워 쉬시겠습니까. 당신은 그것이 모든 생명체에 대한 당신 자신의 무한한 자비와 신뢰라고 생각할지 몰라도, 그건 진실로 당신의 목숨을 담보로 당신 자신을 스스로 시험에 빠지게 하는 오만이자, 다른 생명의 본성을 그 본성대로 바라보지 못하는 순진함이 될 뿐일 것입니다.

　만약 당신이 신에 대한 당신 자신의 믿음을 증명하고자 그렇게 하는 것이라면, 진실로 당신이 그러한 기적을 체험하고 이루어낼 수 있을 만큼의 믿음이 있는 사람이라면 사실 이미 당신은 그 믿음으로 물 위를 걷거나, 걷지 못하는 자들을 걷게 하거나, 앞을 보지 못하는 자들의 눈을 뜨게 해주거나, 그런 기적을 일으켰어야 하며, 그렇다면 그게 아닌데도 그 순간 그 기적이 당신에게 당연히 일어날 것이라고 생각하는 것은 당신 자신의 수준을 스스로 과대평가하는 오만이 될 뿐인 것이 아니겠습니까.

　만약 제가 당신이라면 저는 사자로부터 할 수 있는 최선을 다해 저 자신을 지켜낼 것입니다. 왜냐면 저는 물 위를 걸어본 적이 없기 때문입니다. 그래서 저는 사자가 현재 배가 많이 고픈 상태가 아니길 바라며 최선을 다해 까탈스러운 먹이가 되기 위해 노력할 것입니다. 이것을 먹기에는 배가 고프지도 않고, 에너지 소모도 너무 클 것 같아, 가성비가 안 맞네, 하고 생각해 주기를 바라면서 말이죠.

그러니까 저는, 그들에게 결단코 저의 다정함을 나눠주지 않을 것입니다. 그 어떤 예쁘고 다정한 마음이 담긴 말을 해도, 그들은 오직 자신의 이기심, 미성숙, 적의, 악의, 그러한 것들로 그 마음을 되받아치고자 할 뿐일 것임을 저는 애초에 알고 있기 때문입니다. 그래서 구태여 따지고, 다툼을 하고, 싸울 필요도 없는 것입니다. 그저 그들은 그렇게 살도록 두고, 저는 제 삶을 충실히 살아가면 되는 것입니다.

그러니까 저에게는 그들 자신의 미성숙한 감정을 모두 받아주며, 받아주면서도 공격을 받을 필요는 진실로 없는 것입니다. 또 굳이 말이 안 통하는 사람들에게 이건 이렇다, 하고 설명하며 제 소중한 시간과 감정을 소모할 필요도 없는 것입니다. 이미 그들은 그들이 믿는 바 안에서 최선의 선을 추구하고 있을 뿐이며, 그래서 제가 그것이 최선이 아니라고 말한들 그것이 다 무슨 소용이겠습니까. 그들이 직접 그곳에서부터 배우고 깨닫지 않는 이상, 그들은 변하지 않을 것입니다.

그러니까 저는 저 자신의 순진함과 오만이 아니라, 그들 자신의 본성을 존중하고 신뢰할 것입니다. 그렇기에 사자에게 사자의 본성이 있듯, 그들에게 또한 그들의 본성이 있음을 알고 저는 그들을 피해갈 것입니다. 그렇게, 그들로부터 저 자신을 지켜낼 것입니다. 그게 바로 저 자신에 대한 저의 다정이기 때문입니다. 그저 관심조차 주지 않고 반응조차 하지 않는 것, 그러니까 그것이 저의 다정함과 저 자신의 평화를 스스로 지키는 저 자신을 향한 제 다정이기 때문입니다.

사자를 사자의 본성대로 보는 것이 그 본질을 바라보는 것입니다. 그래서 사자의 본성을 초식동물의 본성과 같이 보는 것은 그 본질을 왜곡하는 것입니다. 그래서 지혜로운 사람은 있는 그대로를 바라봅니다. 도둑은 도둑입니다. 진실로 착한 도둑이 성립이 되려면, 도둑질이라는 행위 자체가 선한 가치를 품은 것이 되어야 할 것이기에 그건 그 자체의 모순으로 인해 결코 성립될 수가 없는 것입니다.

그래서 우리가 할 수 있는 최선은, 그 도둑이 우리의 물건을 훔치지 못하도록 그들 앞에서 순진해지지 않는 것입니다. 그렇게 그들에게 우리의 물건을 훔칠 유혹 자체를 제공하지 않음으로써 우리 자신과 또한 그들을 지켜내는 것입니다. 그래서 우리가 도둑에게 우리의 소중한 무엇인가를 맡기는 것은, 그 본질을 왜곡하는 오만과 순진함으로 그들에게 악을 행할 기회를 우리 스스로 제공하는 무지가 될 뿐인 것이며, 하여 가장 최선의 지혜는 그 본질을 왜곡하지 않고 바라본 채 그들이 우리에게 악을 행할 기회 자체를 주지 않는 것, 하여 우리가 그들을 미워하게 될 수도 있다는 가능성을 우리 자신에게 또한 스스로 제공하지 않는 것, 그렇게 둘 모두를 지켜내는 것, 그것이 될 것입니다. 진실로 그것이, 상대방과 나 자신 모두를 위한 가장 최선의 지혜입니다.

그렇다면 지금 당신의 평화를 끝없이 깨뜨리고 있는 사람을 위해 당신은 어떤 노력을 하고 있나요. 그들을 위해 노력하는 동안, 당신은 당신 자신의 평화를 스스로 포기하고 있는 것일 테고, 또한 그렇게 평화가 깨짐으로써 예민해진 당신은 결국 당신과 함께하는 또 다른 사람들의 평화까지도 훼손하게 될 텐데, 그렇다면 당신의 선택은 무엇입니까. 끝없이 그들로 하여금 당신의 평화를 깨뜨리고자 마음먹도록 유혹하고, 하여 끝없이 당신 자신의 평화를 스스로 깨뜨릴 뿐인 순진함이자 오만입니까, 아니면 당신 자신을 스스로 지키고 위할 줄 아는, 당신 자신을 향한 진정한 다정이자 자존감입니까.

89.

진정 나대로 산다는 것의 의미.

우리가 우리 자신의 다정함에 대해 확신이 없을 때, 그때의 우리는 오히려 우리를 다정하지 않게 만드는 속삭임과 유혹 앞에서 자주 흔들리게 됩니다. 세상에서 가장 중요한 건 바로 너 자신이니, 네가 하고 싶은 대로 해, 뭐하러 참으면서 살아, 뭐 이런 식의 유혹 말입니다.

그러니 반드시 확신이 있으십시오. 당신이 당신의 다정함에 대한 확신이 있을 때, 그때 당신의 다정함은 이 세상 그 무엇보다 아름다운 삶의 방식이 된 채 굳어질 것입니다. 반면에 당신이 그것에 대해 확신을 가지고 있지 못하다면, 그때의 그건 나 자신의 행복을 스스로 챙기지 못해 남에게 휘둘리며 쉽게 이용당하고 쉽게 상처받는 식의 우유부단함이 되는 것에 그칠 것입니다.

그래서 당신이 확신이 없을 때, 그때는 당신 자신의 이기심을 더욱 부추기고, 하여 남이야 어떻든 화가 나면 화를 내고, 원망하고 싶으면 원망하라는 식의 당신 자신의 아름다움을 훼손하는 말과 글에 당신은 위로를 받는 사람이 되고야 말 것입니다. 그래서 결국 당신은 도리어 지금보다 더 미성숙한 상태로 추락하게 되는 것이죠.

하지만 그 누가 어떤 말을 하더라도 결국 변하지 않는 단 하나의 유일한 진실은, 성숙이 바로 다정함이라는 것입니다. 해서 보다 성숙한 사람들은 그 모두가 배려와 친절을 습관으로 가지고 있습니다. 그들은 언제나 따뜻하고 온화하며, 사려 깊게 남의 감정들을 살핍니다. 하지만 또한 그들은, 그럼에도 상대방의 온전하지 않은 부탁이나 요청 앞에서는 결단코 우유부단하지 않을 것입니다.

왜냐면 그것을 거절하는 것이, 나 자신과 상대방에 대한 진실한 다정함이자 책임이기 때문입니다. 사기를 치자, 라고 했을 때 함께 사기를 치는 것이 아니라, 그들이 끝내 사기를 치든 말든 어쨌든 사기는 좋지 않은 것이라 말해주는 것, 그리고 그 요구로부터 나 자신을 지켜내는 것, 그러니까 그것이 바로 진실로 다정한 자의 책임인 것입니다.

그러니 다정함에 대해 후회하기보다, 해서 이제는 다정하지 말아야겠다 각오하며 스스로 미성숙을 향해 퇴보하길 선택하기보다, 더 확실하게, 더 분명하게 다정한 사람이 되십시오. 진실로 그게 성숙의 방향입니다.

그렇게 되기까지, 당신에게는 분명 고군분투하는 시기가 찾아올 것입니다. 하지만 그럼에도 불구하고 타협하지 마십시오. 당신이 흔들리는 것 또한, 당신의 다정함이 진실한 다정함이 아니었기 때문인 것이고, 해서 그때의 당신이 말하게 되는 이제는 다정하지 말아야겠다는 말은 결국 당신의 다정함에 대한 당신 자신의 보상심리가 작용해서 생긴 말에 불과한 것이기 때문입니다.

그래서 사실 그건 다정함이 아니라, 낮은 자존감에서 비롯된 우유부단함이자, 눈치를 보는 태도에 불과한 것입니다. 그래서 당신이 그 순간 마음먹어야 할 단 한 가지의 마음은, 다정하지 말아야겠다, 가 아니라 이제는 진실로, 보다 분명하게, 보다 확실하게 다정해야겠다, 가 되어야 하는 것입니다.

그러니까 나대로 산다는 것, 그 말은 우리가 쉽게 나태할 수 있도록 우리를 유혹하고 부추기는 함정이 있는 말이 되기도 하는 것입니다. 내가 성숙한 사람일 때의 그 말은 진정 아름답고 좋은 뜻을 담은 말이 되겠지만, 내가 미성숙할 때의 그 말은 진실로 우리 자신의 이기심과 미성숙한 삶의 태도를 더욱 합리화하는 말이 되고야 말 것이기 때문입니다.

그리고 대체로 요즘 사람들이 하는 나대로 산다는 말의 뜻은 후자에 가까운 듯합니다. 하지만 성숙하지 않아도 되고, 마음껏 이기적이어도 되고, 그런 그대로 괜찮다는 말은 진실로 책임감 없는 말이 될 것입니다. 그러니까 그 말은 그 말을 접하는 사람들의 행복을 진실로 위하는 말이라기보다, 지금 당장의 인기를 위한 말에 불과한 것이라 할 수 있을 것입니다. 그리고 실제로 그 말은 많은 사람들에게 위로가 되어줍니다.

하지만 그 위로가, 우리 자신의 영원한 행복과 맞바꿀 만큼 가치가 있는 것인가, 하면 결단코 그것은 단 하나의 소중한 가치도 지니고 있지 않은 변명과 정당화에 불과한 것이 될 것입니다. 자신의 원망을 내려놓기 위해 노력해본 사람은, 그래서 그 노력이 얼마나 많은 의지와 각오, 수많은 다짐들을 필요로 하는지 압니다. 그래서 그것을 하려고 하기보다, 하려고 하지 않는 것이 지금 당장에는 더 편할 수 있다는 것도 압니다. 하지만 끝내 그것을 초월한 사람들은, 그럼에도 노력하라고 말할 것입니다.

왜냐면 그 노력 끝에 얻은 성숙이 우리에게 가져다주는 행복이란 말로 표현할 수 없을 만큼의 거대한 기쁨이기 때문입니다. 그러니까 성공하기 위해 아무런 노력도 하지 않는 것은 지금 당장에는 나태함에서부터 오는 편안함을 줄 수도 있는 것이지만, 그럼에도 그 편안함이라는 것은 결단코 진정한 행복이라 할 수는 없는 것이고, 해서 그 모든 나태함을 이겨내고 진정 성공하기 위해 모든 노력을 다해 나아가 본 사람들은, 그래서 보다 큰 행복과 기쁨, 만족감을 내면에 소유하게 되는 것입니다.

그러니 지금에 머물러 있기보다, 끝없이 나아가세요. 무엇보다 당신 자신의 진실한 행복을 위해서 그렇게 하세요. 당신이 여전히 미성숙해서 수많은 부정적인 감정들과 함께하고 있다면, 저는 당신이 그대로 있어도 괜찮다고 말하지 않을 것입니다. 끝없이 내려놓고, 끝없이 정화하고, 끝없이 보다 더 긍정적인 선택들을 하라고 말할 것입니다. 그렇게, 이전의 해묵은 습관들 모두를 보다 다정하고 반듯한 습관들로 대체하라고, 하여 반드시 진실로 행복한 사람이 되라고 말할 것입니다.

그 노력의 과정 앞에서 당신이 얼마나 고생하게 될지, 그것 또한 압니다. 하지만 그럼에도 불구하고 당신이 그것을 해내기 전까지, 그 어떠한 유혹 앞에서도 당신의 노력을 꺾지 마십시오. 그러니까 이제는 더 이상 외부를 탓하는 식의 합리화와 정당화는 하지 마십시오.

지금 노력하지 않으면, 평생을 먹구름에 가려진 행복만이 행복의 전체라 믿고 살아가게 될 테지만, 지금 노력하면 그 먹구름이 모두 걷어진 그 무엇과도 비교할 수 없을 만큼의 진실한 행복을 바라보고 소유하게 될 것이고, 하여 지금 조금 힘들다고 나아가지 않는다면, 그건 진실로 나 자신의 행복을 스스로 저버리는 책임감 없는 행동이 될 뿐일 것이기 때문입니다.

진정 나대로 산다는 것, 그래서 그것은 이 세상에서 가장 사랑스러운 사람으로서 살아간다는 말이 될 것입니다. 그러니까 그 관점이 바로 가장 성숙한 관점입니다. 왜냐면 우리는 태초부터 영원히 사랑으로 지어졌고, 해서 단 한 번도 사랑이지 않은 적이 없었기 때문입니다. 해서 가장 나다운 것이 바로 사랑이기 때문입니다.

그래서 사랑 그 자체인 내가 사랑이지 않다고 느끼게 하는 나 자신의 감정들, 그 오류들을 벗어내고 다시 나라는 사람의 그 사랑이라는 본질을 되찾는 것, 그것이 바로 진정 나대로 산다는 것의 의미인 것입니다. 그러니 진짜 나대로 살아가십시오. 그것이 당신이 말하고 생각하는 나대로 살아간다는 것의 의미라면, 당신은 잘하고 있는 것입니다.

왜냐면 성숙이란 보다 다정한 사람이 되는 것, 보다 큰 사랑을 주고받을 줄 아는 사람이 되는 것을 뜻하는 말이고, 또한 우리 모두는 그 성숙을 완성하기 위해 이곳에 태어나 살아가고 있는 것이기 때문입니다. 그래서 당신이 보다 큰 사랑을 하는 사람이 되어가는 것, 그러니까 태초부터 영원히 당신 그 자체였던 그 사랑을 되찾고 완성해나가기 위해 살아가는 것, 그건 그 자체로 당신이 태어나 존재하는 이유와 목적을 완성하며 나아가는 일인 것이기 때문입니다. 그리고 그것이야말로 단 하나의 오류도 없는 나대로 살아간다는 말의 진짜 의미가 될 것입니다.

그러니 반드시, 보다 확실하게 다정하십시오. 그 다정함을 완성하기 위해 주어진 삶의 모든 시간들을 통해 더욱 성숙하며 나아가십시오. 그 다정한 노력을 훼손하는 말과 글 앞에서 나태한 위로를 얻기보다, 이제는 차라리 그러한 말을 하는 사람이 책임감 없는 사람이라며 분노하는 사람이 되십시오. 하여 이제는 더 이상 속지 마십시오. 그렇게, 시간을 낭비하지 마십시오.

그때가 되면 이제 당신은 당신을 계속해서 미성숙한 그곳에 두고자 유혹하는 말과 글 앞에서 더 이상 흔들리지 않게 될 것입니다. 그러니 다정함이 가장 아름다운 것이고, 당신이 다정하다면 당신은 잘하고 있는 것입니다. 해서 당신이 지금 진짜 다정해도 될까, 하고 고민하고 있다면, 그 고민이 들지 않을 만큼 보다 더 확실하게 다정한 사람이 되십시오.

만약 당신의 다정함이 누군가에게 더 잘 보이기 위해 눈치를 보는 식의 우유부단함이 아니라, 진실로 높은 성숙과 함께하는 다정함이라면, 그때의 당신은 행복할 수밖에 없을 것입니다.

왜냐면 그때는 다정하지만, 또한 자존감이 있을 것이며, 하여 누군가의 온전하지 않음 앞에서 그 단단한 다정함으로부터 단호할 수도 있을 것이기 때문입니다. 또한 그때의 당신은 당신이 다정했음에 대해 일일이 기록해두는 식으로, 그것에 대한 보상을 바라지도 않을 것이기 때문입니다.

그러니 누군가에게 다정해 놓고, 상대방이 그 마음에 대한 보답을 주지 않는다며 실망한다면, 그때의 당신은 사실 다정했던 적이 단 한 번도 없는 것입니다. 또한 당신이 누군가의 마음에 들기 위해 당신의 온전함을 저버리면서까지 다정함으로 아첨해왔다면, 그때도 당신은 사실 단 한 번도 다정했던 적이 없는 것입니다. 진실로 그건 다정함이 아니라, 사사로운 사심에서부터 생기는 왜소한 마음의 일부분에 불과한 것이기 때문입니다.

그래서 제가 하고 싶은 말은, 당신이 진실로 다정했을 때 당신을 이용하고 당신에게 실망감을 주는 사람이 있다면, 그때는 당신의 다정함을 탓하기보다 그 환경을 바꾸고자 노력하라는 말입니다. 그건 당신의 문제가 아니라 그 사람의 문제, 혹은 그 환경의 문제이니까요. 그러니까 그때의 당신은 이미 누구보다 잘하고 있는 것이고, 해서 그러한 일 때문에 당신의 다정함, 그 아름다운 삶의 방식을 포기할 이유는 진실로 없는 것입니다. 그러니 그때는 환경과 함께하는 사람을 바꾸십시오.

진실로 당신의 다정함을 이용하기만 하고, 또 그 다정함을 나약함이라 생각한 채 기득권을 행사하려고 하는 사람들, 그런 사람과 그럼에도 장기적으로 함께하는 것은 다정함이 아니라 순진함에 불과한 것이라는 것을 잊지 마세요. 해서 그들과 함께하게 될 때, 당신은 여태 잘해왔던 다정하고자 했던 그 모든 노력들이 사실은 잘해온 게 아닌 것인가, 하는 의심을 품게 될 것이고, 하여 다시 추락하게 될 것이라는 것을 잊지 마세요.

또한 마지막으로 명심하십시오. 당신은 성숙하기 위해 태어났고, 하여 그 성숙을 완성하기 위해 살아가고 있으며, 그리고 또한 그 성숙이 바로 다정함이자 사랑이라는 것을요. 그러니 당신이 다정하지 않겠다고 마음먹을 때, 그건 당신이 존재하며 살아가는 목적과 존재의 이유 자체를 스스로 저버리는 일이라는 것을요.

그렇다면 당신은 진실로 다정한 사람이 맞습니까. 또한 다정하고자 더욱 노력하며 나아가는 그 성숙을 추구하며 나아가고 있는 게 맞습니까. 아니면 오히려 뒷걸음질 치며 스스로 미성숙을 향해 걸어가는 사람입니까. 또한 당신은 다정하되, 순진하지는 않을 만큼 무엇보다 당신 자신에게 다정한 사람입니까. 아니면 순진해서 당신 자신을 끝없이 훼손하는 사람들의 곁에서 이용당하고 상처받으며, 그렇게 당신 자신을 스스로 아프게 하는 사람입니까.

90.

진정 분노한다는 것의 의미.

　마음 안에 들끓고 있는 분노와 원망의 응어리 때문에 지금이 아프고 지친다면, 더 많이 화내고, 더 많이 원망하십시오. 단, 그것을 제대로 하십시오. 사실 우리가 씩씩거리고 화를 내는 건, 진짜 화를 내는 것이 아니라 화를 억제하는 행동입니다. 화를 억제하기 때문에 나의 내면에서 억눌린 화가 바깥으로 삐져나가는 것이죠. 그래서 진정 화를 낸다는 것의 의미는, 내가 내 마음 안에 있는 분노를 단 하나의 억제도 없이 그대로 허용하는 것이 될 것입니다.

　그러니 지금 이 자리에서 가만히 눈을 감은 채 내 마음 안에 있는 모든 분노를 허용하세요. 그렇게 느끼고, 그것을 내면에서부터 외부로 방출해내세요. 엄청난 양의 분노가 물밀듯이 쏟아져 나올지도 모릅니다. 그럼에도 두려워하지 마세요. 그저 그것을 바라보고, 호흡과 함께 고스란히 느끼고 허용하세요. 그리고 오직 그것만이 진정 분노하는 것이 될 것입니다.

　당신이 여태 바깥으로 화를 거칠게 표현했던 건, 내면에 있는 분노를 방출하고 해소하는 방법을 몰라 그것을 안에 가득 쌓아뒀기 때문입니다. 그러니까 그것을 제대로 방출하는 방법을 몰라 억제했고, 그 억제의 압력에 못 이겨 바깥으로 분노가 뿜어져 나온 것이죠. 그래서 그건 방출이 아니라 여전히 억제에 불과한 것입니다.

　그러니 이제는 그것이 당신의 마음 안에서 쌓일 틈조차 없을 만큼 고스란히 방출하십시오. 그러니까 그 어떠한 판단도, 그 어떠한 억제도, 그 어떠한 저항도 없이 그저 그것을 고스란히 느끼고, 바라보고, 받아들여 보는 것입니다. 그것이 분노든, 원망이든, 그러니까 그것이 무엇이든 당신이 그렇게 할 때, 이제 당신은 당신의 마음 안에 더 이상의 분노나 원망의 찌꺼기가 없어 그것을 느끼고 싶어도 느끼지 못할 만큼 단단한 평화와 함께하게 될 것입니다. 그러니 더 화내고, 더 원망하십시오. 단 그것을 제대로 하십시오.

　그렇다면 당신은 당신의 내면에 있는 분노와 원망의 응어리를 해소하기 위해, 화를 방출하고 해소하고 있습니까, 아니면 억제함으로써 더욱 쌓아둔 채 끝내는 그것의 노예가 되어 그것에 의해 세상을 마주하고 있습니까.

91.

서운함의 근원.

우리가 상대방에게 서운한 감정을 느낄 때, 그 서운함이 일어나는 장소는 정확히 우리의 마음 안입니다. 그래서 우리는 외부의 무엇인가 때문에 우리가 서운함을 느끼게 되는 것이라고 생각하지만, 사실 그 서운함은 오직 우리의 내면에서 일어날 수 있을 뿐인 우리 자신의 문제인 것입니다.

그러니 이제는 보다 관대한 마음을 품어보세요. 그 관대한 마음과 시선으로 세상을 마주하고 바라보는 사람이 되어보세요. 그러니까 이제는 우리 마음 안의 왜소함으로부터 바깥 세계를 인식한 채 쉽게 서운해하고, 쉽게 타인을 탓하기보다, 나에게 그러한 감정을 가져다주는 일을 나의 관대함을 발전시키고, 하여 나 자신의 성숙을 더욱 견고하게 완성시킬 계기로 삼는 것입니다.

정말로 세상에 대한 나 자신의 인식은, 전적으로 나의 주관에 따르는 것입니다. 그러니까 바깥의 무엇인가에 의해 우리가 어떠한 감정을 느끼게 되는 것이 아니라, 나 자신의 내면에 의해 바깥 세계를 어떠한 식으로 느끼고 인식하게 되는 것이죠. 정말 그렇지 않나요?

그러니 이제는 바깥에 의존하는 왜소함 대신에 나의 위대한 내면, 그 진정한 자존감에 기대어 바깥을 바라볼 줄 아는 주체적인 사람이 되어보세요. 해서 내가 비로소 그 진정한 자존감과 함께하게 될 때, 우리는 바깥 세계로부터 나 자신의 감정을 지켜주는 일종의 면역력을 확보하게 된 채일 것이고, 하여 그때는 바깥에 의해서 나 자신의 감정이 결정되게 하는 수동성이 아니라, 내 내면의 위대한 힘으로 바깥을 경험하고 인식하는 능동성과 함께하게 될 것입니다.

그러니 이제는 부디 자존감이 있으십시오. 그 자존감으로부터 보호받은 채, 오직 행복과 평화와 함께하십시오.

당신이 바깥에 의해서 행복과 평화를 얻는 사람일 때, 진실로 그때의 행복과 평화는 자주 흔들리는 것이 되고야 말 것입니다. 누군가가 나에게 내가 원하는 표현을 해줄 때는 행복하고, 하지만 그렇지 않을 때는 서운해진 채 하루의 행복을 망치게 되고, 그런 식이 되는 것이죠. 그래서 우리는 쉽게 상처받고, 쉽게 서운해하고, 하여 타인을 쉽게 미워하는 사람이 될 것입니다.

그리고 진실로 그러한 왜소함은 타인의 마음 안에 부담감과 압박감을 심어주기 마련일 것이고, 그렇다면 그러한 관계가 어떻게 건강하게 지속될 수가 있겠습니까. 그러니까 그때의 나는 나의 행복을 지키기 위해 끝없이 타인의 반응을 통제하고자 하고, 타인을 나의 구미에 맞게 조종하고자 하는 사람일 텐데, 그 관계를 함께하는 상대방이 무엇이 아쉬워서 나와 오래도록 함께하고자 하겠습니까.

해서 그때의 당신은 결단코 당신의 관계를 오래도록 지켜내지 못할 것입니다. 오래도록 함께하더라도, 그건 그 관계를 지켜내는 것이 아니라, 어떠한 두려움과 불안함에 의해 서로가 마지못해 서로와 함께하고 있는 식의 위태로운 관계가 될 수 있을 뿐일 것입니다. 그러니까 그것이 바로 자존감이 높은 사람이 더욱 오래도록 행복한 관계를 맺게 되는 이유입니다.

그래서 당신이 만약 자존감이 낮아 자주 서운해하고, 해서 언제나 당신 자신의 결핍으로 세상을 바라보는 왜소한 사람일 때, 저는 아마 당신과 오래도록 함께하지는 못할 것입니다. 그때의 당신은 저에게 자주 기대할 것이고, 그래서 제가 아무리 다정하다고 한들 그럼에도 오직 서운함만을 쌓아가며 서서히 저를 향한 원망의 응어리를 키워갈 것이고, 그러니까 그것이 서서히 우리의 관계를 훼손시켜나갈 것이 이미 분명하기 때문입니다.

그리고 그때는 한 번, 그 오해를 풀고 다시 관계가 좋아지는 것 같은 느낌이 드는 것도 잠시일 것이고, 당신은 곧이어 또다시 당신의 서운함을 제게 쏟아낼 것입니다. 그래서 저는 그 잠깐의 화해가 유예가 될 뿐임을 알기에 그러한 식의 회유에 속아 넘어가지도 않을 것입니다. 그러니까 저는 당신이 스스로 당신 자신의 결핍을 채우기 전까지, 그러한 일이 계속해서 반복될 뿐이라는 것을 너무나도 분명하게 알고 있기에 더 이상 당신과의 만남 앞에서 순진함의 오류를 반복하지 않을 것입니다.

제가 순진해서 당신과 함께한다고 해도, 당신과 함께하는 그 시간 동안 저는 자주 소진될 것이고, 해서 그 시간이 결코 편안하고 행복하게 느껴지지가 않을 것이며, 하여 어차피 우리는 결국 서로에게서 서서히 멀어지게 될 것이 분명하기 때문입니다. 그래서 저는 제 시간과 감정을 더 이상 무의미하게 낭비하지 않을 것이며, 그렇게 저 자신을 스스로 지켜낼 것을 선택할 것입니다. 당신이 미워서가 아니라, 당신과 함께하는 시간이 제게 전혀 '무익'하기 때문에 그렇게 하는 것입니다.

그러니까 그때의 당신은, 끝내 당신과 같이 자존감이 낮은 사람과만 함께할 수밖에 없게 될 것입니다. 서로가 서로에게 자주 서운해하고, 서로가 서로에게 자주 의존하고, 해서 서로가 서로를 자주 탓하고 원망하지만, 그래서 함께하는 시간이 행복하지는 않지만, 그럼에도 서로는 서로의 결핍을 이겨내지 못해 서로를 떠나지 못할 뿐인, 그런 식의 왜소한 관계만을 맺게 되는 것이죠.

그렇다면 당신의 선택은 무엇입니까. 상대방의 사소한 반응 하나에도 쉽게 서운해한 채 그것을 상대방의 잘못이라 여기며 토라지는 식의 왜소함입니까, 아니면 이제는 그러한 것들 앞에서, 그럼에도 불구하고 꿋꿋이 당신 자신의 평화와 행복을 지켜낼 줄 아는 진정한 자존감입니까. 어쨌든 모든 것이 선택이고, 그 선택이 오래도록 쌓여 굳어진 습관으로써 우리는 이 세계를 인식하고 마주하게 될 수밖에 없을 것입니다.

그러니 지금의 선택이 보다 예쁜 선택이 되게 함으로써, 그리고 그 선택을 꾸준히 쌓아 그것이 당신이 이 세계를 바라보는 하나의 주된 습관이 되게 함으로써, 이제는 당신 자신을 외부로부터 스스로 지켜낼 줄 아는 사람이 되십시오. 그때의 당신은 진실로 당신의 결핍이 아니라, 당신 자신의 온전함과 완전함을 바탕으로 관계를 맺고, 또한 그것을 바탕으로 관계를 선택하게 될 것입니다. 그러니까 내 결핍에도 불구하고 나와 함께해 줄 결핍된 사람을 찾기보다, 이제는 행복하고 온전한 서로가 만나 서로의 평화와 행복을 더욱 고취시켜주는 그러한 관계를 맺게 될 것입니다.

그러니 오직 지금 이 순간 완전하게 존재하세요. 결국 당신을 서운하게 만들 수 있는 건, 당신 자신의 미성숙과 결핍된 마음밖에 없다는 것을 잊지 마세요. 그러니까 오직 당신만이, 당신을 이 세상으로부터 상처받게 하고 서운하게 만들 수 있는 오직 유일한 사람인 것입니다. 당신이 세계를 마주하는 방식과 시선, 그리고 습관과 그에 대한 반응, 그러니까 오직 그것만이, 서운함이 당신에게 일어나게 하는 오직 유일한 근원인 것입니다.

그렇다면 당신 자신의 관대함을 더욱 발전시키고 성숙시켜주기 위해 찾아온 지금의 서운함이라는 선물 앞에서, 당신의 선택은 무엇입니까. 여전히 왜소함입니까, 아니면 이제는 진정한 자존감입니까.

92.

시련의 압박.

　지금 당신이 스스로 감당하기가 벅차다고 느껴질 만큼의 아픈 시련을 마주하고 있다면, 그 아픔은 사실 당신의 삶 전체를 새로운 틀 안에 놓기 위해 당신을 찾아온 선물입니다. 왜냐면 우리는 우리의 삶이 무난할 때는 결코 우리의 삶을 되돌아보거나 새로운 성숙을 이루어내고자 추구하지 않기 때문입니다.

　늘 화내고, 늘 원망하고, 늘 이기적이고, 늘 타인을 이용하고, 그런 식으로 내가 지금껏 살아왔으며, 또 살아가고 있다고 해도, 진실로 우리는 그것을 다르게 보게 할 만한 어떤 큰일을 마주하기 전까지는 계속해서 스스로 그 불행을 행복이라 믿은 채 살아가는 것입니다.

　그래서 위기와 시련은 우리의 낡고 해묵은 습관을 돌아보고, 하여 더욱 거대한 행복을 향해 나아가고자 우리가 스스로 마음먹을 수 있도록 이끌어주는 선물입니다. 진실로 오직 그 이유 하나로, 지금의 시련은 당신이 감당하기가 벅찰 만큼의 최대한의 압력으로 당신을 찾아온 것입니다.

왜냐면 그것이 적당한 압력이라면, 그럼에도 당신은 그것 앞에서 끝없이 합리화하고 변명한 채 당신 자신을 돌아보기보다 외부를 탓하기 바쁠 것이고, 하여 그 선물을 선물로 바라보지도 못한 채 지나칠 것이기 때문입니다.

그러니 지금 당신이 버틸 수 없을 만큼 아프다면, 저는 당신에게 잘하고 있다는 말을 해주고 싶습니다. 그리고 포기하지 말라는 말과, 그럼에도 꿋꿋이 그 시련을 마주하고 감당해내라는 말을 해주고 싶습니다.

어쨌든 우리가 감당하지 못할 만한 시련은 결코 우리를 찾아오지 않습니다. 우리가 감당할 수 있고, 또 감당해야만 하는, 그러한 시련만이 오직 우리를 찾아오는 것입니다. 그러니 감당할 수 있고, 또 감당해내야만 하는 지금의 이 시련을, 끝끝내 감당해내십시오. 그렇게 성숙하십시오. 하여 마침내 찬란히 행복하십시오.

우리의 삶에는 언제나 한계와 잠재성이 동시에 주어집니다. 그러니까 우리가 성숙하고자 할 때마다, 우리는 우리 자신의 한계를 발견하게 되고, 또한 동시에 우리 자신의 잠재성을 발견하게 되는 것입니다. 그렇게 우리는 우리가 마주하고 있는 매 순간 안에서 우리 자신의 한계를 끌어안은 채, 그 한계를 초월하기 위해 우리가 할 수 있는 최대한의 잠재력을 실현하며, 그렇게 성숙하며 나아가고 있는 것입니다.

하여 우리가 우리 자신의 한계를 마주하게 되는 그 순간에는 좌절하게 되는 우리이지만, 또한 동시에 어느 시점이 되면 우리는 더 이상 좌절감에 젖어있지만 않고 그것을 극복하기 위한 노력을 기울이게 될 것이고, 하여 마침내 그것을 극복하고 난 뒤의 우리는 자신이 그것을 진정 통달했고, 소유했으며, 하여 초월했다는 무한한 기쁨과 함께하게 될 것입니다.

그렇게 우리의 수준이 이 세상 최고의 행복과 평화의 수준에 닿기 전까지, 우리는 끝없이 한계를 마주하고 발견하게 될 것이고, 하여 그 것을 넘어서기 위한 삶의 과제들을 부여받은 채 일련의 수업을 치러야 만 하는 것입니다.

해서 당신이 지금 당신에게 주어진 한계와 그 성숙의 선물을 외면한 채 오래도록 안주해왔다면, 그렇게 한 자리에 오래도록 머물러있어 왔 다면, 이제 삶은 당신을 향해 당신이 이 세상에 태어나 존재하고 살아가 고 있는 이유를 각인시켜주기 위해서 당신이 감당할 수 있는 최대한의 한계로 당신을 압박하게 될 것입니다.

그래서 이제 당신은 어제처럼 무난하지가 않습니다. 늘 똑같은 방 식으로 살아왔고, 하여 그것이 무난했지만, 이제는 그것이 당신에게 좌 절감과 공포, 불안함을 가져다주는 것이 된 것입니다. 그리고 그때가 바 로, 당신이 이제는 선택해야 할 지점인 것입니다. 계속해서 삶의 패배자 로 살아갈지, 아니면 이제는 승리자로 살아갈지를 말입니다. 그러니까 죽느냐 사느냐, 그것이 문제로다! 바로 이것이 유일한 화두가 되는 지 점 앞에 이제 당신은 서 있게 된 것입니다.

하지만 당신은 이제 이 글을 읽었기에, 시련 앞에서 좌절한 채 시련 을 탓하고 원망하는 식으로 오히려 성숙의 반대편을 향해 더욱 걸어가 게 되는 일은 선택하지 않을 것입니다. 그럼에도 불구하고 꿋꿋이 나아 가고, 성숙하고, 하여 끝끝내 초월하는 사람이 되고자 매 순간을 보내 게 될 것입니다.

하나의 시련이 지나가고 난 뒤에, 저마다의 사람이 풍기는 빛과 활 력은 천차만별입니다. 누군가는 더욱 그늘지고 왜소해진 채로 거의 모 든 것을 포기하기 일보 직전의 수준으로까지 추락했을 것이며, 또한 누군가는 오직 초월한 채 더 이상의 원망, 자기 연민, 이런 것들 없이 그저 환하게 빛나고만 있을 것입니다. 그리고 우리는 모두 그들의 에너지가 무엇인지를 금방이면 느낍니다. 왜냐면 우리는 우리 자신의 안에 있는 것들을 끝없이 외부로 방출하며 존재하고 있기 때문입니다.

그러니 여태 하나의 삶의 태도에서 크게 벗어나지 않은 채 당신이 무난하게 살아왔다면, 그러니까 늘 쉽게 화내고 누군가를 증오했으며, 또 나 자신의 사적인 이득을 위해 쉽게 누군가를 속이고 조종했으며, 그러니까 당신이 그런 식으로 오랜 세월 동안 살아왔다면, 그리고 이제는 당신이 당신의 삶 전체를 송두리째 흔드는 어떠한 큰 시련을 마주하게 되었다면, 그렇다면 또한 이제는 그 시련이 당신을 찾아온 이유와 목적에 대해서 잊지 마십시오. 그렇게 당신은, 그 시련을 통해 더욱 성숙하고, 하여 끝내 더욱 행복하게 빛나는 사람이 되십시오.

당신의 변화와 성숙을 위해 찾아온 시련 앞에서, 그럼에도 끝끝내 당신이 성숙하고자 하지 않고 더욱 깊이 탓하고 원망하며 그 선물을 끝내 외면한다면, 당신은 그 시련이 당신을 찾아오기 전보다 더욱 그늘지고 시들어진 사람이 되어버리고야 말 것입니다. 그래서 당신은 점점 더 외로워질 것입니다.

왜냐면 당신이 방출하는 그 에너지는 사람들을 금방이면 소진시킬 것이고, 하여 당신과 함께하는 그 시간이 사람들을 불행하게 만들 것이기 때문입니다. 그래서 당신은 끝내 사람들에게 기피당하게 됩니다. 당신의 에너지 결은 나누고, 기쁘게 해주기보다 빼앗고, 끝없이 타인들로부터 어떠한 감정을 갈취하는 식의 왜소함일 것이고, 그 왜소함 앞에서 사람들은 결코 편안함을 느끼지 않기 때문입니다.

하지만 당신이 꿋꿋한 마음으로 감당하고, 하여 반드시 이겨낸다면, 마침내 당신은 이전에 경험하지 못한 빛과 행복으로 주어진 삶을 마주하게 될 것입니다. 그리고 사람들은 그런 당신의 에너지에 끌려 당신이 애를 쓰지 않아도 당신을 원하고 사랑하게 될 것입니다. 이겨냄에서 부터 오는 자신감, 확신, 자기 연민과 여타의 부정성의 초월, 하여 열린 마음, 그 위대함이 당신과 함께하는 사람들을 고쳐시켜주고 행복하게 해줄 것이기 때문입니다.

그러니 다시 한 번, 지금의 이 시련은 사실 당신이 딱 감당할 수 있을 만큼의 크기로 당신의 성숙을 위해 찾아온 당신을 위한 이 삶의 가장 소중한 선물이라는 것을 간직하세요. 그것을 마음에 단단히 품고 새긴 채, 그렇게 굳은 의지로 나아가세요. 하여 반드시 감당하고 이겨내세요. 그렇게 기필코 행복하세요.

그렇다면 당신의 선택은 무엇입니까. 성숙입니까, 외면입니까. 빛입니까, 어둠입니까. 행복입니까, 불행입니까. 피어남입니까, 시들어짐입니까. 그러니까 살아가는 것입니까, 죽어가는 것입니까.

93.

선택의 연속.

　주어진 삶 앞에서 매 순간 보다 더 다정하고 행복한 사람이 되기 위해 내가 할 수 있는 모든 노력을 다하십시오. 그것이 당신이 당신 자신에게 줄 수 있는 가장 최고의 선물이자, 다정함이자, 사랑입니다. 해서 그 과정 안에서, 당신은 더디더라도 반드시 좋아질 것입니다. 당신의 마음 안에서 당신 자신을 해하고 있는 스트레스와 악의적인 의도들, 부정적인 감정들, 그러한 것들이 서서히, 그리고 반드시 보다 선한 것들로 채워져 나가기 시작할 것이기 때문입니다.

　그러니 꾸준히 노력하십시오. 왜냐면 저는 당신이 하루아침에 좋아질 것이라고 생각하지는 않기 때문입니다. 우리는 성숙하기 위해 이곳에서 태어났고, 해서 당신에게 주어진 성숙이 하루아침에 완성될 수 있는 것이었다면, 아마 당신이 이곳에 태어나 존재할 이유조차 없었을 것입니다. 그러니 조금씩 노력하고, 그렇게 서서히 좋아진다면, 그 자체로 당신은 잘하고 있는 것이고, 그게 가장 예쁜 최선이 되는 것이라는 말을 저는 당신에게 꼭 해주고 싶습니다.

그러니 긴 시간의 노력 앞에서도 변화가 찾아오지 않는다고 절망하지 마세요. 그러니까 결과를 생각하기보다, 과정 자체에 충실하고, 그 과정 안에서 당신의 마음이 아주 조금씩이라도 변해가고 있다는 것에 오직 만족하세요. 평소에 예민해서 작은 일 앞에서도 하루를 망칠 만큼 스트레스를 받던 내가 이제는 그러지 않아도 되는 것, 그것이 그 자체의 선물이자 보상입니다.

또한 언제나, 오늘 하루의 선택이 우리 자신의 평생을 바꾸는 습관이 되어 굳어질 것이라는 사실을 잊지 마세요. 하여 더욱 경각심을 가지십시오. 우리의 지금을 만들어온 건 다름 아닌 우리가 오래도록 지녀왔던 과거의 선택들과 그 선택의 연속, 그러니까 그 습관이기 때문입니다. 그래서 지금 이 순간의 선택이 가장 중요한 것입니다. 미래에는 여태까지와는 달라야 하기 때문입니다. 그리고 그 변화를 만들어낼 수 있는 힘이 있는 가장 유일한 것이 바로, 지금 이 순간의 선택이기 때문입니다.

그러니 여태껏 미성숙을 선택해왔다면, 그 타성을 이겨내고 새로운 선택지를 기꺼이 골라내십시오. 그것이 정말 힘들겠지만, 그럼에도 오늘은 성숙을 선택해내십시오. 그 한 번의 선택이 여태까지의 단단한 습관에 작은 구멍을 낼 것이고, 그 구멍이 만들어낸 균열이 끝내 벽 전체를 무너뜨릴 것입니다. 우리는 언제나 선택하고, 그 선택을 반복하고, 하여 그 의도와 행동 자체를 강화하는 경향이 있기 때문입니다. 그래서 이미 반복된 행동은 이제는 의식하지 않아도 나 자신의 본능이 되어 우리를 움직이게 하는 무의식이 되는 것이죠.

그러니 당신이 신경 쓰지 않아도 당신이 선택하게 될 당신의 본능, 그 무의식이 이제는 보다 다정하고 예쁜 것들일 수 있게 오늘을 충분히 의식하십시오. 하여 이전의 본능과 무의식을 오늘의 의식의 빛으로 거두어내십시오. 그렇게 신경을 써서 매 순간을 반복하고 강화하십시오.

어느 순간 당신이 애쓰지 않아도, 당신은 아주 편안하게 다정하고 예쁜 생각을 품은 사람이 되어있을 것입니다. 하여 그 생각의 결과로 다정하고 예쁜 행동을 하는 사람이 되어있을 것입니다. 그렇게 변해가는 것입니다. 하여 서서히 행복해지는 것입니다.

우리는 언제나 우리 자신의 행복을 위해 우리가 할 수 있는 최선을 다해왔습니다. 하지만 우리가 행복이라 생각했던 것이, 상당히 제한된 관점이라 그것이 절대적인 관점에서는 결코 행복일 수가 없었던 것일 뿐입니다.

그러니까 우리는 돈을 벌기 위해 누군가를 속이고 이용해서라도 돈만 많이 벌면 그것이 나를 행복하게 해줄 것이라 믿었기에 서슴없이 그렇게 존재하고 있었을 뿐인 것입니다. 하지만 그보다 나 자신의 정직함과 양심을 지키는 것이 나를 더 행복하게 만들어준다는 보다 성숙한 관점이 있음을 우리가 알게 되었을 때, 우리는 이전의 내 관점이 오해였음을 비로소 깨닫게 되고, 하여 이제는 또 다른 최선의 행복을 추구하게 되는 것이죠.

그러니 당신이 추구할 최선의 행복이, 더 이상은 부정성이자, 미성숙이자, 어둠이자, 거짓이지 않게 이제는 진실한 행복에 대해서 배워가십시오. 당신이 진실한 행복이 무엇인지 아는 것만으로도, 당신은 마주한 삶을 통해 당신 자신의 선택을 서서히 바꿔나가게 될 것입니다.

왜냐면 이제는 갈등이 생겼을 것이기 때문입니다. 어제는 비록 내가 이기적일지라도 나만 잘 되면 되는 것이라 믿었기에 일말의 고민도 없이 그렇게 존재했었더라면, 이제는 그것이 잘못된 것이라 배웠기에 이게 맞나? 하는 고민이 생기게 된 것이죠.

그래서 당신은 변할 수밖에 없습니다. 그 고민이, 당신을 아프게 하는 후회가 될 것이고, 하여 그 선택이, 당신에게 죄책감을 가져다주는 온전한 양심이 되어줄 것이고, 해서 당신은 당신 자신이 행복하기 위해서라도 이제는 이전과는 다른 선택을 할 수밖에 없게 되었기 때문입니다.

그러니 언제나 진실과 가까이하고, 진실에 대해 배우고, 진실한 친구를 만나고, 진실한 그룹에 속하십시오. 하여 당신 자신의 마음이 진실에 서서히 흠뻑 젖어 들게 하십시오. 그것이 당신의 삶 전체를 서서히 진실의 아름다움으로 가득 채워줄 것입니다. 그렇게 당신은 이제 행복할 수밖에 없어서 행복한 사람이 되어갈 것입니다. 외부의 그 무엇으로도 채울 수 없었던 마음의 공허를 이제는 성숙의 기쁨으로 가득 채워가면서 말이죠.

진실로 어제 용서하지 못했던 누군가를 오늘은 용서하게 된 것에서부터 오는 기쁨, 그 기쁨을 대체할 수 있는 것은 외부의 그 어떤 것 안에도 존재하고 있지가 않습니다. 그래서 우리가 진정 행복해지기 위해서는 우리 자신의 내면을 바라봐야 하는 것이고, 우리 자신의 성숙에 관심을 가져야만 하는 것입니다.

그러니 이제는 삶을 향해 여태까지의 선택을 내려놓고, 새로운 예쁘고 다정한 선택지를 내십시오. 그렇게 당신의 무의식과 본능, 그 습관 전체를 교정하고 바꿔나가십시오. 하루하루, 천천히 그렇게 해나가면 됩니다. 이 삶의 마지막 순간까지만 성숙하면 됩니다. 그러기 위해 태어나 존재하고, 살아가고 있는 우리이니까요.

그렇다면 삶을 향해 제출할 당신의 지금 이 순간의 선택은 무엇입니까. 당신은 당신 자신의 행복을 위해, 기꺼이 새로운 삶을 받아들이고, 새로운 것들을 당신 마음 안에 품고 채워갈 준비가 되어있습니까. 그러니까 지금 이 순간 당신이 내릴 결정은, 여태까지의 불행의 연속입니까, 아니면 새로운 행복의 시작입니까. 그러니까 무엇을 선택하고, 무엇을 반복하고, 하여 무엇이 여러분의 인생이 되게 하시겠습니까.

94.

진심 없는 삶.

　우리가 보다 성숙한 사람이 될수록, 우리는 더 이상 이 세상의 외부적인 것들에 많은 에너지를 쏟지 않게 됩니다. 왜냐면 우리가 성숙할 때, 그러니까 우리가 보다 더 다정하고 사랑이 많은 사람이 될 때, 그때의 우리에게는 더 이상 외부로 투사할 내적인 공허와 결핍이 많지 않을 것이기 때문입니다.

　해서 그때는 사람을 만날 때도 함께 성숙을 공유하고, 세상의 관점, 내면의 가치를 나눌 수 있는 사람을 만나는 일이 중요해집니다. 내가 아는 어떤 사람이 무엇을 하고, 얼마나 높은 직위고, 얼마나 많은 소유물들을 가지고 있는지, 이제는 그러한 관점 자체가 더 이상은 의미를 가지고 있지 않아 지루하게만 느껴질 수 있을 뿐일 것이기 때문입니다.

　어쨌든 우리는 마음이 통하는 사람을 만날 때 많은 에너지를 소모하지 않고도 즐거움을 느끼게 됩니다. 하지만 마음이 아니라 서로의 외적인 무엇인가에 의해 관계를 맺을 때의 우리는 자주 지치고 힘들게 되고, 하지만 그렇다고 해서 그 안에 진정한 즐거움이 함께하고 있는 것도 아닌 것이죠.

실제로 제가 어떤 사람을 만났을 때, 말을 하는 내내 다른 누군가의 이야기를 하며, 내가 아는 사람은 어떤 대학을 다니는데, 내가 아는 사람은 어떤 차를 타고 다니는데, 내가 아는 사람은 어떤 기업에 다니는데, 내가 아는 사람은 돈을 이만큼이나 버는데, 하는 식으로 늘 말의 서두에 외부의 상징을 붙이고, 그래서 그 외부의 상징에 의해 그 사람이 무조건적으로 대단한 사람이며, 또 신뢰할 만한 사람이며, 더하여 그들과 친한 자신 또한 그런 사람이라고 남들이 느끼길 바라는 사람이 있었습니다.

그렇다면 그런 사람과 대화를 하며, 우리의 기분은 어떨까요. 그 사람이 바라는 것처럼, 그러한 것들로 인해 그 사람을 더욱 존경하고 멋진 사람이라 여기게 될까요. 그건 그저 자신의 마음 안에 진실한 가치와 자존감이 부재해 그 결핍된 상태를 다른 누군가의 상징과 친분을 통해 채우고자 하는 하나의 왜소하고도 공허한 상태일 뿐일 텐데 말입니다.

저는 정말이지 왜 그렇게 그런 것에 집착을 하며 이야기를 부자연스럽게 이어가는지, 그리고 왜 그 이야기 안에 은근히 자신 또한 멋진 사람으로 느껴지길 바라는 생색과 우쭐함을 품고 있는지, 또한 그게 자신을 더 불안정하고 얕은 사람으로 보이게만 하고 있을 뿐임을 진정 모르는지, 그런 생각이 들 뿐이었습니다. 그리고 자꾸만 시계를 보게 되었죠. 왜냐면 그 시간이 정말이지 의미와 가치가 없다고 느껴져 계속해서 하품이 나왔으니까요.

사람들은 때로 사회적으로 관계의 폭을 좁게 유지하고 있는 저를 보고 제가 어느 정도 외적으로 성공했기에 사람들을 가려서 만나는 것이라고 생각하지만, 사실 저는 보다 성숙한 내면의 기준으로 사람을 만나기에 잦은 인간관계를 맺고 있지 않는 것일 뿐입니다. 늘 사람을 만나야만 할 만큼 외롭거나, 하루의 의미가 부재해 공허하지도 않고요. 그러니까 세상의 따분한 소리, 공허한 소리, 그러한 식의 아무런 의미도 없는 산만한 이야기들을 듣고 있자면 저는 그 시간이 정말로 아깝게만 느껴질 뿐이기 때문입니다.

그렇다면 당신은 당신이라는 존재가 외부의 무엇인가에 의해 기억되길 바라고 있나요. 아니면 당신이라는 존재 자체로 기억되길 바라고 있나요. 저는 어떠한 차를 타고 다니고 있는, 어떠한 직위를 가지고 있는, 얼마만큼의 재산을 소유하고 있는, 그런 식의 외적인 기준에 의해 제가 기억되기보다, 사람들에게 있어 정말 마음이 깊은 사람, 지혜로운 사람, 따뜻한 사람으로 기억되고 싶을 것 같습니다.

왜냐면 저라는 존재 자체의 내면으로서 제가 존경받고 사랑받을 때, 진실로 그것이야말로 무조건적인 존경과 사랑이 되는 것이기 때문입니다. 그러니까 그저 저라는 사람이 좋아서, 저와 함께하는 시간이 소중해서, 그래서 저와 한 번 더 만남을 가지고 싶다는 기분이 든다는 건, 저의 외부적인 모든 것들을 넘어 그저 저라는 존재 자체가 사랑받는 일이기 때문입니다.

그러니 더욱 성숙한 사람이 됨으로써, 이제는 진정 성숙한 시선으로 관계를 마주하고 이 세상을 살아가십시오. 그때는 당신이 일을 하는 목적 또한 이제는 돈과 지위, 그러한 외부의 상징에 있는 것이 아니라 오직 가치의 실현에 있게 될 것입니다.

당신이 하는 일이 당신의 삶과 타인의 삶에 소중한 가치와 의미를 전해주는 것이라면, 사실 당신에게 있어 그건 그 자체로 행복이자 하나의 큰 보상이 되어주는 일이 아니겠습니까. 그리고 그러한 과정 안에서 외부적인 보상 또한 덤으로 주어진다면, 그건 정말로 신과 이 우주 전체에게 벅차게 감사한 기분이 들 만큼의 기쁨이자 그 자체의 선물이 되어주지 않겠습니까.

그러니 그렇게, 위대하십시오. 당신 자신의 가치를 외부에 둔 채 당신 스스로를 한계짓기보다, 오직 당신의 그 위대한 내면에 그 가치를 둔 채 이제는 안에서부터의 위대한 실현을 해내며 나아가는 것입니다. 진실로 그때의 당신은 억만장자조차도 당신을 부러워할 수밖에 없을 만큼의 행복과 자존감을 당신 자신의 내면에 소유하게 될 것입니다.

그런 식으로 당신이 주어진 삶을 통해 내적으로 더욱 성숙한 사람이 되어갈 때, 그때는 당신이 맺을 관계 또한 자연스럽게 내면을 나누고 공유하는 관계로 변해갈 것입니다. 서로를 응원해주고, 서로를 격려해주고, 진심으로 서로를 아껴주고, 또한 더욱 성숙한 방향으로 이끌어주고 당겨주며, 그렇게 공허할 틈이 없을 만큼의 진심 가득한 관계를 맺게 되는 것이죠.

그리고 그때는, 당신의 외부적인 지위가 무엇이든, 당신이 무엇을 가졌든, 그러한 것들은 그러한 관계 안에서 진실로 그 어떤 중요성도 지니고 있지 않을 것이기에 서로는 보다 서로의 있는 그대로를 바라보고 아껴주고 있을 뿐일 것입니다. 해서 서로가 서로를 진심으로 존중하고 사랑하게 되고, 그렇게 더욱 연결되는 관계를 맺게 되는 것이죠.

그렇다면 이때에 이르러 서로가 서로로 인해 더 이상 어떻게 지칠 수가 있겠습니까. 오직 채워지고 더욱 행복해질 수 있을 뿐일 것입니다.

하지만 만약 당신이 오랜 시간 성숙을 외면한 채 오직 외부를 쫓는 것에만 급급함으로써 진심 없는 삶을 살아간다면, 그러니까 그러한 태도만을 쌓아간다면, 당신은 언젠가 진심이 전혀 존재하지 않을 만큼의 괴물이 되어버릴지도 모릅니다. 정말로 사람들을 이용하고, 외부적인 기준으로만 평가한 채 관계를 맺고, 당신 또한 오직 그러한 것에만 가치와 의미를 둔 채 얇고 피상적인 삶을 살아가게 되는 것이죠.

그리고 그때의 당신은 그럼에도 당신이 무엇보다 멋지고 잘 살고 있는 것이라 스스로 위로한 채 다시는 진심을 찾지 않게 되어버릴지도 모릅니다. 하여 오직 세속적인 기준과 가치로만 세상을 바라보고 살아가게 되어버릴지도 모릅니다. 그렇게 당신은, 정말로 말이 안 통하는 사람이 되어버릴 것입니다.

만약 제가 그러한 식의 괴물이 된 그때의 당신과 한마디의 말이라도 주고받고자 한다면, 그때의 저는 진실로 어딘가 꽉 막혀 있는 듯한 답답한 벽을 느낄 수밖에 없을 것입니다. 제가 무슨 말을 하든, 진실로 그때는 저의 언어들이 당신의 외부 위에서만 겉돌고 있을 뿐일 것이기 때문입니다. 그러니까 그때의 당신은 완전히 당신 자신의 진심과 진실함, 진정성을 상실한 채일 것이고, 하여 마음이 전혀 없는 사람이 되어버린 것이죠.

정말로 당신이 지금 이 순간부터 당신의 내면으로 들어가지 않는다면, 해서 더 오랜 시간 외부에서 겉돈 채 외부만을 쫓아 급급한 채 살아간다면, 당신은 그런 식의 진심 없는 괴물이 되어버리고야 말 것입니다. 모든 것이 선택이며, 그 선택을 오래도록 반복하고 강화할 때, 그 자체가 우리의 습관이자 존재가 되어버리는 것이기 때문입니다.

그러니 지금 이 순간부터 오직 안에서부터의 진실한 행복만을 추구하십시오. 하여 보다 성숙하고, 보다 내적으로 가치 있고 의미 있는 삶을 살아가십시오. 그렇게, 외부의 그 무엇에도 불구하고 당신이라는 존재 자체만으로 빛나는 자존감 있는 사람이 되십시오. 그 존재로서 사랑받고, 사랑하는 사람이 되십시오.

그렇다면 지금 이 순간, 당신의 선택은 무엇입니까.

95.

죄책감을 이용한 강요.

　우리는 때로 상대방의 마음에 죄책감을 심어줌으로써 그들로부터 더욱 사랑받고자 하는 오류를 반복하곤 합니다. 그리고 그것이 진실로 오류인 것은, 내 마음이 더욱 사랑받길 의도한 것과는 달리 그러한 식의 죄책감을 이용하는 건 상대방의 마음 안에 압박감과 부담감만을 갖게 해서 끝내 그들을 내게서 더욱 멀어지게 하고, 또 나를 향한 상대방의 신뢰만을 깨뜨릴 뿐인 행동에 불과한 것이기 때문입니다.

　그러니까 그건 사실 넌 이래서 잘못됐고 저래서 잘못됐고, 그래서 날 아프게 했으니 이제는 더욱 열심히 그 아픔을 갚아나가도록 해! 하는 식으로 죄책감을 이용하여 상대방에게 미안함과 죄스러운 마음이 들게 하고, 하여 그런 식으로라도 상대방을 내 곁에 붙들어 두고자 하는 낮은 자존감의 시도에 불과한 것입니다. 왜냐면 자존감은 그저 스스로가 좋은 사람이고 사랑받아 마땅한 사람이라서 상대방으로부터 자연스럽게 그러한 감정들을 이끌어낼 뿐이기 때문입니다.

그렇다면 그런 식의, 죄를 이용하여 상대방의 마음을 조종하고 통제해야만 내가 상대방으로부터 더욱 사랑받을 수 있을 것이라 믿는 그 마음의 상태란 그 자체로 얼마나 불행이자 지옥일까요. 그러니까 그렇게라도 하지 않으면 상대방이 결국에는 내 곁을 떠나가게 되고야 말 것이라는 두려움을 품은 채 관계를 마주하는 마음이란, 정말 얼마나 미성숙하고도 왜소한 마음인 것일까요.

그러니 오직 자존감이 있으세요. 죄책감을 심어줌으로써 상대방으로부터 사랑을 이끌어내고자 하고, 감사한 마음을 이끌어내고자 하고, 그런 식으로 타인들에게 감사와 사랑을 강제하기보다, 그러니까 그저 그러한 마음을 받을 만한 사람이 되세요. 결국 당신이 죄책감을 이용할 때, 그것은 당신 자신에게 또한 스스로 죄책감을 심어주는 행위가 될 것이기 때문입니다.

누군가에게 그렇게 아픈 말을 하면서까지 상처를 준 것을 우리는 얼마 지나지 않아 반드시 후회하게 될 것이고, 그렇다면 그건 사실 내가 나 자신에게 스스로 죄책감을 심어주는 일과도 다름이 없는 것 아니겠습니까.

저에게도 누군가에게 아픈 말을 한 일이 있습니다. 그리고 언제나 그 뒤에는 곧이어 죄책감이 따라오곤 했죠. 그것보다 더 나은 방식이 있었는데, 왜 나는 그런 식으로밖에 말하지 못했을까, 하고 말입니다.

그리고 저는 마침내 이 마음의 메커니즘에 대해서 이해하게 되었습니다. 우리가 그런 식으로 상대방의 '잘못'에 집중해서 그 잘못을 지적함으로써 상대방의 마음 안에 죄책감을 심어줄 때, 우리는 그것을 통해 상대방이 내게 더 잘하길 기대하지만 사실은 그 결과로 상대방의 나를 향한 신뢰만을 떨어뜨리게 될 뿐이라는 것을 말입니다. 그리고 결국 내가 죄책감을 이용했기에, 내 마음 안에도 곧이어 죄책감이 들 수밖에 없다는 것을 말이죠.

왜냐면 우리는 우리의 마음 안에 있는 것만을 오직 바깥을 향해 표현할 수 있기 때문입니다. 그러니까 내 마음 안에 완전한 사랑과 평화만이 있을 뿐이었다면, 그때의 나는 오직 이해와 다정함을 선택할 수밖에 없었을 것입니다.

우리가 누군가를 사랑할 때 그 사랑이 일어나는 근원이 우리 자신의 마음 안이듯, 그래서 사실 그것이 나를 사랑하는 것과 같은 것이듯, 죄책감이든, 원망이든, 분노든, 그것이 무엇이든 그것은 오직 내 마음 안에서 일어나는 것이며, 하여 사실 그건 내가 나 자신에게 그렇게 하는 것과 정말로 다르지 않은 것이기 때문입니다.

그러니 지난 잘못을 곱씹고 세며 타인에게 그것을 쏟아내기보다, 그저 넘어가는 법을 배워보세요. 어차피 지나간 것은 지나간 것입니다. 만약 당신이 그것에 대해 진실한 조언을 하고 싶다면, 그때는 죄책감이 아니라 온전한 이성과 다정함으로 해야 마땅한 것입니다.

그러니까 우리가 누군가에게 무엇인가를 말할 때, 우리의 언어 안에는 결단코 부정적인 감정이 없어야만 할 것이고, 그러니까 다정하게 말하거나, 말하지 않거나, 이것만이 존재해야만 할 것입니다.

사실 내가 결코 다정하게 대하지 못할 것만 같은 사람과 지금 함께하고 있다면 우리는 나 자신과 상대방 모두의 평화를 위해 그 사람과 함께하지 않는 것을 선택하면 될 일이고, 하여 구태여 화내고 원망하면서까지 함께할 이유는 없는 것입니다.

왜냐면 화와 원망은 끝없는 화와 원망을 만들어낼 것이고, 하여 그 자체로 이미 서로가 서로로부터 앞으로는 부정적인 감정만을 끝없이 주고받게 될 뿐일 것이라는 건 이 정도의 인생을 살아온 우리 모두가 쉽게 예측할 수 있을 만한 사실이기 때문입니다.

그래서 둘 중 하나입니다. 다정하거나, 나와 너무 맞지 않는 사람과는 함께하지 않거나, 이 둘 중 하나인 것이죠. 그러니까 죄책감을 무기 삼아 화를 내고 변화를 강요하면서까지 함께할 만한 관계란 없는 것입니다. 그건 상대방과 나 자신 모두를 아프게만 할 뿐, 그 이외에 어떤 아름다운 변화도 결코 이끌어낼 수가 없는 그 자체의 오류에 불과한 것이기 때문입니다.

그러니 내가 먼저 자존감 있는 사람이 되세요. 그렇게, 매사에 다정하십시오. 하지만 어느 정도의 자존감과 다정함을 갖춘 뒤에도 당신에게 끝없이 부정적인 감정을 심어주는 사람이 있다면 오직 피하십시오. 그가 나쁜 사람이고, 잘못이 있어서라기보다, 그저 당신과 그는 잘 안 맞는 사람일 뿐인 것이고, 하여 굳이 함께할 이유 또한 이제는 없는 것이기 때문에 그렇게 하는 것입니다.

그렇다면 당신은 가장 최근 언제 죄책감을 상대방에게 심어줬으며, 그렇게 함으로써 당신의 마음 안에는 어떤 감정이 생겼나요. 하여 앞으로의 당신의 선택은 무엇인가요.

96.

진실한 자존감.

　진정한 자존감은 외부의 그 어떤 것에도 기대지 않은 채 있는 그대로의 나로서 존재하는 내면의 자신감입니다. 그래서 자존감이 있는 사람들은 외부에 빗대어 타인을 아래로 보거나, 자신을 타인의 아래로 두거나 하지 않습니다. 내가 나이가 많아서 나이가 적은 사람을 함부로 대하는 것은, 그래서 나 자신의 존재와 타인의 존재 그 자체를 바라보는 자존감이 아니라, 나이라는 외부의 겉옷을 통해 누군가를 아래로 보고 함부로 여길 수 있다고 믿는 하나의 자존감 없는 태도에 불과한 것입니다.

　계급, 소유의 정도, 살아가고 있는 환경과 위치, 그것이 무엇이든 그래서 자존감이 있는 사람들은 그러한 것을 결코 통하지 않습니다. 내가 존중받아 마땅한 사람이라 믿는 만큼, 그저 타인들을 있는 그대로 존중할 뿐입니다. 그리고 내가 가까이하고 멀리하는 사람이 있다면, 그것 또한 외부에 의거한 판단이 아니라 오직 내면의 편안함과 성향에서부터 비롯된 판단이자 선택일 뿐일 것입니다.

어쨌든 자존감이 없는 사람들은 우리가 흔히 생각하는 그러한 식의 외부가 아니라 의견이라는 무형의 외부 자체에도 과도하게 몰입하고 집착한 채 그것이 자기 자신이라도 되는 양 공격하고 방어하는 경우도 많이 있습니다. 내가 믿고자 하는 의견을 통해 나의 존재를 과시하고, 우쭐거리고, 그러한 식의 헛된 과정을 통해 내면에 부재한 자존감을 대체하고자 노력하는 것이죠.

그래서 그들은 자신과 다른 의견을 지닌 사람을 보게 되었을 때 그것을 공격으로 받아들이고는 분노하거나, 과하게 방어적인 자세를 취하며 움츠러드는 경향이 있습니다. 왜냐면 그들은 그것을 통해 자기 자신의 '존재'가 공격받고 있다고 느끼기 때문입니다. 내면에 스스로 자존감을 소유하지 못해 자신과 자신의 의견을 분리하지 못하고, 하여 그 의견에서부터 부재한 자존감을 대체하고자 하고, 그러니까 이때는 그 의견과 자신을 동일시한 채 그 의견을 떠받치고 숭배하는 오류를 반복하고 있는 것이죠.

하지만 내 존재의 근원이 나 자신의 외부가 아니라 오직 내면에 있음을 아는 자존감 있는 사람들은, 그래서 그러한 것에 크게 동요하지 않습니다. 의견이 다른 사람을 만났다고 해서 하루 종일 기분 나빠할 필요는 진실로 없는 것이고, 왜냐면 나는 나의 의견을 나와 동일시한 채 그것을 '나'라고 여기지 않기 때문입니다. 그러니까 외부의 그 무엇에도 불구하고 나 자신의 마음은 그 자체로 흔들림 없이 가득 채워져 있다는 것을 이때는 진실로 인지하고 있는 채이기 때문입니다.

만약 누군가가 진실에서 다소 멀리 떨어져 있는 악의적이고 적대적인 의견을 내게 내세웠다고 해도, 그건 그러한 식의 제한된 관점으로밖에 세상을 바라보고 사고할 줄 모르는 그 사람 내면의 문제이기에 오직 안타깝게 여길 뿐입니다. 하지만 또한 그럼에도 그들과 기꺼이 함께하지는 않을 것입니다. 그저 속으로 안타깝게 생각한 채 겉으로는 아예 무반응과 무관심의 태도를 고수할 뿐이겠죠. 애써 맞서 싸울 필요도, 위험을 감수하고 함께할 필요도 없기 때문입니다. 싫고 미워서가 아니라, 진실로 그러한 식의 함께함 자체가 둘 모두에게 '무익'할 뿐이기 때문에 그렇게 하는 것입니다.

왜냐면 그들이 진정 그들 자신의 악의적이고 적대적인 사고방식에서부터 성숙한 채 스스로 구원되기 전까지, 애초에 그들은 나와의 진실한 관계 형성에는 전혀 관심이 없는 사람들이라는 것을 이때의 나는 알고 있기 때문입니다. 그들은 그저 자신의 결핍과 미성숙을 통해 타인을 헤집어놓음으로써 자기 자신이 살아있음을 증명하고자 할 뿐인 자존감 없는 사람들일 뿐이고, 해서 그들에게 내가 아무리 좋은 마음을 쓴들, 그럼에도 그들은 나를 공격하고 깎아내리기에 바쁠 뿐일 것이기 때문입니다.

내가 관심이 있는 것은 진실함이지만, 그들이 관심을 가지는 것은 오직 거짓과 어둠이고, 해서 내 진실함을 그들에게 주어 그것을 스스로 훼손시킬 필요는 없는 것이죠. 그래서 이때는 온전한 이성으로 함께하지 말아야 할 사람을 구분할 줄 알며, 또 그들을 거절할 줄 알며, 또한 그것 앞에서 순진한 죄책감을 가지는 오류를 더 이상은 반복하지 않습니다.

왜냐면 자존감의 가장 큰 특징 중 하나가 바로 나 자신에 대한 진실한 사랑과 존중이기 때문입니다. 해서 내가 나 자신을 진실로 사랑하고 존중한다면, 나는 나 자신을 끝없이 아프게 만드는 사람들로부터 기필코 나를 지켜낼 것입니다. 정말 그렇지 않나요?

그러니 매사에 자존감이 있으십시오. 당신 존재 자체의 근원을 외부에 둔 채 당신의 마음을 텅 비게 하고, 하여 텅 빈 공허의 아픔을 느끼게 하고, 그런 식으로 오랜 세월 동안 당신 자신을 스스로 아프게 하고, 그러한 오류를 더 이상은 반복하지 마십시오.

결국 당신이 당신 자신의 내면을 진실로 존중하고 사랑할 때, 당신은 당신을 포함한 모든 생명체를 향해 진실한 존중과 사랑을 주게 될 것이고, 해서 외부를 통해 타인을 은근히 조종하고 통제하고자 하고, 그러한 것을 통해 기득권을 행사하고, 그러니까 그러한 식으로 타인들로부터 존중받고 사랑받고자 하는 그 모든 헛된 시도들을 그만두게 될 것입니다.

그것이 진실로 헛된 시도인 이유는 그 모든 애씀과 노력을 통해서도 당신은 결코 타인들로부터 진실한 존중과 사랑을 받지 못할 것이기 때문입니다. 진실한 존중과 사랑을 받을 수 있는 유일한 방법은 그것을 외부 세계로부터 갈취하는 식으로 힘을 쓰고 떼써서 빼앗는 게 아니라, 그저 내가 존중받고 사랑받을 만한 사람이 되는 것, 오직 그것이 전부이기 때문입니다.

그러니까 당신이 당신보다 나이가 어린 사람들로부터 존중받기 위해 당신 자신의 나이를 통해 그들을 짓누르고 존중을 강요할 때, 그때는 어느 누가 당신을 존중하고 사랑해줄까요. 하지만 당신이 나이가 많음에도 불구하고 그 모든 외부적인 겉옷 없이 그저 타인들의 있는 그대로를 바라봐주고 아껴주고 존중해준다면, 그때는 또한 어느 누가 당신을 존중하지 않을 수 있을까요.

그래서 당신이 자존감이 있을 때, 당신은 무엇 하나 강요하고 바라지 않지만 오직 당신이 된 바, 그러니까 당신 자신의 존재만으로 그 모든 것들을 자연스럽게 끌어오고 받는 사람이 되는 것입니다. 그때는 진실로 당신이 애쓰지 않아도 당신의 자존감이 당신을 대신해서 그렇게 하고 있을 것입니다.

그러니 이제는 외부에 의해 당신 자신의 존재를 규정하고, 그 존재의 높낮이를 측정하고자 하는 자존감 없는 태도에서부터 스스로를 구원하시길 바랍니다. 그러니까 이제는 오직 내적인 성숙을 추구하고, 하여 보다 진실한 사람이 되어감으로써 그 존재 자체의 빛과 아름다움으로써 외부가 아닌 당신 존재의 진정한 본질인 당신 내부로부터 존중과 사랑을 받는 사람이 되는 것입니다.

이 세상에서 가장 진실한 사랑이란, 그 어떠한 외부의 기준도 없이 나를 아끼고 존중해주는 그 가장 본연의 맑고도 순수한 시선이 아니겠습니까. 그러니까 그런 내가 되어서, 그런 눈빛으로 온 세계를 바라보는 그 마음가짐이 아니겠습니까.

그렇다면 당신은 어떠한 눈빛과 마음으로 당신 자신과 세상을 바라보고 있나요. 그것은 진실의 빛입니까, 아니면 거짓의 어둠입니까.

97.

일의 가치와 의미.

　우리는 일을 할 때, 때로 무의미에 사로잡혀 공허함을 느끼곤 합니다. 그래서 저는 여러분이 얼마나 소중한 가치와 의미를 지닌 하루를 일을 통해 보내고 있는지에 대해서 이야기해보고자 합니다.

　그저 당신이 일을 하는 것만으로도, 당신은 이미 이 세계를 향해 봉사하는 사람이 됩니다. 회사의 대표는 고용을 창출하고, 직원은 월급을 받으며 세금을 내고, 해서 그 세금이 힘든 사람들과 나라를 위해 이바지하게 되고, 당신이 식사를 할 때는 그 식당의 생계를 도와주게 되고, 그 식당은 당신에게 음식을 제공하며 그 모든 재료와 재료가 운반되는 데 필요한 사람들의 생계를 도와주게 되고, 그런 것이죠. 당신이 쓰고 있는 펜, 종이, 그 모든 것들이 당신의 곁에 오는 과정 동안 당신은 수많은 사람들의 생계에 도움이 되어주고, 그렇게 그들의 하루에 기쁨과 선물이 되어주고 있는 것입니다.

그래서 저는 모든 일은 가치가 있으며, 존경받아야 마땅하다고 생각합니다. 일을 하는 모든 사람들이 이 세상 무엇보다 아름다운 가치와 의미를 지닌 하루하루를 보내고 있다고 생각합니다.

그러니 당신의 하루가 무의미하다며 꺾여있지 마세요. 그저 당신이 하루를 그렇게 보내는 것만으로도, 사실 당신은 정말로 많은 사람들의 행복과 기쁨을 책임지고 있는 것입니다. 그래서 당신은 그 누구보다 기특하고 아름다운 사람입니다.

당신이 아무렇지 않게 생각하고 보내고 있던 그 하루들이 사실은 이렇게나 많은 소중함과 의미를 가지고 있었던 것입니다. 정말로 당신이 얼마나 선물 같은 하루를 보내고 있는지, 당신만 몰랐을 뿐입니다. 그저 하루를 살아가고 있는 것만으로도, 그래서 당신의 하루는 그 무엇보다 이 세상에 사랑의 의미를 가지게 되는 것입니다.

그러니 당신의 하루가 얼마나 위대하고 소중한지, 당신 스스로가 먼저 알아봐주고 바라봐주세요. 그러니까 그것을 바라보지 못해 그 모든 의미와 아름다운 가치들을 스스로 외면한 채 당신 자신의 마음을 스스로 꺾으며 힘들게 하지 마세요.

얼마나 존경스럽고 기특한 하루인지 모릅니다. 얼마나 많은 사람들에게 기쁨과 선물이 되어주고 있는 하루인지 모릅니다. 하루하루 매일 출근과 퇴근을 반복하며 그 하루들을 몇 년 동안 꾸준히 쌓는 것만으로도, 사실 그건 그 자체로 무엇보다 위대한 일입니다.

이 세상에서 가장 위대한 일은 같은 일상을 지치지 않고 꾸준하게 반복하며, 그 안에서 의미를 찾는 일이기 때문입니다. 언제나 행복은 그 단순함 안에 있는 것이기 때문입니다.

그래서 당신은 대단한 것입니다. 이제 그 대단함 속에서 당신 자신의 의미와 가치를 발견하고, 그것을 소중히 여기고 아름답게 간직하기만 하면 되는 것입니다. 진실로 그것이 행복의 완성입니다. 당신이 하루를 보내며 수많은 사람들에게 전한 당신의 친절과 다정함, 그리고 수많은 사람들의 생계와 나라의 복지에 이바지했던 그 노력의 시간들, 그러니 그것들을 잊지 마세요.

저는 당신이 얼마나 멋지고 예쁜지 모릅니다. 얼마나 존경스럽고 사랑스러운지 모릅니다. 당신이 보내고 있는 그 하루가, 바로 그런 하루인 것입니다. 그렇다면 진실로 당신에게 있어 그 위대하고 사랑스럽고 아름다운 하루를 보내며 무의미를 느낄 필요라는 게 더 이상 어디에 있겠습니까.

그러니 이제는 무의미를 바라보기보다 의미를 바라봐주세요. 그렇게 누구보다 존경받고 격려받아야 마땅한 당신의 하루를, 그 무엇보다 당신 자신이 가장 많이 존경해주고 아껴주시길 바랍니다. 정말로 그러지 않을 이유가 단 하나도 없는, 당신의 하루이니까요.

그렇다면 당신은 당신이 보내고 있는 하루의 그 소중한 의미들을 간직한 채 행복을 누릴 줄 아는 사람입니까, 아니면 하루가 무의미하다며 공허함을 느낀 채 하루를 불행하게 만드는 사람입니까. 결국 당신이 당신의 하루에 느끼는 그 주관적 의미가 당신의 인생 전체의 행복과 불행을 결정하게 될 텐데, 그러니까 당신의 선택은 무엇입니까.

98.

사려 깊은 마음.

사려 깊은 사람이 된다는 것은, 타인이 내게 건네는 어떠한 말이나 그들이 하는 행동들, 그러한 것들의 맥락 전체를 바라보고자 더욱 깊이 노력하는 사람이 되는 일입니다. 그래서 사려 깊은 사람은 누군가가 내게 건넨 말 한마디에 상처를 받거나 앙심을 품지 않습니다. 그들이 그러한 말을 하게 된 이유와 배경에 대해서 생각하고, 하여 그들이 처한 상황과 아픔들, 그 모든 과거의 무게들을 함께 바라보며 그것을 안타깝게 여길 뿐입니다.

그래서 우리가 사려 깊을 때, 우리는 그 마음의 짐을 덜어주고자 더욱 깊이 걱정하는 사람이 됩니다. 그럼에도 그들이 세상의 좋은 점을 볼 수 있도록 이끌어주고자 노력하는 사람이 됩니다. 그렇게, 다시 희망과 긍정적인 마음을 되찾을 수 있도록 따뜻한 말을 건네주는 사람이 됩니다.

해서 우리가 사려 깊은 사람이 될 때, 우리는 더 이상 상대방에게 상처를 주는 말을 함부로 가볍게 하지 않게 됩니다. 심지어 상대방이 내게 큰 상처를 주었더라도, 나는 그것에 보태어 상처를 주지 않게 됩니다.

왜냐면 상처가 되는 말을 아무렇지도 않게 하는 사람들은, 사실 이 세상에서 가장 불행하고 외로운 사람들임을 이제는 알고 있기 때문입니다. 탓하고, 죄를 덮어씌우고, 분노하고, 비난하고, 그렇게 하지 않으면 자기 자신의 지금을 받아들이고 사랑해줄 수가 없어서, 그러니까 그만큼 힘든 시간을 보내고 있을 때, 사람은 부정적인 감정의 늪에 빠지게 되기 때문입니다.

그래서 그들은 사실 자기 자신을 안아주고 사랑해달라는 말을 그런 식으로 표현하고 있는 것일지도 모릅니다. 이렇게 말하면, 이 사람이 나를 떠나지 않을까 싶어 불안하고 두렵지만, 그럼에도 불구하고 그들의 수준에서 그들이 할 수 있는 최선의 사랑이라는 것이 때로 그러한 식이기 때문입니다.

그래서 사실 그들은 스스로의 힘을 내면에서부터 내던진 채 아파하고 있는 불행하고 왜소한 사람들일 뿐입니다. 해서 우리는 이제 그들의 그러한 점들을 바라볼 줄 알기에 그들이 우리에게 전해준 것과 같은 식의 악의와 분노로써 그들과 언쟁하는 것은 진실로 무의미한 일이 될 뿐이라는 것을 이해하고 있는 것이죠.

해서 그들이 내게 소중한 사람이라면 곁에서 기다려주고 함께 이겨낼 수 있도록 이끌어주거나, 스쳐 지나가는 사람이라면 마음속으로라도 따뜻한 응원을 전해주거나, 그렇게 할 뿐입니다. 어쨌든 우리가 보다 사려 깊고 온정이 많은 사람이 될 때, 우리에게는 사람들의 표현이 사랑을 구하는 표현이거나, 사랑을 주는 표현이거나, 이 두 가지로만 느껴질 뿐일 것이기 때문입니다.

그래서 사려 깊은 사람이 된다는 것은, 세상의 모든 분노와 악의로부터 나 자신을 스스로 지켜낼 줄 아는 사람이 되는 것과 같습니다. 그러니까 이제는 분노에 휩쓸려 분노로 대응하기보다 오직 안타까움과 연민 어린 시선으로 그들을 바라보고 대할 뿐일 것이고, 하여 그 온전한 중심이 우리 자신을 보호해주고 지켜주는 것이죠.

그래서 이제 나는 분노와 악의, 복수심을 그러한 식의 왜소한 외부에 의해 내 마음 안에 품지는 않게 될 것이고, 그러니까 나는 나 자신을 그러한 감정들로부터 스스로 지켜낼 줄 아는 사람으로서 존재하게 되는 것입니다. 그들은 아픈 사람들이고, 그렇게 아프게 된 것에는 수많은 배경과 과거와 환경과 경험들이 있는 것이고, 해서 그 단 한 순간의 장면으로 그들을 비난하고자 하지는 않게 되는 것이죠.

그리고 그것이 바로 사려 깊은 마음입니다. 타인의 아픔에 깊이 공감하고, 그 아픔으로 인해 생긴 감정의 결과가 아니라 과정을 헤아려보고자 노력하는 마음, 바로 그것인 것이죠.

그래서 사려 깊은 사람들은 결코 가벼이 그것에 대응하고자 하지 않습니다. 그러니까 그들의 선하지 않은 영향력 앞에서 휩쓸리기보다, 그럼에도 이제는 내 온전한 중심으로, 내 마음 안에 있는 선한 영향력으로 그들을 바라볼 뿐입니다. 그러니까 그들과 함께하지 않을 수는 있어도, 그들과 함께 같은 부정성으로 추락하지는 않는 것이죠.

그래서 이때는 때로 그들이 아무리 안타깝게 보일지라도, 우리는 그들을 지나치게 됩니다. 왜냐면 그들을 구원할 수 있는 건 오직 그들 자신뿐이고, 때로 나의 선의는 그들을 더욱 혼란스럽게만 할 뿐일 것이기 때문입니다. 아무리 좋은 의도로 그들에게 손을 건네도, 그들은 오히려 마음이 더욱 상한 채 더 큰 화와 원망을 그들의 마음 안에 품게 될 수도 있는 것이기 때문입니다.

그래서 우리는 그저 마음속으로만 그들의 안녕을 빌어주는 사람이 됩니다. 때로는 그게 그들에 대한 최선의 다정함임을 이제는 모르지 않기 때문입니다.

진실로 이 세상에는 우리가 아무리 다정한 의도로 말을 건네도 그 말을 왜곡하고, 그 말을 악의적으로 받아치고자 하고, 그런 식으로 사람들을 아프게 하는 것에만 혈안이 되어있는 사람들이 분명히 존재하는 것이고, 하여 그들에게 우리가 할 수 있는 가장 최선은 겉으로는 반응하지 않되, 속으로는 그럼에도 안녕을 빌어주고 축복해주는 것, 그것이 다이기 때문입니다.

이 세상에는 대화를 해도 되는 사람과, 대화를 애초에 시도하지 말아야 할 사람이 있고, 이제 우리는 그들의 에너지를 더욱 민감하게 파악한 채 대화를 할지, 그저 피할지를 우리 자신의 온전한 본능과 판단으로부터 그저 선택하게 되는 것이죠.

어쨌든 그들의 유혹에 넘어가 끝없는 분노의 공격을 내가 맞받아치게 될 때, 결국에는 나마저도 나의 온전함을 잃게 될 것이 분명하기 때문입니다. 그래서 우리는 그들을 피하는 것을 선택합니다. 하지만 그럼에도 우리는 그들을 결코 미워하지는 않습니다. 오직 사랑으로 그들의 평화와 구원을 빌어줄 뿐입니다.

그렇다면 당신은 당신의 선한 중심으로 세상을 오직 마주할 뿐인 사려 깊은 사람입니까, 아니면 외부에 의해 그 중심을 놓친 채 당신 마음 안에 악의를 스스로 품는 깊은 중심이 없는 사람입니까. 그러니까 당신에게는 외부의 그 어떤 상황 안에서도 흔들림 없이 당신 자신의 평화를 지켜낼 수 있는 그 온전한 중심이 있습니까.

99.

주관적 의미로부터의 행복.

    외부는 언제나 변하는 것이기에 외부에 의존하는 행복은 언제나 우리에게 불안하고 일시적인 만족감만을 가져다줄 수밖에 없을 것입니다. 해서 진정한 행복은, 나라는 존재의 근원인 나의 마음 안에서부터 나를 아끼고 사랑함으로써, 그런 나를 그 무엇에도 불구하고 있는 그대로 아껴줄 줄 아는 그 진정한 자존감에서부터 오는 것이라고 할 수 있을 것입니다.

    그래서 내가 그저 나인 채, 나라서 행복한 사람이 될 때, 그러니까 나의 지금에 전적으로 완전히 만족하는 사람이 될 때, 우리는 외부의 그 무엇에도 불구하고 행복한 사람이 될 수 있습니다. 더 이상 내가 함께하고 있는 사람이 내게 이렇게 해야만 내가 행복해질 거야, 라고 믿고 있지도 않을 것이며, 더 이상 이 세상이 이렇게 되어야만 내가 행복해질 거야, 라고 믿고 있지도 않을 것이며, 그러니까 나는 그저 지금 이 순간 나인 채 충분히 행복할 것이기 때문입니다.

그러니 행복의 진정한 근원인, 나라는 존재 그 자체에서부터 행복한 사람이 되십시오. 그러니까 행복은 결국 내가 나의 삶에 어떠한 주관적인 의미를 부여하고 있느냐에 따라 커지고 줄어드는 것이 되는 것입니다. 숱하게 많은 외부에 둘러싸여서도, 내가 여전히 불만족과 결핍만을 투사하고 있는 채라면 나는 불행할 수밖에 없을 것이고, 그저 지금 이 순간 기꺼이 아름다움과 감사, 행복과 만족을 투사할 것을 선택한다면 나는 곧장 행복한 사람이 될 수도 있는 것이죠.

그렇다면 당신이 당신의 지금에 투사하고 있는 주관적 의미는 무엇입니까. 또 당신 자신에게 스스로 투사하고 있는 주관적 의미는 무엇입니까. 늘 부족해, 못났어, 예쁘지 않아, 소중하지 않아, 라고 말하며 오직 스스로 불행해질 수밖에 없는 의미만을 더해가고 있는 것은 아닙니까.

그러니 오직 당신이 행복해질 수밖에 없는 의미를 당신의 삶과 당신 자신에게 부여하며 나아가십시오. 넌 참 예쁘고 소중한 사람이야, 참 사랑스러운 사람이야, 이렇게 자주 말해주는 것입니다. 그리고 마침내 당신이 당신 스스로를 그런 사람이라고 믿고 생각하게 되었을 때, 당신은 실제로 그런 사람이 됩니다. 그래서 더 많은 사랑을 외부로부터 또한 받고 끌어당기게 됩니다.

내면에 불평불만과 결핍이 가득한 사람을 우리가 사랑하기란 쉽지 않지만, 내면에 만족과 감사, 사랑이 가득한 사람을 우리가 사랑하기란 그 어떤 노력도 들지 않을 만큼 당연하고도 쉬운 일이기 때문입니다.

그러니 스스로 사랑스러운 사람이 되세요. 지금 당신을 둘러싼 외부가 어떻든, 당신이 그것으로 인해 스스로 불행해질 수밖에 없는 의미를 부여하지만 않는다면, 하여 그 외부로부터 당신 자신을 스스로 지켜내기만 한다면, 그렇게 내면의 빛나는 사랑을 스스로 잃지만 않는다면,

당신의 외부 또한 그 예쁜 내면으로부터 반드시 다정하고 사랑스럽게 변해갈 것입니다.

왜냐면 내면이 왜소하고 가난한 사람보다 내면이 풍족하고 사랑 가득한 사람에게 이 삶과 사람들은 더 많은 것들을 흔쾌히 주고 나누고자 하게 되기 때문입니다. 그래서 이제 당신은 힘들이지 않고도 좋은 것들을 당신에게 스스로 끌어당기는 사람이 됩니다.

그러니 불행이라는 이름의 주관적 의미로부터 당신 자신을 스스로 지켜내십시오. 하여 오직 아름답고 소중하십시오. 더욱 감사하고 더욱 사랑하십시오. 그렇게 기꺼이, 사랑스러운 사람이 되십시오. 무엇보다 당신 자신을 사랑함으로써 그렇게 하십시오.

그렇다면 불평과 불만, 끝없는 결핍과 기대, 그리고 감사와 행복, 만족과 사랑, 그것들 중 당신이 스스로 당신의 마음 안에 품기로 선택할 것은 무엇입니까. 그러니까 당신은 당신의 내면에서부터 행복한 사람이겠습니까, 아니면 외부에서부터 불행한 사람이겠습니까.

100.

내게 진실한 사랑.

내게 진실한 사랑은 나의 마음속에 있는 깊은 기쁨을 염려하고 그것을 꺼내어주는 사랑입니다. 그래서 우리가 그러한 진실한 사랑을, 진실한 사랑으로 느끼기 위해서는 우리에게 또한 깊은 성숙의 마음이 요구되어질 것입니다. 왜냐면 우리가 때로 미성숙할 때, 우리는 진실한 기쁨이 아닌 다른 기쁨을 기쁨이라 오해한 채 그것에 현혹되어 살아가곤 하기 때문입니다.

그러니까 당신이 누군가를 미워할 때, 그리고 그 미움에 대해 편들어주길 바랄 때, 상대방이 당신이 미워하고 있는 그 누군가를 실컷 조롱해주고 깎아내려준다면, 그리고 그때의 당신이 충분히 미성숙하다면, 당신에게는 그런 사람이 좋은 사람일 것이기 때문입니다.

하여 그때의 당신은 당신의 그 미움에 함께 휩쓸리기보다 중심을 지킨 채 당신의 마음에서부터 선한 마음을 찾아주고 꺼내주고자 하는 사람을 좋은 사람이라 여기지 않게 될 것입니다. "상대방의 입장에서, 아마도 그 사람은 그랬던 게 아닐까?" 하는 예쁜 마음이 담긴 말이 당신에게는 당신의 거센 분노를 더욱 부추길 뿐인 속상한 말이 되는 것이죠.

하지만 당신에게 그렇게 말해주는 사람은 사실, 그 누구보다 당신의 깊은 기쁨을 염려하는 당신을 가장 진실하게 사랑하는 사람입니다. 당신의 사적인 이득, 미움에 동조한 채 당신에게 아첨하기보다, 당신의 온전함과 선한 의지를 지켜주고자 노력하며, 하여 당신이 진정 그 마음을 내려놓은 채 더욱 평화롭고 행복하게 살아가길 바라는, 당신을 가장 진실한 마음으로 아끼고 사랑하는 사람인 것이죠.

당신이 만약 어떠한 욕망에 사로잡혀 누군가를 이용하고, 그들에게서부터 무엇인가를 빼앗아야만 당신이 행복할 거라고 여기고 있다면, 그래서 그때의 당신은 당신이 그 욕망을 성취할 수 있도록 도와주는 사람을 당신에게 좋은 사람이라 여기게 될 것입니다.

그렇다면 오늘 밤 저 여자애를 어떻게 해보고 싶은데, 좀 도와줄래? 라고 했을 때 당신의 그 이기적이고 악의적인 욕구를 실현할 수 있도록 도와주는 그런 사람이 당신에게 진정 좋은 사람입니까. 아니면 모든 사람은 소중하기에 그 소중함을 그런 식으로 훼손하는 건 온전치 않은 것이라며 당신을 말려주고, 그 이기적인 작은 행복보다 더 크고 위대한 행복이 있음을 알려주는 사람이 당신에게 진정 좋은 사람입니까.

하지만 당신이 미성숙할 때는 진실로 당신은 당신에게 좋은 사람을 좋은 사람이라 여기기보다 그 사람 앞에서 자주 빈정 상해하며 그와 대립하고자 할 것입니다. 그래서 당신에게 진실한 사랑을 주는 사람을, 당신이 또한 진실하게 사랑하기 위해서는 당신이 먼저 그 사랑을 사랑으로 느낄 수 있을 만큼 성숙해야만 하는 것입니다.

진실한 사랑은 서로의 이기심에 아첨하기보다 온전한 중심으로 그

이기심을 내려놓고 더욱 성숙한 마음을 향해 함께 나아가는 사랑입니다. 함께 누군가를 미워하기보다, 함께 누군가를 용서하기 위해 끝없이 노력하는 사랑입니다. 서로가 서로에게 집착하며 의존하고, 하여 서로를 통제하기보다 서로를 더욱 믿어주고, 또 서로에게 더욱 믿을 만한 사람이 되고자 노력하는 사랑입니다.

그러니까 진실한 사랑은, 내 행복의 근원을 상대방에게 뒀기에 상대방이 내게 이런 사람이어야만 내가 행복해질 거라 믿으며 상대방을 끝없이 내가 원하는 사람으로 만들고자 애쓰기보다 나는 나로서 완전히 행복하기에 그 행복을 그저 나눠주고자 할 뿐인, 있는 그대로의 사랑입니다. 그래서 통제하고, 압박하고, 강요하고, 조종하고, 그러기보다 그저 이해하고, 함께하고, 행복하게 해주고, 오롯이 사랑할 뿐인, 그 가장 순수하고도 맑은 사랑이 바로 진실한 사랑입니다.

그래서 진실한 사랑은 서로의 약점을 약점으로 보지 않고 그럴 수도 있지, 하고 격려해주는 다정함입니다. 제가 만약 누군가에게 어떠한 말을 하는 것이 두려워 주저하고 있다면, 많은 사람들이 그런 저의 약점을 보고 저에게 겁쟁이라 놀릴 것이지만, 내게 진실한 사랑은 그럴 수도 있지, 충분히 이해해, 라고 말해줄 것이고, 그럼에도 넌 잘 해낼 거야, 누구보다 멋진 사람이니까, 하며 격려를 해줄 것이며, 그래서 그 약점을 그 순간 뛰어넘게 해주는 힘이 있는 사랑입니다.

너 때문이야, 하며 서로를 탓하기보다 넘어갈 줄 알며, 그래서 옳고 그름의 진흙탕에 빠진 채 끝없이 서로의 마음을 훼손하며 서로에게 힘을 쓰기보다 그 시간의 무의미함을 알고 다시는 돌아오지 않을 이 소중한 시간을 어떻게 해야 서로가 더 행복하게 보낼 수 있을지만을 염려하는 진실로 온전한 사랑입니다.

그래서 진실한 사랑은, 내게 주어진 삶을 최선을 다해 성숙하며 살아왔으며, 또 깊은 책임감과 함께 그 모든 순간들 안에서 단 한 순간도 소중하지 않았던 적이 없었으며, 그렇게 얕고 가벼운 마음이 아니라 진실하고 깊은 마음으로 삶을 마주한 채 살아온 사람들만이 할 수 있는 특권입니다.

왜냐면 그렇지 않은 사람은, 그렇지 않은 사람에게 끌릴 것이기 때문입니다. 운전을 하다가 누가 끼어들기를 하면, 몇 시간이 걸리더라도 그 차를 쫓아가 그 운전자에게 위협을 가하고 폭행과 폭언을 하는 사람이 바로 내 수준이라면, 그러니까 그때는 그것이 옳은 행동이라 믿기에 차에서 내려 함께 싸워줄 사람, 그런 서로가 그런 서로를 사랑하게 되는 것이 이 세상의 이치이기 때문입니다.

그래서 그런 둘은 각자가 할 수 있는 가장 최선을 다해 서로를 사랑할 테지만, 그럼에도 그 사랑이라는 것은 결국 서로를 향한 미움과 증오, 폭력과 폭언, 끝없는 통제와 싸움, 이러한 파멸만을 낳는 제한된 사랑이 될 뿐일 것입니다. 그것이 그들이 서로를 사랑하는 가장 최선의 방식이기 때문입니다. 하지만 그것은 또한 그 수준에서만 사랑으로 불릴 수 있을 뿐, 그 너머의 수준에서는 진실로 결코 사랑이라 불릴 수 없을 만큼의 어둠에 불과한 것이 될 뿐일 것입니다.

돈을 쫓아 사람을 만나는 사람은, 그래서 자신을 사랑하기보다 자신의 외부를 사랑해주는 사람을 만나게 될 것이며, 하여 언제 어떻게 바뀔지 모르는 그 외부에 의해 불안한 사랑을 하게 될 것입니다. 하지만 내면의 가치가 닿아 서로를 사랑하게 된 사람은, 그러니까 그 가치의 소중함이 너무 소중해서 서로를 사랑하게 된 사람은, 그래서 그 변하지 않는 영원한 가치에 의해 서로를 사랑하게 되었기에 진실로 그 사랑, 영원히 변함이 없을 것입니다.

진실은 언제나 단순한 것이며, 하여 그 단순함 안에서 행복을 찾을 줄 아는 사람, 그래서 그런 둘이서 함께 될 것입니다. 제가 단순함을 못

버틴 채 지루해하는 사람이라면, 저는 끝없는 자극과 욕망을 쫓게 될 것이고, 그렇다면 그때의 제가 단순한 일상을 꾸준히 반복하며 그 안에서 진실한 행복과 함께하고 있는 사람에게 어떻게 사랑에 빠질 수가 있겠습니까.

끝없는 자극이 주는 그 미묘한 거짓 기쁨에 중독이 된 저는 계속해서 갈등을 만들 것이고, 계속해서 외부의 덧없는 재미를 찾아 소란스럽게 하루를 살아가고자 할 것이고, 그래서 질투심을 유발하여 상대방의 마음이 불안해질 때 저는 기뻐하는 사람일 것이고, 그저 온전히 상대방과 하루를 함께하기보다 어떻게든 하루의 공허함을 달래기 위해 산만한 무엇인가를 찾아 그것에 상대방과 함께 탐닉할 수 있길 바랄 것이고, 그러니까 그것을 또한 사랑하는 사람이 아니라면 그때는 어느 누가 저와 함께하고자 하겠습니까.

사실 그때는 대부분의 사람들과 저는 함께할 수 있고, 또 함께 서로를 사랑한다고 말할 수 있을 것입니다. 왜냐면 대부분의 사람들이 진실한 행복과 사랑에 대해서는 전혀 관심이 없기 때문입니다. 그렇게 한 평생을 구름의 장막에 가려진 채 그 거짓 행복을 쫓아 살아가며 생을 마감하기 때문입니다.

그래서 제게 진실한 사랑을 주는 가장 좋은 사람은 그때의 저와는 함께하고 있지 않을 것입니다. 이 세상에 몇 없는 그 소중한 사람, 그러니까 그때의 저는 그 사람을 소중하게 생각하지도 못할 것이며, 그 사람 또한 저를 스쳐 지나갈 것입니다. 그래서 저는 내게 진실로 진실한 사랑을 주는 사람을 만나, 나 또한 진실한 사랑을 주는 그런 사랑을 그때는 결코 하지 못할 것입니다.

그러니 우리는 언제나 우리가 성숙한 만큼만 우리에게 진실한 사랑을 주는 사람을 만날 수 있다는 것을 잊지 마세요. 그래서 당신이 진실한 사랑을 하고 싶다면, 늘 당신의 마음을 점검하며 살필 것이며, 하여 하루하루를 최선을 다해 성숙한 마음을 기르는 데에 전념하며 나아갈 것이 요구되어질 것입니다. 그러니까 교만과 오만이 있다면 그것을 정직하게 인정하고 겸손으로 대체하기 위해 노력하는, 미움과 증오가 있다면 그것을 정직하게 인정하고 이해와 사랑으로 대체하기 위해 노력하는, 그 성숙을 향한 진실한 지향이 늘 함께하고 있어야 하는 것입니다.

하루아침에 당신이 그 성숙을 완성하게 되지는 못할 것입니다. 하지만 당신이 그 성숙에 가치와 의미를 뒀다는 것 자체로 당신은 이제 진실한 사랑을 하게 될 것입니다. 당신이 누군가를 용서하고자 노력하며 그마음에 진심을 다하고 있을 때, 그때는 그 진심의 노력을 기특하고 소중하게 바라봐주는 사람이 당신을 사랑하게 될 것이기 때문입니다. 당신 또한 이제는 그 노력을 방해하는 사람보다 격려해주는 사람을 사랑하게 될 것이기 때문입니다.

그러니 내게 진실한 사랑을 하기 위해 가장 먼저 당신 자신에게 스스로 진실한 사랑을 주는 사람이 되세요. 당신이 당신 자신을 진실로 아끼고 사랑한다면, 당신은 당신 자신의 진실한 행복만을 염려할 것이며, 하여 당신이 비로소 진정 행복한 사람이 될 수 있도록 최선을 다하는 사람이 될 것입니다.

그렇다면 끝없이 누군가를 미워하는 것이 당신 자신의 진실한 행복을 위한 것입니까, 아니면 그 미움에서부터 구원되는 것이 당신 자신의 진실한 행복을 위한 것이겠습니까.

그러니 당신이 먼저 당신 자신을 가장 진실하게 사랑하세요. 그때, 당신은 더욱 큰 행복과 함께하게 될 것이며, 더하여 당신에게 진실한 사랑을 주는 사람과 함께하게 될 것입니다. 그렇다면 그것을 망설일 이유라는 게 도대체 어디에 있겠습니까. 그러니 지금 이 순간부터, 무엇보다 당신의 진실한 행복을 스스로 염려하는, 당신 자신에게 진실한 사랑을 주는 당신이 되세요.

그렇다면 당신이 당신 자신에게 주고 있는 사랑은, 내게 진실한 사랑이 맞습니까. 그리고 당신이 당신과 함께하고 있는 상대방에게 주고 있는 사랑은, 그에게 진실한 사랑이 맞습니까. 또한 당신이 함께하고 있는 사람이 당신에게 주고 있는 사랑은, 내게 진실한 사랑이 맞습니까. 무엇보다 당신 자신의 진실한 행복을 위해서, 그러니까 당신의 앞으로의 선택은 무엇입니까.

에 필 로 그

한 해 한 해가 지나며 저 또한 세월과 함께 익어가는 것 같습니다. 시간과 함께 저의 성숙이, 저의 행복이 더욱 무르익어가고 있음을 저는 제 가슴 안에서부터 늘 느끼고 있기 때문입니다.

가족들을 만나는 시간이 되면, 늘 그러한 말을 듣습니다. 지훈이가 많이 달라진 것 같다, 성숙한 것 같다, 하는 말 말입니다. 한 달이 지나서 다시 만나도, 또 몇 달이 지나서 다시 만나도, 여전히 저는 그러한 말을 듣고 있습니다. 그래서 저, 잘하고 있는 것 같습니다.

직원 또한 저의 성숙을 함께하며 제가 달라져가고 있음을 느끼고 저에게 표현하곤 합니다. 그리고 그것을 또한 저 스스로도 느끼는 것은, 처음 직원과 함께할 때보다 제가 직원의 행복에 대해 책임지는 것이 더욱 많아졌고, 또 처음에는 잘해주면서 생색을 내는 것이 있었다면, 지금은 그저 제가 누군가의 행복을 지지할 수 있고, 또 지지하고 있다는 것 자체에 저 자신에게 스스로 감사하고 만족하고 있기 때문입니다.

그래서 누군가가 과거로 돌아간다면 언제로 다시 돌아가고 싶냐, 어디서부터 다시 시작하고 싶냐고 저에게 물을 때, 저는 과거로 돌아가고 싶은 마음이 없다고 이야기합니다. 제가 그 질문을 처음 들은 날부터 지금까지 저의 대답은 늘 그랬습니다. 왜냐면 지금 이 순간이 저에게 있어 가장 성숙한 지금이고, 하여 가장 행복한 지금이기 때문입니다. 과거에는 과거의 제가 행복한 줄 알았지만, 지금의 관점으로 그때의 저를 돌아보면 고개를 절레절레 젓게 되기 때문입니다.

그렇다면 여러분은 만약 과거로 돌아갈 수 있다면 언제로 돌아가고 싶으신가요?

저에게 있어 이 책을 출간하며 보낸 세월이란, 말 그대로 카르마 요가와 함께한 시간인 것 같습니다. 정말 매일을 같은 일상을 반복하며 보냈습니다. 하루도 빠짐없이 저와의 약속을 지키며 보냈습니다. 그러니까 거의 일 년이 넘는 시간 동안 저는 단 하루도 쉰 적이 없었습니다 (지난 수년간 늘 그랬지만, 올해처럼 깊이 있는 전념을 한 것은 올해가 처음이었습니다).

하지만 동시에 저는 늘 쉼이 함께하는 것처럼 채워졌습니다. 늘 무한한 기쁨과 함께했고, 하여 그 무한한 노력 안에서 단 한 번도 애쓴 적이 없었습니다. 왜냐면 저는 제 하루를 신께 바치는 마음으로, 경배하고 예배하는 마음, 기도하는 마음으로 보냈기 때문입니다. 카르마 요가에 대해 공부한 뒤로 수련하는 마음으로 할 수 있는 데까지 해보자, 했는데 그걸 멈추지 않은 지가 벌써 일 년을 넘어선 것 같습니다.

그리고 이 책은 그러한 제 마음이 담긴 책입니다. 그래서 이 책에 담긴 제 마음이 여러분에게 또한 진실한 행복과 평화를 전해줄 수 있기를 진심으로 소원합니다.

성공이란 좋아하는 일을 하고, 그 일을 할 수 있는 최대한 하는 것에서부터 오는 자동적인 결과라고 저는 배웠습니다. 우리가 그렇게 살아갈 때, 우리는 그 자체로 만족하는 사람이 되며, 하여 그 완전한 채워짐, 그 마음 상태가 바로 최고의 성공인 것입니다. 그래서 저는 외부가 어떻든, 지난 일 년을 가장 성공적으로 보냈다고 확신합니다. 그러한 노력을 누군가의 행복을 위해 쏟았다는 그 마음 자체로 저는 최고의 보람을 느낍니다.

하여 이제는 압니다. 내가 빛날 수 있는 오직 유일한 순간은 내가 그 어떤 외부에도 불구하고 내부적으로 가장 만족하고 행복을 누릴 줄 아는 마음을 배우게 되는 순간이라는 것을요. 그래서 그것을 분명하게 알게 된 뒤로, 저는 더 이상 외부에 집착하지 않습니다.

저에게는 제가 애쓰고 노력한다면 언제든 외부적인 최고를 추구하고, 그것을 또한 금방이면 성취할 수 있을 거라는 확신이 있고, 그래서 저에게 있어 이제 그건 하나의 선택 사항일 뿐이기 때문입니다. 하지만 또한 지금에 와서는 굳이 뭣하러 그럴까? 하는 생각이 듭니다.

왜냐면 외부에 에너지를 쏟는 것은 언제나 저를 산만하게 하고 지치게 만들기 때문입니다. 외부적인 최고의 위치에 있는 것, 수많은 물질을 누리는 것은 분명 즐거운 일이지만, 그것은 즐거움 그 이상 그 무엇도 아니기 때문입니다. 진정한 행복은 그러한 즐거움을 넘어선 그 자체의 환희이기 때문입니다.

달콤한 초콜릿을 먹는 것은 분명 즐거운 일입니다. 하지만 그것이 또한 진정한 행복을 의미하지는 않습니다. 왜냐면 초콜릿을 먹는 즐거움은 정말 그동안만의 즐거움일 뿐이기 때문입니다. 초콜릿을 먹어도 되지만 먹지 않아도 괜찮은 것, 그 자유에서부터 오는 평화, 그래서 그것이 바로 진정한 의미의 행복인 것입니다. 왜냐면 그 행복은 초콜릿이 없는 순간에도 여전히 내 마음 안에 존재한 채 빛발하고 있는 행복이기 때문입니다. 그리고 언제나 집착은 고통과 불행과 함께하는 것이죠.

그래서 저는 이제는 외부적인 최고를 추구하기보다, 내부적인 최고를 추구하는 일에 더욱 전념하고 싶어졌습니다. 매일 밤 순위를 확인하고, 판매량을 확인하고, 그렇게 외부적인 최고를 추구하던 시간도 나름은 즐거웠지만, 이제는 그러한 식의 즐거움을 추구할 만큼, 그러니까 그것이 즐겁다 여길 만큼 제가 더 이상은 공허하지도, 미성숙하지도 않기 때문입니다.

그래서 그저 지금 이 순간이 가장 좋은 날이고, 이제는 외부적인 많은 것들에 신경을 쓰기보다 그저 하루가 무난했으면 좋겠다, 하는 마음으로 살아가고 있습니다. 외부적으로 지금보다 더 많은 것들을 지니고 있었던 그때보다, 그래서 저는 지금이 더 행복하고 예쁜 빛과 함께하고 있다고 확신합니다.

그래서 저는 제가 전보다 행복하며, 또한 동시에 더욱 성공했다는 확신이 있습니다. 진실로 성공이란, 결핍된 상태에서 무엇인가를 쫓고 쫓으며 끝없이 탐닉하고 욕망하는 상태가 아니라, 지금 이 순간 무엇도 필요치 않은 완전함에서부터 오는 채워짐의 상태이기 때문입니다. 여전히 자신의 지금이 부족하다고 여기고 있는 결핍의 상태가 성공일 수 있다면, 진실로 그건 그 자체로 모순이 아닐까요?

그래서 이 책에서 또한 여러분에게 그러한 성공을 나눌 수 있기를 바랍니다. 그저 이 책을 읽는 동안 여러분이 보다 더 완전해진다면, 저는 여러분이 또한 더욱 위대한 성공에 가까워졌다고 여길 것입니다. 이 세상에서 가장 위대한 성공은, 바로 지금 이 순간의 행복이기 때문입니다(그보다 더 위대한 성공이 있다는 이야기를 저는 들어보지도 못했고, 감히 상상할 수조차 없습니다).

그러니 주어진 매 순간을 통해 내가 할 수 있는 최대로 성숙함으로써 그러한 성공과 행복을 확정 지으세요. 그 결과 여러분들의 의식이 너그럽고 풍요로워질 것이고, 하여 그 마음에서부터 외부의 풍요 또한 따라올 것입니다. 우리가 그것을 반대로 할 때, 그것이 바로 기진맥진하고, 애쓰고 탈진하고, 하지만 그럼에도 결코 성공하지 못하는, 그 불행의 늪으로 빠져드는 가장 빠른 지름길입니다.

하지만 여러분이 행복하고, 또한 그 행복을 공유함으로써 가치와 의미를 지닌 채 하루하루를 보낼 때, 여러분은 결코 지칠 수가 없을 것입니다. 누군가가 감히 엄두도 내지 못할 만큼의 노력을 하면서도, 여러분은 하늘을 날아다니는 것처럼 오직 자유롭고 느긋할 것입니다.

그래서 그때는 경쟁자가 없을 것입니다. 진실로 최고는 경쟁하지 않기 때문입니다. 여러분이 따분하게 하루를 보내는 것을 버틸 수 없어 매 순간 최선을 다해야 하며, 매 순간 할 수 있는 최고의 완벽함을 추구해야 하며, 그러니까 그렇게 존재해야만 하는 사람이라면 진실로 어느 누가 여러분과 경쟁할 수 있겠습니까.

진실로 최선의 노력을 다하지 못해 하루를 지루해하고, 그렇게 아등바등하며 무엇인가를 쫓고 욕망하고, 하여 애쓰며 하루를 버티는 삶을 살아가는 사람들만이 그들끼리 경쟁할 수 있을 뿐입니다. 하루가 끝나는 시간이 되어서, 하루가 너무 짧다고 느낀 채 아쉬워하며 잠에 들어야만 한다면, 그만큼 여러분이 여러분의 삶 안에서 진심이라면, 그래서 이때는 성공이 그저 보장될 것입니다

그리고 그것이 바로 나의 하루에 대한 진실한 사랑입니다. 내가 느끼는 가치와 행복, 의미를 타인들과 공유하고, 하여 타인들의 행복을 또한 지지하고, 그러니까 그것이 너무나 보람 있기에 최선을 다하지 않는 것이 불가능한 삶, 그렇다면 그것이 사랑이 아니라면 도대체 무엇일 수 있을까요?

그래서 여러분이 사랑이 되는 순간, 마음에 사랑을 품는 순간, 여러

분의 세계는 그 자체로 모든 면에서 순탄해질 것입니다. 애쓰는 것은 어떤 수준에서만 필요할 뿐, 그 너머의 수준에서는 진실로 그 성숙의 수준 자체로 인해 전혀 불필요한 것이 되기 때문입니다.

그리고 그것은 일뿐만이 아니라 관계 안에서도 마찬가지입니다. 내가 그저 사랑할 때, 가장 진실한 의미의 사랑으로써 사랑할 때, 그러니까 가장 큰 성숙의 수준으로부터 사랑할 때, 그때는 애쓰지 않아도 그 관계가 자연스럽게 행복해지고, 순탄해지고, 기쁨이 가득해지고, 그럴 수밖에 없는 것입니다. 그것이 사랑 그 자체의 힘이자 본성이기 때문입니다.

그러니 여러분들도 한 번 그러한 내적 성숙을 추구해보세요. 함께하는 사람들로부터 너 어딘가 좀 바뀐 것 같다? 좀 성숙한 것 같다? 하는 이야기를 들으며 삶을 살아간다면, 그것이 바로 인생의 완성이자, 행복이자, 최고의 성공이 아닐까, 하는 생각이 듭니다. 그렇게 나아간다면 어느새 어떠한 종착점에 도착해있지 않을까, 하고 말이죠.

그리고 이 책이 또한 여러분들의 그 성숙을 더욱 지지하고 고취시켜줄 수 있기를 바랍니다. 그러니까 이 세상 모든 사랑의 시작과 끝이 1과 100이라면, 그래서 1부터 100까지 왼쪽에서부터 오른쪽으로 옮겨가며 그 사랑의 크기를 더욱 키워가는 것이 바로 성숙이라면, 이 책이 여러분들의 사랑을 조금이라도 오른쪽으로 옮겨주었기를 바랍니다.

그러니까 이 책을 읽고 함께하는 동안 이미 여러분이 조금은 더 성숙한 사람이 되었길, 그런 마음의 힘을 담은 책이 바로 이 책이기를, 하고 바랍니다.

그렇게, 여러분이 하루를 살아가고 마주하는 가치 안에 이제는 보다 큰 성숙과 사랑이 함께하고 있기를, 하여 그 빛으로부터 여러분이 공허함을 극복한 채 이제는 진정한 행복과 만족을 누리며 하루를 보낼 수 있기를 바랍니다. 그리고 그 행복으로 인해, 여러분의 관계와 건강, 성공, 그 모든 것들이 또한 좋아지기를 바랍니다. 무엇보다 여러분의 사랑이, 더욱 예쁜 사랑의 형태로 변해감으로써 더욱 아름다운 빛과 함께하게 되기를 바랍니다. 그렇게, 내게 진실한 사랑을 하게 되기를.

그러니까 무엇보다 당신은, 내내 사랑이어라.

내게 진실한 사랑

1판 01쇄 인쇄 | 2021년 11월 11일
1판 01쇄 발행 | 2021년 11월 19일

지은이 | 김지훈

발행인 | 김지훈
기획편집 | 김지훈
책임디자인 | 김진영

발행처 | (주)진심의꽃한송이
주소 | (03707) 서울특별시 서대문구 연희로11가길 36, 1층 2호
대표전화 | 02-337-8235 | 팩스 | 02-336-8235
등록 | 2018년 8월 30일 제 2018-000066호

ⓒ 2021 by 김지훈
ISBN 979-11-91877-01-4 (03810)